Un secret aux Caraïbes

DÉJÀ PARUS DU MÊME AUTEUR

Le mystère des Carlyle
Le mystérieux fiancé
Le seigneur de Lochraven

SHANNON DRAKE

Un secret aux Caraïbes

BestSellers

Collection : BEST-SELLERS

Titre original : THE PIRATE BRIDE

Traduction française de MARIE-JOSE LAMORLETTE

HARLEQUIN®
est une marque déposée par le Groupe Harlequin

BEST-SELLERS®
est une marque déposée par Harlequin S.A.

Photo de couverture

Femme : © MARCUS APPELT/ARCANGEL IMAGES

Réalisation graphique couverture : F. LEPERA. (Harlequin SA)

83-85, boulevard Vincent-Auriol, 75646 PARIS CEDEX 13.

Service Lectrices — Tél. : 01 45 82 47 47

www.harlequin.fr

ISBN 978-2-2802-8451-6 — ISSN 1248-511X

Pour Bobbi Smith,
merveilleux écrivain, ami extraordinaire.

Prologue

Victoire et défaite
Côte ouest de l'Ecosse
1689

— L'enfant ! Pour l'amour du Ciel, Fiona, sauve l'enfant !

La vision de Fiona se brouilla. Elle ne pouvait plus que sentir, et ce qu'elle sentait c'était un vent fort et froid qui soufflait sur eux. Toute sa vie, elle avait aimé son pays. Les tons riches des versants, la roche dure des falaises et des crêtes, le vent mordant qui arrivait avec l'hiver. Oui, même le vent… Malgré le froid, un jour comme celui-là annonçait souvent l'approche du printemps, quand la terre explosait d'une beauté sauvage, impressionnante pour tous ceux à qui elle n'était pas familière. Chérie des autres. Oui, elle aimait ardemment l'endroit où elle vivait, les bleus et les mauves éclatants du printemps, les verts profonds de l'été… Le gris d'une journée d'hiver couverte et agitée aussi…

Mais tout cela était balayé, à présent.

Balayé par tout le sang versé à la suite de la prétendue Glorieuse Révolution de William III.

— Fiona !

Elle sentit sur ses épaules les mains de Malcom qui la secouaient. Elle ouvrit les yeux pour les plonger dans ceux de son époux, et sut qu'elle ne le reverrait jamais. Ils allaient payer. Les Ecossais des Highlands allaient payer leur opposition à William, roi d'Angleterre, et leur loyauté à James II. Catholique ou non, par le droit de Dieu, ce dernier devait être roi légitime ! Et les Highlanders avaient prouvé leur courage en le soutenant, comme maintes fois auparavant, mais en vain et à présent ils allaient être écrasés.

— Tu dois partir maintenant, mon amour. Je vous retrouverai bientôt, je te le promets…

Mal repoussa tendrement une mèche de cheveux de son front.

— Tu ne me reverras plus…, murmura-t-elle.

La douleur de cette affirmation ne se fit pas sentir tout de suite, seule était présente celle du vent qui la fouettait. Mais tandis qu'il penchait sur elle le bleu infini de ses yeux, sa belle chevelure de jais, sa bouche large aux lèvres généreuses, elle repensa à ses baisers, et soudain la souffrance la transperça comme un couteau.

Elle cria, tomba à genoux, et il s'agenouilla près d'elle, ignorant les hommes qui l'attendaient, ses cavaliers et ses fantassins. Ce n'était pas une armée aussi disciplinée que celle qui les pourchassait, ou que celle qu'ils venaient de battre brillamment grâce à leur adresse et leur audace. Ils étaient des Highlanders, des hommes de clans, et, s'il leur arrivait de se quereller entre eux, quand ils se battaient ensemble, c'était comme des frères. Néanmoins, ils étaient indépendants et n'attendaient pas toujours les ordres. Leurs armes étaient insuffisantes, mais ils avaient leur cœur et leur âme. Ils mourraient les uns pour les autres, unis par un lien que l'on ne trouvait pas souvent dans les rangs de l'armée ennemie.

— Fiona, viens !

Il tendit les mains pour l'aider à se relever. Des mains merveilleuses, fortes, aux doigts longs, capables de l'étreindre avec passion et de tenir un enfant avec tendresse. Elle fut soudain terrifiée à la pensée de lui faire honte en criant d'une façon hystérique parce qu'elle savait qu'il allait mourir. Et sa mort serait un crime contre Dieu, contre la nature, car il était un homme magnifique non seulement dans sa chair, mais dans sa force, sa sagesse, et dans l'amour qu'il portait à leur pays, à leur Dieu, et à tous ceux qui vivaient dans leur petit coin du monde.

— L'enfant, Fiona. Tu dois protéger l'enfant !

Elle se mit debout en chancelant, essayant d'y voir malgré le voile de ses larmes. Elle se tint droite et tendit la main au petit garçon debout à côté d'elle, qui posait sur elle de grands yeux effrayés, déjà si tristement adulte…

Malcom baissa soudain la tête, peut-être pour cacher la conscience qu'il avait de sa destinée, et enlaça son enfant en tremblant.

Puis il se redressa et planta un dernier baiser farouche sur les lèvres de Fiona.

— Gordon, emmenez ma dame et mon fils, et gardez-les en sûreté.

Puis il se tourna, et prit son cheval à l'un de ses hommes, un cousin éloigné, comme beaucoup. La main de Gordon se posa sur l'épaule de Fiona.

— Au canot, milady… Vite !

Elle était aveuglée. C'était le vent, se dit-elle, mais les larmes qui ruisselaient sur son visage, sans retenue, n'étaient pas le résultat du froid. Tandis qu'ils couraient au rivage, elle s'essuya les joues et se tourna, son fils dans les bras, pour regarder une dernière fois l'homme qu'elle aimait tant.

Laird Malcolm, superbe dans son kilt, était monté sur son destrier et criait des ordres aux hommes autour de lui. Depuis la rive, elle put voir la charge valeureuse des Ecossais qui montaient à l'assaut de la colline, leur cri de bataille sur toutes les lèvres.

Ils mourraient en guerriers. Au combat.

Au moins ne seraient-ils pas traînés au gibet et raillés durant leur agonie. Ils combattraient leurs ennemis jusqu'à la mort. Mal avait affirmé qu'ils triompheraient, comme ils l'avaient déjà fait, mais elle savait avec certitude que cette fois leur courage ne suffirait pas.

Dans ses bras, son enfant se tortilla. Il était déjà si fort et si grand !

— Mon papa !

— Oui, ton père va se battre, murmura-t-elle.

L'ennemi apparut alors au sommet de la colline.

Une masse énorme. Compacte. Des milliers et des milliers de soldats…

Elle se tourna, grande, droite. Ses larmes ne coulaient plus. Avec l'aide de Gordon, elle se hâta de rejoindre l'eau où le canot attendait. Un rameur enveloppé d'une cape, la tête basse, était assis dedans.

— Vite, l'homme, vite ! lui cria Gordon. Vous devez la conduire au bateau.

Le rameur se leva alors brusquement, rabattit sa capuche, et le cœur de Fiona bondit, sa gorge se noua, quand elle vit son visage.

— Non, je ne le ferai pas ! dit-il.

Gordon tira son épée, mais l'homme était prêt. C'était un guerrier aussi expérimenté que l'Ecossais. Sa main était déjà sur le pommeau de son glaive, sous sa cape. Il leva sa lame, et transperça Gordon.

Fiona ne sentit plus le vent et ne l'entendit plus. Sa vision était claire, maintenant, et tout ce qu'elle voyait était rouge. Une mer rouge devant elle…

La folie la saisit. Elle tira la dague attachée à sa taille et frappa. Frappa.

Le rameur hurla de douleur et riposta aussitôt.

Fiona ne sentit pas lorsque l'acier entra en elle. Elle entendit son cœur. Simplement son cœur… Il tambourinait, rapide, irrégulier, expulsant à chaque battement le sang qui était sa vie…

Un cri désespéré s'éleva en elle.

Malcolm, mon amour, en vérité nous ne nous séparerons pas aujourd'hui, car il existe un paradis pour ceux qui ont été justes et forts…

— Maman !

Son fils ! Son précieux fils ! Elle essaya de lui répondre, mais elle n'avait déjà plus de souffle.

Tandis qu'elle gisait, mourante, elle entendit le rire de l'homme.

Et puis il y eut un hurlement. Un hurlement qui ne venait pas d'elle. Alors que le monde autour d'elle disparaissait, elle eut vaguement conscience que le rameur s'éloignait du rivage et que son enfant, encore si jeune, mais assez âgé pour tout avoir vu, pour avoir compris ce qui arrivait, était emporté par le Mal incarné.

1

Les Caraïbes
Route des Pirates
1716

— Inférieurs en canons, inférieurs en voilure, inférieurs en hommes… anéantis d'avance ! constata Logan Haggerty. Sacrebleu ! Virez de bord et prenez de la vitesse ! Toutes voiles dehors !

Presque aveuglé par la fureur, il fixait à travers ses paupières à demi fermées le bateau pirate qui se dirigeait sur eux.

— Capitaine, nous *sommes* toutes voiles dehors ! Et nom d'un chien, nous essayons *déjà* de virer de bord ! répondit son premier matelot, Jamie McDougall.

Jamie était un vieux loup de mer, un honnête marin de commerce qui était entré jadis dans la Marine. Puis il était passé un temps à la piraterie, avait obtenu son pardon et était revenu au service du roi. S'il y avait un tour à jouer en mer, Jamie le connaissait. S'il y avait un moyen d'échapper à un pirate, il le connaissait aussi.

Mais s'ils étaient coulés, Jamie saurait, tout comme lui, que ce serait l'œuvre de la cupidité et de l'égoïsme de l'aristocratie.

Logan avait informé le duc qui avait affrété le bateau marchand sur lequel ils se trouvaient que des pirates naviguaient dans la région. Il lui avait expliqué son propre désavantage, dû au nombre insuffisant de matelots à bord s'ils étaient accostés. Il avait expliqué aussi que le poids de leur cargaison affecterait grandement leur vitesse et leur capacité de manœuvre.

Mais le duc ne s'en était pas soucié. Seul comptait le trésor que Logan devait transporter pour lui.

Il avait dix canons.

Le bateau pirate en avait vingt qu'il pouvait aisément compter, peut-être plus, et sa longue-vue lui indiquait que l'équipage ennemi se montait au moins à deux douzaines d'hommes.

Deux fois plus que le sien.

Le navire qui se portait sur eux, arborant un drapeau rouge, était superbe. C'était un sloop, fin et rapide, fendant les vagues aussi facilement que s'il fendait l'air. Il avait un faible tirant d'eau et pouvait sans peine échapper à de plus grands bateaux, même en eau peu profonde. Un bâtiment bien équipé, à ce qu'il pouvait voir. Outre le grand canon pointé sur eux, il constatait que le pont supérieur était doté d'une rangée de canons pivotants, eux-mêmes munis de nombreux barillets.

Ce sloop était de toute beauté et avait été modifié pour les besoins de sa mission criminelle. Trois mâts, quand de nombreux sloops n'en avaient qu'un, et des voiles qui prenaient la plus légère brise. Ses canots étaient logés derrière les canons pivotants, ne laissant subsister aucune faiblesse. Il était petit, élancé et robuste.

Logan savait qu'il n'aurait pas dû entrer en territoire pirate, mais sa fierté l'avait perdu.

Oui, sa fierté plus encore que celle de la noblesse qu'il raillait, cette fierté qui l'avait finalement tenté d'entreprendre ce voyage malgré son refus véhément d'accepter la mission, au départ.

Et comment le duc était-il parvenu à le convaincre ? Logan eut un petit rire d'autodérision. Eh bien, à cause de Cassandra. De la douce Cassandra…

Il pourrait gagner sa main s'il avait assez d'argent. Sa

lignée était suffisamment noble, mais il était bien trop pauvre pour prétendre à la jeune femme. Néanmoins, s'il faisait un succès de cette mission, il pourrait rentrer triomphant et regagner tout ce que sa famille avait perdu. Non, ce qui lui avait été *volé*. S'il était capable de défier la mer et d'accomplir ce voyage, il serait digne d'elle. Elle était le seul trophée qui comptait à ses yeux, s'il réussissait dans cette course intrépide pour apporter l'or du temple d'Asiopia aux colons de Virginie.

Maintenant, il se rendait compte qu'il n'avait été qu'un sot. Qu'avait donc cette femme pour le captiver au point de tenter une entreprise aussi périlleuse ? Toute sa vie, il avait dû faire son propre chemin. Seul. Au fil des années, il avait connu des ribaudes et des grandes dames. Il leur avait montré à toutes de la courtoisie, mais jamais aucun sentiment amoureux, et il n'avait jamais éprouvé un tel besoin de se fixer.

Non que Cassandra soit une aguicheuse ou une tentatrice, qu'elle se montre exigeante ou menace de ne pas jouer franc jeu. Elle était trop droite pour cela. Non, ce qui le séduisait chez elle, c'était le rire qui pétillait dans ses yeux de vif-argent, la douce caresse de ses doigts et, surtout, l'honnêteté de toutes ses paroles et ses actions. Il se rendait compte qu'il pouvait l'aimer ; l'aimer vraiment. Il y avait davantage, bien sûr, même s'il ne pouvait l'admettre qu'en son for intérieur : elle serait la parfaite compagne pour lui. Elle était la fille unique d'une famille respectée et fortunée. Avec son nom joint au sien, il pourrait réclamer tout ce qui avait appartenu jadis à sa famille, et rebâtir ainsi la fortune des Haggerty. Cassandra était tout ce qu'il pouvait espérer chez une épouse et une partenaire.

Il ne pouvait la blâmer s'il avait voulu prendre ce risque pour elle. Il n'en blâmait même pas son père, qui ne voulait que la sécurité de sa seule enfant.

S'il y avait un blâme à attribuer, ce n'était qu'à lui.

Une voix intérieure, moqueuse, le traita de menteur et d'imposteur.

Le besoin d'argent n'était pas l'unique raison. Il était toujours avide de naviguer, parce que depuis toujours il voulait trouver un homme.

Un homme qui sillonnait les mers au mépris de la loi.

Il affirmait qu'il recherchait la justice, pas la vengeance, mais s'il était honnête avec lui-même, il devait admettre que c'était la soif de vengeance qui le guidait.

Il aurait dû prendre plus de canons. Il aurait dû emmener plus de matelots, mais il avait besoin d'hommes de confiance pour la bataille qu'il espérait engager, et de tels hommes étaient difficiles à trouver.

Quoi qu'il en soit, il ne pouvait reprocher à personne d'autre qu'à lui-même la situation critique dans laquelle il se trouvait en ce moment.

C'était une époque dangereuse pour parcourir les mers. Quand l'Angleterre et la Hollande étaient en guerre contre l'Espagne et la France, beaucoup de prétendus pirates se faisaient fort de mener une bataille légitime. Sur un bateau anglais, il n'aurait été à la merci que d'un bateau français ou espagnol. Mais quand les combattants avaient fait la paix en 1697, les corsaires avaient encombré la mer.

Beaucoup n'avaient aucune destination vers laquelle rentrer.

Beaucoup ne souhaitaient pas rentrer. Faire la guerre en mer était devenu pour eux un mode de vie.

Bien d'autres jugeaient qu'un homme pouvait faire fortune s'il était courageux, intrépide et prêt à risquer sa vie. Si bien que jamais auparavant les Caraïbes n'avaient été sillonnées par autant de voleurs.

Logan s'en prit au sort et aux hommes cupides et misérables qui l'avaient incité à partir contre son propre jugement.

Maudits soient-ils !

Non. Maudit soit-il, lui.

Un homme ne pouvait être conduit dans un tel endroit que s'il choisissait son cours.

Au temps pour le bon sens qui le guidait d'habitude, la détermination dont il se servait d'ordinaire à bon escient. Il avait échoué. Et ses désirs intrépides avaient condamné avec lui les hommes de qualité qui l'accompagnaient.

Il serait, sur ces vagues des Caraïbes, la cause de leur mort. Ils ne pouvaient prendre de vitesse le bateau pirate, et n'allaient sûrement pas le couler. Il n'était pas un poltron, mais il n'était pas un sot non plus. S'il ne faisait rien, le désir de se lier à une femme et l'appât du gain allaient le tuer et tuer tout son équipage avec lui.

— Milord capitaine ? demanda Jamie. Quels sont vos ordres ?

— Nous devons compter sur l'honneur de ce pirate, répondit-il, sachant qu'il devait sacrifier sa fierté pour sauver ses hommes.

— Quoi ? fit Jamie. Les pirates n'ont pas d'honneur !

— Si, ils en ont. Plus que maints supposés grands hommes. Envoyez le drapeau blanc. Demandez à parlementer. Je vais négocier avec leur capitaine.

— Négocier ? protesta Jamie. Mais il ne peut y avoir de négociation avec…

— Sinon, nous sommes tous des hommes morts. Descendez notre drapeau à mi-mât. Je vais nous sortir de là en traitant.

— Traiter avec un capitaine de pirates ? Il va plutôt vous passer par le fer !

— Pas s'il veut conserver le respect de ses hommes, assura Logan. Pour l'amour du Ciel, Jamie, nous perdons du temps ! Faites ce que je dis !

Malgré les protestations de son premier matelot et la méfiance manifeste de ses hommes, en vingt minutes ils furent flanc contre flanc avec le sloop et pas un coup de canon n'avait été tiré. Logan se tenait debout avec ses marins, fixant le beau bastingage du navire, pendant que les pirates les regardaient avec de grands sourires, parfaitement conscients d'avoir le dessus.

Des grappins d'abordage et d'épais cordages les unirent aussi étroitement que des amants pris dans une étreinte passionnée.

— Votre capitaine, mes braves ! cria alors Logan. Où est votre capitaine ? J'exige de le voir !

— Vous *exigez* ? releva un homme à la jambe de bois.

— En effet. C'est mon droit d'exiger une négociation, non pas *bien que* vous soyez des pirates, mais *parce que* vous êtes des pirates. Si vous rejetez ma demande, vous serez maudits et condamnés, et vous le savez.

Il avait compté sur la superstition qui avait cours chez les pirates et s'en félicita. Les membres d'équipage marmonnèrent entre eux et échangèrent des coups d'œil incertains.

Puis le capitaine s'avança à travers le groupe rassemblé sur le pont, un homme jeune et mince, rasé de près, avec de beaux cheveux noirs bouclant sous un chapeau à large bord orné d'une plume. Son pourpoint était en velours rouge et, en dessous, sa chemise était d'un blanc de neige. Il était grand, et ses traits évoquaient plus une statue grecque qu'un brigand des mers. Il portait de hautes bottes noires et, malgré l'élégance de sa tenue, il marchait avec une assurance virile. Les pistolets et le couteau passés dans sa large ceinture parlaient d'affaires sérieuses, ainsi que le long sabre qui pendait à son côté.

— Bonté divine, matelots, ne laissez pas ce gentilhomme vous désarmer si rapidement ! Il cherche à sauver sa peau, railla l'homme en s'avançant. Et non pas parce que c'est son prétendu droit de négocier, mais parce qu'il se croit si intelligent, je suis prêt à prendre le temps de parlementer avec lui.

— Quelles que soient vos raisons, je les apprécie, capitaine… Capitaine ?

— Mon drapeau dit tout. Je suis connu sous le nom de Red Robert. Robert le Rouge.

— Vous êtes anglais, dit Logan, lui rappelant qu'il avait attaqué l'un de ses compatriotes.

Rares étaient les pilleurs des mers qui s'attaquaient à leur propre pays.

— Je ne suis pas anglais, je vous assure.

Il avait apparemment déjà eu l'occasion de faire cette déclaration.

Son nom, Logan l'avait entendu prononcer dans de nombreux endroits. C'était un nom qui faisait trembler même les plus courageux, car les histoires que l'on racontait sur lui étaient terribles.

Il fut surpris de découvrir un homme qui paraissait si jeune et qui parlait d'une voix aussi douce mais, d'un autre côté, les pirates ne duraient guère longtemps, du moins dans la piraterie. Soit ils étaient tués, soit ils changeaient de nom et se créaient une nouvelle vie sur des îles éloignées ou dans des villes retirées, grâce aux richesses qu'ils avaient volées.

Logan reprit la parole, conscient qu'il devait le faire avec une certaine éloquence s'il voulait atteindre son but, celui de garder ses hommes en vie, quel que soit son propre sort.

Il s'avança d'un pas.

— Moi, mon bon capitaine Robert, je suis Logan Haggerty, lord de Loch Emery. Cela dit, si mon titre était synonyme de terres ou de richesses, vous ne me trouveriez pas en haute mer. Ce que je cherche, c'est le droit de livrer un combat d'homme à homme.

— Hmm… Expliquez-vous…

— Si vous me vainquez avec votre épée, vous aurez gagné un bon bateau et de grandes richesses sans verser une goutte de sang autre que le mien ni risquer la perte d'un trésor au fond de la mer, sans risquer non plus la vie ni les membres de vos hommes.

— Et si *vous* me battez, milord ? demanda Red Robert avec un amusement poli.

— Alors nous continuerons notre chemin.

L'homme parut soupeser sérieusement ses paroles. Puis il déclara :

— Vous plaisantez sûrement.

— Auriez-vous peur ? demanda Logan, jaugeant sa mince silhouette et sa jeunesse apparente, qui offraient un étrange contraste avec les voleurs endurcis à ses côtés.

— Ce n'est pas un métier pour quelqu'un qui a peur, rétorqua Red Robert d'un ton détaché. Ne soyez pas trompé par ma jeunesse, *lord* Haggerty. Je suis plus qu'efficace avec mes armes.

Un homme très musclé qui se trouvait près du capitaine pirate — pas beaucoup plus vieux, mais bien plus fort et plus large que lui — lui chuchota quelque chose à l'oreille, ce qui le fit rire.

— Il peut s'agir d'un mauvais tour, Red, l'avertit l'un des autres matelots, un individu avec de longs cheveux gris, une grande boucle en or à l'oreille et des doigts qui frémissaient sur la poignée du couteau qu'il portait à la taille.

— Ce n'est pas un mauvais tour, dit tranquillement Logan.

— Ne crains rien, Hagar, reprit Red à l'attention de l'homme qui avait parlé. Et aucun accord n'a encore été passé.

Puis il se tourna vers Logan.

— Voici ce que je propose : si vous me battez, vous ne partirez pas libre. Après tout, milord, vous saviez certainement que vous naviguiez en eaux dangereuses.

Alors que Logan voulait parler, Red Robert leva la main pour l'interrompre.

— Vos hommes garderont le bateau. Ils pourront même partir avec la moitié du trésor. Mais vous, vous resterez avec nous, prisonnier consentant que nous échangerons contre une rançon.

— Je vous l'ai dit. Mon titre signifie bien peu de choses.

— D'où le voyage téméraire que vous avez entrepris aujourd'hui ?

Logan ne répondit pas, même si son cœur semblait se racornir à la pensée de ne jamais revoir Cassandra. Néanmoins, ses hommes resteraient en vie et pourraient repartir.

S'il gagnait.

Et, Dieu le préserve, le capitaine pirate était mince, ce qui le rendrait vif. Agile. Un adversaire mortel.

Mais même s'il était lui-même beaucoup plus large de carrure, et avait des bras puissants, il était agile aussi. Il s'était entraîné avec quelques-uns des meilleurs escrimeurs que l'argent pouvait acheter, étant donné que la fortune de son protecteur ne s'était effondrée que récemment.

Il devait sauver ses hommes, songea-t-il. Il avait eu tous les droits de mettre sa propre vie en jeu, mais il avait eu grand tort de risquer la leur. Et s'il pouvait vaincre ce capitaine…

— Je serai votre prisonnier consentant, déclara-t-il alors. Toutefois, si je perds, je vous demanderai de laisser les canots à mes hommes pour qu'ils puissent accoster quelque part sains et saufs.

Red Robert haussa les épaules.

Le grand homme, à côté de lui, protesta.

— Non !

Le capitaine se tourna alors vers lui avec un regard de mécontentement si farouche que l'homme recula et courba la tête.

— Brendan ! dit-il d'un ton d'avertissement.

Il avait vraiment une voix curieuse. Très douce. Etrange, pour quelqu'un qui avait besoin de crier des ordres contre le vent. Son timbre était un peu voilé, et ressemblait presque à un murmure.

— Oui, Red, répondit le dénommé Brendan.

Mais il resta rigide, désapprouvant visiblement, même si son « oui » était un « oui » d'obéissance à son capitaine,

— Eh bien, c'est d'accord, répondit alors Red à Logan.

— C'est de la folie, protesta doucement Jamie. Une

ruse, certainement. Ils ne nous laisseront pas partir, capitaine… Ils ne renonceront pas à la moitié d'un tel trésor.

— De la folie, en effet, convint Logan.

Cette histoire avait été une folie dès l'instant où il avait accepté de transporter le trésor, de toute façon. Et ce qu'il proposait était-il vraiment fou ? Oui, sans doute, du début à la fin ! Mais il tenait là sa chance de sauver au moins ceux qu'il avait entraînés dans cette aventure.

— Toutefois, je crois que ce pirate tiendra parole…

— Mon pont est le plus grand, milord capitaine, dit Red Robert. Nous nous battrons ici.

Il y eut des marmonnements sur le pont du sloop.

Et quelques protestations du côté de Logan.

Le capitaine leva une main. Les grommellements cessèrent aussitôt.

— Nous combattrons jusqu'au premier sang, lança-t-il d'un ton bourru.

— Avez-vous peur des prouesses de lord Haggerty ? le provoqua alors Jamie.

Logan souhaita qu'il se taise. Ils n'étaient guère en position d'irriter leurs adversaires.

— Je n'ai pas l'intention de sacrifier une belle rançon ou de bons muscles pour les avirons, rétorqua Red avec calme.

— Eh bien ? demanda l'un de ses compagnons. Y allons-nous, ou pas ?

Lord Haggerty sauta agilement sur le bastingage pour passer sur le pont de l'autre bateau. Seul parmi les brigands, il tint pied. Il dévisagea le mince pirate, dont il ne pouvait s'empêcher de trouver le visage étrangement fin et beau, puis s'inclina bien bas.

— Quand vous voudrez, capitaine.

— Dégagez le pont, ordonna Red Robert.

Ce n'était pas un braillement tonitruant, mais un ordre donné avec calme et qui fut aussitôt obéi.

— Il vous faut un second, milord capitaine ! cria Jamie McDougall.

Et, sans attendre, il bondit sur le sloop pour venir se placer au côté de Logan, le visage pâle et les poings serrés.

Jamie était vraiment un bon et loyal ami, pensa Logan. Ils partageaient une longue histoire. Il n'allait pas, ne *pouvait* pas, apparemment, l'abandonner maintenant.

Red Robert tira son sabre du beau fourreau accroché sur sa hanche. Il s'inclina courtoisement face à Logan.

— A votre convenance, milord.

— Non, monsieur, à la vôtre, répondit doucement Logan.

Cela aurait pu être une rencontre de hasard dans la rue. Au début, ils tournèrent avec soin l'un autour de l'autre, chacun essayant de prendre la mesure et d'évaluer le courage de son adversaire. Ni l'un ni l'autre ne paraissait inquiet le moins du monde. Logan vit un sourire incurver les lèvres du pirate. Maintenant qu'il le voyait de plus près encore, il le trouvait vraiment très jeune.

Red Robert avait gardé son pourpoint écarlate, ce qui surprit Logan, car lui-même était en culottes et chemise, ce qui lui donnait une plus grande liberté de mouvement. Etait-ce à cause de sa jeunesse et — peut-être ? — de son inexpérience pour ce genre de combat ?

Son adversaire paraissait cependant tout à fait à l'aise habillé ainsi.

Il n'allait certainement pas lui suggérer d'ôter sa veste. Pourquoi offrir un avantage à son ennemi ?

— Touchez-le, Red ! cria Hagar, l'homme aux cheveux gris, imité bientôt par tout le groupe de pirates.

Ne voulant pas être en reste, l'équipage de Logan lui lança alors des encouragements.

— Attaquez ce pilleur des mers, milord ! Attaquez-le ! lui cria Jamie.

— Red, prends garde à son jeu de pieds ! conseilla de son côté le prénommé Brendan.

— C'est un vil rat de mer, milord ! lança quelqu'un du navire marchand.

Logan reconnut la voix de Richard Darnley, un bon

matelot et un garçon décidé à faire son chemin dans le monde. Jeune et déterminé. Un homme qui méritait une longue vie et l'accomplissement de ses rêves.

Red Robert continuait à le jauger.

Puis ils engagèrent le duel.

Lentement, presque poliment d'abord. Leurs épées se touchèrent. Leurs yeux se rencontrèrent.

Ils commencèrent ensuite pour de bon.

Un premier coup… Logan sentit le choc du métal se répercuter tout le long de son bras. Une rapide parade, une autre et une autre.

Pendant un instant, il pensa qu'il avait l'avantage, mais il se rendit vite compte qu'il était allé trop vite en pensée.

Son adversaire bondit agilement contre la coque à tribord, puis se lança en avant et faillit le toucher en pleine poitrine. Logan réussit à sauter de côté, propulsé par l'instinct, et fut certain que ce geste lui sauva la vie. Mais il avait frôlé la blessure de près. De bien trop près. Ils ne se battaient que jusqu'au premier sang. Toutefois, si le pirate avait profité de son élan…

De toute évidence, ce combat n'allait pas être un duel de gentilshommes.

— Milord, surveillez ce maudit rapace ! l'avertit Jamie.

Logan s'avança rudement, donnant une série d'assauts et de coups rapides, forçant son adversaire à reculer. Juste comme il pensait l'avoir coincé contre la cabine du capitaine, Red Robert sauta de nouveau et atterrit sur un coffre. Cette fois, lorsqu'il chargea, ce fut presque pour séparer la tête de Logan de son corps.

L'instinct l'avait poussé à se baisser, gardant ainsi sa vie et son crâne intacts. De justesse ! Son adversaire était aussi habile à l'épée qu'il l'avait affirmé, et n'avait visiblement pas peur de verser le sang ou de trancher des membres.

Dans ses yeux, luisait une lueur mortelle.

Les plaisanteries, les encouragements, les cris de dérision, tout cela semblait devenir de plus en plus sonore, comme une tempête qui prenait de la force.

Le visage de Red Robert était échauffé. Il portait bien son nom, pensa alors Logan, espérant y voir un signe de faiblesse. Peut-être son adversaire s'était-il fié un peu trop à son habileté. Une habileté plus que respectable, certes, mais aucun d'eux n'était encore assuré de la victoire.

Il devait prendre l'avantage maintenant. L'excellence à l'escrime tenait pour une très grande part à l'art de mettre au point une stratégie pour exploiter au mieux ses propres atouts. Ainsi, un homme lourd utilisait-il son poids et sa force, un homme mince son agilité. Pour vaincre ce pirate, il devait donc anticiper chaque bond, chaque glissade qu'il pourrait faire, et être ailleurs quand le coup tomberait.

Une fois de plus Red Robert s'envola, atterrissant cette fois sur un tonneau de rhum. En une fraction de seconde, Logan anticipa alors son prochain mouvement, un bond rapide qui le placerait derrière lui.

Il pirouetta. En ce bref instant, il pria pour ne pas s'être trompé.

Non. Il avait vu juste.

Red Robert s'avisa trop tard que sa ruse avait été contrée. Il atterrit face à Logan, qui s'empressa de poser la pointe de son épée sur sa gorge.

Deux yeux bleus le fixèrent alors avec fureur, mais il fut certain que le pirate était surtout furieux contre lui-même, pour s'être laissé feinter.

— Bon calcul, dit-il, parvenant à peine à desserrer les dents.

Logan retira son épée et s'inclina. Alors qu'il se redressait, il trouva la lame du capitaine sur sa gorge.

Ce fut à son tour d'être furieux.

— Capitaine, vous n'êtes pas un homme de parole ! Je vous ai vaincu.

Le pirate se rengorgea.

— Nous avions dit au premier sang. Vous ne m'avez pas fait saigner.

— Seulement parce que j'ai choisi de ne pas vous blesser. Mais un accord a été conclu, et je suis un homme honnête.

— Et moi, un pirate !

— On dit que l'honneur d'un pirate est plus grand que celui de l'homme moyen.

— Et qu'en savez-vous ? demanda Red Robert.

— J'ai navigué sur ces mers de nombreuses années.

L'épée commença à s'abaisser.

Logan réagit alors dans un mouvement de colère, frappant violemment la lame de son adversaire et l'envoyant presque voler. Puis il le toucha prestement à la joue ; une petite goutte de sang apparut.

— Premier sang, dit-il d'un ton glacial.

Red Robert ne cilla pas. Il ne porta pas non plus la main à sa joue.

Il se contenta de tourner les talons, se dirigeant à grands pas vers sa cabine. Sur le seuil, il s'arrêta, regarda en arrière et dit à ses hommes :

— La cargaison du bateau de notre lord capitaine doit être également partagée. Ses hommes pourront reprendre leur route quand nous aurons récupéré notre part.

— Et le capitaine lui-même ? demanda Brendan.

— Emmenez-le dans la cale.

Ses yeux d'un bleu glacé croisèrent ceux de Logan à travers le pont.

— C'est un homme honorable. Il ira sans se rebeller, comme il l'a juré, j'en suis certain.

— Et si je n'étais pas un gentilhomme ? Si je protestais, maintenant ? demanda Logan.

— Vous m'avez battu, mais vous mesurez sûrement que je n'exagère pas mes capacités à l'épée, dit Red Robert d'un ton crispé. Je suis également très habile avec un fouet. Mais peu importe. Vous avez donné votre parole. Et vous êtes un homme d'honneur.

Il se tourna pour entrer dans la cabine.

— Attendez ! cria Logan.

Le pirate pivota.

— Je voudrais vous demander un moment avec mon premier matelot. Pour lui donner des instructions.

— Faites…

— Vous ne craignez pas qu'il s'agisse d'une ruse ?

— Pourquoi le craindrais-je ? Vous m'avez assuré que vous êtes un homme de parole.

Red Robert disparut.

Logan se tint immobile et impavide, tandis que la porte de la cabine se refermait. Il se sentait trembler intérieurement, mais ne pouvait pas le laisser voir. Il avait atteint son but : ses hommes vivraient. Ils vogueraient vers la Caroline du Sud.

— Mon garçon…, dit Jamie d'une voix étranglée.

Il ne s'embarrassa pas de cérémonies et serra Logan dans une brusque accolade, puis le regarda dans les yeux d'un air affligé.

— Jamie, mon bon compagnon… Ne vous inquiétez pas pour moi. Vous allez naviguer avec les autres et pourrez vous occuper de ma libération. Je crois que nos clients seront heureux que la moitié de leur trésor ait survécu, et vous devez vous assurer que nous recevions la part convenue. Quarante pour cent. N'acceptez pas moins.

— Bien, capitaine.

Logan vit alors que Brendan conduisait dix hommes sur son bateau.

— Aidez à la répartition ! cria-t-il d'une voix forte à ses hommes qui se tenaient sur le pont, raides, la bouche pincée, bougeant à peine. Nous avons conclu un accord, et il sera respecté. N'empêchez aucun homme du bateau pirate de prendre ce qui lui revient.

— Vous avez entendu le capitaine, vous autres ! rugit Jamie.

— Allez, mon ami… Prenez la direction des affaires, lui dit Logan.

Jamie hocha la tête. Profondément chagriné, il paraissait sur le point de pleurer.

— J'ai survécu jusqu'ici, dit doucement Logan pour le rassurer.

Il se força à sourire d'un air sûr de lui.

— Et je continuerai, je vous le garantis !

— Je trouverai un moyen de tuer ces foutus brigands ! jura Jamie. Je ne me reposerai pas avant d'avoir réuni la rançon que ce pirate demande et de vous voir libéré, j'en fais le serment !

— Vous êtes un homme bien, Jamie. Nous nous reverrons.

— Milord…

— Dites à Cassandra…

— Oui ?

— Dites-lui que je suis profondément désolé. Mais que je la prie… — non, que j'exige ! — qu'elle choisisse n'importe quelle autre voie vers le bonheur.

— Non, milord !

— Vous le lui direz, Jamie. Jurez-le-moi.

— Je ne peux pas…

— Vous le pouvez. Vous le devez. Jurez-le, Jamie !

Le vieux loup de mer baissa la tête.

— Oui. Comme vous voudrez…

— Que Dieu vous accompagne, mon ami.

Jamie, l'air farouche et amer, jeta un coup d'œil vers la cabine du capitaine.

— Je prie que Dieu soit avec vous, car il a abandonné le reste d'entre nous.

— Il aide ceux qui s'aident eux-mêmes, à ce que l'on dit, et je suis parfaitement capable de m'aider moi-même, comme vous le savez.

Jamie hocha la tête avec raideur, puis tourna vivement les talons et s'éloigna.

Une brise fraîche soufflait sur le pont du sloop.

La mer… l'air… le doux sifflement du vent. Pour Logan, ils signifiaient la liberté. Il n'avait jamais mesuré à quel point jusqu'à cet instant. Curieux comme il ne s'était jamais rendu compte auparavant combien il aimait la liberté.

Mais après tout, cela faisait longtemps qu'il n'avait pas été prisonnier.

C'était dans une autre vie. Pourtant il n'avait pas oublié.

Ce souvenir était même pour moitié dans le voyage téméraire qui l'avait conduit à son sort actuel.

— Milord capitaine ?

Il y avait une trace de raillerie dans ces mots.

Le dénommé Brendan se tenait à côté de lui et l'observait.

— Je crains que votre présence ne soit requise. Dans la cale.

Logan acquiesça d'un signe de tête, puis constata que le pirate portait des menottes.

— Elles ne sont pas nécessaires, dit-il. Montrez-moi juste le chemin.

Brendan regarda d'abord vers la cabine de son capitaine, comme pour guetter une approbation, puis désigna d'un geste du bras les marches qui descendaient dans la cale.

Après un dernier coup d'œil au ciel bleu éclatant, Logan se dirigea vers l'escalier qui semblait le conduire dans un abysse sans fin.

Un abysse qui n'était pas plus noir que son cœur, cependant.

Prendre des risques était une chose. Tout perdre en était une autre, bien différente.

Par bonheur, ses hommes avaient gardé la vie. Logan remercia alors le Ciel que durant toute son existence, même dans ses moments de folie inspirés par la rage, il n'ait jamais conduit autrui à mourir pour une de ses quêtes.

Il n'avait jamais eu l'intention de vendre son âme.

Mais, tandis qu'il descendait dans l'obscurité, il se demanda brusquement s'il ne l'avait pas perdue.

2

Le bruit la hantait, la hanterait toujours…

C'était un bruit de sabots qui approchait comme le tonnerre. Un lent grondement au début, comme un tremblement venu de sous la terre. Une vibration qui affolait les oiseaux. Leurs piaillements, dans le souffle du vent… Le bruit devenait plus fort, le tremblement de la terre plus profond. Et puis, un battement de cœur plus tard à peine, les sabots qui martelaient distinctement le sol, lacéraient l'herbe et la terre, faisant jaillir des étincelles des rochers, ébranlant le monde.

Les bêtes, enfin, qui arrivaient en vue, à fond de train, et les hurlements. Les gens qui couraient partout, désespérés.

Le tonnerre sur eux. Aussi fort que si un éclair avait frappé le sol et ouvert un trou dans le globe.

Et puis…

Une épée qui brillait au soleil.

Le sang, une cascade de sang qui se déversait, qui giclait dans l'air…

Et les corps…

Red se réveilla en sursaut, cherchant son souffle, pétrifiée, mais consciente que quelqu'un était là, quelqu'un avec des mains fortes et rassurantes, et qu'une voix murmurait :

— Arrête ! Ne crie pas !

Elle lâcha un soupir tremblant, avide d'air, mais resta silencieuse.

— Tu n'avais pas fait ce cauchemar depuis longtemps.

Elle hocha la tête.

— C'est le combat, dit Brendan.

— Je ne sais pas ce que c'est, rétorqua-t-elle d'un ton sec.

— Moi si, insista Brendan. C'est le duel.

Red ne répondit pas.

— Tu crois qu'il sait ?

Elle se redressa et se leva, évitant le contact de Brendan, et se mit à arpenter la cabine.

— Je l'ignore.

— Tu m'as fait une peur bleue, tu sais !

Il la prit par les épaules et plongea son regard dans ses magnifiques yeux saphir.

— Tu aurais pu être tuée.

— J'aurais pu être tuée une douzaine de fois ces dernières années, lui fit-elle remarquer.

Brendan la lâcha et se mit à faire les cent pas dans la cabine, lui aussi.

— Cet homme est intelligent, trop intelligent… Je veux dire, quel fou transportant un tel trésor aurait osé un tour aussi hardi ? Dieu sait que la plupart des pirates ne se seraient pas pliés à un tel marché.

Red se laissa choir sur le canapé qui flanquait un beau bureau en acajou.

— Ah non ? Il me semble pourtant me rappeler avoir utilisé un tour similaire — et avec succès — contre le grand Barbe-Noire lui-même.

Brendan s'arrêta et la regarda.

— Barbe-Noire m'a dit qu'il avait été sidéré quand il t'a rencontrée, fasciné même. Il t'avait pris pour un si joli *garçon* que cela l'avait amusé de ne pas te tuer. Il paraissait déconcerté par sa propre réaction.

— J'ai battu le grand Edward Teach à la loyale ! rétorqua Red, indignée.

Brendan secoua la tête.

— Seulement parce qu'au début il riait si fort qu'il

t'a sous-estimée. Il avait deviné que tu étais une femme, Bobbie. Et il t'admirait terriblement.

— Une bonne chose, puisqu'il est un ami depuis et qu'il a gardé mon secret. Et la question est là, Brendan. La plupart des gens que nous rencontrons sont des hommes rongés par la vermine et désespérés, avides de faire fortune, mais aisément détournés de leur but par une bouteille de rhum et une ribaude. Pourtant, même ces bougres sales aux dents pourries ont en général un certain honneur. Un honneur de voleurs, si tu veux, mais un honneur plus réel que bien des nobles censément respectables qu'il nous arrive de côtoyer. Ils adhèrent au code de moralité des pirates. Nous n'avons fait rien de moins aujourd'hui.

— Je crains qu'il ne sache, dit Brendan d'un air sombre.

— Et alors ? Tout notre équipage sait !

— Tout l'équipage te vénère. Tu les as sauvés d'une mort certaine, lui rappela-t-il. Un acte pour lequel tu aurais pu te retrouver pendue, d'après la loi.

Elle haussa les épaules. A l'époque, il n'y avait rien eu d'autre à faire. Son premier acte de pirate… Elle avait exceptionnellement bien réussi, tout bien considéré.

— Nous aurions pu mourir. Il n'y avait aucune garantie pour l'avenir, quand nous avons commencé notre carrière de pirates. Mais nous étions déjà dans la peau d'autres personnes, à ce moment-là.

Un sourire incurva les lèvres de Brendan.

— Tu es passée de lady Roberta Cuthbert à Red Robert à une vitesse stupéfiante. Tu aurais remarquablement réussi sur scène, tu sais…

Red sourit aussi, mais son sourire s'estompa très vite.

— Oui, et quel bien me ferait une vie d'actrice ? Je serais considérée comme une ribaude dans ce métier aussi.

— Tu atteindrais peut-être un grand âge, suggéra-t-il.

— Ce ne serait pas vivre. Brendan, je ne peux pas oublier…

— Je sais. Je remercie le Ciel d'avoir pu transformer

ce placard au coin de ta cabine en cabine de premier matelot. Si tu criais comme tu le fais parfois sans que je ne puisse t'arrêter avant qu'on t'entende, nous aurions de sérieux problèmes !

— Ça fait presque un an que je n'ai pas eu ce cauchemar...

Brendan s'agenouilla à ses pieds et lui toucha tendrement la joue.

— Nous vivons un mensonge dangereux, Bobbie. Un mensonge très dangereux.

Elle toucha à son tour son visage.

— Je vais bien. Je le jure. Je ne rêverai plus.

— Tu ne peux pas le savoir ! Nous devons...

— Revenir en arrière ?

— Oui, nous devons revenir en arrière.

Roberta se leva.

— Je ne reviendrai jamais en arrière, Brendan !

— Mais, Bobbie...

Sans la perruque noire, sans les bottes, les couteaux et les pistolets, le pourpoint rouge et le chapeau à plume, elle savait qu'elle paraissait frêle et éthérée. Sa vraie chevelure était rousse, et ruisselait dans son dos en douces boucles qui brillaient à la lumière de la lampe.

Elle connaissait et aimait son équipage, en particulier Hagar, leur ami de toujours. Ses hommes ne lui feraient jamais de mal et préféreraient mourir que de la voir blessée. Mais elle se devait de garder une façade forte, parce que c'était nécessaire. Quelle que soit son apparence au milieu de la nuit, l'implacable pugnacité dont elle faisait montre dans la poursuite de sa cause, sa force et sa détermination constituaient maintenant la réalité de ce qu'elle était.

— Il n'y a pas de « mais », Brendan ! Maintenant, mon cousin bien-aimé, nous avons tous les deux besoin de dormir...

— Je crains qu'il n'ait deviné, dit Brendan d'un ton dur.

Elle lui sourit d'un air suave.

— Alors il devra mourir.

***

— Je maintiens que tu prends trop de risques !

Logan était surpris d'entendre si clairement la conversation de sa prison sous le pont. Il venait de passer deux jours de captivité dans un petit réduit isolé. A un moment donné, ce réduit avait peut-être constitué les quartiers privés d'un officier, mais à présent il était dénué de tout — d'absolument tout. C'était un espace de bois de dix pieds par dix, qui comportait deux fentes horizontales de dix pouces de long sur trois de haut. Il y avait pressé l'oreille constamment, écoutant ce qu'il pouvait des conversations de l'équipage.

Mais les hommes n'avaient pas dit grand-chose. Toutefois, après deux jours de solitude rompue seulement par l'arrivée d'un plateau de nourriture trois fois par jour, avec de l'eau douce et une petite ration de rhum, toute conversation, si elle ne lui apprenait rien, avait au moins le mérite de le distraire un moment.

Il se demandait combien de temps durerait son emprisonnement. Ce n'était pas le pire châtiment qu'il aurait pu recevoir, cependant. On ne l'avait pas fouetté, ni affamé, ni menacé de mort ou de mutilation… mais la monotonie l'engourdissait. Il avait passé ses premières heures de captivité à chercher un moyen de s'échapper, même après s'être rendu compte qu'il n'y avait qu'une porte et qu'elle était fermée par une grosse serrure. L'équipage était zélé et ne prenait pas de risques : plusieurs hommes armés gardaient la porte chaque fois qu'on lui apportait à manger.

Il passait donc les longues heures du jour à feindre un duel avec une épée imaginaire, ou à arpenter le petit espace, à penser aussi. Il avait bien essayé de s'arrêter de penser. Cela ne le conduisait nulle part.

Cette fois, il était très tard dans la nuit. Le bateau était tranquille depuis des heures. Et les voix qu'il entendait étaient celles de Red Robert et de son premier matelot, Brendan.

Red rit doucement.

— Mais qu'est-ce que la vie sinon des risques permanents, Brendan ?

— Certes, mais jusqu'à présent tu avais un plan, et maintenant… maintenant tu risques ta vie.

— Arrête avec cette obsession ! Nous risquons notre vie chaque matin quand nous nous réveillons !

Le matelot lâcha un soupir irrité.

— Tu n'aurais pas dû garder le prisonnier.

— J'aurais dû tous les tuer, d'après toi ?

— Non.

Il y eut un silence.

— Mais c'était un sacré bon bateau, et tu l'as laissé partir.

— Nous n'avons pas besoin d'un autre bateau.

— Nous n'avions pas besoin non plus d'un prisonnier.

— Quelle différence cela fait-il ? Et puis, je compte que nous trouverons quelqu'un prêt à payer pour sa libération.

— Vraiment ? Il était en mer à voler des trésors anciens quand nous l'avons abordé, fit sèchement remarquer Brendan.

— Cela ne signifie pas qu'il n'y a pas quelqu'un prêt à payer pour le faire libérer.

Brendan grogna.

— Il va devenir fou le temps que tu le relâches.

— On ne lui a pas fait de mal.

— L'emprisonnement peut détruire l'esprit. Tu l'as laissé sans rien. Pas un livre… pas un objet pour se distraire. Il ne peut même pas s'exercer à faire des nœuds de marin !

— Donne une corde à un homme, il peut se pendre.

— Il est robuste.

— Trop robuste, rétorqua Red d'un ton sec.

— Il pourrait travailler.

— Et il pourrait s'échapper. Tuer quelqu'un et s'échapper.

— Il ne le ferait pas, assura Brendan.

— Ah non ? releva Red.

— C'est un homme de parole.

— Et il a donné sa parole de ne pas s'échapper ?
— Tu ne la lui as pas demandée.
— On ne le torture pas, dit Red avec impatience.
— C'est vrai, mais il pourrait être utile sur le pont.
— Nous n'avons pas besoin d'un moussaillon.
— Nous ne sommes pas si nombreux, tu sais ! répondit Brendan dont le ton impatient disait clairement que la conversation l'agaçait.
— Nous ne pouvons pas nous permettre de l'être.
— Mais nous pourrions avoir l'usage d'un matelot de plus !

Red poussa un grognement, mais ne répondit pas.

— Ecoute, quand tout a commencé... j'ai compris le pourquoi du comment, reprit Brendan. Mais à présent... que cherches-tu exactement ?

Sa voix était à la fois triste et sérieuse.

Il y eut un silence, puis une réponse à voix basse :

— La vengeance, tu le sais, Brendan... C'est ce qui me fait continuer. C'est ma seule raison de rester en vie.

Logan entendit des pas ; puis le capitaine appela un des hommes pour vérifier le cap du bateau. Ils allaient vers le sud-ouest, et Logan ne put s'empêcher de se demander pourquoi.

Il s'adossa au mur, pensif. Red Robert était de toute évidence très jeune, mais par certains côtés il paraissait presque sans âge. Et il se trompait. La vengeance n'était pas une récompense ayant plus de valeur que la vie. Comment une personne aussi jeune en était-elle venue à n'avoir que la haine comme motivation ?

Peut-être n'était-ce pas si difficile à deviner, au fond. La vie était si dure... Beaucoup naissaient seulement pour l'endurer. Certains s'élevaient au-dessus. Certains survivaient à peine.

D'autres mouraient.

Et d'autres encore devenaient des assassins, des voleurs ou des pirates.

Mais Red Robert... Quelque chose en lui était singulier.

Il était si menu, presque efféminé, très capable, certes, mais pas vraiment viril.

Au bout de quelques minutes de cette réflexion, Logan parvint à une étonnante conclusion.

Conclusion qui ne répondait cependant pas au « Pourquoi ? ». Conclusion qui ne lui disait pas non plus quelle sorte de vengeance pouvait pousser quelqu'un à des mesures aussi désespérées.

Le lendemain, on le fit sortir de son réduit, après lui avoir lié les poignets. Brendan s'en excusa.

— Désolé, mon ami. Mais nous sommes conscients de vos talents, alors… Je suis sûr que vous comprenez.

Logan hocha la tête avec gravité.

— Merci, *mon ami*. Je prends cela comme un compliment.

Brendan haussa les épaules. Logan passa le premier et traversa la cale de devant, notant la présence de pistolets, de poudre, de caisses de cargaison et de provisions, de hamacs pour l'équipage. Puis il sortit sur le pont. Ah ! le pont ! L'air frais, enfin ! La brise était aussi douce que délicieuse. Il n'y avait pas de pluie à l'horizon, ni de nuages menaçants. Logan fut heureux pendant une minute de rester simplement là, à savourer la caresse du soleil.

Mais une main s'abattit sur son épaule et il fut conduit vers la cabine arrière. Brendan frappa à la porte et reçut un bref « oui » du capitaine Robert.

Il fit un signe à l'intention de Logan, lui indiquant d'entrer. Quand la porte se referma derrière lui, Logan trouva le capitaine habillé de pied en cap — culottes, chemise, gilet, pourpoint, bottes et chapeau — et assis à un grand bureau en acajou, en train d'écrire à la plume. Il ne leva pas les yeux à l'entrée de son prisonnier, ni quand il prit la parole.

— Il a été porté à mon attention que, même si votre bien-être compte assez peu, vous pourriez être utile sur le pont — bien que j'avoue ne pas vous faire confiance.

Néanmoins, mon premier matelot pense que vous ne feriez pas de sottes tentatives d'évasion si nous vous faisions travailler en haut.

La plume fut posée dans l'encrier, et le capitaine leva enfin les yeux.

— Tout à fait franchement, si vous tentiez de vous échapper, nous devrions vous tuer. Ce ne serait pas une grande perte pour nous, vous vous en doutez, mais, comme vous êtes habile avec des armes, je n'aimerais pas perdre un membre loyal de mon équipage à cause de vous. Le choix vous revient donc…

Des mots secs, prononcés durement, pas d'humour sur le visage, une façade d'une totale efficacité.

— Je ne sais pas où nous sommes. Dans ces conditions, je ne vois pas du tout vers où je pourrais m'échapper. Les eaux des Caraïbes sont chaudes, mais vastes, répondit Logan.

— Ce n'est pas exactement un serment. Essayez de vous échapper et vous mourrez d'une façon ou d'une autre. Comme je l'ai dit, cela nous importe peu, vu qu'il n'y a aucune garantie que nous obtenions une rançon quelconque pour votre vie.

Le capitaine le dévisagea alors intensément, comme pour l'évaluer. Ses yeux étaient bleu foncé et tout à fait… fascinants !

— Je vous donne ma parole, capitaine, que je n'essaierai pas de m'échapper quand je travaillerai en haut, déclara Logan, d'un ton aussi égal et dénué d'émotion que celui de son interlocuteur.

Ce dernier le jaugea d'un regard direct et impassible. Puis un semblant de sourire se dessina sur ses lèvres.

— Bien. C'est jour de lessive.

— De lessive ? releva Logan, stupéfait.

— Oui, de lessive.

— Mais… nous sommes en mer.

— En effet.

— Ce serait gaspiller de l'eau douce !

— Ce que je gaspille ou non me regarde. Il y a une bible sur le bord de mon bureau. Posez votre main dessus et jurez que vous n'essaierez pas de vous échapper…

De nouveau, un sourire subtil se peignit sur ses lèvres. Son visage juvénile pouvait être gamin, parfois. En tout cas, il était délicat… et beau sous sa façade de dureté.

— Et que vous ferez la lessive.

Red Robert reprit la plume et se remit à écrire.

— Et que vous prendrez un bain.

— Un bain ? releva Logan l'air abasourdi.

— Il y a de la brise aujourd'hui, vous l'avez peut-être constaté. Mais, d'une façon générale, les Caraïbes sont très chaudes. Ce que beaucoup de mes collègues sur ces mers semblent ignorer, c'est que nous évitons les maladies avec plus de succès que d'autres parce que nous nous efforçons de garder ce bateau à l'abri de la vermine, comme les rats ou les poux qui ont tendance à apprécier la tête et le corps humain. Quand nous sommes à l'ancre, près des îles, mes hommes aiment beaucoup nager. Ils ont découvert que l'eau de mer est excellente pour tout ce qui affecte leur peau. Alors vous servirez — et vous baignerez — comme l'un de nous. Ou vous retournerez moisir dans la cale !

— Capitaine, me baigner ne m'ennuie pas du tout.

— Et la lessive ?

— Ce sera une nouvelle… aventure, admit Logan.

— Une *aventure* ? répéta Red Robert d'un drôle de ton. Bon. Jurez maintenant. Sur la Bible.

— Est-ce que beaucoup de vos prisonniers croient en Dieu, capitaine ?

— La plupart des hommes affirment que cela leur est bien égal si le diable les emporte, mais je ne crois pas que vous soyez un homme commun. Par ailleurs, lorsqu'il est sur le point de mourir, les croyances d'un homme ont tendance à changer. J'ai vu beaucoup de soi-disant incroyants implorer le Ciel en sachant leur mort imminente. Alors jurez ou retournez dans la cale.

Logan prit la bible et jura.

— La lessive… et un bain, dit-il. Je suppose, si j'ai estimé correctement notre cap, que nous faisons route vers Nassau ?

— Vers Nassau en effet, New Providence. Vous connaissez ? demanda poliment Red. Vous ne semblez pourtant pas être le genre de personne à passer beaucoup de temps là-bas.

— J'y suis allé.

— Eh bien ? demanda Red tandis que Logan restait debout devant le bureau sans bouger.

— Serai-je autorisé à descendre à terre ?

— Oui.

— C'est très généreux de votre part.

Le capitaine tourna vers lui ses yeux magnifiques.

— Les pirates ont de l'honneur, comme vous ne cessez de me le rappeler. Mais je m'assurerai que tout le monde sache que vous êtes un prisonnier et où est votre place. Si vous tentiez de vous échapper durant l'escale, nous mettrions votre tête à prix, une belle somme pour votre retour — mort ou vif, dit-il plaisamment.

— Ce ne sera pas nécessaire.

— Vraiment ?

— J'ai donné ma parole. Par ailleurs, si toutefois l'information vous intéresse, sachez que je crois en Dieu, en l'au-delà et au purgatoire. Je préférerais passer encore de longues années à vivre sur cette Terre, mais je n'ai pas peur de mourir.

— Bravo, dit sèchement Red.

— Vous n'avez manifestement pas peur de mourir non plus.

Red Robert reposa sa plume.

— Je partage vos convictions sur un point, lord Haggerty. Je préférerais moi aussi faire mon temps sur Terre plutôt qu'au-dessous — ou comme nourriture pour les poissons, ce qui pourrait bien être mon sort. Mais je n'ai pas non plus peur de la mort. Vous pouvez disposer, maintenant.

— J'ai des menottes.

— Oui.

— Il est difficile de laver du linge avec des menottes.

— Cette question va être réglée.

— Capitaine Red Robert…, reprit Logan d'un ton songeur.

— Quoi, encore ?

— Vous non plus, ne semblez pas être le genre… *d'homme* à passer du temps à New Providence.

— Et pourquoi donc ?

— Je n'ai pas vu beaucoup de gentilshommes propres et bien habillés sur l'île.

— Je n'ai jamais prétendu être un gentilhomme, et je réclame encore moins le titre de lord.

— Je le réclame, mais il ne signifie pas grand-chose.

— Bien des hommes se paient un bain à New Providence, dit Red avec impatience.

— Oui, entre autres choses.

Logan eut un sourire entendu.

— Parlez-vous juste pour m'agacer, ou pour éviter de faire la lessive ?

Logan sourit de nouveau.

— Il figure dans les articles de la piraterie qu'il ne doit pas y avoir de femmes à bord d'un bateau. Cela porte malheur, comme vous le savez certainement, et provoque des querelles entre les hommes.

— Si vous me demandez si vous pouvez vous payer une ribaude sur l'île et la ramener à bord, lord Haggerty, vous devriez vous rappeler que vous êtes prisonnier et qu'en tant que tel vous n'avez pas d'argent.

Logan arborait toujours un grand sourire.

— Ce serait non, alors ?

— Voulez-vous retourner dans la cale ?

— Pas du tout. Je suis très intrigué par la lessive.

— Oui, j'imagine qu'un lord ne sait pas grand-chose là-dessus.

— Je le prononce « laird », dit Logan, surpris par sa soudaine irritation.

— Vous êtes Ecossais, donc, releva poliment Red. J'avais remarqué votre accent.

— En effet.

Elle le fixa.

— Pas mieux qu'un Anglais, j'en ai peur.

Elle haussa la voix.

— Brendan !

La porte s'ouvrit ; Brendan attendait derrière.

Logan se racla la gorge.

— Vous avez ma parole que je ne chercherai pas à m'échapper, dit-il sérieusement.

— Capitaine, vu qu'il a juré, puis-je lui délier les mains ?

Red Robert était revenu à ses écrits, mais hocha légèrement la tête.

Brendan eut alors un grand sourire, ce qui fit comprendre à Logan que le bras droit du capitaine l'aimait bien, ou au moins le respectait. Il se rendit compte aussi qu'il ressemblait beaucoup à Red Robert. Et qu'ils étaient tous les deux bien trop jeunes pour cette vie.

D'un autre côté, rares étaient les pirates qui faisaient de vieux os.

— La lessive, j'en ai peur, dit Brendan.

Logan haussa les épaules.

— Conduisez-moi.

Red entendit rire sur le pont.

Rire ?

Elle se leva et alla jusqu'à la fenêtre de la cabine. Ecartant légèrement le rideau, elle regarda fixement la scène assez inattendue qui se déroulait sous ses yeux : les matelots apprenaient à leur prisonnier l'art de la lessive.

Ce dernier avait de toute évidence réussi à se faire une place dans le groupe, ce qui indiquait qu'il était soit un idiot téméraire, soit un homme déterminé et courageux. Et dans les deux cas, il en était dangereux.

On frappa et la porte s'ouvrit avant que Red ne puisse voir qui était là ou ordonner d'entrer. C'était Brendan.

— Ah ah ! fit-il. Tu épies notre prisonnier !

— Je suis le capitaine, rétorqua-t-elle, vexée de s'être fait surprendre. Je peux épier qui je veux !

— Le capitaine…

Brendan se mit à rire et s'assit, posant les pieds sur le bureau, à l'aise et amusé.

— C'est un sacré bonhomme, non ?

— Intéressant, au moins.

— Et un bon escrimeur.

— Oui, j'ai remarqué.

Elle porta involontairement un doigt à sa joue.

— C'est une éraflure, Bobbie. Tu n'auras pas de cicatrice.

— J'ai déjà des cicatrices, Brendan.

— Oui, mais dans ton âme, pas dans ta chair.

Red lui repoussa les jambes du bureau et s'assit.

— Nous faisons route vers New Providence.

— C'est notre cap. Mais…

— Nous pourrons y vendre cette nouvelle cargaison.

— Oui, mais nous en obtiendrions plus dans les colonies.

— Je ne veux pas naviguer aussi loin avec un tel trésor. La nouvelle de ce que nous avons à bord fera vite son chemin et nous serons attaqués par tous les pirates du coin. On considère peut-être que cela porte malheur d'attaquer un confrère, mais la plupart du temps nos pairs sont plus cupides que superstitieux.

Brendan resta silencieux un moment, puis reprit, changeant de sujet :

— Je sais que je t'ai tourmentée dernièrement, mais tu sais que la vie que nous menons ne peut durer éternellement. Combien de temps comptes-tu continuer cette supercherie ?

— Aussi longtemps qu'il faudra.

Il se pencha en avant.

— Ça devient chaque jour plus dangereux, Bobbie… Et il ne me plaît pas d'aller à Nassau. C'est le repaire de la pire lie de l'humanité. L'homme qui partage ta bouteille de rhum à un instant donné te plantera sans état d'âme son couteau dans le dos à l'instant suivant.

— L'équipage est prudent et les hommes se surveillent les uns les autres, objecta Red.

Brendan secoua la tête.

— Tu veux aller à Nassau pour voir si tu peux découvrir où *il* est et où *il* va.

— Bien sûr.

Brendan se mura alors dans un silence réprobateur.

— Est-ce que tu veux bien arrêter de te faire du souci, s'il te plaît ? demanda finalement Red, irritée.

— Dernièrement… Dernièrement j'ai eu peur, je l'admets. Ecoute… Nous avons plutôt bien réussi… Nous pourrions trouver refuge quelque part, prendre de nouvelles identités… Mener une vie décente. Une vraie vie. Il y a des endroits en Amérique où nous pourrions disparaître.

— Il ne s'agit pas d'argent, Brendan.

Ce dernier secoua de nouveau la tête, obstiné.

— Bobbie, tu sais quel genre d'homme il est. Tout le monde le hait. Il finira bien par se faire tuer par quelqu'un, quelque part.

— Oh ! Vraiment ? Je te rappelle qu'il est parvenu à passer presque deux décennies à faire fortune en s'appuyant sur la terreur et la tragédie des autres. En outre, je préférerais le tuer moi-même. Et cesse de m'appeler Bobbie, s'il te plaît. Je suis le capitaine Red.

Brendan parut cette fois exaspéré.

— Pour moi tu es Roberta, quelle que soit la comédie que tu joues. Nous avons survécu jusqu'à présent, mais d'habitude… Tu avais coutume de m'écouter. J'ai le terrible sentiment que nous avons poussé les choses trop loin.

Les traits de Red restaient figés.

— Brendan, dit-elle, et il y avait de l'acier dans sa voix, ainsi qu'une certaine compassion. Si tu veux abandonner, tu peux le faire. Je peux te déposer dans un port sûr de ton choix, où tu pourras prendre un bateau pour les colonies. Tu peux prétendre avoir été enlevé tout le temps que nous avons passé en mer. Ce ne serait pas la première fois qu'une telle chose arrive.

— Bobbie, Dieu sait que je me suis battu, et durement, à ton côté. J'ai risqué ma vie, comme tu as risqué la tienne…

— Personne ne s'est battu plus fort que toi, convint-elle.

— Mais je ne peux pas faire taire en moi cet étrange désir de survivre qui m'habite.

— Je veux survivre, moi aussi. L'instinct, je suppose.

— Il y a une vie pour toi en dehors de tout cela… quelque part…

— Brendan, sérieusement… Pendant tout le temps que nous avons passé ensemble, qu'ai-je connu selon toi qui pourrait être considéré comme une *vraie* vie ?

Elle vit la douleur dans ses yeux. Il avait tant partagé avec elle depuis le début. La terreur. La pauvreté. La servitude, les menaces, les abus, et une élite gouvernante qui leur avait collectivement tourné le dos. Elle avait finalement trouvé la seule vraie parenté qu'elle ait jamais connue parmi les pirates.

Il se leva brusquement.

— Qui sait ? Peut-être que si notre méchante vieille maîtresse t'avait envoyée à un homme correct et ouvert à la compassion — même s'il était vieux et plein de maladies —, les choses auraient été différentes.

Elle lui jeta un regard furieux.

— Quelle merveilleuse suggestion, Brendan ! J'aurais pu mener une vie plus horrible encore, comme ribaude syphilitique, et mourir d'une horrible mort.

— Bobbie…

— Arrête de m'appeler *Bobbie* !

— Les hommes connaissent ton nom.

— Notre prisonnier ne le connaît pas.

— Ce prisonnier que tu épiais… Si tu es si intriguée, sors donc rejoindre tes hommes, *capitaine Red Robert.*

— Si tu as envie de n'être qu'un empoisonneur, à toi de sortir profiter de la compagnie du prisonnier et des hommes, rétorqua Red avec irritation.

— C'est bien ce que je vais faire, répondit-il, la provoquant d'un grand sourire.

Quand il fut parti, Red regarda fixement la porte, se demandant pourquoi elle se sentait si ridiculement agacée et inquiète. La certitude de son cousin qu'ils avaient poussé trop loin leur vie de comédie commençait à la mettre mal à l'aise malgré elle. Elle serra les dents, baissant les yeux sur les listes qu'elle préparait pour la répartition de leur prise. Les mots et les chiffres semblaient se brouiller sous son regard. Elle avait la fièvre des cabines. Elle était restée trop longtemps enfermée dans son petit royaume. Elle avait besoin de prendre l'air.

Les accusations de Brendan étaient vraies. Elle était obsédée. Mais *il* rôdait par là, et elle comptait bien le trouver, le tuer ou mourir en essayant.

Blair Colm.

Tant d'années avaient passé. Mais elle se souvenait de tout — absolument tout — comme si les événements s'étaient passés la veille. Ils n'étaient que des enfants, alors.

Des hommes se battaient sincèrement pour une cause. D'autres cherchaient à acquérir des richesses, des titres, afin d'améliorer leur position dans la vie.

Et certains étaient simplement cruels. Certains aimaient voir la souffrance qu'ils infligeaient aux autres. Pour eux, c'était seulement un bonus si le fait de tuer des hommes, des femmes et des enfants s'accompagnait d'une récompense. Blair Colm était l'un de ceux-là.

Même après toutes ces années, elle s'étonnait encore qu'ils aient tous deux survécu à ce monstre…

Il ne les avait pas tués ; il les avait vendus, envoyés en servitude dans les colonies.

Elle avait haï lady Fotherington presque autant qu'elle haïssait Blair Colm. Collet monté, osseuse, des cheveux d'un gris de fer, une volonté implacable, cette femme pensait que les enfants à son service travaillaient mieux s'ils étaient battus au moins une fois par semaine. De son point de vue, certaines nationalités créaient des êtres humains de moindre valeur, et Brendan et elle en faisaient partie.

Red regarda ses mains. Il n'avait pas été difficile de jouer le rôle d'un homme avec de telles mains. Pendant des années, elle avait passé ses journées à genoux, à frotter et à récurer… depuis la cheminée de la cuisine jusqu'aux pieds hideux d'Ellen Fotherington. Les seules attentions gentilles qu'elle ait jamais reçues pendant tout ce temps étaient venues de la fille célibataire d'Ellen Fotherington, Lygia. Aussi grande, maigre et osseuse que sa mère, la jeune femme parlait rarement devant quelqu'un. Un soir, tard, alors qu'elle avait fini ses corvées, Red s'était glissée dans le cabinet de travail de feu lord Fotherington, où elle avait trouvé Lygia en train de lire. Elle s'était immobilisée sur le pas de la porte, terrifiée, certaine de recevoir une rossée supplémentaire, mais les longues rangées de livres l'avaient toujours attirée. En bredouillant, elle avait essayé de trouver une raison à sa présence, mais Lygia avait souri, et ce sourire l'avait fait paraître attachante, sinon belle.

— Chut… Je ne suis pas censée être ici, moi non plus. Je suis censée cultiver des arts plus mondains, comme la musique et la danse, mais j'aime tant cette pièce. Elle est si imprégnée du souvenir de mon père. Si seulement il avait vécu…

Mais il n'avait pas vécu. Il était mort d'une grippe. Et c'était ainsi qu'Ellen Fotherington en était venue à gouverner la résidence de Charleston, où elle recevait des hommes d'Etat, des lords, des dames, des artistes et des membres de la petite noblesse. Elle commandait des marchandises de première qualité en Angleterre et en France, et son thé en Chine. Elle régentait sa maison comme un despote, et son seul regret dans la vie était que sa fille lui ressemble, au lieu de ressembler à son séduisant époux.

La fortune dont elle était pourvue aurait dû cependant procurer un bon mariage à Lygia, mais elle avait lu trop de livres au fil des années. Et elle refusait de se marier. Elle repoussait les jeunes freluquets qui n'en voulaient qu'à son argent. Elle repoussait les gentilshommes si âgés qu'ils ne la trouvaient pas laide. Sa mère la rendait aussi malheureuse que ses serviteurs, des enfants loués, pour la plupart, qu'elle ne traitait guère mieux que des esclaves. Mais elle n'avait jamais pu forcer Lygia à se marier, que ce soit par le fouet ou à la force du poignet.

Ainsi, Red avait-elle eu la chance d'avoir une amie. Une amie qui lui offrait le monde, parce qu'elles partageaient la passion des livres.

Ellen Fotherington savait faire de ses petits serviteurs de véritables esclaves. Si leur période de service était terminée, elle les accusait d'avoir dérobé quelque chose, ou d'avoir fait quelque chose de mal. Et ainsi, ils lui devaient plus de temps.

Red en avait vu beaucoup mourir à son service.

Ils étaient morts parce qu'ils n'avaient pas d'espoir. Leur esprit avait péri bien avant que leur corps ne cède. Leur chair ne pouvait que suivre.

Ellen Fotherington ne mettait pas les gens en pièces, à proprement parler. Elle ne volait pas vraiment leurs droits de naissance. Elle prenait ce qui rendait la vie précieuse : la liberté de l'âme.

Dans le cas de Red, elle avait décidé de la vendre à un hideux petit comte français affligé de la goutte et d'une douzaine d'autres méchantes maladies. Libre à lui d'en faire ensuite ce qu'il voudrait. Enfermée à double tour dans une cabine du bateau qui devait la conduire en France, elle avait été renvoyée de l'autre côté de l'Atlantique.

C'était alors que Red Robert, le pirate le plus redoutable des hautes mers, était né.

Elle baissa la tête et inspira profondément. Elle se ressaisit et sourit presque. Le capitaine d'un navire marchand qu'ils avaient saisi au large de la Géorgie lui avait appris qu'Ellen était morte. D'une morte lente et douloureuse.

Alors, elle avait cru en Dieu.

Et c'était peut-être la seule fois où elle avait cru que Dieu croyait aussi en elle, même si cette pensée n'était pas chrétienne. Ellen, qui paradait chaque dimanche à l'église avec toute sa maisonnée, méritait d'être en enfer. Dieu pouvait se permettre de pardonner ; pas elle !

Mais Blair Colm, l'homme qui avait massacré tant de petits enfants devant elle parce que cela lui donnait du plaisir, vivait toujours, lui, et cela devait absolument être rectifié. Dieu l'avait laissé vivre bien trop longtemps. Dieu lui avait permis de commettre bien trop d'atrocités.

Dieu l'avait aussi aidée à créer Red Robert ; Red Robert aiderait donc Dieu à débarrasser le monde de Blair Colm.

C'était une façon de voir les choses, en tout cas. Une façon de voir le monde qui l'aidait à rester saine d'esprit et à persévérer.

Et maintenant qu'elle s'était engagée dans cette voie, elle ne reviendrait pas en arrière.

Elle ne renoncerait pas à cette vie — elle ne pouvait pas y renoncer — tant que cet homme ne serait pas mort.

Par conséquent…

Cap sur New Providence.

3

New Providence

Dire que la ville rutilait aurait été exagéré. Mais elle était là, grande et paillarde. Les cris, dans les rues, étaient assez sonores pour s'entendre de loin, et plus d'un vaurien y possédait un repaire grandiose pour y assouvir ses vils désirs. La jetée était encombrée de caisses et de tonneaux que l'on chargeait et déchargeait ; des bateaux étaient à l'ancre dans le port, de petites embarcations faisaient des allers et retours entre le rivage et eux. Des femmes, grandes et petites, leurs peaux aux couleurs aussi variées que celles de leurs habits aux teintes vives, marchaient dans les rues boueuses, passant devant des boutiques, des tavernes et des cases, la plupart près de s'effondrer.

C'était une très belle journée. Le bateau était à l'ancre, se balançant doucement dans la baie sous un ciel qui n'était parsemé que de doux nuages blancs. La brise était suave, propre et caressante, du moins en mer. Logan savait que peu de choses pouvaient être qualifiées de suaves à New Providence. Des seaux d'eau sale étaient versés par les fenêtres, changeant les rues en torrents de boue. Et comme la population dans son ensemble était portée sur la boisson, les relents rances de whisky, de rhum et de bière se combinaient à la fumée de vieux tabac à pipe, rendant l'odeur absolument écœurante.

Mais à la distance où il se tenait, constata-t-il, la ville

paraissait simplement colorée et excitante, offrant même un étrange charme avec sa paillardise franche et assumée.

— C'est l'île des voleurs, mon ami, dit Brendan en posant lourdement sa main sur son épaule.

— Je sais, mais ce sont des voleurs honnêtes à leur façon, n'est-ce pas ?

— Vous êtes déjà venu ici ?

— Oui.

Brendan recula, et lui jeta un coup d'œil tout à la fois amusé et intrigué.

— Qu'est-ce qu'un gentilhomme de qualité comme vous faisait parmi la racaille de cette île ?

— Je marchandais.

Logan redressa les épaules, puis les laissa retomber.

— Je ne me souviens pas avoir dit que j'étais un gentilhomme de qualité, ajouta-t-il.

— *Lord* Haggerty ?

— On prononce « laird », rectifia Logan avec une pointe de lassitude.

Brendan haussa un sourcil, et lui fit un grand sourire. Il était lui-même un jeune homme assez étonnant pour être un pirate.

Pour commencer, ses dents étaient bonnes. Ensuite, il était plus qu'étrange qu'une flopée de robustes proscrits se baignent et fassent la lessive, même si l'un des plus patibulaires du groupe, Bill Thornton, connu de tous sous le surnom de Jambe-de-Bois, lui avait affirmé fièrement ne pas avoir attrapé la moindre fièvre ni eu de poux depuis qu'il s'était embarqué avec le capitaine Red. En fait, avait-il avoué, il était même impatient de voir quels savons il pourrait acheter à Nassau.

Brendan, lui…

Brendan était un homme intéressant. Aussi intéressant que le capitaine avec qui il était visiblement parent. Il était plus grand de cinq bons pouces, bien que Red Robert — malgré ses bottes à talons — ne soit pas petit. Brendan mesurait bien plus de six pieds, et il avait les épaules d'un homme qui était habitué depuis longtemps à se servir de ses muscles. Il paraissait en excellente condition physique. Ses traits n'étaient pas aussi fins que ceux du capitaine, ses yeux d'un bleu plus pâle, et sa mâchoire beaucoup plus carrée. Parfois, il semblait songeur. Quand on l'y prenait, il était prompt à faire une remarque paillarde ou une réponse improvisée. Il s'était montré très intéressé par ce qui se passait dans les colonies, son intérêt portant surtout sur les villes du Sud.

Il était amical, et par le biais de cette amitié Logan avait appris à connaître les autres. Hagar était une sorte d'énorme chien de garde, un homme solide et très grand. Il avait des mains massives, des cuisses aussi grosses que des troncs d'arbre et son torse avait l'envergure d'un tonneau. Il était également quelqu'un d'assez correct, doté d'un bon sens de l'humour. Tous semblaient vénérer Red Robert ; ils ne se contentaient pas de le respecter.

— Comme vous voulez, *laird* Haggerty... Nous allons accoster. Le prochain canot, mon bon.

L'Aigle, comme le bateau avait été rebaptisé par les pirates, était équipé de deux barques pour charger et décharger les provisions et la cargaison, et de deux canots plus petits et plus étroits. Les barques étaient parties les premières, avec Hagar, et maintenant on descendait le premier canot pour Jambe-de-Bois, Brendan, le capitaine Red et Logan, avec aux avirons un autre impressionnant membre d'équipage, Sam-le-Silencieux, un Iroquois à la stature et à la musculature impressionnantes.

Tandis que les hommes se tenaient prêts à descendre, Red Robert fit son apparition dans sa tenue habituelle : de hautes bottes noires, une chemise blanche, un gilet de brocart, un pourpoint noir et un chapeau à plume abaissé sur son front. Un couteau était enfilé dans chacune de ses bottes et une ceinture en cuir portée bas retenait un tromblon et un pistolet à double barillet, ainsi qu'un sabre dans un fourreau en cuir.

— Etes-vous prêt pour New Providence, laird Haggerty ? lui demanda-t-il.

— Je connais New Providence, lui rappela Logan.

— Mais elle change. Elle change littéralement avec le vent, car l'humeur de la ville suit celle du roi des voleurs qui se trouve au port.

Le capitaine fit un signe de tête à Brendan.

— *Milaird,* dit alors ce dernier à Logan, avec une courbette et un geste du bras, l'invitant à les précéder dans le canot.

Logan enjamba agilement le bastingage et saisit l'échelle de corde qui descendait dans l'embarcation, où Sam-le-Silencieux attendait. Arrivé à quelques pieds, il sauta, sentit le canot osciller sous lui, puis il s'assit et regarda descendre les autres.

— Alors vous allez vendre ma cargaison ici ? demanda-t-il à Red et Brendan quand ils eurent pris place.

— N'importe qui par ici saura assez tôt que je l'ai. Mieux vaut m'en débarrasser au plus vite. Des souverains sont plus faciles à manier, répondit Red en haussant les épaules.

— J'aurais pu vous en obtenir beaucoup plus ailleurs.

— Tant pis.

Logan essaya une autre tactique.

— C'est un endroit très dangereux pour faire des affaires.

— Etes-vous donc descendu à terre pour faire des affaires ? demanda Red.

— Oui. Mais je ne suis pas…

Logan laissa retomber sa voix et se tourna vers la jetée.

— Vous n'êtes pas quoi ?

Il fut étonné de sentir la main gantée de Red se poser sur son genou. Les yeux bleu foncé le fixaient avec une colère méfiante et Logan se troubla.

— Un pirate, termina-t-il.

— Du diable si vous n'en êtes pas un ! affirma Red en se redressant.

— Eh bien, non, il n'en est pas un, intervint Brendan.

— Oh ! Vraiment ? Il est en tout cas un voleur, car ce trésor n'était-il pas déjà volé avant de nous arriver ?

Logan fixa le capitaine à son tour, mais ne dit rien.

— Vous ne protestez pas ?

— Non. Vous avez marqué un point.

Le canot accosta le long d'une extension du quai de bois. Hagar et plusieurs autres étaient là, les attendant.

— Est-il ici ? demanda aussitôt Red.

Hagar hocha la tête.

— Il vous attend au Coq.

— Bien. Et la cargaison ?

— Déjà à la taverne, capitaine. Tous savent que vous en êtes le propriétaire en titre et préparent leurs offres, s'il décidait de ne pas acheter.

— Bon… Une toute petite équipe garde le bateau… Vous connaissez les ordres.

Red s'engagea alors sur la jetée avec Brendan. Curieux, Logan les suivit à l'intérieur de la ville.

Des poules s'éparpillaient sur la route en terre battue à leur passage, caquetant et battant des ailes.

— Prenez garde à l'eau ! cria quelqu'un, et ils s'écartèrent à temps pour échapper au contenu d'un pot de chambre.

Red avançait à grands pas, avec assurance, et Logan remarqua bientôt que nombre d'hommes le saluaient en levant leur chapeau ou en portant la main à leur front avec respect. Le capitaine, lui, se contentait de hocher la tête.

— Etonnant…, dit-il à Brendan.

— Quoi ?

— Je n'ai jamais vu un groupe de telles épaves montrer une telle déférence à un autre homme… même à Barbe-Noire, marmonna-t-il.

— C'est que Red a tué le diable, voyez-vous, lui répondit Brendan à voix basse.

— Le diable ? releva Logan en baissant lui-même le ton, s'avisant que son compagnon ne voulait pas que ses paroles soient entendues.

— Avez-vous entendu parler de Black Luke ?

Logan fronça les sourcils. S'il en avait entendu parler ? Qui ne connaissait pas Black Luke de réputation ! L'homme avait été la terreur des mers, craint et méprisé par tous les marins, même par les autres pirates.

L'intention d'un pirate, lorsqu'il prenait un bateau, n'était pas de le couler ni d'en tuer l'équipage. L'un et l'autre avaient de la valeur. Habituellement, les hommes étaient capturés et ajoutés à la flotte. Ils étaient tués seulement quand ils refusaient de se rendre, car les navires saisis avaient besoin d'équipages.

Mais Black Luke avait coulé plus de bateaux que la plupart des hommes en voyaient dans leur vie. Il ne laissait jamais un homme capturé en vie. Il torturait ses prisonniers. Ses hommes ne votaient pas, comme c'était l'usage chez les pirates, et ne recevaient pas leur part de quelque butin que ce soit. Mais ils avaient bien trop peur de leur capitaine pour songer à se mutiner. On disait qu'il avait des yeux derrière la tête. Un de ses hommes avait essayé un jour de le tuer dans son sommeil. Black Luke s'était alors dressé pour le saisir par le cou et l'avait jeté à la mer.

— *Red* a tué Black Luke ? demanda Logan, incrédule.

— Oui.

— Comment ?

— Avec du talent. Et pas mal de chance, répondit Brendan.

— Vous y étiez ?

La mâchoire de Brendan était aussi serrée que le nœud coulant d'un bourreau.

— Oui, admit-il au bout d'un moment.

— Je ne peux pas le croire.

— Croyez-le pourtant.

— J'avais entendu dire que Black Luke était mort, mais personne ne semblait savoir si c'était vrai et, si oui, comment il avait péri.

Brendan regardait droit devant lui, n'ayant visiblement pas envie de s'expliquer.

Une porte s'ouvrit brusquement devant eux et un homme voltigea hors d'un établissement à la peinture blanche écaillée et aux fenêtres ouvertes. Il fut suivi par une femme aux abondants cheveux noirs détachés, qui n'avaient visiblement pas connu le contact d'un peigne depuis longtemps ; elle avait les pieds nus, un corsage en coton décolleté et une jupe multicolore, d'où dépassait l'ourlet d'un jupon sale.

— Emmenez vos sales pattes ailleurs, espèce de vermine ! cria-t-elle. Mes filles ne sont pas de mauvaise qualité !

— Vos filles sont des ribaudes ! cria l'homme en retour.

— Mais elles ne sont pas des ribaudes *bon marché,* et elles ne prendront pas des hommes comme vous pour rien ! Déguerpissez !

Elle s'arrêta et un sourire fendit son visage quand elle vit Red.

— Capitaine Robert ! s'exclama-t-elle d'un ton ravi.

— Oui, Sonya, nous sommes au port. Edward est-il par là ?

— Il a dit que vous viendriez. Il y a une pièce prête pour vos négociations, au fond. Brendan, ma poupée…, ajouta-t-elle d'une voix charmeuse. Et… qu'avons-nous là ?

Elle promena un regard admiratif sur Logan et lui fit un clin d'œil tout en chaloupant des hanches vers lui. Elle s'arrêta juste avant de le toucher.

— Mais c'est laird Haggerty ! dit-elle avec un autre sourire ravi.

Ce qui arrêta Red, remarqua Logan.

— Oui, Sonya. C'est un plaisir, dit-il en soulevant son chapeau.

Red le fixait à présent avec une expression qui disait clairement : « Bien sûr, il connaît les ribaudes de l'île… »

— Vous… naviguez ensemble ? demanda Sonya en les dévisageant tour à tour d'un air incrédule.

— Laird Haggerty est notre invité pour le moment, répondit Brendan.

Son ton, même s'il était plaisant, indiquait clairement qu'elle ne devait pas en demander plus. Puis il donna une tape dans le dos de Logan.

— Cap sur le rhum, mon ami ? fit-il.

— Cap sur le rhum, répéta Logan.

Il n'avait pas d'autre choix de toute façon. Lorsqu'ils entrèrent dans la taverne bruyante et enfumée, le capitaine Red Robert marcha directement vers le fond de l'établissement douteux.

— Alors comme ça, Sonya vous connaît ? demanda Brendan, une lueur coquine dans les yeux.

— Je vogue vers tous les ports connus.

— En quête de trésors ?

— Je vends et je marchande, répondit Logan en détournant le regard. Et bien sûr… comme tout marin, je cherche des informations.

— Des informations ?

— Il est sage de savoir ce qui se passe en mer. Quels… capitaines sont par là, et où ils vont.

— Ah !… Dommage que vous n'ayez pas entendu parler de nous, alors !

— Dommage, en effet, acquiesça Logan.

— Ma petite ! Bienvenue !

L'homme assis derrière une table branlante à l'arrière de la taverne était immense. Son pourpoint était ouvert, comme sa chemise en coton, et une riche dentelle se déversait sur son gilet en velours.

Edward Teach, plus connu sous le nom de Barbe-Noire, aimait les habits voyants. C'était un homme sensuel, aux lèvres pleines, aux grandes mains, aux épais cheveux noirs, à la barbe fournie, aux traits accusés et au rire tonitruant.

Red lui jeta un regard d'avertissement.

— Vous croyez donc que cette bande d'ivrognes

derrière ce mur peut entendre quoi que ce soit par-dessus leur vacarme, leur satanée musique et leurs amusements avec les ribaudes, *damoiselle* ?

— Il y a toujours ceux qui brûlent de faire perdre leur pouvoir à ceux qui réussissent, et vous le savez, lui rappela Red en écartant du pied la chaise en face de lui.

Dès qu'elle s'assit, il tendit le bras à travers la table et lui prit les mains.

— Comme vous voudrez. Ce sera donc capitaine Red… Au plus noir de la nuit, dans la solitude et jusqu'aux cieux. Capitaine Red. Soit.

— Je vous ai apporté un trésor.

— Je vole moi-même des trésors pour gagner ma vie, comme vous le savez. J'ai accepté de vous rencontrer ici pour considérer votre offre d'unir nos forces, pas pour acheter un trésor.

Elle fit un geste de la main.

— C'est un trésor exceptionnel.

— Oh ?

— Un trésor espagnol.

Il se mit à rire.

— Eh bien, navré de vous le dire, cher capitaine, mais les Anglais n'ont guère de trésors, en général. Ce sont les Espagnols qui sont connus pour éliminer des populations entières et prendre ce dont ces gens n'auront plus besoin, puisqu'ils sont tous morts !

— Les Anglais n'ont pas revendiqué les terres où de l'or pouvait être trouvé, admit Red. Mais, apparemment, certains nobles anglais étaient prêts à payer cher pour ce trésor-là. Vous avez vu ce que j'ai apporté ? Les pièces et les pierres précieuses sont de toute beauté.

— Oui, je l'ai vu. C'est très beau, en effet.

— Alors vous allez m'en offrir de l'or négociable ?

— Comme je viens de le dire, je peux voler moi-même des trésors…

— Mais celui-ci vous coûtera la moitié de sa valeur et pas un seul homme. Vous ne gaspillerez pas une balle ni un boulet, vous ne devrez pas mettre à feu un seul canon. Vous pouvez obtenir ce trésor rare à très bas prix en temps, en efforts et en vies.

— Je vous aime bien, vous le savez. Et je pense que vous devriez vivre et ôter votre joli derrière d'endroits tels que celui-ci, dit Barbe-Noire en hochant la tête avec sérieux.

Elle sourit. Il était l'un des hommes les plus redoutés qui cinglaient sur les mers. Il savait ce qu'elle avait perçu instinctivement : les apparences avaient bien plus de valeur que la vérité. Non pas qu'il n'ait pas abattu sa part d'ennemis et qu'il ne puisse se montrer impitoyable, mais il ne tuait pas tous ses prisonniers et aimait beaucoup les femmes. En fait, il en avait épousé une flopée.

Il ne croyait pas au divorce, mais après tout ses mariages n'étaient guère légaux. Il était généreux et bon avec ses épouses, et quand il s'en lassait il préférait une simple disparition à une issue plus fatale.

— J'ai entendu dire que vous avez pourchassé Blair Colm, dit Red platement.

Il la regarda et soupira.

— Oui, je l'ai vu.

Elle se pencha vers lui.

— Le bateau, ou l'homme lui-même ?

Il se pencha aussi. Sa barbe, dont il tirait une grande fierté, reposait sur la table, parsemée çà et là de bouts de ficelle. Il aimait allumer des mèches de chanvre dedans quand il allait au combat ; il avait alors l'air de fumer et de brûler, une image qui emplissait le cœur de ses ennemis de terreur.

— J'ai vu l'homme nettement avec ma longue-vue. Il a un beau bateau. Une frégate. Il l'a modifiée, mais elle ne peut toujours pas naviguer dans les eaux peu profondes, contrairement à un bon sloop. Comme il se pouvait qu'il ait plus de canons que moi, je n'ai pas attiré un navire aussi superbe contre moi. Peut-être a-t-il entendu dire de son côté que ma réputation commence à égaler celle de n'importe quel vaurien sur les mers, car il n'a pas montré de goût pour une bataille, lui non plus. Il a pris le vent avec ses voiles puissantes et s'en est allé. Il savait qu'il ne recevrait aucune miséricorde de moi.

— Une frégate…, dit Red.

Elle adorait son sloop, mais une frégate… une frégate, c'était énorme… Un tel navire pouvait transporter des tonnes de poudre, de munitions et de canons. Certes, il ne pouvait pas poursuivre un bateau près des côtes ou manœuvrer dans des couloirs étroits. Mais, en pleine mer, ce genre de bâtiment était mortel.

— Vous devez vous tenir loin de lui, lui conseilla Teach.

— Vous savez pourquoi je ne le peux pas. Où l'avez-vous vu ?

— Il longeait la côte vers le Nord. Je suppose qu'il va traîner non loin des villes où il est honoré par les Anglais. Il paraît qu'il vous cherche, lui aussi. D'après lui, vous avez volé l'un de ses biens les plus précieux.

— Comment peut-on honorer un tel homme ? A mon avis, les gens ne doivent pas savoir quel atroce assassin il est.

Barbe-Noire lui prit la main.

— Un homme tue et il est un héros. Un autre tue et il est un monstre. Cela dépend du côté de la ligne de bataille où l'on se trouve. Vous êtes un monstre pour certains. Quand quelqu'un ne voit pas de ses propres yeux, il ne sait pas ce qui est vrai, et croit ce qui devient une légende. Petite… L'homme moyen veut simplement vivre en paix, et prie que les conflits ne croisent pas sa route. Il est prêt à accepter ce qu'on lui dit être la loi plutôt que de se battre pour quoi que ce soit qui pourrait déranger son monde. Votre monstre est considéré comme un grand commandant militaire par ceux avec qui il fait des affaires en Angleterre et dans les colonies. Tout le monde sait qu'il a aidé à sauver la mise au roi William III d'Angleterre. Si la guerre avait été perdue, l'Histoire aurait vu en lui un ogre. Mais la couronne anglaise a triomphé, il est donc un homme honoré. Telle est l'Histoire, ma belle… C'est la tromperie qui me dégoûte. Je ne décide pas à l'avance de tuer un homme, moi. Je le fais parce qu'il est sur ma route et ne veut pas s'en aller. Ma réputation dépasse mes actions. Je préfère pousser un homme à se rendre par la peur. Hélas ! il existe des hommes prêts à mourir pour l'honneur. Je ne prends pas plaisir à les tuer. Et contrairement à Blair Colm, je ne massacre pas les femmes et les enfants.

— Pour ce qui est des femmes, vous vous contentez de les épouser, lui rappela Red avec un grand sourire.

— Pourquoi laisser perdre une jolie fille ?

— La plupart des enfants tournent à la piraterie.

— Je rançonne tous les enfants que je peux.

Red baissa les yeux en souriant. Elle se demanda ce qu'Edward Teach aurait pu devenir, s'il ne s'était pas mis à écumer la haute mer. Il avait un code tout personnel de moralité.

— Bien sûr.

— Et quand personne ne les veut… je ne leur fais pas de mal. Sachez que l'on pend encore des enfants en toute légalité dans certains ports, pour des crimes aussi graves que voler du pain ! Quand on regarde le monde autour de soi et que l'on voit ce qui est fait au nom de la loi et de la justice, on ne peut pas affirmer ensuite que je suis un homme cruel.

— Je n'ai jamais dit que vous étiez cruel. Vous êtes un bon capitaine et un bon escrimeur, et vous êtes redoutable au pistolet, dit Red sur le ton d'un compliment sincère.

Il grogna de plaisir tandis qu'elle continuait :

— Mais vous êtes un comédien, avec cette barbe noire qui crache des flammes et de la fumée.

Il agita un doigt dans sa direction.

— C'est *vous,* qui êtes la comédienne !

Il secoua la tête et ajouta :

— Et dire que, si ce que j'ai entendu est vrai, un petit morceau comme vous a tué Black Luke.

Elle haussa les épaules.

— Avez-vous déjà vu une minuscule piqûre d'insecte s'infecter ? En un rien de temps, un colosse tonitruant est mis à bas et meurt d'une fièvre maligne. La taille n'est pas toujours le facteur déterminant dans un combat.

— Je vais prendre votre trésor, finalement. Certaines babioles me plaisent beaucoup, et il se trouve que j'ai les poches bien remplies en ce moment.

— Et pour ce qui est de vous joindre à moi ?

— C'est une autre histoire, petite…

— Ah oui ?

— Vous cherchez la vengeance. Je cherche le profit. Comment avez-vous mis la main sur ce trésor, si je peux le demander ?

— Je suis tombée sur un navire marchand qui n'avait pas une chance contre moi.

— Alors vous l'avez pris ?

Elle secoua la tête.

— Non.

— Vous l'avez coulé ? demanda Barbe-Noire, incrédule.

— Non plus.

— Ah bon ?

— Nous avons parlementé. J'ai maintenant avec moi le capitaine du navire, comme mon prisonnier. Un certain lord Haggerty. Vous avez entendu parler de lui ?

Barbe-Noire s'adossa à sa chaise, et sourit.

— Oui. Je le connais. Je l'ai rencontré ici même.

— Mais il n'est pas un pirate ?

— Non. Il n'est pas non plus un militaire. Il commande un navire marchand.

— Que faisait-il ici ? demanda Red, curieuse. Il n'est pas non plus un hors-la-loi.

— Il faisait des affaires.

— Un trésor à revendre ?

Barbe-Noire se mit à rire.

— Non, ma belle ! Il est venu vendre ce qui embellit la vie. Les meilleurs oreillers de plumes. Des draps de soie. De la porcelaine de Chine. Du thé. Du café. Des pommes.

— Et il n'a pas été tué dans les rues ?

— J'ai eu l'occasion de l'observer la première fois qu'il est venu. Il est arrivé avec son équipage, très hardi, et quand il a été défié, il a exigé de se battre d'homme à homme. Lorsqu'il a eu vaincu trois des hommes les plus coriaces de l'île, j'ai envisagé de le défier moi-même. Mais j'avoue que j'étais intrigué par sa témérité… Il avait jeté l'ancre dans la baie et mis pied à terre. Il était bien conscient, toutefois, qu'on ne lui ferait pas de quartier s'il était pris en mer avec des marchandises de valeur.

— Je ne lui ai pas fait de quartier ! dit Red d'un ton sec.

— Alors il vous a eue à l'éloquence, vous aussi ? la taquina Barbe-Noire.

— Il est mon prisonnier.

— Bien sûr.

Elle décida de revenir au sujet qui la préoccupait.

— Je cherche à me venger, je l'admets. Et vous, vous cherchez un butin. Si nous pourchassions Blair Colm ensemble…

— Renoncez, ma jolie.

— Bon sang, vous n'allez pas vous y mettre, Teach !

Il lui releva le menton de son index épais.

— Je mourrai sur le pont de mon navire. Je mourrai à la pointe d'une épée ou d'une volée de balles ennemies. C'est ainsi qu'il doit en être… D'ici là, je terroriserai les mers, j'aurai une douzaine d'autres épouses, je boirai et défierai tous les hommes que je rencontrerai, et peut-être même Dieu. Mais vous… cela ne devrait pas être votre vie.

— Pourquoi pas ? Je préfère mourir en mer plutôt que de frotter un autre plancher ou être forcée de coucher avec un vieillard vérolé et mourir d'une maladie vénérienne, dit-elle, très sérieuse.

— Ne rêvez-vous pas de quelque chose de mieux ?

— Mes rêves sont peuplés de cadavres sur un champ de bataille, du sang d'enfants massacrés.

Il soupira et se radossa à son siège.

— Désolé, petite… Je ne suis pas suicidaire. Je ne joindrai pas mes forces aux vôtres, mais je vous donnerai de l'or et vous paierai du rhum.

— Capitaine Barbe-Noire, dit-elle, déterminée à ne pas paraître déçue, je serai honorée de lever mon verre avec vous.

Il secoua la tête.

— Ah ! vous parlez comme une lady, fillette…

— Peut-être que j'en étais une. Autrefois. Quand c'est oublié, on ne s'en soucie plus. Dieu sait que j'étais jeune, quand les troupes sont arrivées. Je me souviens pourtant…

— Oui ?

— De ma mère, dit-elle en rougissant légèrement. Elle, elle était une dame. Elle était si majestueuse, et parlait si doucement… Mais elle est morte, et la vie pour laquelle j'étais née aussi. Il ne reste plus rien vers où je puisse retourner. Je n'ai pas perdu la foi en toute l'humanité, cependant. Il y a eu Lygia.

— Lygia ?

— La fille de la sorcière qui a acheté mes papiers de servitude à l'officier qui a décidé que je valais plus vivante que morte. Elle était laide comme un pou, mais aussi douce et aimable que sa mère était froide et cruelle. Nous allons boire à sa santé ! J'imagine qu'elle est riche, maintenant, avec le décès de sa mère. Qu'elle puisse enfin trouver le bonheur !

— A Lygia. Qu'elle soit bénie ! dit Barbe-Noire. Riche, dites-vous ? Elle était vraiment si laide ?

Red éclata de rire en levant son verre.

— Oui. Mais qui sait ? Avec assez d'obscurité et de rhum, la plus laide des filles peut devenir la plus belle. En particulier si elle est riche. Je l'ai entendu dire à des hommes.

Barbe-Noire la regarda bizarrement tandis qu'il buvait son rhum.

— Curieux…

— Quoi donc ?

— Que ce soit *vous* qui soyez tombée sur laird Haggerty.

— Pourquoi ?

— Ah ! ma belle… Je garde vos secrets, mais je garde les siens, aussi.

— Il a des secrets ?

— Il a des plans.

— Et ?

— Je viens de le dire, je garde *aussi* les secrets des autres.

— Edward…

— Ne vous mettez pas à m'entortiller, petite ! J'ai dit tout ce que je dirai là-dessus. Les hommes viennent dans cette taverne pour s'amuser. Pour les ribaudes et la boisson. Et pour écouter.

— Ecouter quoi ?

— Je n'en dirai pas plus. Buvez !

Red essaya encore, mais il était de toute évidence décidé à ne rien ajouter. Alors ils burent. Elle aurait l'or qu'il lui avait promis et la transaction s'arrêterait là.

Dans la taverne, la plupart des hommes étaient si ivres qu'ils n'auraient pas remarqué un tremblement de terre. Certains étaient affalés sur les tables dans les flaques de leur propre bière. Des filles de joie étaient assises sur les genoux d'autres buveurs, indifférentes aux ivrognes qui ronflaient à côté. Des corsages glissaient, des mains remontaient sous des jupes et des exclamations et des plaisanteries paillardes emplissaient l'air saturé de relents de vieille viande, de tabac froid et de corps pas lavés.

Logan se tourna vers Brendan.

— Bel endroit, dit-il sèchement.

— Oui, et manifestement vous le connaissez bien, répondit Brendan du même ton sec.

Logan haussa les épaules.

— Le capitaine et vous ne semblez pas du genre à… apprécier un tel établissement.

— Vous non plus.

— Je viens pour affaires, puis je m'en vais.

— On ne fait pas d'affaires honnêtes ici.

Logan fut forcé de rire.

— En vérité, si. Je n'avais pas l'intention de tomber sur un bateau pirate en haute mer, mais traiter avec des pirates à terre peut être très profitable.

— Mais peut s'avérer une très mauvaise affaire, aussi, précisa Brendan en l'observant avec attention. Vous connaissez l'art de la négociation, de toute évidence. Mais il y a ceux qui ne veulent pas négocier. J'ai rencontré maints individus qui ne se soucient pas du tout de la vie humaine. L'intérêt est leur loi. Bien des capitaines pirates auraient volontiers tranché la gorge de tous vos matelots — ou économisé des lames et des balles en les jetant purement et simplement par-dessus bord.

— Mais non sans de grandes pertes en vies et en membres, même si j'étais tombé dans la bataille, ajouta Logan.

— C'est vrai. Ainsi… vous êtes un homme d'honneur ? demanda Brendan en le fixant toujours.

— Et votre capitaine est un pirate d'honneur, rétorqua Logan.

— Nous allons boire à el… à lui, dit alors Brendan en levant son verre.

— Quelle affaire a le capitaine avec Barbe-Noire ?

Brendan le regarda de nouveau, soupesant les risques de donner des informations à un prisonnier.

— Le capitaine souhaite unir ses forces avec lui.

Logan fut surpris de l'apprendre. Il savait que Teach était retors, mais loin d'être aussi cruel que sa réputation soigneusement forgée et entretenue le laissait croire. Il n'hésitait pas à tuer si nécessaire, mais il était bien plus enclin à laisser vivre un homme quand c'était possible.

Il ne prenait jamais plaisir à tuer des innocents, comme d'autres sur les mers.

Toutefois, sachant ce qu'il savait, Logan ne pouvait s'empêcher de penser que Red Robert ne devrait pas s'associer avec le notoirement débauché Edward Teach.

Son sens de l'honneur lui donna envie de bondir aussitôt, d'entrer à grands pas dans la pièce privée où ils s'entretenaient et d'exiger que Teach lâche la *femme* connue comme étant Red Robert. Mais cette impulsion était stupide, il le savait. Il s'était battu avec Red. Elle pouvait se débrouiller seule. Elle n'avait pas besoin de sa protection et n'en voulait pas.

S'il tentait malgré tout de la lui offrir, il se retrouverait sans doute une épée dans le cœur ou dans le foie, castré peut-être même, mais sûrement mort ou mourant.

Il était dur néanmoins de rester assis sur le grossier tabouret de bois, et se mettre en garde de ne pas se comporter comme un idiot ne l'aidait guère. Il se rassura un peu en se disant que s'il y avait quelque chose à craindre, Brendan ne serait certainement pas assis aussi calmement à côté de lui, buvant sa bière.

Hagar arriva sur ces entrefaites.

— Brendan…, dit-il en faisant en même temps un signe de tête à Logan. Il va falloir que vous parliez au capitaine. Le charpentier du bateau a prévenu que nous devons le caréner. Bientôt.

Brendan fronça les sourcils comme s'il avertissait Hagar de parler doucement.

Les pirates ne pouvaient pas conduire simplement leurs bateaux dans un port et les mettre en cale sèche. Il leur fallait emmener leur navire dans un endroit discret où il pourrait être tiré sur le rivage et mis sur chaque flanc afin que la coque soit débarrassée des coquillages et goudronnée contre les charançons. C'était une procédure dangereuse, qui rendait le bateau et son équipage vulnérables. La plupart des pirates, Logan le savait, ne traitaient qu'un flanc de navire à la fois. Il était trop facile de découvrir qu'un bateau était dans une situation précaire, et, même si les autres pirates le laissaient tranquille, il y avait toujours la loi à craindre. Les gouverneurs des diverses colonies étaient toujours contents d'accroître leur popularité en envoyant leurs officiers de marine arrêter un pirate, et une pendaison était une bonne distraction pour la plupart des gens.

— Oui, répondit simplement Brendan.

Hagar hocha la tête, conscient que ce dernier ne souhaitait pas en discuter dans ces circonstances.

Quand il s'éloigna pour répondre à l'appel provocant d'une femme à la poitrine dénudée, Logan remarqua d'un air détaché :

— Je suppose qu'il n'est pas un pirate depuis longtemps ?

Brendan passa un doigt sur le pourtour de sa chope de bière.

— Vous êtes quelqu'un de correct, lord Haggerty, et si vous voulez avoir une vie longue et prospère, vous ne devriez pas poser autant de questions.

— J'ai donné ma parole. Je n'essaierai pas de m'échapper.

Brendan eut un sourire dépourvu de chaleur.

— Oui, mais vous voyez, nous avons non seulement l'intention de vous laisser en vie, mais aussi de vous rendre aux vôtres, qu'une belle rançon soit payée ou non. Alors trop d'informations, ce n'est pas bon pour un homme qui va retourner dans le monde où la loi du roi prévaut.

— La loi du roi…, répéta Logan avec amertume. Il y a sans doute des hommes bien dans ce monde-là aussi, mais je ne me suis jamais fait d'illusions. Les lois sont faites par ceux qui détiennent le pouvoir. Et ce que les hommes font quand ils ont le pouvoir est trop souvent bien éloigné de la décence, la justice ou l'humanité… bien éloigné de toute loi de Dieu.

Il se tourna et se leva de son tabouret, surpris de voir que la porte de la pièce où Red avait rencontré Barbe-Noire était ouverte.

— Où est Teach ? demanda-t-il.

Brendan se tourna à son tour. Le massif Barbe-Noire et le fin capitaine Red avaient disparu. La pièce était vide, à part sa grossière table de bois et ses chaises.

— Comment diable avons-nous manqué un homme comme Barbe-Noire ? demanda Logan, ne pouvant croire qu'il avait relâché son attention à ce point.

— Il ne ferait jamais de mal à Red, affirma Brendan, mais il paraissait anxieux.

Logan était peut-être prisonnier, mais il se dirigea vers la porte sans en demander l'autorisation. A sa surprise, Sonya se dressa soudain devant lui et posa une main à plat sur son torse.

— Laird Haggerty, ne soyez pas si pressé…, dit-elle d'un ton traînant.

Logan hésita, la regardant. Il n'avait jamais batifolé avec les filles de cette taverne, même s'il laissait de bons pourboires pour ses boissons. Elle savait qu'il n'était pas intéressé par ce qu'elle avait à offrir.

Elle essayait donc de l'empêcher de partir.

— Brendan, nous devons y aller, dit-il d'un ton sec.

— Quoi ? fit Brendan.

— Sonya sait quelque chose. Je gagerais même que quelqu'un l'a payée pour nous arrêter, dit-il doucement, en la regardant droit dans les yeux.

Elle rougit et abaissa ses cils épais.

— Non, c'est seulement que je vis des profits de cet endroit, se défendit-elle.

Elle paraissait cependant inquiète elle aussi de constater que son projet était éventé.

— Je doute qu'aucun homme soit assez courageux pour suivre Barbe-Noire, dit Logan. Alors qui vous a payée pour nous retenir ici et pouvoir suivre le capitaine Red Robert ?

Elle voulut s'écarter, mais il la saisit par les bras et la ramena à lui.

— Sonya ?

— Je ne sais pas ! Un individu m'a donné de l'or, avoua-t-elle comme si cela expliquait tout.

Logan la poussa fermement de côté et regarda Brendan.

— J'ignore ce que Red Robert est si résolu à accomplir, mais quelqu'un est après lui.

Brendan le regarda fixement, puis se tourna vers la porte. Logan lui prit le bras.

— Nous sommes ensemble dans cette histoire, dit-il à voix basse. Puis-je suggérer que vous appeliez Hagar en renfort ?

Brendan, le visage tendu, opina avec raideur. Une lueur de témérité passa dans ses yeux. C'était un homme grand et musclé, mais agile. Son inquiétude l'aurait sûrement fait détaler sur-le-champ, mais les paroles de Logan réfrénèrent son impulsion de partir seul. Il le jaugea avec attention et cria :

— Hagar, rassemblez qui vous pouvez ! Nous partons à la recherche du capitaine. Tout de suite !

Ils sortirent. De chaque côté de la taverne partait une ruelle noire et menaçante, emplie d'ombres. Chacune conduisait à des allées plus petites et plus obscures encore, des puits ténébreux qui pouvaient dissimuler nombre de péchés et de dangers. Du linge fantomatique était étendu dans la brume du soir. Un chien hurla alors que le vent prenait de la force, et les piaulements d'un chat déclenchèrent des frissons dans le dos de Logan. Un bruit de fuite les avertit qu'il y avait des rats.

La journée n'était plus ce qu'elle avait été.

Le ciel était devenu noir. La température avait fraîchi et la brise forci, annonçant la pluie. Au-dessus d'eux, des nuages grossissaient et passaient à vive allure.

Un orage arrivait, menaçant.

Un parfait écran pour un guet-apens.

Un homme se tenait appuyé contre un des étais qui soutenaient la taverne, la tête sur la poitrine comme s'il s'était endormi debout, ivre mort.

— De quel côté sont-ils partis ? lui demanda Logan.

L'homme ne bougea pas.

Logan le secoua, ne croyant pas qu'il soit complètement soûl. L'autre ouvrit un œil trouble.

— De quel côté ? répéta-t-il, le secouant plus fort.

— Je sais pas.

— Parlez, ou je vais vous ouvrir le ventre !

— L'allée.

— Laquelle ?

— Celle de gauche. Le capitaine Robert est parti par là il n'y a pas cinq minutes. Les autres… ont suivi peu après.

— Combien d'autres ?

L'homme haussa les épaules.

— Combien ? répéta Logan, la voix toujours basse, mais pleine de menace.

— Huit… dix…

Brendan courait déjà dans l'obscurité. Logan lâcha l'ivrogne et le suivit.

L'orage éclata alors.

4

Red savait qu'elle était suivie, et elle écoutait avec attention les pas qui se faisaient pourtant discrets derrière elle.

C'était exactement ce qu'elle avait attendu. Espéré même.

Mais alors qu'elle feignait d'avancer nonchalamment en titubant un peu, comme si elle avait bu, elle dressait l'oreille et maudissait le temps. Il s'était mis à pleuvoir. Le ciel avait laissé prévoir qu'il pleuvrait à verse, mais pour l'instant c'était juste une averse agaçante, qui rendait difficile son écoute. Elle ne pouvait dire combien d'hommes la suivaient. Elle avait supposé que ce serait un seul homme. Peut-être deux. Mais il y en avait plus que cela derrière elle.

Blair Colm ignorait qui elle était. Il savait seulement que Red Robert avait la réputation d'être féroce.

Et qu'il le cherchait.

Et elle savait, elle, que malgré sa cruauté Blair Colm avait toujours été un lâche.

Quand elle avait quitté Teach, elle avait vu Sonya prendre une pièce d'un homme. Elle l'avait testée, mais c'était une femme d'affaires ; elle savait reconnaître de l'or quand elle en voyait. Red ne lui en voulait même pas de sa trahison. La vie de Sonya était dure. Elle haïssait la plupart des hommes. Elle avait grimpé les échelons en relevant ses jupes pour se vendre dans des coins sombres, détournant le visage pour éviter de respirer l'haleine putride de ses clients. Red ne pouvait la détester.

Peut-être était-elle devenue trop confiante dans ses propres capacités. Elle avait déjà perdu contre Logan Haggerty. Mais avec lui, c'était différent. Il y avait — d'ordinaire — peu à craindre d'autres pirates. Ils se croisaient en mer et se saluaient. Ils partageaient les mêmes bouges, comme celui qu'elle venait de quitter. Ils se bagarraient, couchaient avec des filles et buvaient, mais ils se battaient rarement les uns contre les autres. L'image omniprésente du nœud coulant du bourreau tissait un lien certain entre eux. Il était inutile de s'en prendre les uns aux autres.

Elle avait souhaité être suivie, car il ne pouvait y avoir qu'une raison à cette traque. Blair Colm avait déboursé beaucoup d'argent pour envoyer des hommes l'assassiner.

A présent, toutefois, elle commençait à compter les bruits de pas et à regretter sa détermination téméraire à voir Colm mort. Il y avait au moins six hommes derrière elle, et il faudrait qu'ils soient les combattants les plus ivres et les plus mauvais au monde pour qu'elle en vienne à bout seule. Elle maudit sa stupidité et sa confiance en elle, la certitude qu'elle pouvait vaincre ses poursuivants au cours de n'importe quel duel et exiger ensuite de savoir où Colm se rendait, où il pouvait être trouvé. Son seul objectif dans la vie…

Elle n'avait demandé à aucun de ses hommes de venir avec elle, car les lâches qui avaient accepté de l'argent pour la tuer ne l'auraient pas suivie si elle avait été accompagnée.

Seulement, elle n'avait pas pensé qu'ils seraient si nombreux.

Alors que l'allée s'élargissait, elle aperçut devant elle des draps blancs qui pendaient, gonflés par le vent. Elle se hâta de passer derrière, sachant qu'elle devait choisir son endroit pour livrer bataille.

Elle vérifia l'état de la corde qui soutenait le linge, puis prit position et attendit, osant à peine respirer.

Les bruits de pas approchaient, accélérant l'allure.

— Où il est passé ? demanda quelqu'un dans un murmure à peine audible.

Un éclair illumina la nuit une fraction de seconde, et Red put voir les hommes. Ils étaient huit. Deux s'appuyaient l'un sur l'autre, l'un des deux tenant une bouteille de rhum. Ils n'étaient pas là pour se battre ; de toute évidence ils attendaient le meurtre afin de toucher leur récompense.

Aucun d'eux n'était bien armé. C'étaient des débris humains, estima-t-elle. Des déchets qui s'étaient réfugiés dans l'île. Un seul semblait présenter un vrai danger, un grand homme musclé, portant une paire de pistolets et un sabre tiré. Il était chauve sous son chapeau et avait un œil de verre. Même si l'allée était obscure, Red pouvait s'en rendre compte : le clair de lune brillait dessus et lançait des reflets. Tant mieux. Elle attaquerait de ce côté-là, sur la gauche.

Les éclairs s'espacèrent et une noirceur complète sembla tomber autour d'eux. C'était le moment…

D'un coup violent, elle envoya voler les draps. Plusieurs des hommes furent immédiatement renversés. Elle bondit de la marche sur laquelle elle se tenait, agitant son sabre en s'avançant dans la mêlée. Il fut facile au début d'empêtrer les hommes dans le linge. Mais elle en découvrit bientôt un dans son dos, prêt à la transpercer, et lorsqu'elle se tourna pour parer son attaque, elle vit que le chauve s'avançait aussi sur elle.

D'une fenêtre au-dessus d'eux, vint enfin un bruit de vie.

— Sacrebleu, que se passe-t-il là en bas ? glapit une femme.

— On se bat dans l'allée ! Ferme les volets, femme ! répondit un homme.

De la lumière vacilla puis s'éteignit. Red entendit des volets qui claquaient des deux côtés de l'allée. Apparemment, aucun des habitants de ce maudit endroit ne voulait se mêler de l'escarmouche.

Elle ne recevrait pas d'aide d'eux.

Elle bondit alors par-dessus les hommes emmêlés entre

les draps, juste comme un troisième homme venait sur elle, suivi par un quatrième.

Elle abattit sa lame sur lui, puis attrapa la corde à linge qui pendait et s'en servit pour se propulser au bout de l'allée, face aux trois qui restaient.

Elle rengaina son sabre, sortit ses pistolets et fit feu avec les deux à la fois. Elle toucha un homme à la jambe, un autre à l'épaule. Mais, alors qu'ils tombaient, deux autres se dégagèrent des draps et se joignirent au combat.

Elle n'avait pas le temps de recharger ses pistolets, alors elle reprit son sabre et s'accroupit, tirant le couteau enfilé dans sa botte gauche. Son lancer fut rapide et sûr. L'un des attaquants tomba, la lame plantée dans l'épaule.

Un autre encore se libéra des draps. C'était l'ivrogne qui tenait la bouteille de rhum, mais il paraissait tout à fait sobre à présent. Et mortellement dangereux.

C'en était fait d'elle, songea-t-elle, submergée par l'amertume et les regrets. Elle avait attendu si peu de la vie. Malgré tout, elle n'avait pas pensé qu'elle finirait ainsi, dans une allée sale, sur une île de perdition.

— Gardez ses flancs ! cria le chauve à ses compagnons.

Ils projetaient visiblement de l'acculer au mur et de l'attaquer de trois côtés.

Elle causerait autant de dégâts qu'elle pourrait avant de tomber, se promit-elle.

Dieu lui pardonnerait-Il la vie qu'elle avait menée ?

Etait-Il là, seulement ? Que faisait-Il, quand sa famille avait été massacrée ?

Mais alors que le chauve marchait vers elle, prenant son temps et arborant déjà un sourire triomphant, elle fut stupéfaite d'entendre un coup de feu.

L'attaquant trop sûr de lui cessa d'avancer. Son bon œil s'écarquilla, puis du sang jaillit de sa poitrine en ruisselets rouges que venait grossir la pluie.

Les deux hommes qui s'approchaient d'elle par le côté se figèrent, tandis que la nuit s'animait de cris et de bruits de course.

Elle reconnut Brendan… Hagar… Jambe-de-Bois… Et leur prisonnier.

Les derniers poursuivants s'extirpèrent enfin des draps, les blessés se relevèrent en chancelant, au désespoir de survivre. Red fut laissée seule contre le mur tandis que ses adversaires et ses hommes d'équipage se mettaient à se battre, mortellement. Un homme tenta de s'enfuir, mais Jambe-de-Bois n'était pas enclin à la miséricorde. Il s'élança après le poltron et le duel qui s'ensuivit fut rapide. En quelques instants, le fuyard tomba mort dans le sang qui jaillissait de sa gorge.

Puis Brendan, Hagar, Jambe-de-Bois et Haggerty s'immobilisèrent au milieu de l'allée, regardant autour d'eux, cherchant d'autres combattants.

Il n'y en avait plus. Ils étaient tous par terre, inertes.

— Red ! cria alors Brendan en s'élançant vers elle.

Elle se rendit compte du combat intérieur qu'il livrait, s'efforçant de ne pas tendre les bras vers elle alors qu'il brûlait de l'attirer contre lui, soulagé.

— Je vais bien, mes bons compagnons, et je vous remercie profondément, dit-elle, tandis que Jambe-de-Bois lui tapait familièrement sur l'épaule.

— Désolé, dit-il hâtivement, en mesurant soudain sa force. Mais même sans nous, vous teniez bien le coup, capitaine.

— Si bien, en effet…, railla Haggerty.

Il y avait dans ses yeux un dédain qu'il n'essayait même pas de dissimuler. Elle serait morte s'ils n'étaient pas arrivés, même si elle s'était bien battue, disait son regard farouche. Et lui… il demeurait son prisonnier. Pourtant, il était venu avec les autres et il avait combattu sans être en reste. Pouvait-on dire *loyalement* ?

— Capitaine Red, par tous les diables, qu'est-ce qui s'est passé ? demanda Hagar en secouant la tête.

— Espérons que quelqu'un a survécu pour nous apprendre le fin mot de l'histoire, dit-elle, et elle se rendit compte alors qu'elle tremblait.

Etonnante réaction… Elle n'avait pas craint la mort — vraiment pas — même si elle avait détesté l'idée de mourir avant d'avoir atteint son but. Mais à présent…

A présent, elle mesurait soudain combien elle avait envie de vivre. Pas seulement pour la vengeance. Elle voulait encore voir le soleil, goûter la pluie, sentir les vagues sous elle, plonger dans une mer chaude, lire d'autres livres…

Sentir un contact humain qui soit doux et tendre…

Et faire ravaler à Logan Haggerty son air méprisant !

Elle serra les dents, s'efforçant de ne plus trembler. Elle n'était tout de même pas arrivée aussi loin pour se sentir diminuée par l'expression d'un homme qui la condamnait injustement comme une sotte !

— Trouvez quelqu'un de vivant dans cette mêlée, commanda-t-elle d'un ton sec.

Tandis que ses hommes se déplaçaient dans l'allée, vérifiant les corps en quête de signes de vie, les volets au-dessus d'eux se rouvrirent. De la lumière brilla de nouveau, faisant miroiter mystérieusement la brume.

— Mort, annonça Hagar en faisant rouler un corps.

— Celui-là aussi, dit Jambe-de-Bois.

— Pas celui-ci, déclara Logan en remettant brutalement un homme sur ses pieds.

Le survivant était maigre et portait seulement des culottes, une chemise et un baudrier qui tenait à peine sur ses hanches minces. Son épée était encore dans son fourreau. Il n'y avait pas une marque de blessure sur lui.

— S'il vous plaît, gémit-il. Je n'ai blessé aucun d'entre vous. J'étais… j'étais pris… J'étais emmêlé entre les draps…

— Vous avez fait le mort, vous voulez dire ! déclara sèchement Logan.

— Je… je…

— Qui vous a envoyés ici ? demanda Red.

— Cet homme, là… Le chauve. Il nous a tous payés.

Il nous a trouvés au Demi Penny, chez Hattie, et il nous a payés pour qu'on le suive dans l'allée. C'est tout.

Il glissa à genoux, l'air implorant, les mains jointes en une prière désespérée.

— Je buvais juste mon ratafia, je le jure, et l'argent… j'en avais besoin. Comme vous voyez, je ne suis pas riche.

Red allait se détourner, dégoûtée.

— Vous êtes un menteur ! dit Logan en attrapant l'homme par le col de sa chemise. Qui a payé le chauve ?

— Je sais pas ! glapit l'homme.

— Vous le savez !

— Il va me tuer !

— Il est mort, fit remarquer Brendan.

— Non, non, pas le chauve…

— C'est bon, dit Red. Je sais qui l'a envoyé.

Les yeux du maigrichon lui sortaient presque de la tête.

— Je vous l'ai pas dit ! Je vous l'ai pas dit !

— Il se peut qu'il vous tue. Mais moi, je vais certainement le faire si vous ne parlez pas, le menaça Logan d'une voix sourde.

Red secoua la tête.

— Ne vous donnez pas cette peine. Cet homme, c'est Blair Colm.

Logan la dévisagea d'un œil acéré, et elle n'eut aucune idée de ce qui lui passait dans la tête tandis qu'il l'observait. Pendant un instant, le temps parut s'arrêter.

— Pitié ! cria l'homme, qui parut s'affaisser sur lui-même.

— Est-il ici ? Est-il dans les environs ? demanda Red.

L'homme glissa sur le sol, mais Logan le releva brutalement.

— Répondez au capitaine ! lui ordonna-t-il.

L'autre secoua juste la tête en gémissant.

— Répondez ! insista Logan, menaçant.

— Je… je… non, il est pas ici. Il est parti vers le nord. Il se rend dans les Carolines.

Il leva enfin les yeux vers eux.

— Colm… On le reçoit à de belles tables. Il est libre de naviguer où bon lui semble et… de tuer et piller à volonté. Parce qu'il fait ça pour les gouverneurs et la Couronne, et qu'il est…

Il secoua de nouveau la tête. Il n'espérait plus leur cacher quoi que ce soit. Peut-être parce qu'il n'espérait plus survivre.

— J'ai jamais connu d'homme aussi implacable et brutal que lui. Il est invincible et vous pourriez aussi bien me tuer maintenant, vous savez. Je peux seulement prier que vous le fassiez en montrant de la pitié.

— Comment saura-t-il que vous avez été engagé par le chauve ? demanda Red.

— Il le saura, murmura l'homme terrifié. Les gens parlent. Ils parlent toujours. Demain, on parlera du combat de ce soir.

— Comment vous a-t-il recrutés ? Etait-il ici récemment ? demanda Brendan.

— Non… il y a des mois, il a payé le chauve. Joe-le-Borgne. C'est ce que j'ai entendu dire. Et il a promis une forte récompense. C'est tout ce que je sais, je le jure.

— Du combat ? releva Hagar en soufflant d'un air méprisant. De la tentative de meurtre, plutôt !

— Personne pensait que Red Robert descendrait à terre sans prendre quelques hommes avec lui, dit l'homme d'un ton morne. C'est pourquoi on était si nombreux. Cette île, c'est l'enfer, et en enfer les gens parlent toujours et on ne peut pas s'enfuir.

Hagar la consulta du regard.

— On ne peut pas le prendre avec nous. C'est un poltron.

— J'étais pris entre les draps ! se récria l'homme.

— On ne peut pas se fier à lui, renchérit Jambe-de-Bois.

— On doit le tuer, ajouta Hagar.

Le prisonnier se remit à geindre doucement.

— Oh ! Taisez-vous ! lui ordonna Brendan d'un ton sec.

Une porte s'ouvrit non loin de là. Des gens commençaient à se risquer dehors.

— Ramassez les bonnes armes, dit calmement Red.

Hagar et Jambe-de-Bois s'empressèrent d'obéir avant que ceux qui s'étaient tapis chez eux ne puissent fondre à présent sur les morts comme des vautours.

Un homme ôtait déjà ses souliers à un attaquant tombé.

— J'ai pas de chaussures, dit-il simplement.

Elle hocha la tête.

— Prenez ce qu'il vous faut sauf les armes. Les armes sont pour nous. Et occupez-vous des corps.

Elle commença à s'éloigner lentement.

— Que fait-on de lui ? demanda Brendan.

Red pivota, pas sûre encore de ce qu'elle devait dire. Elle ne pouvait ordonner la mort de l'homme. Il était probablement déjà mort, de toute façon, car Colm se vengerait. On ne pouvait guère se fier à lui, de toute évidence, mais il n'avait pas la capacité de leur faire de mal.

Avant qu'elle puisse ouvrir la bouche, il cria :

— Je sais faire la cuisine ! Je suis un bon cuisinier. Les repas sont mauvais en mer, mais je sais garder la viande fraîche plus longtemps que quiconque, préparer des *grogs* et je connais une recette qui protège du scorbut, aussi.

— N'importe qui sait faire des grogs, grommela Hagar. Du rhum, du citron et de l'eau.

— Mais le mien est bien dosé. Il rend l'eau douce et bonne à boire. Et je connais les épices et les herbes. Prenez-moi comme cuisinier ! S'il vous plaît !

— Il se cachera lors de chaque bataille, avertit Hagar.

— Il pourra se cacher près des canons, alors, suggéra Red. Etes-vous capable de bourrer un canon ?

— Oui.

— Quel est votre nom ?

— O'Hara. Jimmy O'Hara. Autrefois Irlandais, jamais un homme d'Orange. Je n'ai pas de pays à moi.

Red baissa les yeux. Le temps avait passé, des années, et ce monde était différent…

— On le prend avec nous, décida-t-elle.

Elle se mit à marcher rapidement en direction de la

jetée, ne voulant pas rester plus longtemps à quai et déterminée à prendre le canot pour retourner au bateau. Brendan se plaça alors sur l'un de ses côtés.

Logan Haggerty de l'autre.

Hagar et Jambe-de-Bois fermaient la marche, Jimmy O'Hara entre eux.

Même s'il pleuvait plus fort, l'allée était à présent très animée. Tous ceux qui s'étaient terrés chez eux durant l'attaque étaient descendus.

Les cadavres seraient nettoyés de tous objets, vêtements et babioles… On prendrait les pipes et le tabac de leurs poches. Ils seraient dépouillés de leurs souliers et de leurs habits s'ils pouvaient être ravaudés et servir encore. Red espérait seulement que les corps seraient enterrés.

Ils le seraient probablement, se dit-elle. Les habitants ne voudraient pas vivre avec l'odeur des corps quand le soleil se lèverait et que la puanteur commencerait à s'en dégager.

— Où vas-tu ? lui demanda Brendan à voix basse. Je pensais que tu avais pris des chambres.

— Les hommes peuvent profiter de leur escale, comme promis. Moi, je retourne au bateau. Demain, nous embarquerons du ravitaillement. Puis nous irons vers le nord.

— Et O'Hara ?

Elle haussa les épaules.

— Nous verrons s'il sait cuisiner.

— Mais il a essayé de te tuer !

— Non. Il a participé au guet-apens parce qu'il avait besoin d'argent.

— Et s'il projette de tous nous empoisonner ?

Elle sourit.

— Eh bien, nous avons lord Haggerty…

— Le goûteur du bateau, conclut Logan sans la regarder.

— Red…, insista Brendan.

— Ne vous inquiétez pas, dit Logan en lui jetant cette fois un coup d'œil. Je ne crois pas qu'il soit un empoisonneur. Et notre bon capitaine ne le pense pas non plus. Néanmoins, je brûle d'être agréable…

Elle lui rendit son regard. Cet homme lui plaisait, et elle se détestait pour cela. L'honneur des pirates, vraiment ! Haggerty avait son propre code. Il aurait pu s'échapper, profitant de l'escarmouche. A la place, il s'était battu pour elle, et bien battu.

— Rançon ou pas, nous libérerons *laird* Haggerty lorsque nous serons arrivés dans les Carolines, décréta-t-elle.

Il la fixait toujours.

— Vous avez gagné votre liberté, ajouta-t-elle en guise d'explication.

Il eut un lent sourire.

— Vraiment ? demanda-t-il doucement. Peut-être ai-je joué ce jeu ce soir parce que je savais que l'autre partie perdrait.

— Nous ne t'aurions pas trouvée sans lui, intervint Brendan. Il a menacé Sonya, puis un ivrogne, pour découvrir dans quelle direction tu étais partie. Et c'est lui qui a tué leur chef.

— Vous auriez pu manquer votre coup et me toucher, fit-elle observer, impavide.

— Je ne rate jamais une cible.

— Dommage qu'il ne soit pas un pirate, pas vrai ? fit Brendan.

Il se plaça entre eux et passa les bras autour de leurs épaules.

— Dommage, répondit-elle sèchement.

Et dommage qu'elle en soit un.

Mais c'était mieux que les autres options qu'elle avait, se rappela-t-elle, souhaitant néanmoins ne jamais avoir posé les yeux sur Logan Haggerty et son bateau.

Logan était assis sur le pont, jetant paresseusement des bouts de poisson séché à l'un des chats du bateau, un matou qu'il aimait bien. L'animal s'appelait Rat parce qu'il était très efficace pour débarrasser la cale des créatures qui auraient ravagé sinon leurs provisions. Rat disposait d'un harem de femelles qui travaillaient avec lui. C'était une bête énorme, hardie, et la plupart des membres de l'équipage s'en tenaient à l'écart. Rat avait des affinités avec le capitaine, cependant, et quand Red le prenait dans ses bras, il ronronnait. Il était aussi loyal envers elle que le meilleur chien.

Tout comme ses hommes.

Ceux qui paraissaient venus d'une vie meilleure, et ceux qui semblaient être nés pauvres.

Logan venait de finir de réparer une déchirure dans la grand-voile et devait encore goudronner une fente dans la cale, mais même les prisonniers avaient droit à une pause pour le déjeuner.

En particulier les prisonniers à qui on avait offert de rester plus longtemps à terre, mais qui avaient choisi de revenir à bord. En vérité, il ne lui avait pas été très difficile de résister aux distractions offertes par Sonya et ses compagnes. Il avait même été content de retourner au bateau. Leur ravitaillement était chargé en ce moment même et Logan devait admettre que leur nouveau cuisinier semblait savoir acheter du sel pour conserver la viande et le reste de leurs provisions. Il avait goûté son *grog*, qui était vraiment bon et laissait l'esprit clair au buveur. Un tel homme pouvait être un atout précieux, car Logan avait entendu parler de bien plus d'attaques dues à la recherche de denrées alimentaires de base qu'à l'appât de l'or. Les pirates ne pouvaient pas entrer dans n'importe quel port pour se ravitailler. Or la viande s'abîmait facilement. Les asticots attaquaient la farine, le pain et le riz. Un cuisinier qui pouvait empêcher la nourriture de se gâter à bord était aussi précieux qu'un charpentier.

Jimmy O'Hara avait installé un brasero sur le pont et fait griller des filets de poisson frais pour l'équipage. Il n'avait pas menti en disant qu'il s'y connaissait en assaisonnements. Il avait fait avec du vieux riz et du poisson frais un repas digne d'un roi. Si quelques asticots s'étaient fourrés dans le riz, ils avaient été masqués par le persil et le safran que Jimmy avait achetés.

Logan s'était senti ridiculement content et rassasié quand il s'était assis pour jouer avec le chat et se reposer un moment. Mais à présent, la léthargie avait disparu. Il était en alerte, les sens aux aguets, tandis qu'il entendait Red discuter de ses plans avec Jambe-de-Bois dans la cabine du capitaine.

— Si nous nous arrêtons, nous allons perdre l'avance que nous avons.

— Capitaine, je vous l'ai déjà dit, nous allons sombrer si nous ne prenons pas le temps de garder notre bateau en état de flotter.

Il y eut un silence.

— Vous auriez dû prendre le bateau de laird Haggerty.

— Non. Le sloop est un bien meilleur bateau, et mieux équipé en canons. C'était déjà un bateau de pirates.

— Celui de Black Luke, marmonna le marin.

— Celui de Black Luke, confirma Red. Il est rapide et bien armé. Il peut se cacher, il peut prendre de vitesse presque n'importe quel bâtiment, et il peut se risquer dans les eaux peu profondes, là où la plupart des autres n'auraient pas une chance. C'est notre bateau.

— Alors il faut le garder en état, insista Jambe-de-Bois.

Silence, de nouveau.

— Comme vous voudrez, dit alors Red, mais à regret, visiblement. Maintenant que nous sommes ravitaillés de frais…

— Je peux arrimer la cargaison quand nous tirerons le bateau au sec. N'oubliez pas de quoi vous m'avez sauvé, Red, et n'oubliez pas que je mourrais ou que je donnerais ma bonne jambe pour vous, si nécessaire.

— Je sais, mon ami, je sais, dit-elle doucement.

— Parce que vous êtes loin d'être *Une* écervelée ?

Il savait donc qu'il naviguait sous les ordres d'une

femme… Est-ce que tout l'équipage le savait aussi ? Curieux. La plupart des pirates pensaient que cela portait malheur d'avoir une femme à bord. Oh ! Elles s'étaient bien faufilées çà et là, ces femmes qui cherchaient quelque chose qu'elles ne pouvaient trouver dans la vie réglementée à laquelle leur sexe était condamné à terre. Mais la plupart du temps, si elles étaient découvertes, elles n'étaient pas les bienvenues.

Néanmoins, ce dont il était le témoin à bord ne ressemblait à rien de ce qu'il avait entendu raconter auparavant.

Red Robert était… unique.

Il tressaillit. Il avait pensé jusqu'ici que même s'il n'était pas follement amoureux de Cassandra, il l'aimait. Il l'aimait bel et bien. Il y avait tout à aimer en elle ! Elle était belle, aimable, patiente, et elle avait une personnalité à la fois douce, vivante et drôle. Il appréciait sa compagnie. Elle correspondait si bien à la vie qu'il avait envisagée pour lui-même…

Mais, en cet instant, il constata qu'il ne pouvait se rappeler ses traits.

C'était fou ! Il n'était tout de même pas tombé sous le charme d'une autre femme, et sûrement pas d'une âme endurcie déguisée en pirate ! Non, ce n'était pas une mascarade. Red était réellement un pirate. Il l'avait vue commander à son équipage. Il s'était battu contre elle. Il savait qu'elle pouvait être dure, et même implacable.

Mais il avait vu ses yeux, aussi.

Il avait vu la douleur qui transperçait l'armure. D'où venait-elle, cette douleur ? Qu'est-ce qui la causait ?

Et pourquoi diable s'en souciait-il ?

Il avait conservé son honneur, comme elle avait conservé le sien. Il serait relâché. Et elle, elle continuerait sa supercherie jusqu'au jour où elle serait tuée. A ce moment-là, lui-même serait redevenu un homme libre. Avec de la chance, peut-être même serait-il riche. Prêt à se marier. A rentrer en Ecosse et à réclamer sa demeure ancestrale…

Voulait-il toujours cette vie ? se demanda-t-il soudain.

Oui. Car il le devait à ceux dont le sang avait été versé. Il ne serait pas obligé de réclamer son droit de naissance avec tambours et trompettes, en se battant… Ce serait un simple acte d'union, une union forgée parce que la reine légitime d'Ecosse était la reine légitime d'Angleterre, et que les parlements étaient d'accord.

Ses muscles se crispèrent, comme si souvent lorsqu'il laissait les souvenirs envahir son esprit. Il comprenait la haine. Assez étrangement, l'homme que Red et lui-même haïssaient autant l'un que l'autre ne la comprenait pas, lui.

Blair Colm était dénué d'âme. Il vivait uniquement pour ses plaisirs égoïstes, pour l'argent, le pouvoir et le confort. Son cœur était de glace et il n'avait pas de scrupule à tuer les enfants, les femmes, les malades, les faibles ou les vieux.

Il prenait plaisir à la souffrance d'autrui. Et malgré tout, il pouvait arpenter les colonies en homme libre. Si quelqu'un lui tranchait la gorge dans les rues de Richmond ou de Charleston, cette personne serait pendue pour meurtre.

Logan y avait souvent pensé lui-même, craignant de ne pas pouvoir s'en empêcher. S'empêcher d'attaquer Colm, de le tuer de ses mains nues.

Et ensuite être pendu.

D'un autre côté, ce n'était peut-être pas si difficile à croire, après tout… Dans sa propre patrie, des femmes étaient encore conduites au bûcher pour y être brûlées comme sorcières, et des hommes pouvaient être pendus pour avoir volé une simple miche de pain ou quelques pièces. On pendait aussi des sorcières dans les colonies d'Amérique du Nord. Le monde était un monde dur. Peut-être n'était-il pas si surprenant qu'un monstre comme Blair Colm puisse sillonner les mers et arpenter les rues en toute liberté.

Ni que des pirates aient un sens de l'honneur plus fort que celui de prétendus honnêtes hommes.

Ils étaient toujours ancrés au large de New Providence. L'orage qui avait éclaté la veille au soir était fini. La pluie s'était changée en déluge durant les dernières heures de la nuit, mais maintenant le ciel était d'un bleu cristallin, magnifique, et la mer calme.

La brise était douce, comme un baiser sur ses joues.

Et tout ce qu'il avait cru savoir sur le monde avait changé.

Il n'était peut-être pas séduit par Red, mais il était bel et bien intrigué. Obsédé…

Non, pas *obsédé*. Il n'en était pas là, tout de même ! Juste habité par la curiosité de savoir ce qui avait conduit cette femme à de telles extrémités.

— La curiosité est un vilain défaut, paraît-il, murmura-t-il au matou.

Rat s'était montré méfiant avec lui, au début. Hostile, même. Mais Logan s'était donné du mal pour s'en faire un ami.

Pourquoi ?

Parce que Red et l'animal étaient proches ?

La porte de la cabine s'ouvrit. Jambe-de-Bois sortit et ses yeux s'exorbitèrent lorsqu'il l'aperçut. Logan en déduisit qu'il craignait que sa conversation avec Red ait été entendue.

Il posa un doigt sur ses lèvres.

Le marin fronça les sourcils et referma prestement la porte derrière lui.

— Que faites-vous ici ? demanda-t-il.

Mais comme il chuchotait, craignant d'être entendu par le capitaine, sa semonce n'eut guère de force.

— Je me repose, répondit Logan en souriant.

Jambe-de-Bois agita un doigt menaçant.

— J'espère que vous n'avez pas écouté…

Il s'arrêta et lâcha un soupir bougon.

— Qu'avez-vous entendu au juste ?

— Rien que je ne savais déjà, répondit franchement Logan.

Le matelot jura.

— Il n'y a pas de problème, lui assura Logan.

— Bien sûr que si !

— Ah bon ?

— Nous allons devoir vous tuer. Or il se trouve que nous vous aimons tous bien, laird Haggerty.

Logan ne put s'empêcher de rire. Ils n'allaient pas le tuer. *Elle* ne le permettrait jamais. Elle n'avait même pas été capable de condamner à mort un homme engagé pour la tuer !

— Arrêtez de rire ! l'implora Jambe-de-Bois, chuchotant toujours.

Logan redevint sérieux ; le marin avait vraiment l'air affligé.

— Je ne dirai jamais rien. Sur mon âme, sur mon honneur et devant Dieu, jura-t-il.

Jambe-de-Bois recula, détendant ses poings serrés.

— Est-ce que tous les hommes à bord connaissent la vérité ? demanda Logan.

Le matelot hésita, puis hocha la tête.

— Vous ne pouvez pas comprendre…

— Mais j'aimerais bien…

Jambe-de-Bois regarda alors autour d'eux. Les hommes en vue étaient occupés à de simples tâches. Sam-le-Silencieux ajoutait une couche de vernis au mât principal, pendant que deux autres réparaient le bastingage à bâbord. Un homme était dans le nid-de-pie, sablant le bois en préparation d'une couche de peinture.

— Venez, dit-il.

Logan haussa un sourcil.

— Je vais vous raconter l'histoire de Red Robert…

5

Jambe-de-Bois était parti depuis plusieurs minutes et Red continuait à fixer la porte, frustrée.

Elle était certaine que s'ils voguaient à pleine vitesse…

Mais elle savait au fond qu'elle avait retardé la tâche nécessaire de caréner le bateau parce qu'elle s'était obstinée à vouloir poursuivre sa proie qui se trouvait juste au-delà de l'horizon. C'était comme si Colm savait où elle était et prenait la précaution de garder toujours une longueur d'avance sur elle.

Elle fronça les sourcils, tapotant distraitement le bureau de sa plume. Elle regrettait que Barbe-Noire ait refusé de se joindre à elle dans sa quête, mais elle comprenait qu'il avait son propre objectif, et cet objectif était avant tout d'enrichir Edward Teach. Elle devait déjà être contente qu'il soit son ami.

On frappa à la porte. Red vérifia instinctivement la position de son chapeau, qui maintenait sa perruque noire fixée sur sa tête. Lorsqu'elle pria le visiteur d'entrer, ce fut Brendan qui apparut.

— Les barques arrivent avec les provisions, lui annonça-t-il.

— Bien. Tu as le manifeste ?

— Oui.

Il lui tendit la feuille. Elle sourit, pensant à Teach. Il lui avait donné une belle somme en or en échange du trésor, somme grâce à laquelle elle avait acheté une bonne quantité de ravitaillement. Parcourant le document, elle constata que tout ce qu'elle avait demandé y figurait, jusqu'aux savons parfumés. Un luxe qu'elle ne pouvait guère se permettre avec un prisonnier à bord, mais…

Elle avait promis de le relâcher. Et elle le ferait.

Le plus tôt serait d'ailleurs le mieux, se dit-elle. Elle le sentait l'observer beaucoup trop souvent. Elle craignait qu'il n'y voie beaucoup trop clair. Elle était également irritée qu'il continue à se montrer aussi admirable.

Brendan se racla la gorge.

— Quoi ? demanda-t-elle.

— Une lettre est arrivée pour toi à la taverne.

— Ah oui ? fit-elle en regardant son cousin, qui l'avait déjà lue apparemment.

— C'est une offre de rançon…

En capitaine pirate, elle avait demandé une rançon pour laird Haggerty et ses hommes s'étaient assurés qu'une lettre arrive à New Providence. Des lettres similaires avaient probablement été envoyées en Jamaïque et dans tout autre port de la région.

Elle lut rapidement la missive.

Au capitaine pirate connu comme Red Robert.

Cher monsieur,

Il a été porté à notre attention que vous êtes un homme qui honore sa parole. Comme vous retenez quelqu'un qui est plus cher à notre cœur que de l'or, nous sommes heureux de croire en sa bonne santé et sa sécurité. Nous sommes disposés à offrir le prix que vous demanderez pour le retour sain et sauf de laird Haggerty. Comme ce n'est pas une affaire à traiter par des voies régulières, veuillez répondre je vous prie par la même voie que celle par laquelle vous avez reçu cette lettre.

Le Très Honorable lord Bethany et, dans le cas de ma maladie, ma mort ou mon incapacité, avec la même assurance, lady Cassandra Bethany.

Red ne se rendit compte que ses doigts s'étaient crispés sur la page que lorsque Brendan l'avertit :

— Tu vas la déchirer !

— Je vais répondre tout de suite, en leur assurant qu'il n'est pas nécessaire de correspondre davantage et que le capitaine sera relâché le plus tôt possible.

— Et la rançon ?

Elle tenta de hausser les épaules avec désinvolture.

— On ne nous doit rien. Il a prouvé sa valeur.

— Mais ils *offrent* une rançon !

— Brendan…

— Les hommes vont penser que tu te ramollis, Bobbie !

— Les hommes se rappelleront combien de fois je leur ai sauvé la vie.

— Regardons les choses en face… Nous ne nous attachons pas vraiment à la prise de bateaux et de trésors, mais tu as une réputation à entretenir.

— Ma réputation commande que j'honore un homme d'honneur. Pirate ou pas.

Brendan leva les yeux au ciel.

— Je savais bien que c'était *moi* qui aurais dû être capitaine.

Elle le regarda, haussant un sourcil.

— Très bien, cousin. Je reconnais que tu m'as sauvé la vie. Mais tu dois admettre que je me débrouillais bien de mon côté, grâce à Lygia.

Il haussa les épaules.

— Ecris ta lettre, alors, pour que nous puissions la laisser.

Brendan referma la porte en quittant la cabine. Celle de Black Luke, autrefois.

Mais Red ne s'appesantit pas sur la pensée de Black Luke. Elle regarda la lettre et ses doigts se mirent à trembler. C'était manifestement l'affection qui avait guidé l'écriture de cette missive. Logan Haggerty avait un foyer, un port d'attache, un endroit où il était estimé et admiré. Il n'était pas un homme qui serait pendu un jour.

Il avait cette… Cassandra.

Evidemment… Aucun homme doté de son allure ne manquerait d'avoir une douce amie !

Avec impatience, elle plongea la plume dans l'encre et se mit à écrire. Elle ferait ce qu'elle avait promis, ce qu'elle se devait de faire.

Mais cela lui était pénible. Et elle s'en voulait de ressentir ce qu'elle ressentait, car elle était réaliste et savait tout des dures vérités de la vie.

Logan aimait-il en retour cette Cassandra qui l'adorait, sans aucun doute ? ne put-elle s'empêcher de se demander. Rêvait-il d'elle la nuit et, dans ces rêves, la tenait-il tendrement dans ses bras ?

A quoi ressemblerait sa propre vie, si elle connaissait une telle tendresse ? La passion ? L'amour ?

Le monde de Logan Haggerty était un monde qu'elle ne pourrait jamais connaître. Elle devait écrire cette lettre. Débarquer cet homme de son bateau. Et poursuivre sa quête…

— La mer est une maîtresse dure et cruelle, nous le savons tous, commença Jambe-de-Bois en regardant par-delà la proue.

C'est vrai, pensa Logan. Il connaissait bien la mer lui-même et savait qu'elle pouvait être dure, froide et traîtresse. Mais en ce moment, elle n'aurait pu être plus belle. A distance, Nassau, sur l'île de New Providence, paraissait même enchanteresse, avec les barques colorées près du rivage, le relief du paysage au-delà.

— Et pas seulement la mer, mais les hommes qui naviguent dessus, continua le matelot.

Logan se tourna, croisa les bras sur sa poitrine, s'adossa au bastingage et le regarda.

— Les *hommes ?* releva-t-il poliment.

Après tout, ils parlaient du capitaine Red Robert. Une femme.

Jambe-de-Bois parut un instant décontenancé.

— Votre histoire ? le pressa Logan. Qu'est-ce qui a fait de Red un pirate ?

L'homme poussa un gros soupir. Il regarda vers la cabine, craignant visiblement d'avoir trahi son capitaine. Son regard était triste et protecteur ; il était clair qu'il l'admirait profondément.

— Je vous l'ai dit, reprit Logan. Je me suis très vite douté que Red était une femme. Je serai bien plus susceptible de garder son secret si je le comprends vraiment.

Un autre soupir suivit.

— Jambe-de-Bois ?

L'homme regarda le lointain, comme s'il voyait une autre époque et un autre endroit.

— Je naviguais sur un navire de commerce, à l'époque. Il était affrété par une certaine lady Ellen Fotherington. Vous connaissez ce nom ?

Surpris, Logan hésita un instant à répondre.

— Oui, une méchante vieille rosse, admit-il enfin. En revanche, son époux était un homme bien. Je l'ai rencontré maintes fois dans une taverne des quais, à Charleston. Mais il est mort quand j'étais encore jeune et j'ai croisé sa femme une ou deux fois. Elle est morte l'an dernier, à ce que j'ai entendu dire.

Jambe-de-Bois agita un doigt.

— Ce qui montre peut-être qu'il est vrai que seuls les gens bien meurent jeunes, parce qu'elle n'était pas une bonne personne et, hélas ! elle n'est pas morte jeune !

— Elle n'est plus, maintenant, dit Logan d'un ton pragmatique.

— Eh bien, c'est une longue histoire mais, pour faire bref, disons qu'elle avait des droits sur l'avenir d'une certaine jeune fille. Notre Red. Cette méchante lady Fotherington avait beau être riche et haut placée dans la société, elle voulait toujours plus. C'était une harpie, et je suis content que vous l'ayez connue, parce que sinon je ne pourrais peut-être pas vous faire comprendre correctement les choses.

Logan savait que lady Fotherington aimait prendre des enfants à son service, en servitude, même si elle possédait aussi des esclaves. Mais elle savait également comment faire de ses jeunes travailleurs des esclaves à vie, en créant des dettes qu'ils devaient rembourser, en les accusant d'un délit ou d'un autre. Il avait vu trop souvent faire ce genre de chose. En vérité, s'il ne s'était pas retrouvé lui-même, par hasard et par chance, dans la maison d'un homme comme maître George Delaney, il aurait pu subir un tel sort avant d'atteindre sa majorité. Lorsqu'il était arrivé dans les colonies, orphelin, il était amer et plein de ressentiment, se battant comme un chat sauvage. Seule la bonté de Delaney avait changé le cours de sa vie.

— Red était prisonnière sur ce navire de commerce, dont le capitaine s'appelait Nimsby. Ce Nimsby était un homme malfaisant et cupide, poursuivit Jambe-de-Bois. Il était dur avec son équipage, prompt à fouetter tout homme qui avait commis une infraction, avec le chat à neuf queues. Il n'avait jamais assez de matelots, ni assez de canons. Il passait pour transporter de la cargaison humaine d'Afrique et ne laissait guère de place à ce qui ne lui rapportait pas d'argent. J'étais à son service parce que j'avais été débarqué d'un autre bateau et c'était signer avec lui… ou risquer un procès et le bourreau. Lors de ce voyage particulier, Nimsby transportait de la mélasse et d'autres produits de première nécessité en Angleterre avant de redescendre vers l'Afrique, puis de retourner aux Caraïbes et à Charleston, sa route habituelle. Lady Fotherington lui avait donné une belle somme pour livrer une marchandise particulière en France — la femme que vous connaissez maintenant comme Red Robert. C'est en quittant Charleston, juste au-delà des côtes, que nous avons été attaqués.

— Par des pirates ? demanda Logan.

— Des pirates conduits par un monstre.

— Black Luke ?

Jambe-de-Bois hocha gravement la tête.

— Lui-même. J'avais vu Red, bien sûr, mais à peine. Elle avait été conduite à bord par deux costauds qui l'avaient enfermée à clé dans la cabine du capitaine.

— Ce Nimsby… A-t-il abusé d'elle ? s'enquit Logan, furieux à cette pensée.

— Oh ! Non. Nimsby aimait trop l'or pour aller contre les souhaits de lady Fotherington. Red était destinée à un comte français vieillissant.

— Qui ? demanda Logan avec curiosité.

— Le comte de Veille.

Logan le connaissait de nom. L'homme venait de mourir à plus de quatre-vingts ans. Il avait eu plusieurs épouses, des dizaines de maîtresses et, au moins de réputation, des centaines de ribaudes. On disait qu'il était si marqué par la variole qu'il avait à peine visage humain, qu'il était incapable de marcher et souffrait de la démence due à la syphilis.

— Est-ce qu'elle était une parente du comte ? Peut-être une nièce ?

— Non. Elle avait été *achetée*. Elle était destinée au lit de cet homme, dit Jambe-de-Bois avec dégoût.

Logan frémit, remerciant le Ciel que Red ait échappé à ce sort.

— Continuez. Comment la… future maîtresse d'un noble français, enfermée dans une cabine, est-elle devenue le pirate Red Robert ?

— Par désespoir. Et par amour, répondit gravement le marin.

— Elle était amoureuse ? demanda Logan avec un étrange petit pincement au cœur.

— Le jeune maître Brendan est son cousin. Vous aviez sûrement deviné qu'ils sont parents.

Logan acquiesça d'un signe de tête.

— Elle n'était pas amoureuse… de son cousin, n'est-ce pas ? demanda-t-il prudemment.

L'air indigné de Jambe-de-Bois le remit à sa place.

— Bien sûr que non ! Mais elle l'aimait beaucoup. Ils avaient vécu ensemble, enfants, chez lady Fotherington. Puis on l'avait envoyé travailler sur le navire de Nimsby, et comme c'était un garçon capable et vif, certains membres d'équipage l'ont rapidement pris en affection. Il savait y faire avec une épée. Il disait qu'un palefrenier de lady Fotherington aimait apprendre l'escrime aux enfants quand la vieille harpie était occupée ailleurs. Cette femme avait une fille, Lygia, qui était la bonté même. Quand sa mère n'était pas à la maison, elle s'assurait que tous les enfants reçoivent un traitement spécial, les esclaves comme ceux pris en servitude. Donc, le jeune Brendan savait manier une épée…

— Et alors ?

— Et alors, c'est allé de mal en pis.

— Je vous en prie, continuez.

— Black Luke a fondu sur nous. Nimsby pensait qu'il n'avait rien à craindre, vu qu'il était ami avec un certain Blair Colm. C'est ce Colm qui…

— Je le connais, le coupa Logan d'un ton bref. Et pas seulement parce qu'il a envoyé ces hommes après Red.

— Bon, alors vous savez qu'il navigue avec quantité de canons, et que tout pirate qui s'est aventuré à l'attaquer est allé par le fond ou a eu la tête tranchée. Son amitié avec Nimsby avait déjà sauvé ce dernier, mais cette fois il s'était mis sur le chemin de Black Luke. Black Luke était un pirate qui attaquait aussi les pirates. Il se moquait de savoir qui Nimsby connaissait, et n'avait pas l'intention de couler le navire marchand. Il voulait le capturer avec tous ceux qui étaient à bord.

Jambe-de-Bois inspira à fond et poursuivit :

— Quand les coups de feu ont commencé, j'ai pris sur moi de déverrouiller la cabine du capitaine, et j'ai averti la jeune fille à l'intérieur que nous étions attaqués par un pirate et qu'elle devait s'occuper d'elle-même. Nimsby a été tué presque tout de suite, quand des boulets de canon ont abattu le mât de misaine. Puis Black Luke a abordé et nous nous sommes tous battus pour notre vie. Le jeune Brendan se montrait un combattant si vaillant qu'il s'est retrouvé acculé au bastingage par plusieurs pirates, et par Black Luke lui-même. Soudain, une vraie furie est sortie en trombe de la cabine du capitaine, agitant frénétiquement un sabre. Tout est arrivé très vite… Il y a eu un tourbillon, et tout à coup Black Luke s'est retrouvé mort. Il s'était tourné en rugissant, pensant que Red était un homme vu ses habits. Mais il l'avait sous-estimée. Elle avait pris son élan et ne lui a pas laissé la moindre chance.

Il marqua une pause.

— C'est ce que je voulais dire par « amour ». Blake Luke allait tuer son cousin, qu'elle aimait tendrement, et cela lui a donné la force et l'audace qu'il lui fallait. Je pense qu'elle était aussi stupéfaite que nous tous, après coup. Tout le monde s'est figé. Quand nous avons regardé autour de nous, il y avait surtout des morts, et le bateau s'enfonçait. Les pirates tentaient de retourner sur leur propre bâtiment sans Black Luke, mais il n'en restait pas assez pour former un équipage. La fille s'est alors mise à crier des ordres. Les pirates survivants ont cru que Black Luke avait été abattu par un autre pirate, retenu prisonnier par le capitaine. Ils ont été descendus dans les canots du navire de commerce, sommés d'atteindre la côte s'ils le pouvaient. Et puis Red a pris les commandes du bateau où nous sommes, comme elle le fait maintenant. Ceux de notre équipage qui avaient survécu — Sam-le-Silencieux, moi-même et quelques autres — nous avons juré de l'honorer et de la servir, comme Hagar, qui avait été envoyé par lady Fotherington pour veiller sur Brendan et elle. Nous avions servi cette pourriture de Nimsby et failli mourir parce qu'il n'avait pas assez de canons. Il nous a été facile de nous placer sous les ordres de Red. Et de garder son secret.

— Ainsi, aucun de vous n'était un pirate, avant ?

— Le tonnelier et le charpentier de marine étaient sur le bateau de Black Luke. Mais ils étaient heureux de ne plus le servir et se sont révélés des hommes de confiance. A partir de ce moment, nous avons commencé à naviguer. Nous avons fabriqué un drapeau et tous juré de respecter le code des pirates. Nous n'avons pas eu besoin de nous battre aussi souvent que vous pourriez le penser. Les gens se rendent en général à un bateau pirate à une vitesse surprenante.

Jambe-de-Bois, pour finir, parut peser ses mots.

— Vous ne devez jamais la trahir, laird Haggerty. Jamais ! Ou je devrais vous tuer, assura-t-il, avant d'ajouter doucement : Ou mourir en essayant, au moins.

— Je ne la trahirai jamais.

— Même alors que vous avez été rançonné ?

— Je ne la vendrai jamais. Je le jure.

— Dieu merci. Parce que je ne suis pas sûr que je parviendrais à vous tuer. Vous êtes joliment adroit avec une lame. Et vous n'avez jamais été un pirate ?

— Nous sommes peut-être tous des pirates d'une certaine façon, Jambe-de-Bois, cherchant quelque chose que nous n'avons pas.

— Pourquoi un laird aurait-il besoin de faire le pirate ?

— Bonne question. Je pourrais vous en poser une autre. Je ne vois pas votre capitaine comme une harpie cupide sillonnant les mers pour acquérir des richesses.

Jambe-de-Bois haussa les épaules et se détourna.

— Quelle est la nature de sa querelle avec Blair Colm ? demanda Logan en s'adressant à son dos.

— C'est une histoire que je ne peux pas raconter, répondit Jambe-de-Bois d'un ton solennel, en lui refaisant face.

— Et pourquoi ?

— Parce que je ne la connais pas. Vous voyez, jeune laird, je n'ai pas dit que je ne *veux pas* la raconter, mais que je ne *peux pas*.

— Si elle le pourchasse, je voguerais volontiers avec elle jusqu'à ce qu'on le trouve, déclara Logan.

— Et je serais content de me battre à votre côté, laird Haggerty. Mais je crois qu'elle a l'intention de vous libérer dès que possible.

— D'ici là, le bateau a besoin d'être caréné.

Jambe-de-Bois devint cramoisi.

— C'est un bon bateau, marmonna-t-il, embarrassé d'avoir laissé entendre que le sloop pouvait être vulnérable.

— Alors… ce ne sera pas avant un moment, conclut Logan.

— En effet. Qui sait ce qui peut advenir ? La mer est toujours une terrible maîtresse, pas vrai ? Tentante par sa beauté et ses promesses, mortelle dans sa vengeance.

Parlait-il vraiment de la mer ? se demanda Logan, pensant plutôt à leur capitaine. Ses yeux étaient exactement comme Jambe-de-Bois venait de décrire les eaux sur lesquelles ils voguaient. Aussi bleus qu'un ciel clair à certains moments, puis sombres et indigo, agités comme par une tempête à d'autres moments.

— Aujourd'hui, la mer est en paix, dit le matelot avec satisfaction.

— Oui. Aujourd'hui… elle est sereine et charmante. Douce et gentille, renchérit Logan, suivant toujours son idée.

Mais Red Robert n'était jamais en paix. Elle était toujours déchirée et tourmentée, semblait-il.

Jambe-de-Bois l'étudia de nouveau d'un air sérieux.

— Bon, nous verrons bien…

— Oui, nous verrons, acquiesça Logan.

La cale fut enfin remplie et on leva l'ancre. La brise prit rapidement de la force, gonflant les voiles majestueuses du sloop qui s'élança sur la mer comme s'il chevauchait les nuages.

Logan travaillait à la grand-voile avec Sam-le-Silencieux

et Jambe-de-Bois. Red se tenait à la proue, les mains et le vent dans le dos. Elle avait appris à s'adapter au mouvement des vagues et n'oscillait que légèrement, comme si elle ne faisait qu'un avec le bateau. Elle ne criait pas ses ordres ; elle les transmettait à Brendan, qui les répétait d'une voix forte à l'équipage. Ils mettaient le cap vers le nord, sur une route qui les conduirait le long de la côte de Floride jusqu'en Géorgie, puis au large des Carolines.

Logan pensait que Red n'avait pas l'intention de prendre en considération la mise en garde de Jambe-de-Bois à propos du carénage, mais alors qu'ils s'approchaient du nord de la Floride, il commença à identifier un certain nombre d'îles et comprit qu'elle devait connaître une anse sûre où ils pourraient effectuer les réparations nécessaires.

La journée avait été parfaite. Ce fut seulement à la tombée de la nuit que Logan sentit changer le vent, qui se refroidit subitement. Il avait fait très chaud, sensation à peine atténuée par la brise. Au crépuscule, il nota la différence et vit que plusieurs des hommes semblaient remarquer que quelque chose n'allait pas, eux aussi.

Brendan apparut soudain à son côté.

— Le capitaine Red voudrait vous parler, laird Haggerty.

— Ah oui ?

— Dans sa cabine.

Logan hocha la tête. Il venait d'enfiler son pourpoint pour se protéger de la fraîcheur et il suivit Brendan sa chemise rentrée dans ses culottes, ses cheveux attachés, son gilet en ordre et ses bottes cirées. Red était installée à son bureau, la plume à la main, quand il entra. Il se tint debout devant elle, attendant qu'elle lève les yeux sur lui, et en profita pour examiner les livres rangés sur les étagères. La plupart étaient des ouvrages de marine, mais il y avait des romans, aussi. Il se demanda si Red n'avait pas fait des ajouts à la bibliothèque de Black Luke.

— On a hélas porté à mon attention que le bateau doit faire l'objet d'un entretien, dit-elle sans cependant lever la tête.

Elle plongea sa plume dans l'encre et continua à écrire dans ce qui semblait être un journal de bord.

— C'est le sort des bateaux, fit-il remarquer.

Elle leva enfin les yeux.

— Je suppose, laird Haggerty, que vous mettez vos bateaux en cale sèche, mais ce n'est pas une possibilité pour nous, comme vous pouvez l'imaginer. J'espérais vous voir débarqué en sûreté sur une île des Outer Banks d'ici quelques jours, mais je crains que ce ne soit hors de question avant que nous n'ayons effectué ces réparations.

— Je suis à votre disposition, répondit-il avec ironie.

— Hmm…, fit Red en se remettant à écrire. J'ai reçu une lettre, aujourd'hui. Un certain lord Bethany — et une lady Cassandra Bethany — ont offert de payer pour que vous leur soyez rendu sain et sauf.

Logan ne comprit pas pourquoi il trouva soudain cette information aussi déprimante.

— Ce sont de bonnes gens, dit-il simplement.

— J'ai laissé une réponse. Apparemment, même les bonnes gens peuvent s'abaisser à entrer en contact avec ceux qui fréquentent les villes de pirates. La lettre est arrivée par la taverne du Coq.

Logan sourit légèrement.

— Capitaine, je suis déjà allé dans cette taverne, comme vous le savez. Je suis heureux que vous receviez la rançon.

Red l'étudia un instant.

— J'ai répondu que vous seriez débarqué en sécurité. Nous ne demanderons finalement pas de rançon.

— C'est très généreux de votre part…

— Vous êtes apparemment très cher à lord Bethany et à sa fille. J'ai pensé que vous deviez le savoir.

Curieusement, elle semblait attendre quelque chose de lui. Un commentaire. Mais il resta silencieux un moment, attentif à ses propres réactions à cette nouvelle, comme à celles de Red.

— Merci, répondit-il enfin.

Cette fois, ce fut Red qui resta un moment sans parler.

— Lady Cassandra Bethany… Est-ce votre fiancée ? finit-elle par demander d'un ton détaché, en replongeant la plume dans l'encre.

— Pas actuellement.

Elle leva de nouveau les yeux du journal de bord.

— Ah ! Peut-être votre bien-aimée, alors ?

— Une amie très chère.

— Une jeune dame convenable ?

— Très convenable, oui. Pourquoi cette question ?

Red reposa sa plume et s'adossa à son siège, un demi-sourire sur les lèvres.

— Pardonnez-moi. J'essaie juste d'imaginer votre vie. Les salons, l'élégance. Une jeune femme convenable. Cela dit, *convenable* peut signifier tant de choses parmi les gens aisés… Convenable, c'est-à-dire riche. Convenable, c'est-à-dire titrée. Un mariage convenable vous fournirait sans doute un magnifique avancement dans votre statut social.

Convenable pouvait, en effet, signifier toutes ces choses-là. Mais s'il avait eu ses doutes sur le fait d'être sincèrement amoureux de Cassandra, plutôt que d'éprouver de l'affection et un certain penchant pour elle, les paroles provocantes du capitaine lui firent l'effet de couteaux lui entaillant l'âme. Il s'approcha de son bureau et posa les mains à plat dessus.

— Elle est convenable sous tous les aspects, capitaine Robert. La vertu, la droiture…

Red se mit à rire.

— Est-ce que ça signifie qu'elle est laide comme un pou ?

Il secoua la tête. Il pouvait être honnête dans sa réponse.

— Non. C'est une vraie beauté. Des yeux comme des émeraudes et des cheveux aussi blonds et riches que de l'or. Mais même si elle n'avait pas un aussi joli visage, cela n'aurait pas d'importance. Elle a le cœur pur, un doux humour et elle est toujours prête à aider les déshérités ou les gens en danger. Il n'y a vraiment aucun mal à dire d'elle.

— Eh bien, j'espère que vous serez tous les deux très heureux ensemble. Vous semblez parfaitement assortis. Je n'avais jamais imaginé qu'une telle harmonie puisse exister, je l'admets, dit Red.

Mais son rire avait disparu, et il n'y avait pas de provocation dans ses paroles.

Oui, nous devrions être parfaits l'un pour l'autre, pensa Logan. *Et pourtant...*

Et pourtant, il lui semblait qu'il manquait quelque chose... Quoi que ce soit, il s'était rendu compte que Cassandra méritait beaucoup plus que ce qu'il pouvait lui donner. Et ce *beaucoup plus* n'avait rien à voir avec des terres ou des richesses.

— C'est tout, laird Haggerty, reprit Red.

— Pardon ?

— C'est tout. Vous pouvez vous retirer.

Il s'inclina et quitta la cabine. En refermant la porte, il sentit que la température continuait à tomber et comprit avec certitude qu'une tempête se préparait.

Dans le lointain, il pouvait déjà voir un rideau de pluie barrant le ciel à l'est. Il ignorait à combien de milles était le grain, mais il serait sévère quand il arriverait sur eux.

Brendan le croisa et lui adressa un bref signe de tête, pressé d'atteindre la cabine du capitaine.

— Une tempête se prépare, déclara Logan.

— Oui.

— Nous devons ariser les voiles.

— Oui.

Red, qui avait certainement perçu le changement de temps depuis sa cabine, en sortit à cet instant et se tint sur le seuil, comme si elle humait l'air et cherchait à sentir la direction de la brise.

— Ça vient de l'est, lui indiqua Logan.

— Je vais ordonner d'abaisser les voiles, dit Brendan.

— Non, pas encore. Pour le moment, prenez tout le

vent que nous avons. Isla Blanca n'est pas loin, répondit Red. Si nous pouvons atteindre sa rade, ce sera un endroit plus sûr qu'ici ou le large.

— Vous ne pourrez pas prendre de vitesse ce qui arrive, l'avertit Logan.

Elle le regarda, irritée.

— Je n'ai pas l'intention de tenter d'aller plus vite que la tempête, simplement de placer le bateau dans des eaux plus protégées. Brendan, prends la barre et droit devant.

Il hocha la tête.

— Et appelle les matelots, ajouta tranquillement Red.

— Tout le monde sur le pont ! cria alors Brendan.

Il y eut un bruit précipité, des pieds courant sur les planches tandis que l'équipage abandonnait ses tâches pour répondre à l'ordre.

— Lestez le bateau ! ordonna Red. Toute cargaison, même petite, doit être placée en bas. Les voiles supplémentaires, le matériel, tout ce qui pourrait être soufflé ou passer par-dessus bord… dans la cale !

A ce moment-là, un lourd silence tomba sur eux, comme si la nature elle-même s'était figée.

Logan connaissait ce silence, tout comme l'équipage, et le connaissait bien. C'était le calme qui précédait la fureur et le tumulte d'une tempête.

— Occupez-vous du petit matériel, Logan, lui ordonna Brendan en allant prendre la barre à la place de Sam-le-Silencieux.

— Vérifie ton cap. A fond ouest, nord-ouest, commanda Red.

Malgré l'accalmie qui n'était qu'une méchante taquinerie des éléments avant qu'ils ne se déchaînent, les ordres de Red les firent cingler vers des eaux peu profondes. Logan savait qu'il y avait de nombreuses îles là où ils se dirigeaient.

Et de traîtres bancs de sable, aussi.

Mais au moins, ils étaient loin au nord des récifs qui auraient pu déchirer la coque, et s'ils pouvaient chevaucher les vagues sans ralentir, ils pourraient supporter la tempête à venir.

Tandis qu'il enroulait et rangeait des cordages et de la toile, il ne put qu'admirer les qualités de marin du capitaine.

— Abaissez toutes les voiles ! cria Red lorsqu'ils atteignirent les abords de l'anse.

Hagar reprit l'ordre, qui fut tonné à travers le bateau.

Logan courut rejoindre les hommes pour joindre sa force à la leur. Des muscles se gonflèrent sur des avant-bras massifs tandis que l'équipage se mettait à la tâche. Du nid-de-pie, un matelot cria :

— Elle est sur nous !

Red se tenait à la poupe, sa longue-vue à la main. Hagar était à côté, répétant ses ordres.

— Descends du nid-de-pie, Davy ! cria le colosse.

La pluie s'abattit alors sur eux d'un coup.

Elle arriva avec une violence subite, accompagnée par le vent qui soufflait si fort que des trombes d'eau se levèrent pareilles à un monstre marin de légende et vinrent les frapper horizontalement. Les gouttes d'eau piquaient comme un essaim d'abeilles. C'était comme être lacéré par des serres aiguisées.

— Attachez-vous aux mâts ! cria Red.

Mais cet ordre n'était pas nécessaire, car l'équipage semblait savoir d'instinct que le moment était venu où le bateau serait totalement à la merci des vagues et eux avec.

Brendan s'attacha à la barre, faisant de son mieux pour garder le bateau parallèle au vent et éviter qu'il ne soit frappé par la force incroyable de la mer et de la tempête. Mais, malgré les efforts des hommes pour assurer la sécurité, un cordage se détacha du mât principal et descendit vers lui, la boucle métallique fixée au bout se dirigeant droit sur sa tête.

Red comprit ce qui se passait. Elle ne s'était pas encore attachée et arriva à toutes jambes.

Comme Logan et Hagar.

Logan se jeta sur le cordage, l'attrapant juste quelques secondes avant qu'il ne puisse compléter son arc vers le bas. Il s'envola avec lui et percuta violemment Brendan. Ils en eurent tous les deux le souffle coupé, mais le désastre avait été évité.

Un coup de roulis projeta alors Hagar sur le côté du bateau.

— Non ! cria Red.

Logan la vit littéralement voler vers l'homme qui menaçait de passer par-dessus bord. Elle le saisit par la ceinture, et tandis que le bateau se soulevait de nouveau et penchait dans la direction opposée, tous deux roulèrent au milieu du pont.

Mais le vent était implacable.

Il hurlait comme une furie, tournant autour des mâts dénudés, agitant la mer plus violemment encore. Le bateau tangua de nouveau fortement, et cette fois ce fut Red qui se retrouva impuissante : la tempête la souleva et la projeta par-dessus bord.

Logan lâcha un hurlement qui s'éleva au-dessus des bourrasques de vent.

Il traversa le pont en courant, même en sachant que dans cette mer démontée, avec des vagues aussi hautes, il commettait un suicide sans aucune chance de retrouver Red, et encore moins de la sauver.

Mais il n'avait pas le choix.

Arrivé au bastingage, il ôta son pourpoint, puis plongea dans les tourbillons.

Ce sera finalement une tombe bienvenue, pensa Red.

Elle pouvait nager ; elle était même capable de résister à de fortes vagues. Elle s'y connaissait en courants et savait s'abandonner au pouvoir de l'océan, flottant pour économiser ses forces et son souffle…

Mais l'eau ne semblait avoir ni sommet ni fond. Il n'y avait pas de vague qui offrait la promesse de la porter jusqu'à la côte. Il n'y avait pas d'air, pas de ciel, pas de surface. Elle s'enfonçait…

Elle était morte, ou le serait bientôt…

Elle entendit alors tout ce qui la hantait. Les hurlements des hommes, des femmes et des enfants que l'on massacrait. Elle vit de nouveau l'horreur qui l'obsédait. Le sang déversé sans fin.

Non, se dit-elle. *Les hurlements sont ceux du vent.*

Et le sang était la mer.

Des bras se nouèrent soudain autour d'elle. Les bras de ceux qui n'étaient plus maintenant que des souvenirs, des chuchotements lointains. Il y avait un monde au-delà de cet enfer, et elle devait traverser ce maelström pour les atteindre là où ils l'attendaient.

— Respirez !

Une sorte d'étau se resserra violemment autour de sa poitrine. Elle cracha de l'eau de mer et ses poumons inhalèrent instinctivement d'énormes goulées d'air, mais même l'air était humide, et elle s'étouffa. La douleur était si vive qu'elle avait envie de glisser de nouveau sous la surface froide, de laisser l'eau la prendre et la tirer vers le bas.

— Respirez, sacrebleu ! Vivez !

Red inspira encore de l'air. On la tirait. On la tirait à travers l'eau et les vagues. Elle tenta de respirer de nouveau, mais les vagues lui passaient dessus, encore et encore.

— Accrochez-vous !

S'accrocher ? A quoi ?

Alors elle sentit quelque chose. Quelque chose de solide. Du bois. Du bois qui la maintenait au-dessus des vagues. Elle sentit quelqu'un tirer sur ses pieds, et elle ne fut plus attirée aussi lourdement vers le bas. Elle sentit… ses orteils. Elle n'avait plus ses bottes.

— Le pourpoint…, dit encore la voix. Bon sang, il faut le quitter ! Nous devons vous alléger…

Sottement, Red eut envie de rire. Elle n'était pas un bateau, pour être allégée ! Mais les rouages de la logique, à l'arrière de son esprit, se remirent en marche, combattant le choc qui l'avait saisie, et elle comprit que ses bottes l'auraient entraînée vers le fond, qu'elle devait se cramponner et donner des coups de pied pour rester à la surface.

Les fantômes des morts n'étaient pas venus la chercher, finalement…

Elle comprit aussi que la voix était celle de Logan Haggerty. Puis elle distingua ses cheveux noirs plaqués sur son front, ses yeux ambrés qui ressemblaient à d'étranges signaux de feu, pleins de colère et de détermination.

— Tenez bon ! commanda-t-il de nouveau.

Alors elle le fit, s'extirpant à moitié de l'eau, s'accrochant à ce qui était un tonneau, elle le voyait maintenant. Logan était à côté d'elle, un bras autour de sa taille, l'autre s'arrimant au tonneau comme à une planche de salut.

Le monde était obscur, la mer une série de tourbillons furieux dont on ne pouvait être sauvé. La pluie les cinglait, si froide, et Red sentit que ses doigts ne pouvaient plus se cramponner.

— Donnez des coups de pied ! lui ordonna encore Logan.

Elle s'y efforça. Oh ! Dieu, elle s'y efforça pendant ce qui lui parut durer une éternité !

Puis les hurlements furieux commencèrent à diminuer et des heures plus tard, lui sembla-t-il, elle sentit ses pieds racler sur du sable.

Elle se retrouva debout, sans trop savoir comment, bataillant, les vagues léchant ses jambes… Elle avança en chancelant. Le monde était encore mouillé, sombre et froid.

Puis elle tomba.

Mais elle tomba sur un sol ferme.

6

Logan reprit lentement connaissance.

D'abord il entendit les vagues, douces, qui léchaient le rivage. Elles avaient une cadence et un rythme apaisants. C'était agréable. Il referma les yeux avec l'envie de se laisser aller…

Mais alors il sentit le sable qui le grattait sous la joue et dans ses habits, où il s'était glissé.

Une douce brise soufflait. Une brise suave, délicieuse, qui lui donnait envie de tout oublier, de dormir et de rêver.

Il y avait aussi le soleil, de plus en plus chaud au-dessus de lui…

Soudain il ouvrit les yeux, et toute la force, la fureur et la violence de la tempête lui revint à la mémoire.

Red qui passait par-dessus bord.

Brendan qui hurlait.

Et lui-même…

Lui-même qui la suivait dans cet enfer brassé par les éléments en furie.

Il ne s'était pas posé la moindre question. Il avait plongé par-dessus le bastingage, priant qu'une vague ne rabatte pas le bateau sur lui, qu'il ne se fende pas le crâne avant d'avoir une chance de la sauver.

Et alors…

L'eau. Profonde et bouillonnante. Violente. Il avait plongé loin, terrifié à l'idée de ne jamais la trouver. Mais il l'avait aperçue par miracle et l'avait rattrapée. Ensuite, il avait refait surface, découvert le tonneau, et ils s'y étaient accrochés tous les deux tandis que la tempête faisait rage. Il avait parlé à Red, mais elle ne l'entendait pas. Il se souvint aussi d'avoir vu la terre, enfin, et d'avoir poussé dans cette direction avec ses dernières forces…

Il avait réussi, manifestement. Il était vivant, à en juger par les sensations qu'il avait, le soleil qui chauffait, la brise qui agitait ses cheveux et le sable qui le grattait.

Il s'assit.

Sa chemise était trempée, collée à son corps. Tout comme ses culottes. Il n'avait plus ses bottes. Il se rappela vaguement avoir lutté pour quitter son gilet. Et Red… Il l'avait débarrassée de ses bottes, avait essayé de la délester de tout le poids qu'il pouvait. Et elle…

La panique lui serra soudain la gorge.

Où était-elle ?

Il batailla pour se lever, regardant autour de lui.

Où est-elle, par tous les diables ?

Il parcourut la plage des yeux et vit le tonneau qui avait été leur salut, et divers débris qui avaient échoué sur la plage.

Mais il ne vit pas Red.

Il se mit à courir pieds nus, le cœur battant furieusement. Il dépassa le tonneau, puis stoppa brusquement sa course dans une glissade.

Elle était là…

Il relâcha son souffle, tremblant, et tomba à genoux à côté d'elle. Elle était vêtue comme lui d'une chemise blanche déchirée, de culottes en lambeaux et de ses deux bas. Avec sa perruque en moins, ses yeux fermés, ses traits pâles et la vive couleur de sa chevelure, elle paraissait aussi délicate qu'un chaton.

Sa gorge se serra de nouveau.

Etait-elle vivante ?

Il tendit la main et toucha sa gorge, cherchant son pouls. Il battait.

Elle cligna des paupières, et il retira ses doigts tremblants. Elle ouvrit les yeux et le fixa, en proie à la confusion.

Pendant un moment son regard fouilla le sien, interrogateur…

Puis elle s'assit brusquement, le dévisageant avec horreur tandis qu'elle portait une main à sa tête.

Elle cherchait cette stupide perruque.

Il put voir dans ses yeux que tout lui revenait. La tempête, le moment où elle était passée par-dessus bord…

— Vous ! s'écria-t-elle avec colère.

Il en resta interloqué sur l'instant. Il ne s'était pas attendu qu'elle l'étreigne avec gratitude, mais il n'avait pas escompté une telle hostilité non plus.

— Moi, dit-il en croisant les bras sur sa poitrine. La tempête, le bateau… vous vous souvenez ? J'ai sauté par-dessus bord pour vous sauver.

— Vous… vous savez qui je suis ?

Elle recula pour s'éloigner de lui.

— Ne soyez pas ridicule ! lui dit-il d'un ton coupant. Bien sûr, que je sais qui vous êtes. Avez-vous entendu ce que je viens de dire ? Je suis l'homme qui a sauté par-dessus bord pour sauver votre peau !

Elle recula encore.

— Je… je suis un pirate. Je suis Red Robert !

— Entendu, vous êtes Red Robert. Maintenant, cessez de vous inquiéter parce que vous avez perdu votre perruque et que vous êtes très visiblement une femme. Je vais peut-être vous choquer, mais j'étais trop occupé à savoir si vous alliez vivre ou mourir pour m'inquiéter du reste !

Elle se releva et se tint devant lui, grande, méfiante, serrant ses bras autour d'elle comme si cela pouvait la cacher à son regard.

— Où sommes-nous ? demanda-t-elle d'un ton soupçonneux.

— Sur une plage.

— Et le bateau ?

— Je ne sais pas, j'ai plongé après vous.

— Vous n'étiez pas obligé de le faire.

— Si.
— Les autres ? s'enquit-elle, les yeux assombris d'angoisse.
— C'est un bon bateau. Ils ont probablement survécu à la tempête.
— Ils vont venir nous chercher.
— Nous pouvons l'espérer. A condition qu'ils devinent où nous nous sommes échoués.
— Et maintenant, vous savez, dit-elle d'un ton piteux.
Il ne put s'empêcher de rire.
— *Maintenant*, je sais ?
Elle le dévisagea avec stupeur.
— Je l'ai tout le temps su.
— Vraiment ?
Il la fixa, irrité de cette réaction. Son cœur s'était pratiquement brisé à l'idée qu'elle pouvait être morte, et maintenant, elle lui faisait une scène ?
— Excusez-moi, dit-il sèchement. Je vais faire un tour. Essayer de voir s'il y a de l'eau douce sur cette île.
Il pivota, se dirigeant vers l'entremêlement de palmiers et de broussailles qui poussait non loin. Il fallait espérer que cette végétation abondante témoignait de la présence d'une source quelque part.
Il lui tournait le dos, mais sentait qu'elle le fixait tandis qu'il s'éloignait. Le sable était encore frais de la nuit précédente et de l'assaut de la tempête. Il vit que les arbres étaient des cocotiers ; au moins pourraient-ils boire du lait de coco et manger la chair des noix !
Peu après, il l'entendit qui arrivait en courant derrière lui.
— Vous saviez ? demanda-t-elle d'un ton furieux.
— Bien sûr, répondit-il en pénétrant dans l'ombre des palmiers.
— Depuis le début ?
— Oui.
Ce n'était pas complètement faux.
Elle saisit sa chemise, le faisant pivoter face à elle.
— Ce premier jour sur le bateau. Le tout premier

jour… Quand vous vous êtes battu contre moi et que vous m'avez entaillé la joue. Vous saviez ?

— Oui !

En tout cas, il avait deviné que quelque chose n'était pas tout à fait normal.

— Vaurien !

Le mot le sidéra. Il se tint raide devant elle et la regarda froidement.

— Vous aviez accepté de vous battre et vous vous êtes battue comme une furie, lui rappela-t-il.

— Vaurien, répéta-t-elle d'une voix sourde.

Il haussa les épaules, reprit sa marche, puis se retourna.

— Ecoutez, nous devons trouver de l'eau douce et…

A sa stupéfaction, elle le chargea. Et à sa vive humiliation, ne s'étant pas préparé au choc, il tomba à la renverse, elle sur lui, ses poings le frappant sauvagement. Par chance, elle était si furieuse qu'elle n'était pas aussi concentrée et calculatrice qu'à l'ordinaire ; elle brûla vite son énergie tandis qu'il essayait de lui saisir les bras pour éviter des dégâts sérieux.

— De tous les hommes méprisables, horribles, insupportables, arrogants de l'univers…

Elle cessa vite de déverser sa rage parce qu'elle était à bout de souffle. Il profita de ce moment pour prendre le dessus ; il lui serra les bras et la fit rouler sous lui, l'enfourchant et la clouant sur le sable.

Elle n'arrêtait pas de réfléchir, de faire des plans, de calculer. Il le voyait dans ses yeux. Comprenant sans doute qu'elle gaspillait ses efforts, elle se figea et le fixa avec deux prunelles bleues pleines de fureur. Elle semblait vaincue, mais il ne s'y fiait pas.

Elle attendait juste un signe de faiblesse, de vulnérabilité de sa part. Mais il n'allait pas lui en fournir.

— Je suis méprisable, *moi* ? Parce que vous jouez à un jeu dangereux et que je vous ai dévoilée ?

Elle plissa les paupières avec plus de colère encore.

— Ce n'est pas un jeu !

— Vous n'êtes pas un pirate.

Sa fureur parut diminuer, mais son attitude resta glaciale.

— Je crains d'en être un, et pour de bon.

— Le grand et redoutable Red Robert ? ironisa-t-il.

— J'ai tué Black Luke.

— J'en ai entendu parler ; je sais même *tout* à ce sujet.

Elle écarquilla les yeux et jura.

Comme un vrai pirate.

— Lequel de ces idiots sans cervelle vous a dit… quoi que ce soit ? demanda-t-elle d'un ton impérieux.

Elle avait de l'allure et de l'aplomb, même dans cette position. On aurait pu penser qu'elle détenait le pouvoir.

— Le chat.

Elle poussa de nouveau un juron et recommença à se débattre.

— Arrêtez ! lui ordonna-t-il. Cessez de lutter et écoutez-moi. Vous êtes une femme étonnante, incroyable. Ce que vous avez fait était… téméraire, mais c'était aussi brillant et courageux, et vous avez sauvé de nombreux hommes avec vous. Mais savez-vous ce qui finira par arriver ?

— Je ne peux connaître de pire fin que ce qui était prévu pour moi au départ.

Malgré lui, Logan ne put s'empêcher de sourire devant son air buté. Il se détendit et s'appuya sur ses hanches, tout en se méfiant encore. Puis il redevint sérieux.

— Vous pouvez vous arrêtez, maintenant, dit-il. La méchante femme qui détenait vos papiers de servitude est morte.

Elle le dévisagea sans faire de commentaire.

— Vous pouvez mener… une vie honnête.

Elle secoua la tête.

— C'est trop tard. Je ne peux pas revenir en arrière.

— Vous pourriez travailler pour moi.

— Comme quoi ? Votre fille de cuisine ? riposta-t-elle, et elle se remit à battre des poings.

— Je n'ai rien dit de tel.

— Oh ! Je vois… Je devrais peut-être être votre maîtresse ? Ou votre catin ?

— Jamais. J'ai l'intention d'honorer la femme que j'épouserai en menant une vie respectable.

Elle s'immobilisa, le dévisageant. Un instant, il pensa voir un éclat humide — peut-être même des larmes — dans ses yeux. Puis elle le frappa de nouveau et il ne put que s'efforcer de l'arrêter.

— Bobbie ! s'exclama-t-il.

Le nom, qu'il avait entendu prononcer avec une telle affection par Brendan, lui vint spontanément aux lèvres.

— Pour l'amour du Ciel, je n'ai pas envie de vous voir au bout d'une corde ! Ou à la merci d'un homme comme Blair Colm !

Elle se figea.

Qu'y avait-il au sujet de Colm qui la bouleversait tant ? Avait-elle déjà été à sa merci ?

Mais elle était vivante…

— Je suis ce que je suis, dit-elle d'un ton pincé. C'est-à-dire un pirate. Et maintenant, si vous vouliez vous ôter de moi, je l'apprécierais grandement.

Il s'écarta lentement, mais ne lâcha pas ses poignets.

— Je ne sais pas, dit-il.

— Qu'est-ce que vous ne savez pas ?

— Allez-vous encore me frapper ?

— Vous vous inquiétez que je vous frappe de nouveau ? On croirait entendre une fillette ! lança-t-elle d'un ton coupant.

Il se mit à rire.

— Allez-vous me frapper de nouveau, oui ou non ?

Elle poussa un soupir exaspéré.

— Non.

— C'est promis ?

— Parole de pirate, dit-elle avec irritation.

— Dans ce cas…

Il sauta sur ses pieds et tendit la main pour l'aider à se relever. Elle considéra son geste d'un air soupçonneux, puis accepta son aide. Ils étaient toujours mouillés et couverts de sable, mais elle était indéniablement différente du capitaine Red Robert qu'il connaissait. Il était aisé de voir d'où elle tenait son surnom de *Robert le Rouge*. Sans la perruque noire, sa chevelure cuivrée — même emmêlée par la mer et couverte de sel — était magnifique. Elle avait une couleur riche, pas aussi foncée que celle de Brendan, mais rousse et dorée, avec des reflets profonds et lustrés. Vraiment inhabituelle.

Logan se retrouva à imaginer ces cheveux propres et secs, cascadant doucement dans son dos sous le soleil — ou au clair de lune.

— De l'eau douce, dit-elle, coupant court à sa contemplation. Il faut en trouver.

— Oui. Vous avez déjà été naufragée ?

— Non. Et vous ?

— Non.

Elle sourit soudain et précisa :

— Mais j'ai caréné mon bateau dans des endroits comme celui-ci.

— Tant mieux. Vous n'aurez pas peur, alors.

— Peur ? Pourquoi aurais-je peur ?

— Tout le monde a peur de quelque chose.

— De quoi donc avez-vous peur, vous ? s'enquit-elle.

— Je ne suis pas si courageux, en réalité. J'ai peur des pistolets, des épées, des canons… et de mourir avant d'avoir laissé mon empreinte sur le monde.

Il avait parlé d'un ton léger, mais prononcé ces derniers mots avec gravité. Elle l'étudia, les sourcils froncés.

— Qu'y a-t-il ? demanda-t-il.

— Je crois que c'est ce qui me fait peur aussi.

— Les balles, les boulets et les lames ?

— Non. Enfin, je préférerais ne pas être blessée ou perdre un membre, bien sûr, mais je voulais dire… le reste. Je ne veux pas mourir avant d'avoir…

— Vraiment vécu ?

— Eh bien, cela dépend de ce que vous entendez par *vivre*.

— Allons chercher de l'eau, et nous reparlerons de philosophie plus tard, suggéra-t-il. Venez.

Il ouvrit la marche dans d'épais fourrés. S'il y avait des pistes qui les traversaient, elles étaient envahies par la végétation et n'avaient pas été utilisées depuis longtemps.

— Qu'est-ce qui vous fait penser que vous pouvez trouver de l'eau ? demanda Red derrière lui.

— Regardez autour de vous.

— Il pleut dans les Caraïbes, lui rappela-t-elle.

— Avez-vous mieux à faire ?

— Peut-être.

— Et ce serait… ?

— Du feu sur la plage, pour que mon équipage nous retrouve, dit-elle.

Logan resta silencieux. Malgré ce qu'il avait dit plus tôt, il n'y avait aucune garantie que l'équipage du sloop ait survécu, et ils le savaient tous les deux.

— D'accord, peut-être un autre bateau, concéda-t-elle.

Cette idée le mit mal à l'aise. Il ne savait pas très bien pourquoi. Si un navire marchand les trouvait, ils n'avaient rien à craindre : lui n'était pas un pirate, et, avec ses cheveux roux et sa beauté sauvage, Red ne serait jamais identifiée comme étant le tristement célèbre Red Robert. Néanmoins, la possibilité qu'ils soient sauvés le troublait.

Peut-être parce qu'ils se trouvaient presque certainement sur une route de pirates. Et que tout bateau qui les découvrirait serait probablement un bateau pirate. Et dans ce cas… Ou bien le capitaine trouverait sa situation amusante et le laisserait en plan sur cette île, ou bien il le ferait travailler sur son bateau. A moins qu'il ne décide de l'abattre sur place.

Quant à Red… Le code des pirates stipulait qu'aucune femme convenable ne devait être prise contre son gré. Les prisonnières étaient en général rançonnées. Mais les règles n'étaient pas strictes. Red pouvait avoir de sérieux ennuis s'ils étaient découverts par le mauvais bateau.

Et faire un feu pourrait attirer le mauvais type de sauveteurs.

Toutefois, quel autre choix avaient-ils ?

Tandis qu'ils s'enfonçaient dans la brousse, la progression devenait plus difficile. Des racines saillaient, risquant de les faire trébucher, des pierres pouvaient entailler leurs pieds nus. Les palmes poussaient bas et dru. Il y avait plusieurs variétés d'arbres, des manguiers, d'autres arbres fruitiers qui portaient ce qui ressemblait à des petits citrons verts ou des figues. Les citrons étaient une bénédiction contre le scorbut, et il devait y avoir une source d'eau douce quelque part. Forcément…

— Là ! cria-t-il soudain, en pointant le doigt.

Il avait émergé d'un bosquet de hauts palmiers au sommet d'une petite colline. Et, en regardant en bas, il pouvait voir une cascade.

Red lui rentra dedans, trébuchant sur une racine qui transperçait le sol mince.

— C'est… c'est magnifique ! dit-elle.

Logan estima qu'ils avaient parcouru environ un demi-mille depuis la plage. Il ne voyait pas de signe indiquant que l'île était habitée, et il se demanda pourquoi. Elle offrait pourtant l'élément vital le plus important — l'eau. Et il y avait assez de terre pour faire pousser des cultures.

Red passa devant lui, impatiente d'atteindre la source.

— Attendez !

Elle était tombée à genoux au bord du bassin, mais à présent elle hésitait, laissant l'eau couler de ses mains jointes.

— Permettez-moi…, dit-il en la rejoignant. Le goûteur officiel, vous savez ?

Malgré sa soif, il se contenta d'abord de tamponner ses lèvres avec l'eau. Elle était douce et claire. Il but.

Red le dévisageait. Il sourit.

— Elle semble sans danger.

Elle but à son tour. Puis elle s'aspergea le visage, savourant la sensation de propre, avant de boire de nouveau. Logan l'observa, appréciant le ravissement qu'elle prenait à cette eau fraîche et pure, et la façon dont elle renversait la tête en arrière, enchantée par la cascade qui ruisselait sur elle.

— Cet endroit a un goût de paradis, dit-elle.

Oui, un goût de paradis, pensa-t-il. Il était peut-être naufragé, mais avec de l'eau douce, propre et claire — et avec Red.

Il se leva et regarda autour de lui.

— Nous devrions retourner à la plage, dit-il.

— Quoi ? Nous venons juste d'arriver !

— Maintenant que nous avons trouvé de l'eau, il faut nous construire un abri.

Elle le regarda fixement, comme si elle comprenait seulement qu'ils pouvaient rester sur cette île des semaines, des mois…

Ou davantage.

Sans un mot, elle tourna les talons et partit la première. Il pouvait entendre qu'elle inspirait vivement, de temps à autre, quand elle marchait sur quelque chose de dur ou de pointu.

Ce serait bien d'avoir des chaussures, pensa-t-il. *Et un bon couteau solide ou une épée.*

Il baissa la main vers son mollet, en vain ; il avait perdu son couteau quand il s'était débarrassé de ses bottes.

Malgré ses plantes de pied délicates, Red avançait rapidement. Il restait tout près derrière elle.

Elle écarta une palme de son passage, puis la relâcha ; la palme gifla le visage de Logan.

— Hé ! s'écria-t-il.

— Pardon, dit-elle.

Mais il comprit à son ton qu'elle n'était pas désolée du tout. Il se demanda même si elle n'avait pas laissé la palme le frapper à dessein.

Elle atteignit le rivage la première et se tint immobile,

regardant les vagues. Comme il y avait souvent un calme avant la tempête, il y en avait souvent un après, aussi.

Le monde semblait avoir été lavé. La mer était comme du verre liquide, reflétant un soleil glorieux. Le ciel était d'un bleu doux, sans nuages. Le mouvement du ressac sur le sable produisait un murmure suave.

— Je vais chercher le tonneau, dit Logan. Il contient peut-être quelque chose de comestible et le bois nous sera utile.

Red le suivit plus lentement tandis qu'il se dirigeait à grands pas vers le tonneau qui leur avait sauvé la vie, puis soudain elle cria, tombant à genoux.

Il se retourna.

— Qu'y a-t-il ? demanda-t-il, inquiet.

— Rien !

Il revint vers elle. Elle était assise sur le sable, tenant son pied.

— Vous vous êtes coupée ?

— J'ai marché sur un coquillage.

— Laissez-moi voir.

— Non.

— Ne faites pas… la fille !

Elle lui jeta un regard noir, mais ne répondit pas.

S'accroupissant à côté d'elle, il lui prit le poignet et ôta sa main. Son pied saignait, mais il y avait tant de sable collé à sa peau qu'il ne pouvait voir si l'entaille était profonde.

— Je vais bien, dit-elle avec raideur, en le repoussant et en commençant à se lever.

Mais elle vacilla. Logan se redressa et la souleva dans ses bras, provoquant son indignation.

— Reposez-moi tout de suite ! lui ordonna-t-elle.

Il l'ignora.

— Faites ce que je vous dis ! Je suis le capitaine.

— Vous *étiez* le capitaine. Et moi aussi, j'étais capitaine…

— J'étais capitaine en dernier, déclara-t-elle d'un ton irrité.

Il ne releva pas, marchant vers l'eau. Elle était facile à porter, même si elle était raide dans ses bras et absolument pas coopérative.

Elle lui donna un coup de poing sur le torse.

— Hé ! Vous avez promis de ne pas me frapper.

— Je vous ai dit de me poser !

Il avait atteint le bord de l'eau, et il fut tenté de la laisser tomber dans les vagues.

— Bon sang, Logan !

Il la lâcha.

Elle disparut, puis refit rapidement surface, crachant, furieuse. Elle frappa la main qu'il lui offrit. Mais quand elle chancela de nouveau, il la saisit pour l'empêcher de tomber.

— Il fallait laver votre pied.

Se tenant à moitié debout, acceptant son soutien pour rester droite, elle lui décocha de nouveau un regard noir.

— Je suis trempée !

— C'est vous qui croyez à la vertu des bains, fit-il sèchement remarquer.

— Je pensais que vous vous inquiétiez de mon pied !

— En effet. Une infection pourrait être sérieuse. Et l'eau de mer lavera la blessure et l'aidera à guérir.

— Ainsi j'avais besoin de me mouiller complètement… pour soigner mon pied ?

Il haussa les épaules, la souleva de nouveau et franchit les quelques pas jusqu'à la plage. Elle jura, mais il l'ignora et la posant par terre. Il s'agenouilla ensuite à côté d'elle et prit son pied dans sa main. L'entaille traversait la cambrure, mais il fut heureux de constater qu'elle ne paraissait pas profonde.

— Juste beaucoup de sang, dit-il d'un ton léger.

— Ça fait mal.

— Restez assise ici et laissez tremper votre pied dans les vagues quelques minutes, dit-il en déchirant une longue bande d'étoffe de sa chemise. Ensuite, nous pourrons le panser.

Sa voix était devenue plus rauque. La toucher le troublait. Peut-être n'aurait-il pas dû la laisser tomber dans l'eau. Ses habits étaient de nouveau plaqués sur son corps, la moulant d'une façon qui faisait ressortir chacune de ses courbes parfaites. Le coton blanc semblait plus mettre ses atouts en valeur que les cacher.

Logan se releva. Il avait besoin de s'écarter d'elle.

— Où allez-vous ? demanda-t-elle, les sourcils froncés.

— Récupérer le tonneau et explorer un peu la plage. Qui sait quels trésors peuvent être tapis juste là ? Je suis sûr que nous n'avons pas été le seul bateau pris dans cette tempête.

Il la laissa, curieux de voir ce que le tonneau contenait.

Quand il l'atteignit, il constata qu'il n'avait rien avec quoi le forcer. Le tonnelier du bateau faisait un excellent travail pour sceller ses fabrications, ce qui permettait de préserver parfaitement les denrées à bord. Mais pour les ouvrir…

Il parvint à déchiffrer les lettres gravées sur le côté et constata qu'ils avaient une barrique de rhum, remplie au tiers, à en juger par son poids, ce qui avait laissé assez d'air pour que le tonneau flotte et les sauve.

A présent, il avait juste besoin d'outils.

Il jeta un coup d'œil derrière lui. Red fixait la mer, le pied dans l'eau. Les vagues montaient jusqu'à elle et battaient doucement ses jambes légèrement repliées, sur lesquelles elle croisait les bras. Elle avait l'air d'une sirène rejetée par les flots, ce qui n'était pas loin de la vérité.

Logan décida de laisser pour le moment le problème agaçant du tonneau et regarda plus loin sur la plage, où gisaient de nombreuses planches cassées.

Il espéra qu'elles ne provenaient pas de *L'Aigle* et que Brendan, Jambe-de-Bois, Sam-le-Silencieux, Hagar, Jimmy O'Hara et les autres étaient sains et saufs, se demandant comment sauver leur capitaine.

Il entassa le bois, assemblant déjà mentalement les morceaux pour en faire un abri. Son cœur se serra quand il arriva un peu plus loin ; il devenait évident, devant le nombre de planches échouées, qu'au moins un malheureux bateau avait coulé sous les vents violents et les hautes vagues de la tempête.

Au bout d'une centaine de mètres, il tomba sur un grand coffre de marine. Il s'arrêta pour l'examiner. Il était verrouillé.

Il trouva une grosse pierre et frappa à grands coups sur le cadenas. Quand il fut clair qu'il n'arriverait pas à le briser, il changea de tactique et cogna la pierre contre le couvercle, qu'il réussit à casser. Il regarda à l'intérieur.

Le coffre avait été bien construit, et bien isolé. Il était rempli de vêtements, pas d'outils comme il l'aurait souhaité, mais il vit des chausses, des corsages, des jupes, des robes, des soieries, du satin et de la dentelle. Il y avait aussi des chaussures et des bas, et même des broches et des épingles avec des pierres précieuses.

Il s'accroupit, soulagé. Il était certain que ce coffre ne venait pas de *L'Aigle*.

Mais il était désolé, en même temps, car il ne faisait aucun doute qu'un navire marchand avait sombré dans la tempête, et que les propriétaires des jolies choses qu'il avait devant lui reposaient maintenant au fond de la mer, nourriture pour les poissons.

Il se leva et regarda la mer. De plus en plus de débris se balançaient sur les vagues, ramenés vers le rivage. Il s'avança dans l'eau pour voir ce qui arrivait vers lui.

Quantité de morceaux de bois, certains avec des pans de voiles et des bouts de cordages enroulés autour. Les cordages seraient utiles pour construire l'abri.

Et d'autres tonneaux. Il pataugea pour récupérer le plus proche. Mais il avait été éventré, et ne valait plus rien.

Il regarda de nouveau vers Red. Elle était debout à présent, une main au-dessus des yeux pour se protéger du soleil. Elle aussi contemplait le large. Tandis qu'il l'observait, elle avança dans l'eau, comme lui.

Il ne savait pas ce qui avait attiré à ce point son attention. Il se mit à fendre les vagues pour la rejoindre.

Elle se tenait figée, puis un cri lui échappa, un cri si poignant que le cœur de Logan se mit à tambouriner.

— Red !

Il se précipita vers elle.

Alors qu'il courait, il vit ce qui l'avait pétrifiée.

Un homme.

Un homme qui flottait à plat ventre dans l'eau.

Ses cheveux mouillés étaient roux, et il portait un pourpoint semblable à celui que Brendan portait habituellement.

Il s'avança, la gorge nouée, et tendit la main pour retourner le corps.

7

Un nouveau bateau était à l'ancre dans le port.

Avec sa longue-vue, Sonya pouvait voir qu'il avait été endommagé ; des hommes étaient affairés à en réparer le mât.

Il y avait eu une tempête ; elle avait fait rage en mer, mais n'avait pas atteint New Providence. Sonya en était heureuse. Elle semblait avoir suivi une trajectoire vers le nord, peut-être traversant Cuba et remontant le long des côtes américaines, et Sonya espérait qu'elle n'avait pas coulé *L'Aigle* de Red Robert.

D'accord, elle avait accepté quelques pièces pour le trahir. Cette île était une île de pirates, après tout, et à sa façon elle aussi était un pirate. Cette trahison n'avait rien de personnel. Elle avait besoin de l'argent, voilà tout. Et, de toute façon, cela s'était bien terminé.

Mais depuis que *L'Aigle* avait repris la mer, elle était inquiète. Si elle aimait bien Red Robert, aussi efféminé qu'il soit, elle en pinçait depuis longtemps pour Logan Haggerty. Cet homme respectait la loi, mais semblait comprendre ceux qui étaient forcés de vivre de l'autre côté. Il détestait la violence, bien qu'il n'ait pas peur de se battre. Et quand ses yeux pétillaient d'humour, elle fondait.

Même s'il ne voulait jamais une de ses filles. Ni elle.

Elle fut tirée de ses pensées par Blair Colm qui entrait dans la taverne.

La matinée avait été calme. La tempête avait ramené

beaucoup de bateaux au port pour réparations, mais les matelots n'avaient pas le temps de boire. Ils étaient tous affairés à bord, raccommodant des voiles, obéissant aux commandes des charpentiers. Les blessés devaient soigner leurs blessures ; les médecins de bord ou les barbiers recousaient les plaies et réparaient les membres écrasés, amputaient ceux qui ne pouvaient être sauvés.

Colm la regarda un long moment sans parler. Il était déjà venu, et elle prenait son argent. Après tout, il valait autant que celui de n'importe qui. Mais Sonya avait toujours détesté l'homme en lui-même, qui était considéré comme un monstre par certains et comme un héros par d'autres.

Elle croyait aux rumeurs qui tournaient autour de lui. Des rumeurs comme celle qui disait par exemple qu'il avait tué des enfants en les balançant par les talons et en leur fracassant le crâne sur des rochers.

Elle éprouva soudain une bouffée de culpabilité. Red Robert était peut-être efféminé, mais il avait toujours été correct avec elle. Et elle l'avait trahi, en sachant pertinemment que c'était pour servir Blair Colm. Mais le chauve lui avait offert une belle somme juste pour savoir dans quelle direction était parti Robert.

Et elle devait bien survivre, pas vrai ?

Elle savait pourtant que quelque chose de vilain se préparait, si un individu sans scrupule comme Blair Colm recherchait Red Robert.

Mais elle avait quand même pris les pièces.

— Sonya !

Elle leva les yeux.

— Capitaine Colm.

— *Sir* capitaine Colm, lui rappela-t-il.

— Sir capitaine Colm, répéta-t-elle docilement.

— Je prendrai la pièce privée et votre plus belle fille. Pas une fille âgée ou usée.

Il lui lança un regard appuyé, la détaillant, pour s'assurer qu'elle comprenne bien que l'insulte s'adressait directement à elle.

Elle se contenta de sourire.

— Comme vous voudrez.

— Et votre meilleur rhum. Pas ce ratafia que vous servez aux ivrognes.

— Comme vous voudrez, dit-elle de nouveau.

Sonya était vaguement consciente que les garçons, au comptoir, avaient soudain les doigts gourds et laissaient tomber ce qu'ils tenaient. Blair Colm créait ce genre d'atmosphère. On l'avait vu gifler un serveur ou deux pour avoir renversé une goutte de rhum.

— La pièce est à vous, sir capitaine Colm, ajouta-t-elle, espérant qu'il allait y attendre la pauvre fille qu'elle choisirait pour lui.

— Vous m'y rejoindrez.

Elle sursauta, sous le coup d'une brusque panique. Elle était contente d'être âgée et usée quand il était là.

— Oui ?

Il souffla d'un air méprisant.

— J'ai besoin d'informations.

— Je n'ai pas d'informations.

— Je crois que si.

Il quitta la salle. Sonya se leva lentement, trop effrayée pour ne pas le suivre. Il n'était pas aimable avec les femmes qui désobéissaient, non plus.

Elle entra dans la pièce après lui.

— Je ne peux pas m'occuper de votre rhum et de vos services si je suis ici, dit-elle.

Il prit un siège contre le mur.

— Asseyez-vous, lui ordonna-t-il.

Elle s'empressa de le faire.

— Où sont-ils allés ?

Elle le dévisagea sans comprendre. C'était un grand homme. Costaud. Musclé. Mais ses traits étaient aiguisés, des traits de loup. Il avait les cheveux et les yeux sombres. Bien qu'il soit anglais, il ressemblait à un Espagnol. Il émanait de lui une impression de cruauté, qui venait peut-être de l'étroitesse de son visage, de sa façon de bouger ou de ce regard noir, diabolique.

— *Ils ?*

— Red Robert et son équipage.

— Oh ! Ils étaient ici, juste avant la tempête.

Blair Colm s'avança brusquement. C'était le mouvement d'un serpent prêt à frapper.

— Red Robert me poursuit, mais cette tempête va le retarder.

— Vous avez essayé de le faire tuer.

La culpabilité tomba de nouveau sur elle comme un nuage noir.

Il agita la main d'un geste indifférent.

— Je n'ai essayé de faire tuer personne. Ce ne serait pas honorable, n'est-ce pas ? déclara-t-il tranquillement.

Il mentait comme un arracheur de dents et ils le savaient tous les deux. Elle haïssait cet homme. Tout ce qu'elle voulait, c'était s'en aller.

— Ils ont pris la mer. Ils n'ont pas dit où ils allaient.

Avant qu'elle ne s'en rende compte, il était debout devant elle et lui empoignait cruellement les cheveux.

— Red Robert a capturé un bateau avant de venir ici et il voyage avec un prisonnier.

— Oui !

Elle sentait des mèches de ses cheveux s'arracher. Son cœur battait la chamade.

Elle pourrait crier autant qu'elle le voudrait, elle savait que personne ne viendrait à son aide, la sachant avec Colm.

— Le prisonnier est lord Haggerty, dit-il.

— Oui, confirma-t-elle.

Elle s'était toujours crue endurcie, dehors comme dedans, car elle en avait beaucoup vu dans sa vie. Trop… Elle avait couché avec plus d'hommes que la plupart des femmes n'en connaissaient. Et elle les méprisait comme ils la méprisaient.

Mais à présent, elle avait peur.

Colm la fixa.

— Ils me poursuivent. Ensemble. Ils me font la chasse.

— Je n'en sais rien ! s'écria-t-elle, frénétique. Réfléchissez ! Est-ce qu'ils discuteraient de leurs affaires avec quelqu'un comme moi ?

Il se pencha plus près, les yeux plongés dans les siens.

— Beaucoup d'hommes vous parlent, la gueuse.

Que diable voulait-il qu'elle lui dise ?

— Peut-être qu'ils vous cherchent. Je ne sais pas. Ils sont partis dans la tempête et sont probablement tous morts, à l'heure qu'il est. Lâchez-moi !

— Pas encore. Maintenant, la vraie question : *Qui* est Red Robert ?

— Quoi ?

Une autre secousse sur ses cheveux. La douleur lui transperça le crâne. Ses yeux s'embuèrent.

— Red Robert est… Red Robert, dit-elle, des larmes de peur et de douleur lui piquant les paupières. Je n'en sais pas plus.

— Menteuse !

Elle se retrouva jetée sur la table. Il fut rapidement sur elle.

— La vérité ! Je veux la vérité !

— Je ne sais pas ! Je le jure devant Dieu, je ne sais pas !

Il l'enfourchait et elle savait que se débattre serait stupide, mais elle ne put s'en empêcher.

Elle lui cracha au visage.

Elle aurait dû s'y attendre. Il la gifla avec une violence qui l'étourdit, trop peu de temps à son gré, car elle le sentit vaguement se soulever et remonter sa jupe.

Trop faible pour se défendre, trop sonnée pour protester, elle se contenta de détourner son visage. Elle ne dit pas un mot.

Quand il eut terminé, il jeta une pièce sur la table et arrangea ses culottes d'un air détaché.

— Qui le sait ?

— Courbez-vous, embrassez votre cul et mourez, parvint-elle à répondre.

Elle était prête pour le prochain coup. Mais l'injurier en valait la peine.

— Je vais trouver Teach et lui demander, dit-il.

Sonya se mit à rire, ne se donnant pas le mal de se lever.

— Mais oui, trouvez-le. Il vous aidera à vous courber, à embrasser votre cul et à mourir.

Une dernière gifle et il s'en alla.

Même alors, elle ne fondit pas en larmes.

Elle se dit qu'elle était trop dure, mais en réalité elle était simplement trop engourdie.

Quand elle se leva enfin, elle alla parler à ses filles et leur dit qu'il avait le plus petit pénis qu'elle ait jamais vu, et qu'il ne pouvait pas le garder dur assez longtemps pour terminer son affaire.

Les filles parleraient. Ce bruit se répandrait dans toute l'île.

Elle se mit à prier que Red Robert trouve Colm en haute mer. Et qu'il ait vraiment l'intention de le tuer.

Logan hésitait, la main à moins d'un mètre du corps, mais ils devaient savoir la vérité, d'une manière ou d'une autre.

L'homme mort flottait sur le ventre.

Red le fixait, elle aussi, ravagée, comme il n'avait jamais imaginé qu'elle pourrait l'être. Vaillant pirate, vaillante actrice. Mais elle adorait son cousin. Et subitement, devant ce corps, elle paraissait incroyablement fragile et vulnérable. Lui-même était effrayé. Il n'avait pas envie de retourner l'homme, parce qu'il se sentait impuissant devant sa détresse.

Il déglutit péniblement. La vie lui avait enseigné une leçon : il fallait faire face à tous les démons. Rien ne pouvait changer ce qui était, et l'accepter permettait de continuer.

Il retourna donc le corps.

Red inspira et recula en tremblant.

Ce n'était pas Brendan, mais un autre pauvre diable. Les poissons lui avaient déjà grignoté le nez et il offrait un spectacle pathétique et horrible.

Mais ce n'était pas Brendan.

Logan tendit la main vers Red pour la stabiliser. Et, pendant un moment, elle s'appuya sur sa force. Puis elle s'écarta brusquement, comme si elle était soudain furieuse contre lui. Mais ce n'était pas à lui qu'elle en voulait, il le savait. Elle était en colère contre elle-même. Red Robert, qui maîtrisait son rôle depuis si longtemps, s'en voulait d'avoir montré sa faiblesse.

La vue du cadavre était atroce. Il avait gonflé dans l'eau et, maintenant, il avait l'apparence macabre de quelque chose d'irréel, quelque chose qui n'avait jamais été humain.

— Je vais l'enterrer, dit Logan.

— Il… il n'est pas l'un des nôtres, murmura-t-elle.

— Qui qu'il soit, il mérite une tombe décente.

Il n'ajouta pas qu'un cadavre pourrissant sur la plage créerait d'horribles miasmes. Il se tourna, traînant le corps dans l'eau peu profonde parallèlement à la plage. Red resta immobile un moment ; puis il entendit des éclaboussures derrière lui tandis qu'elle suivait pour l'aider.

Il tira l'homme mort jusqu'à un bosquet de palmiers loin de l'eau. Il ne voulait pas que la marée haute défasse son travail.

Il n'avait toujours pas trouvé d'outils, mais une noix de coco cassée servit de pelle grossière. Un quart d'heure plus tard, alors qu'il était déjà trempé de sueur à force de creuser avec un outil si petit, il regarda derrière lui et vit que Red était redescendue sur la plage. Elle y trouva un grand plat en argent qui faisait une pelle bien meilleure et se mit à creuser à côté de lui.

— Laissez-moi faire, dit-il.

Elle travaillait avec vigueur et ne leva pas les yeux vers lui. Elle secoua la tête, concentrée sur sa tâche. Elle creusait avec une sorte de frénésie, brûlant ses forces.

Logan la laissa faire, certain qu'elle tentait ainsi d'étouffer sa peur que — même si le corps qu'ils avaient trouvé n'était pas celui de Brendan — l'équipage de *L'Aigle* ait pu connaître le même sort. Quand il fut sûr qu'elle avait consumé la majeure partie de son émotion, il s'avança de nouveau vers elle, tendant la main vers le plat en argent et la forçant à le regarder.

— Vous en avez plus fait en quelques minutes que moi en vingt. Laissez-moi finir, dit-il gentiment.

Elle le fixa, battit des cils, baissa la tête et acquiesça enfin.

Le plat était d'une grande aide. Ses épaules et son dos étaient douloureux, mais finalement il réussit à creuser une tombe assez profonde. Il mit l'homme dedans et se préparait à le recouvrir de sable quand Red l'arrêta.

— Attendez…

— Oui ? fit-il en la regardant.

— Connaissez-vous… quelques mots à dire ?

— Pas vous ?

— Vous êtes un capitaine.

— Vous aussi.

— Je n'ai jamais perdu un membre d'équipage, déclara-t-elle avec fierté.

— Moi non plus.

— Mais vous… Vous croyez encore en Dieu, dit-elle platement.

Vous aussi, eut-il envie de répondre, mais quelque chose dans ses yeux le prévint de retenir ses paroles.

— Père, acceptez l'âme de cet homme, Votre serviteur, dit-il à la place, et il fit un signe de croix.

— Et puissiez-vous être au paradis une heure avant que le diable ne sache que vous êtes mort ! ajouta Red en se signant également.

Etrange prière pour un défunt.

— Amen, dit Logan.

Red tourna les talons et s'éloigna, le laissant remettre le sable en place. La tâche était loin d'être aussi dure que de creuser. Ce fut l'affaire de quelques minutes. Red revint alors. Elle avait façonné une croix avec des palmes et, lorsqu'il eut fini, elle la planta sur la tombe.

— Elle ne tiendra pas, vous savez, dit-il gentiment.

— Elle est là juste pour le voyage, répondit-elle.

Elle se détourna et redescendit sur la plage. Lorsqu'elle s'en alla, Logan sentit son estomac gargouiller. Sans le labeur pour lui occuper l'esprit, son corps lui rappelait qu'ils n'avaient pas mangé.

Faute d'autre chose, il y avait des noix de coco. Et du rhum.

La faim ne semblait pas tourmenter Red, qui examinait les débris continuant à arriver sur la plage. Il la suivit, ramassant du bois flotté, puis poussa un cri de triomphe en reconnaissant ce qui semblait être un coffre d'outils de charpentier près d'une caisse brisée.

— Ah !

— Quoi ? s'écria-t-elle âprement, craignant de toute évidence ce qu'il avait pu trouver.

Il était déjà à genoux près du coffre et frappait la serrure avec une pierre pointue. Lorsqu'elle se cassa dans sa main, il en prit une autre et poursuivit ses efforts.

Finalement, l'anneau tenant le cadenas en place céda et Logan leva les yeux vers Red avec un sourire triomphal, comme s'il venait de trouver un coffre plein de doublons en or.

— Des clous ! Nous avons des clous ! Et un marteau, une scie… et une alêne !

Elle ne réagit pas avec le même enthousiasme.

— Qu'y a-t-il ? demanda-t-il.

— Ce n'est pas… à nous, n'est-ce pas ? murmura-t-elle.

Il s'accroupit.

— Il n'y a pas de marques.

Elle poussa un soupir soulagé. L'outillage de *L'Aigle* était estampillé.

— Rien sur cette plage ne suggère que *L'Aigle* a sombré, lui assura Logan.

Elle parut rassurée, au moins pour le moment.

— Très bien, prenez le coffre, dit-il.

— Moi ?

— A moins que vous ne vouliez porter le bois ?

— Et où allons-nous ?

Il se leva, regarda autour d'eux, puis désigna un endroit à une vingtaine de mètres du rivage et une centaine de mètres à l'est de leur cimetière improvisé. Des palmiers entouraient une petite clairière où leur ombre avait empêché la végétation de pousser.

— Venez, allons-y, dit-il.

— Je suis le capitaine ici, lui rappela-t-elle.

— Très bien. Vous construisez l'abri.

— Je veux que vous soyez le charpentier.

— Ah ! Et vous allez vous asseoir quelque part pendant que je travaillerai ? Ce n'est pas le privilège du capitaine, pas sur un bateau pirate.

— Non, je voulais simplement… remettre les choses au clair.

— Remuons-nous.

— Vous êtes toujours mon prisonnier.

— Ah oui ? Eh bien, je suis un prisonnier affamé qui sait que la nuit va tomber tôt ou tard. Et qu'il peut pleuvoir de nouveau. J'aimerais avoir un abri. Alors j'espère que vous m'excuserez si je ne prétends pas être enchaîné pendant que vous me menacez d'une paire de pistolets.

Red souleva le coffre et prit les devants, puis elle se tint en arrière pour l'observer tandis qu'il jaugeait la force des arbres et leur position. Il se mit rapidement à aplanir le terrain qu'il avait choisi et à évaluer mentalement les dimensions de la hutte qu'il avait l'intention de bâtir. Après quoi, il se mit au travail avec le bois et les clous, fabriquant un cadre. Il n'aurait pas pu être plus heureux de sa trouvaille.

A un moment donné, il remarqua que Red n'était plus là, et commença à jurer entre ses dents. S'était-elle métamorphosée en princesse qui se laissait servir ?

Mais alors qu'il pivotait pour retourner la chercher sur la plage, il entendit que l'on tirait quelque chose de lourd sur le sable.

Elle rapportait un énorme tas de toile.

Une voile du bateau qui leur avait fourni à la fois les marchandises et le cadavre.

Traînant cette énorme toile, elle paraissait si mince et si frêle. Mais il s'aperçut que, bien que menue, elle était musclée, et que jouer les pirates lui avait certainement donné une excellente condition physique. Néanmoins elle se fatiguait, alors il s'empressa d'aller l'aider.

— J'ai pensé qu'il nous faudrait un toit, dit-elle sèchement.

— Je l'avais prévu. Mais des palmes auraient suffi.

— La toile sera mieux.

— Tout à fait d'accord !

Elle sourit.

— Alors vous admettez que j'ai été utile.

La voile était lourde. Il fut impressionné qu'elle l'ait traînée jusque-là et admit, volontiers.

— Je vais en monter une partie sur cet arbre pour la tenir, puis la tirer sur le cadre. J'aurai besoin de votre aide pour me la faire passer.

— Oui, dit-elle, mais elle semblait irritée.

— Quoi ?

Elle ne répondit pas et se contenta de pousser la toile vers lui. Quand le premier côté fut réalisé, Logan dut redescendre puis grimper à un autre palmier pour pouvoir se pencher au-dessus du cadre et mettre la toile en place. Il parvint de justesse à ne pas montrer qu'il avait failli tomber. Cette chute évitée de peu le refroidit. C'était une chose d'être naufragé sur cette île. C'en serait une autre d'y être coincé avec une jambe cassée.

Lorsqu'il redescendit du deuxième arbre, il transpirait et était épuisé. Red devait être fatiguée, elle aussi, mais elle ne se plaignit pas et regarda leur pathétique petite hutte sans la critiquer.

— Eh bien ? demanda-t-il.
— Les insectes, dit-elle.
— Les insectes ?
— Ils sortent la nuit.
— Les moustiques nous dévoreront sans doute, à moins que les malheureux à bord de ce bateau n'aient eu des moustiquaires.
— Et la nourriture ?
— Nous pouvons commencer par ceci, dit-il en prenant une noix de coco, un ciseau et un marteau.

Il réussit à l'ouvrir. Il lui en offrit une moitié débordant de lait.

— Buvez.

La soif et la faim eurent raison des bonnes manières. Red engloutit le lait et se mit à ronger la pulpe. Il lui lança un couteau pris dans le coffre. Elle l'attrapa adroitement et se mit à creuser sa part. Logan se concentra sur la sienne, se rendant compte qu'il avait vraiment une faim de loup.

— Retournons-nous sur la plage ? demanda-t-elle lorsqu'ils eurent terminé leur repas improvisé.
— Oui.

Il emporta le ciseau et le marteau. Cette fois, il vint rapidement à bout des tonneaux.

Ils avaient quantité de rhum.

Et de l'eau rance.

Puis ils finirent par trouver des biscuits secs dans la cinquième barrique.

Tous deux puisèrent dedans. Les biscuits n'avaient aucun goût, mais au moins ils n'avaient pas de vers, et Logan savait qu'ils les nourriraient.

Après quelques bouchées, Red se remit debout.

— Vous avez déjà fini ? lui demanda-t-il.

Elle lui fit la grâce d'un sourire. Ils étaient tous les deux sales et en sueur, mais il y avait quelque chose d'attendrissant dans son visage maculé de sable.

— Je n'ai même pas commencé, mais nous devons allumer un feu.

Il regarda la mer. Ils avaient besoin d'être sauvés, incontestablement, néanmoins il craignait d'attirer le mauvais bateau.

Il se leva à son tour, mâchant encore. Le biscuit était dur.

— Très bien, dit-il après avoir réussi à avaler sa bouchée. Vous voulez faire bouillir de l'eau pour ramollir ces biscuits ?

Elle lui décocha un autre sourire.

— Et les améliorer, promit-elle.

Elle prit les outils et se mit à fouiller dans les tonneaux restants. Elle semblait chercher quelque chose de précis, et quand elle le trouva, elle cria de plaisir.

— Logan ! Nous avons du sucre ! Il est bien emballé dans de la toile cirée et… où est le feu ? ajouta-t-elle d'un ton suave.

Il se tourna en haussant les épaules et commença à chercher quelque chose pour faire jaillir une flamme.

— Pas de silex ? demanda-t-elle avec espoir.

Il lui jeta un regard noir.

— Mes poches, Madame, sont vides.

Tandis qu'il commençait à marcher avec lassitude vers les arbres en quête de pierres et de brindilles, il l'entendit pousser de nouveau un cri ravi.

— Quoi ? Vous avez trouvé une chandelle allumée ? lança-t-il.

Mais ce n'était pas une bougie. C'était encore mieux : elle avait trouvé une loupe. Elle courut vers les arbres, cherchant les brindilles les plus sèches possible. Des palmes mortes prendraient facilement feu.

Mais ils auraient besoin de branches pour entretenir les flammes.

Il y en avait quantité près de leur hutte, et Logan alla en chercher. Une minute plus tard, Red apporta sa brassée de feuilles sèches à l'endroit où il disposait le bois. Le soleil commençait à descendre, constata-t-il, et il mourait d'envie de lui prendre la loupe pour aller plus vite, mais elle était déterminée. Finalement, les palmes s'enflammèrent. Logan souffla doucement dessus et la flamme grandit. Quelques instants après, les branches brûlaient et ils avaient un vrai feu, même s'il fumait pas mal, car le bois n'était pas aussi sec qu'il en avait l'air.

— C'est un feu atroce, dit-elle.

— Mais c'est un feu.

Elle se leva.

— Où est le plat ?

Elle alla le chercher, puis retourna quérir le sucre et les biscuits.

— De l'eau ! dit-elle. Il nous faut de l'eau douce.

Il la suivit en marmonnant. En fouillant dans les coffres, il trouva un pichet et une théière en argent et alla les remplir à la source. Lorsqu'il revint, il découvrit qu'elle avait trouvé un poêlon et le faisait déjà chauffer soigneusement sur le feu. Elle lui prit la théière des mains, versa un peu d'eau dans le poêlon, puis ajouta les biscuits et le sucre.

Ensuite, elle regarda le pichet avec envie. Il le lui tendit.

— Buvez lentement, lui recommanda-t-il.

Elle ne le fit pas. Elle le vida jusqu'à la dernière goutte. Puis elle jeta un coup d'œil coupable à Logan.

— C'est bon, dit-il. J'ai bu à la source.

Elle rougit.

— Je vais voir si nous avons des assiettes, annonça-t-il.

Ils en avaient. Logan était franchement surpris que d'autres corps ne se soient pas échoués sur la plage, vu la quantité de marchandises qu'ils avaient trouvées. Un coffre contenait de la vaisselle pour vingt personnes en belle porcelaine de Chine. Il y avait de l'argenterie, aussi. Il décida de traîner le coffre jusqu'à leur cabane, se disant qu'il valait mieux avoir trop que pas assez.

Il apporta ensuite des couverts et deux assiettes, et s'assit en tailleur près du feu. Il tendit sa fourchette pour piocher dans la bouillie de biscuits au sucre, mais Red l'interrompit dans son geste.

— De fait, ce serait bien de prendre un *grog*, maintenant, dit-elle en le regardant.

Il lui rendit son regard, près de lui rappeler qu'elle s'efforçait sans cesse de prouver qu'elle pouvait se débrouiller seule, mais à la place il se leva et descendit sur la plage. Il rapporta d'abord le tonneau de sucre, puis retourna chercher la barrique de rhum qui les avait sauvés. Quand il revint, il vit que Red s'était levée aussi et revenait en traînant un autre coffre.

— Des tasses à thé, dit-elle.

— Ah !

Puis, souriant, elle leur prépara un *grog* avec du sucre, de l'eau et du rhum.

Ils se rassirent près du feu. Les biscuits étaient bien meilleurs ainsi et Logan dut reconnaître que le *grog* était bon, et qu'il semblait à la fois réchauffer et détendre ses muscles. Ils mangèrent en silence, affamés, Logan conscient qu'ils offraient une scène incongrue assis avec leur belle porcelaine devant un feu de camp et leur abri grossier.

C'était peut-être la fatigue.

C'était peut-être le rhum.

C'était peut-être le soleil qui se couchait, nimbant le ciel de bandes orange et roses. L'horizon coloré se fondait dans la mer et les vagues déferlaient sur la plage en un murmure apaisant.

Quelle qu'en soit la cause, c'était un moment étrangement paisible et agréable.

Leurs chemises étaient en lambeaux ou presque, leurs culottes déchirées. Ils étaient tous les deux maculés de terre. La chevelure de Red était en bataille, aussi rouge que le soleil couchant. Ses vêtements moulaient son corps. Et jamais elle ne lui avait paru plus séduisante.

Il termina son *grog* et s'en prépara un autre.

Elle haussa un sourcil, mais ne dit rien.

— Quoi, capitaine ? marmonna-t-il, luttant pour garder ses distances avec elle. Vous vouliez que je prenne la barre, non ?

— Nous n'avons pas fini, dit-elle.

— Ah bon ?

— Il nous faut des couvertures.

— Je pourrais dormir ici même.

— Mais vous ne le ferez pas.

Logan sourit, se détendant après la dure besogne de la journée.

— Des couvertures… Dois-je trouver un matelas, aussi ?

— Vous n'êtes pas drôle, vous savez.

— Et vous… Il est si difficile de deviner ce que vous êtes exactement, capitaine Robert.

— Il n'y a rien à deviner. Je suis ce que vous voyez.

— Vraiment ? Une telle affirmation de la part de quelqu'un qui s'habille comme un homme et prétend être la terreur des mers ?

— Je *suis* la terreur des mers.

— Ne poursuivant qu'un homme.

Elle le dévisagea.

— Vous êtes plus complexe.

— Moi ? Je suis un livre ouvert !

— Peut-être maintenant, *laird* Haggerty. Mais je sens qu'il n'en a pas toujours été ainsi.

— Non, admit-il. Je suis issu de la guerre, des massacres, de la trahison…

— Pour finir par une bonne vie.

— J'ai été recueilli par un homme bon.

— *Recueilli ?*, demanda-t-elle doucement.

— Je le servais, plus exactement, et le servais bien. Mais il était aimable et n'avait pas de fils, alors j'en suis venu à l'aimer comme un père. Et puis il y a eu l'Acte d'Union, et je suis redevenu laird grâce à une lettre de mon pays.

— Vous êtes un homme chanceux.

— Je me permets de l'être.

Elle se mit à rire.

— Vous pensez qu'une personne choisit d'avoir de la chance ou pas ?

— Je pense qu'une personne peut choisir de laisser le passé la contrôler et couver en elle jusqu'à ce qu'il ne reste rien dans son cœur hormis la haine.

— La haine peut garder quelqu'un en vie.

— Elle peut aussi le consumer de l'intérieur.

— Vous ne haïssez donc personne ?

— Si, capitaine. Je sais haïr. Mais je veux vivre, aussi.

Elle secoua la tête et détourna les yeux.

— Vous êtes tombé amoureux.

Il hésita.

— Je suis tombé en bonne compagnie.

— Et votre chère Cassandra ?

— Elle est… parfaite.

— Elle doit beaucoup vous aimer.

— C'est une personne aimante.

Red se leva.

— Eh bien, ne craignez rien, laird Haggerty. Il y a bon espoir que nous quittions cette île et, comme je vous l'ai dit, une rançon n'est pas nécessaire. Vous serez un homme libre.

Il ne lui rappela pas qu'il était déjà un homme libre. Qu'ils étaient libres tous les deux. Et, en même temps, tous les deux prisonniers. Prisonniers d'une île.

Elle descendit vers la plage. Il se leva et la rejoignit. Alors que le soleil se couchait, la température devint fraîche, et il vit qu'elle frissonnait.

Il la dépassa, et reprit ses recherches parmi tous les coffres et les objets échoués. Des tonneaux éventrés jonchaient le rivage, et d'autres plus nombreux restaient à ouvrir. Les débris couvraient un demi-mille, estima Logan. Il restait encore beaucoup à explorer et à découvrir.

Il trouva encore de la vaisselle, des verres en cristal, des pots en étain, des peaux tannées et un coffre plein de belles capes de drap. Il en choisit quelques-unes, au cas où ils ne trouveraient pas de couvertures. C'était absurde ! Ils avaient plus de choix en étant naufragés sur cette île que si on leur avait offert les possessions d'un roi !

— Des draps ! cria Red.

— Bien, dit-il.

Finalement, il tomba sur un coffre qui contenait plusieurs couvertures de laine et même un oreiller de plume. Il prit tout ce qu'il pouvait porter et retourna à l'abri. Red était arrivée avant lui et étalait les draps.

Un lit d'un côté de la hutte.

L'autre aussi éloigné que possible.

Naturellement…

Il étendit les couvertures et lui donna l'oreiller. Elle le regarda avec de grands yeux émerveillés.

— Profitez-en, dit-il.

— Mais c'est vous qui l'avez trouvé, objecta-t-elle poliment.

— C'est mon plaisir que vous l'ayez, répondit-il avec galanterie.

Il retourna près du feu, ayant un peu froid. Il prépara un troisième *grog* et se tourna vers Red.

— Puis-je vous servir, capitaine ?

— Je… oui.

Elle but le *grog* d'un trait, puis frissonna.

— Merci, dit-elle.

— Venez profiter du feu.

— Je suis si fatiguée !

— Alors asseyez-vous.

Il tapota le sable.

— Vous connaissez mon histoire. Je veux connaître le reste de la vôtre.

— Il y a juste… ce que vous voyez.

L'obscurité était maintenant tombée autour d'eux. La lune se leva, pas pleine, mais elle éclairait quand même la clairière. Les étoiles brillaient. Et le feu brûlait agréablement.

Red se tenait debout, à la fois fragile et forte. Il avait tellement envie de tendre la main vers elle, de la tenir, de prendre soin d'elle.

En toute honnêteté, il désirait beaucoup plus. Il pouvait

presque sentir son cœur qui battait, sa respiration, même à distance. Il sentit son sexe se durcir de désir et sut que ce qu'il voulait était simple, élémentaire, instinctif…

Mais il y avait davantage. Bien davantage.

Red le fascinait.

Il tressaillit, baissant les yeux et pensant à Cassandra. Il l'aimait. Elle méritait d'être aimée, par Dieu.

Et cependant…

Il s'avisa alors que ce qu'il éprouvait pour Red était ce qui lui manquait avec Cassandra. Quelque chose qui n'était pas *convenable.* Quelque chose qui était beau et noble, mais aussi charnel et primitif. De la fascination, du goût pour elle, de l'admiration… bref, de la passion.

Il grogna sourdement de frustration.

Elle l'avait captivé pendant des jours, et maintenant… ils étaient seuls sur cette île…

— Il y a plus, lui répondit-il. Je le sais. Si vous vouliez m'en parler…

Il laissa sa phrase en suspens, attendant.

— Vous êtes un homme étrangement noble, à votre façon bizarre, dit-elle doucement.

— Bizarre ?

— Eh bien, vous êtes noble, vous avez un titre, et pourtant vous êtes ami avec des gens comme Sonya et Edward.

— Barbe-Noire ?

— Oui.

Il haussa les épaules avec un grand sourire.

— Un personnage assez correct, finalement, déclara-t-il.

Elle approuva d'un hochement de tête.

— Tout à fait correct.

— Il est au courant de votre duperie ?

Elle fit signe que oui.

— Comment l'a-t-il su ?

Elle hésita, puis haussa les épaules à son tour.

— Il avait entendu parler de moi, du fait que j'avais rencontré Black Luke en mer, que le l'avais tué et avais pris son bateau. Quand il m'a vue dans le port, il s'est mis à rire et m'a invitée dans sa cabine pour boire du rhum. Puis il a voulu connaître mon histoire. Je la lui ai racontée.

— Mais vous ne voulez pas me la raconter, à moi.

— Vous en connaissez déjà le principal. Je vais dormir. Sur mon nouvel oreiller. Merci et bonne nuit.

— Bonne nuit, dit-il en prenant le *grog*.

Il le but tandis que les vagues sombres léchaient le rivage et que le ciel s'étendait au-dessus de lui comme du velours noir constellé de diamants.

La brise murmurait, et il but encore.

Le mot que Red avait employé le narguait.

Noble.

Il allait être très difficile pour lui de le rester !

8

Logan s'éveilla mais ne se leva pas tout de suite, laissant ce qui l'entourait revenir lentement à sa conscience. Il y avait la brise fraîche du matin dans les îles, la douce sensation du soleil qui se levait sur un fond de brumes et le mauve de la nuit qui se terminait. Il y avait la dure couchette de sable et de drap au-dessous de lui, la couverture de laine.

Et puis il y avait la femme allongée de l'autre côté de leur étroite cahute.

Si près…

Si loin.

Elle était encore endormie, sa chevelure radieuse étalée sur l'écossais terne de la couverture.

Il se demanda ce que contenaient ses rêves.

Il la laissa dormir et descendit sur la plage jusqu'au coffre plein de vêtements. Il fouilla dedans, trouva des culottes et une chemise et décida de s'en contenter, supputant qu'il allait faire très chaud dans la journée. Il s'étira, dénouant des muscles qui n'étaient plus habitués à une nuit par terre. Il avait pourtant dormi dans des conditions bien plus inconfortables, en son temps. Mais il était resté éveillé tard. En sachant qu'elle était là. En écoutant sa respiration.

Il se dit qu'il devrait explorer les restes échoués. Qu'il devrait commencer à rassembler les caisses et les tonneaux dont le contenu pourrait leur servir et les traîner jusqu'à l'abri.

Puis il décida que cela attendrait. Après tout, ils n'avaient pas un programme spécifique à respecter.

Il trouva plusieurs serviettes de bain qui seraient indéniablement utiles. Il trouva aussi du savon parfumé et fit la grimace en le sentant, mais ce serait mieux que rien.

Red dormait encore lorsqu'il passa devant la hutte pour se rendre à la cascade, alors il ne la dérangea pas.

Tandis qu'il se déshabillait et plongeait dans l'eau douce, il s'étonna, une fois encore, que personne n'ait encore colonisé cet endroit. C'était un abri naturel. Il y avait des collines, mais pas vraiment de montagnes. Il y avait des arbres et la belle plage de sable blanc. On pouvait en faire un paradis.

L'eau était vive et fraîche. Il savoura de la sentir glisser sur son corps. Ils avaient dormi couverts du sel de l'océan, et Logan avait beau aimer la mer, l'eau douce sur sa peau nue était un délicieux délassement.

Il plongea plusieurs fois, explorant ce refuge aquatique. Il découvrit d'étranges formations rocheuses sous la surface et en nota mentalement la topographie en testant la profondeur du bassin. De quinze à trente pieds, estima-t-il.

Il était encore sous l'eau quand il heurta littéralement Red. Même d'où il était, il entendit le petit cri qui lui échappa.

Et là, sous l'onde et le soleil, dans le frais abri du bassin, il se tourna pour la voir dans toute sa splendide nudité.

Elle était mince, musclée, magnifique, et il ne faisait aucun doute que sa rousseur était naturelle. Sa taille était minuscule, ses seins parfaits.

Il s'écarta vivement d'elle comme elle s'écarta vivement de lui.

Ils émergèrent à une bonne quinzaine de pieds l'un de l'autre, mais l'eau claire ne cachait rien.

— Comment osez-vous ? lança-t-elle d'un ton accusateur.

— *Moi ?* Comment osez-vous, vous ? répliqua-t-il.

— Vous m'avez surprise sournoisement !

— Ma chère demoiselle, j'étais dans cette eau avant vous. Pirate de comédie…

— Quoi ?

— D'ordinaire, un capitaine ne se montre pas outragé quand il tombe sur un de ses hommes dans un bassin.

— Je ne suis pas un capitaine ordinaire.

— Non, en effet.

Logan souligna ses paroles d'un grand sourire.

— Sortez de l'eau ! exigea-t-elle.

— Sortez, *vous*.

— Non ! s'exclama-t-elle, toujours face à lui, mais nageant désespérément en arrière pour mettre plus de distance entre eux. Je ne suis pas décente.

— Moi non plus, et j'étais là le premier.

Elle le dévisagea, ulcérée, et secoua la tête.

— Et je vous traitais de noble ! Vous êtes en réalité comme n'importe quel autre homme, intéressé par une femme pour rien d'autre que… vos instincts les plus bas !

C'était un coup au-dessous de la ceinture.

— Comment savoir si vous n'étiez pas parfaitement consciente que j'étais déjà dans le bassin, et si vous n'êtes pas venue ici en espérant avoir un aperçu de… mes attributs virils ?

— Jamais de la vie ! protesta-t-elle, le visage aussi rouge que ses cheveux.

— Pareil pour moi.

— Ah ! c'est vrai ! Vous avez Cassandra…

Son ton le surprit. Il y avait cette note de dédain qu'il avait déjà entendue, mais il y avait aussi autre chose. Une trace, peut-être, de jalousie…

— En vérité, pour le moment, ni l'un ni l'autre n'avons autre chose que cette île, dit-il.

Et soudain il en eut assez. L'eau cristalline lui parut brusquement froide. Il se tourna et s'éloigna d'elle à la nage. Il ne lui demanda pas de se détourner lorsqu'il se mit debout et marcha jusqu'à la berge, lui offrant son dos, se moquant qu'elle regarde ou non. Il ramassa la serviette qu'il avait apportée, se sécha rapidement et enfila des culottes propres. A ce moment seulement il remarqua le savon, qu'il avait jeté par terre près de ses habits.

Il refit face à Red et vit qu'elle flottait toujours loin de la rive.

— Hé ! cria-t-il.

— Quoi ?

— Savon ! dit-il en le levant pour le lui montrer.

Elle le voulait. Elle le voulait indéniablement. Mais elle ne s'approcha pas.

— Vous savez, je peux seulement le lancer à une certaine distance !

Elle s'avança enfin.

Il lui lança le savon. Il tomba assez près de la berge, où il flotta à la surface. Elle lui jeta un regard noir.

— Merci.

— De rien.

— Vous devriez peut-être retourner à la plage et trouver de quoi nous faire un déjeuner, suggéra-t-elle.

— Oui, capitaine.

Mais il resta où il était.

Elle le fixa, jura entre ses dents, puis décida apparemment de relever son défi puisqu'elle s'approcha à la nage pour récupérer le savon.

Sans cesser de le regarder. Ni de jurer. Et elle pouvait vraiment jurer comme un pirate.

Il lui décocha un autre long regard et se demanda comment une telle femme avait jamais réussi à se faire passer pour un homme.

Puis il se détourna avec un grand sourire et regagna la plage.

— Brendan ?

Brendan se tourna à peine tandis que Sam-le-Silencieux venait le rejoindre à la barre ; il avait les yeux fixés sur l'horizon.

— Oui ?

— Laissez-moi prendre le gouvernail.

— Je peux continuer.

— Non. Tout le monde doit dormir à un moment donné.

— Ils sont par là. Quelque part…, dit Brendan d'un ton véhément.

Sam-le-Silencieux resta silencieux.

— Ils sont par là ! insista Brendan.

— Cela se peut. Et si c'est le cas, nous les trouverons. Faites confiance à l'homme dans le nid-de-pie. Nous explorerons chaque île le long de la côte, jusqu'à ce que nous tombions de vieillesse. Mais vous ne servirez à rien si vous ne vous reposez pas un peu.

C'était le plus long discours que Brendan avait entendu faire à l'Indien. Il le regarda et vit que sa dévotion à leur cause — à Red — était réelle. Finalement, il acquiesça avec lassitude et s'écarta de la barre pour que Sam puisse prendre sa place.

— Qui est dans le nid-de-pie ? demanda-t-il.

— Hagar.

Brendan inclina la tête.

— Je serai dans sa cabine, dit-il.

Sam opina.

Dans la cabine, Brendan songea que Red et lui n'étaient pas seulement des cousins, ni même le frère et la sœur qu'ils avaient l'impression d'être le plus souvent, après tout ce qu'ils avaient vécu ensemble. Ils étaient des gens qui survivaient. La quête de Red était sa quête. Et il ne pouvait pas croire, avec tout ce que la vie leur avait déjà fait endurer, qu'il pouvait la perdre.

Il ne voulait pas le croire.

Red était en vie. Il ne pouvait en être autrement. Logan l'avait suivie. Il était de la race de ceux qui survivaient, lui aussi. Il la garderait en sûreté.

S'il avait pu la trouver dans les eaux sombres et bouillonnantes.

S'ils avaient pu regagner le rivage.

Si…

Ils étaient quelque part par là, ensemble. Il fallait qu'ils le soient. Et il fallait qu'ils soient…

Vivants !

Il allait les trouver. Comme Sam-le-Silencieux l'avait dit, il les chercherait jusqu'à la fin de ses jours si c'était nécessaire.

« Tiens bon. Profite du vent. » C'était l'adage grâce auquel Red survivait.

Elle était restée immergée et immobile si longtemps que l'eau lui paraissait froide, glacée même. Elle avait regardé Logan s'éloigner, mais maintenant encore, de longues minutes plus tard, elle fixait encore la berge.

Franchement, est-ce que tout cela avait de l'importance ? se demanda-t-elle en se moquant d'elle-même. Ils pouvaient moisir ici pendant des années. Ils pouvaient *mourir* ici.

Alors, cela importerait-il tellement, s'ils oubliaient leur pudeur ?

La majeure partie de sa vie lui avait apporté de la souffrance. Elle s'était formée au maniement des sabres et des pistolets et à la navigation non pas pour la pure joie de le faire, mais parce que c'était une diversion bienvenue par rapport à ce qui l'attendait et que cela lui offrait une vie meilleure, si elle n'était pas idéale. Elle avait affronté un homme et l'avait tué parce que la vie — celle de Brendan, dans ce cas — était préférable à la mort.

Néanmoins, il n'y avait pas moyen pour elle d'échapper au passé. Toutes les routes la ramenaient à une famille massacrée, à un village décimé et à la fin de la promesse d'une vie décente. Le chagrin et la terreur avaient été ses compagnons durant toute son existence. La mort n'était pas étrangère aux riches, bien sûr, mais elle était plus dure pour les pauvres, et survenait souvent sur les ordres des gens haut placés et des membres de la royauté. Parce que les rois pouvaient envoyer des sbires sans âme exécuter leurs desseins, sans songer à la façon dont c'était fait, leur commandant simplement de ne pas laisser de survivants pour que personne ne puisse témoigner.

Mais Blair Colm, lui, était aussi cupide que cruel. Tout enfant en bonne santé qui pouvait travailler dans les colonies était susceptible de lui rapporter un bon prix. Alors il ne les tuait pas, il les vendait. Il avait commis une erreur, cependant. Il n'avait pas mesuré combien de temps la haine pouvait couver dans le cœur humain.

Sa rencontre avec Black Luke, sur le bateau pirate, avait été son salut. Elle l'avait fait renaître. Et savoir que Colm sillonnait toujours les mers lui avait donné une raison de continuer dans cette voie. Elle avait gagné sa propre liberté et avec elle une chance d'accomplir son désir brûlant de vivre, de venger la brutalité vicieuse que Colm avait fait subir aux autres.

Et puis…

Comme une sotte, elle avait fait un prisonnier.

Un homme doté de raison. De charme. D'intelligence et de courage.

Un homme magnifique.

Bien bâti, solide comme un roc, mince et élancé. Elle s'était crue immunisée contre ce genre de chose, pourtant… Mais quand il s'était éloigné un moment plus tôt, ses muscles jouant sous sa peau lisse, couvert de gouttes d'eau qui miroitaient au soleil, elle l'avait trouvé attirant. Séduisant.

Ce qu'elle savait du sexe n'était pas particulièrement engageant ; elle avait vu assez de couples éphémères copuler dans les tavernes qu'elle fréquentait pour considérer ces ébats comme une affaire plutôt laide et bruyante. Et ce qu'elle avait aperçu de la plupart des hommes ne l'avait jamais tentée. Ils étaient souvent velus, disgracieux…

Mais Logan…

Elle ferma les yeux. La froideur de l'eau était la bienvenue, car elle se sentait échauffée, brûlante de désir.

Elle força ses pensées à prendre une autre direction, se rappelant ce moment horrible où elle avait vu le cadavre et cru que c'était Brendan.

Qu'en était-il de la vie de ce pauvre malheureux dont la mer avait poussé le corps gonflé jusqu'à eux ? Avait-elle été bonne ? Etait-il marié ? Si sa femme était avec lui sur le bateau, avait-elle survécu à la tempête ? Etaient-ils de braves gens, ou bien des gens riches, titrés, cruels ? Elle se surprit à prier qu'il ait mené une bonne existence, qu'il ait connu le plaisir, qu'il ait été aimable et correct.

Mais elle avait beau essayer d'imaginer la vie de cet homme, ses pensées ne cessaient de revenir à Logan. Elle se méprisait de se soucier à ce point de lui, d'être si fascinée par lui, par son corps superbe autant que par son esprit. Il pouvait la taquiner, la provoquer, lui lancer des défis, mais il n'était jamais cruel. Elle s'interrogeait moins sur le sexe avec lui que sur ce qu'elle éprouverait à être touchée avec douceur par lui. A être dans ses bras. A l'avoir près d'elle pour la défendre, comme il l'avait fait quand elle avait été attaquée à New Providence.

Elle se demanda à quoi cela ressemblerait de sentir sa paume sur son visage, la douce pression de ses lèvres sur les siennes, de l'entendre murmurer des mots tendres d'une voix suave… D'oublier tout le reste, ne fût-ce que pour un bref instant, même si ce n'était pas… convenable…

Car elle n'était pas du tout convenable. Elle était la fille d'un rebelle irlandais abattu sur l'ordre de William III. Elle avait grandi à quatre pattes, à frotter des planchers, ne valant guère plus qu'une esclave. Et, quand on l'avait jugée présentable, elle avait été vendue à un homme comme une vulgaire marchandise. Et puis… elle était devenue un pirate.

Non, ce n'était vraiment pas une vie convenable.

Elle ne serait sûrement jamais invitée dans les salons à la mode de Charleston.

Mais en quoi cela importait-il, si elle ne cherchait qu'un moment de bonheur ?

Sauf qu'il y avait Cassandra… La parfaite Cassandra…

Un mystère de plus entourant Logan. Si cette femme était aussi belle, douce et intelligente qu'il le disait, pourquoi hésitait-il ? Pourquoi n'étaient-ils pas fiancés ? Manifestement, il la connaissait bien et il était attaché à elle, comme elle à lui.

Elle s'avisa soudain que si elle s'obstinait à rester dans cette eau, elle serait bientôt un pruneau ridé et glacé, même si le soleil était assez haut pour réchauffer l'air. Elle se frotta donc rapidement avec le savon parfumé, puis se hâta de regagner la rive, tressaillant quand elle marcha sur un rocher coupant. Sur la berge, elle s'empressa de s'envelopper dans la serviette et de prendre les vêtements qu'elle avait choisis, maudissant le fait que Logan ait fait la même chose avant elle, et qu'elle en ait été impressionnée à ce point.

Elle enfila rapidement des culottes et une chemise d'homme, puis fut heureuse de glisser ses pieds dans des bas et des chaussures.

Puis ses pensées revinrent à son compagnon d'infortune.

Logan était un homme correct. Indiscutablement.

Un autre homme dans sa situation aurait déjà pu la violer ou tenter de le faire. Après tout, elle avait commandé un bateau pirate. Elle faisait partie de la confrérie des pilleurs des mers. N'importe qui l'aurait vue comme une proie toute indiquée.

Pas lui.

A sa façon…

A sa façon, il semblait la connaître. La comprendre. Peut-être même l'admirer.

Elle avait déjà rencontré des hommes corrects — même si certains, comme Teach, passaient pour être des brigands. Elle en avait connu qui étaient aimables. Qui avaient des principes et de la morale.

Mais elle n'avait jamais rencontré quelqu'un qui la

faisait réfléchir, qui lui faisait soupçonner qu'elle pourrait apprécier de vivre vraiment, plutôt que de vivre uniquement pour la vengeance.

C'était à la fois ridicule et dangereux. Elle n'osait pas s'attacher à lui. Elle ne pourrait supporter plus de souffrance dans sa vie. Mais si elle n'avait plus que lui ? Si Brendan et tout son équipage étaient… perdus ?

Non, ils ne pouvaient pas l'être. *L'Aigle* avait besoin d'être nettoyé, mais c'était un bateau magnifique, bien construit. Il avait dû supporter la tempête.

Et ses hommes viendraient la chercher. Elle ne devait pas en douter.

Elle n'en doutait pas, elle continuerait à le croire, envers et contre tout.

Elle s'arrêta de marcher.

Son cœur battait trop vite. Elle tremblait.

Pour son salut, elle devait prier que Brendan et les autres arrivent vite… très vite.

Le deuxième corps s'échoua sur la plage pendant que Red était encore à la source.

Lugubrement, Logan le tira sur le sable et le traîna à l'endroit où ils avaient commencé d'établir leur cimetière. Il ignorait comment Red réagirait à la vue d'un deuxième cadavre.

Elle qui voulait tellement passer pour un pirate aguerri, pensa-t-il sombrement, ce serait un bon test ! Il s'en voulut immédiatement de cette pensée. Il était injuste. Elle avait déjà eu affaire à des hommes morts. Sa réaction de la veille venait seulement de sa peur que le corps ne soit celui de son cousin, annonçant que *L'Aigle* avait coulé.

Néanmoins…

Il y avait un noyau vulnérable sous sa façade, un noyau qu'il n'aurait peut-être jamais découvert s'ils ne s'étaient pas échoués seuls sur cette île.

Il marcha le long de la plage, espérant trouver un

meilleur outil pour creuser la tombe que le plat de la veille. En marchant, il découvrit un morceau de bois sur lequel était peint le nom du bateau. D-E-S-T-I... *Destinée* ? Probablement. Un nom tristement ironique, vu sa fin. Un navire marchand, supposa-t-il, qui semblait transporter des possessions personnelles en plus de sa cargaison. Peut-être emmenait-il une fiancée rejoindre son promis aux colonies. Ou peut-être le propriétaire des biens emmenait-il son épouse faire un long séjour dans le Nouveau Monde pour y rendre visite à des parents. A moins qu'ils ne se soient rendus sur le vieux continent... Il n'y avait aucun moyen de savoir dans quelle direction le bateau naviguait. L'homme qu'ils avaient enterré la veille semblait être un gentilhomme, en tout cas.

Destinée...

Peu après, il tomba sur une longue caisse, partiellement éventrée, qui lui offrit ce qu'il cherchait. Une pelle.

Un outil très utile, étant donné qu'il craignait que la journée n'apporte sur la plage d'autres occupants pour le cimetière.

Il retournait sur le tertre quand il vit Red qui avançait vers lui. Il s'arrêta. Elle était vêtue simplement de culottes et d'une chemise d'homme. Il s'était demandé si elle allait choisir quelque chose parmi les coûteuses toilettes féminines qu'ils avaient trouvées, mais elle semblait penser que sa façade devait être maintenue même sur une île déserte.

Si cela pouvait l'aider à survivre..., se dit-il, magnanime. Mais il se demanda si elle savait que sans pourpoint et les autres accessoires d'un capitaine de navire, la tenue qu'elle avait choisie la moulait et mettait ses courbes en valeur au lieu de les cacher.

Non que cela importe, vu qu'il pouvait se la représenter maintenant telle qu'elle était peu de temps auparavant, sans aucun vêtement.

Il s'obligea à revenir à des questions plus urgentes.

Ils devaient s'occuper d'un homme mort, puis trouver ensuite de la nourriture.

— Mon cher laird prisonnier Haggerty, le salua-t-elle d'un ton léger, comme s'ils ne s'étaient pas vus nus à la source. Je pensais que le déjeuner serait prêt, à cette heure.

Il se tint immobile, souhaitant pouvoir parler aussi légèrement et la mettre au défi de préparer leur repas, si elle avait faim.

Elle vit son visage et s'arrêta.

— Est-ce que… Ce n'est pas… ?

— Je crains qu'un autre pauvre diable ne soit arrivé, mais ce n'est pas un homme de *L'Aigle*, capitaine, la rassura-t-il promptement.

Elle pâlit cependant.

— Mon Dieu, murmura-t-elle. Je me demande combien se sont noyés.

Pas du tout un vrai pirate, pensa-t-il. Pour un vrai pirate, le butin aurait été le principal.

— La mer peut être cruelle pour tous ceux qui se risquent à l'affronter, Red. Vous le savez aussi bien que moi. Pourquoi ne regardez-vous pas si nous avons autre chose que des biscuits ? Je vais m'occuper du corps.

Elle redressa les épaules et le dos.

— Non, dit-elle doucement.

Il la regarda d'un air interrogateur.

— Quelqu'un doit honorer les morts.

— Comme vous voudrez. Mais je n'ai trouvé qu'une pelle.

— Une suffit.

Il creusa, et quand elle offrit de prendre le relais, il secoua la tête et lui affirma qu'il pouvait continuer, alors elle resta debout à côté de lui et l'observa.

Elle ne regarda pas le visage du cadavre, et Logan en fut heureux. Il était encore en plus mauvais état que le premier, à cause des poissons et du gonflement.

Il creusa profondément, enterra l'homme et le recouvrit de sable.

De nouveau, Red fabriqua une croix et ils dirent les mêmes prières que la veille.

Logan était trempé de sueur et essoufflé, et ses bras étaient douloureux d'avoir creusé dans le sable compact. Il s'appuya sur la pelle, baissant les yeux.

Lorsqu'il les releva, il vit que Red était redescendue sur la plage.

Il mit la pelle dans la hutte, à l'abri de la pluie qui ne manquerait pas de venir, et songea à construire des étagères et à surélever leurs lits pour les protéger des rongeurs ou des crabes qui pourraient entrer.

Il l'entendit pousser un cri de triomphe juste comme son estomac grognait, et il espéra qu'elle avait trouvé de la nourriture.

Quittant la hutte, il courut vers elle.

— Qu'est-ce que c'est ?

— Des cannes à pêche, dit-elle.

Il la fixa, perplexe.

— Des cannes à pêche ! insista-t-elle. Nous allons pêcher du poisson frais !

— Je vois.

Elle sourit.

— Vous n'avez jamais pêché ?

— Bien sûr que si !

Puis il rougit et admit :

— Hum ! non, pas vraiment…

— Jamais ?

— J'étais le capitaine de mon bateau, lui rappela-t-il.

— Et moi du mien, dit-elle, avant de le regarder curieusement. Quelle était donc votre vie quand vous n'étiez pas en mer, *laird* Haggerty ?

— Disons juste que la pêche ne faisait pas partie de mes occupations. Mais je crois que je devrais pouvoir maîtriser les bases.

Elle souriait toujours. Il poussa un grognement irrité et s'avança pour prendre une canne. Ça semblait être un instrument assez simple.

Il se dirigea avec vers le rivage d'un pas décidé. Derrière lui, Red se racla la gorge.

— Quoi ? fit-il d'un ton vif.

Son sourire s'élargit. De toute évidence, il lui fournissait un bel amusement.

— Nous devrions trouver une mangrove par là, dit-elle. Les poissons y seront abondants. Et… un crabe mort fera un bon appât. Ou un crabe vivant, si nous pouvons en attraper un.

Ils s'éloignèrent ensemble et Logan aperçut une carapace de crabe sur la plage, mais en l'examinant de près, il constata que la chair à l'intérieur avait déjà été grignotée par d'autres créatures.

— Nous pourrions manger des crabes, mais ils ne sont pas très bons, continua Red. Si nous pouvons attraper un rouget dans la mangrove… ce sera infiniment meilleur.

Logan réussit à attraper un crabe vivant qui trottait sur un des coffres. Il parvint à se protéger les doigts des pinces, puis, irrité que Red trouve son manque d'expérience aussi amusant, il s'empressa de couper le crustacé en morceaux. Si les crabes souffraient, celui-ci ne souffrit pas longtemps.

Elle continua à marcher, puis obliqua vers l'intérieur, là où l'océan pénétrait dans les arbres.

L'endroit était frais et abrité, et Logan constata que Red avait bien choisi : on voyait les poissons nager dans les eaux peu profondes. Peut-être parce qu'il était de nouveau déterminé à faire ses preuves, il attrapa le premier. C'était un rouget. Un gros.

Red l'observa en silence tandis qu'il ramenait sa capture.

— Eh bien ? demanda-t-il.

— Bon prisonnier, répondit-elle.

Il jura et reprit la direction de la hutte.

Elle le suivit, mais s'arrêta en route près de leurs trésors, fouillant à la recherche d'il ne savait quoi. Il s'efforça de ne pas l'observer tandis qu'il commençait à allumer du feu, mais lorsqu'elle revint elle semblait si contente qu'il ne put s'empêcher de demander :

— Eh bien ? Qu'avez-vous trouvé ?

— Du thé. Et c'est un très beau feu.

Ils se mirent alors à leurs tâches respectives ; il prépara le poisson pendant qu'elle faisait infuser le thé.

C'était presque une scène domestique.

Le poisson frais était délicieux et le thé brûlant et sucré faisait un parfait complément. Ils mangèrent tous les deux en silence mais, alors qu'il savourait sa dernière bouchée, il se rendit compte qu'elle le regardait.

— J'ai failli d'une manière ou d'une autre, capitaine ? demanda-t-il.

Elle secoua la tête.

— C'est juste que je me demandais comment et où vous avez grandi.

— Je pense que votre passé est un plus grand mystère que le mien.

— Pas un mystère. Simplement une succession de corvées. Mais vous… ?

— Vos corvées étant un mystère, mon histoire en restera un aussi.

Elle secoua de nouveau la tête, l'observant toujours.

— Ce n'est pas la même chose. Il est évident que vous êtes très estimé par beaucoup de gens…

— Tout comme vous.

Elle fit un geste de dénégation.

— Je ne connais personne prêt à payer une fortune pour moi.

— Non ? Je connais pourtant plus d'une douzaine d'hommes qui donneraient leur vie pour vous. Il me semble que c'est bien plus important.

Elle baissa la tête. Il avait de toute évidence touché un point sensible.

— Nous ne parlions pas de moi.

— Moi si.

— Eh bien, nous ne continuerons pas, alors, dit-elle

en levant les yeux. Votre vie est sûrement une histoire bien plus distrayante, une façon de passer le temps jusqu'à ce que mes hommes nous trouvent et que je vous rende votre liberté.

— J'ai déjà ma liberté, dit-il. Il est possible qu'un autre bateau nous trouve, vous savez. Peut-être un bateau *légal*. Dans ce cas, bien sûr, je vous présenterai comme une pauvre jeune fille perdue dans la tempête. Je ne mentionnerai pas que vous êtes Red Robert, vu que je préférerais ne pas vous voir accusée de piraterie et pendue.

— Vous êtes trop aimable, dit-elle sèchement. Et que m'arrivera-t-il ensuite, je vous prie ?

— Eh bien, alors, la légende de Red Robert se terminera par un mystère, et vous pourrez commencer à mener une vie convenable.

— *Une vie convenable*, répéta-t-elle.

— Oui.

Elle secoua la tête.

— J'apprécierais surtout que vous m'aidiez à arriver dans un port accueillant. Mais je ne cherche pas à mener une vie convenable. Vous, c'est différent. Vous êtes laird Haggerty. Vous avez Cassandra, vos terres, votre titre.

— Pauvre petite Red, ironisa-t-il. Elle n'a rien, donc elle doit rester un pirate.

Elle lui jeta un regard farouche.

— J'ai quelque chose qui me fait vivre. Simplement, cela ne se trouve pas à Charleston, Williamsburg ou ailleurs en *société*.

— Oui, vous vivez pour vous venger. Vous venger de Blair Colm.

Elle haussa les épaules et se leva.

— Je suis lasse de converser, dit-elle.

— Il y a plus dans la vie que la mort, Red…

— Pas toujours, déclara-t-elle.

Puis elle tourna les talons et redescendit sur la plage.

*
* *

Il y avait des livres.

Des livres !

Il y avait encore beaucoup de coffres à ouvrir, mais quand Red tomba sur les livres, elle fut tout simplement ravie. Ils étaient magnifiques, reliés de cuir, la tranche dorée. Pourtant, ce n'était pas leur beauté qui la transportait, c'était le fait que maintenant elle pourrait lire. Il y avait des livres d'astrologie et d'astronomie, de navigation, des ouvrages sur les bateaux, sur l'exploration des Caraïbes, sur la faune et sur la flore, et il y avait aussi des romans et des pièces de théâtre. Chaucer et Shakespeare, et même une traduction de Cervantès. Elle était à genoux dans le sable, serrant un livre sur son cœur, quand Logan apparut près d'elle.

— Ainsi, vous avez quand même de l'amour dans votre âme, dit-il d'un ton léger.

Elle rougit.

— Regardez ! Des livres !

— Donc vous lisez.

— Bien sûr, que je lis.

Il s'accroupit à côté d'elle, un petit sourire sur les lèvres.

— Beaucoup de capitaines pirates ne lisent pas, lui rappela-t-il.

Elle agita une main en l'air.

— Teach lit. Beaucoup de membres de la confrérie lisent.

C'était vrai. Alors que la majorité des marins ne lisaient pas, les pirates qui avaient choisi cette vie après avoir été corsaires étaient éduqués et savaient assez bien lire.

Mais il n'avait jamais vu un pirate aussi enchanté par la simple vue d'un livre, aussi bien relié qu'il soit.

— Cervantès. En anglais, observa-t-il en souriant.

— Vous l'avez lu ? demanda-t-elle.

— Oui. Les péripéties de don Quichotte de la Manche.

L'histoire d'un homme dont l'imagination influe sur les vies de ceux qui l'entourent.

— Je sais.

Elle se leva brusquement.

— Cervantès a été capturé par des pirates de Barbarie.

Le sourire de Logan s'élargit.

— Ses rêves et son idéalisme l'ont gardé en vie, peut-être.

Serrant le livre sur sa poitrine, elle s'éloigna pour retourner à leur abri. Elle regarda une fois en arrière, et vit que Logan la suivait. Il traînait le coffre de livres.

Elle s'assit à l'ombre d'un palmier et se mit à lire, puis s'avisa, mécontente, qu'elle suivait ses mouvements, tandis qu'il travaillait avec un marteau, des clous et des planches pour surélever leurs lits, plutôt que les mots sur la page. Ce fut seulement quand les coups de marteau s'arrêtèrent et qu'il s'en alla qu'elle put se plonger pour de bon dans son livre.

Un moment plus tard, elle s'aperçut qu'il était de retour, et qu'il l'était même depuis un bout de temps, car une odeur délicieuse montait de la poêle qu'il avait posée sur le feu. Elle referma le livre et alla le rejoindre.

Il avait juste terminé de préparer leurs assiettes. Des tranches de citron jouxtaient les biscuits, recouverts de quartiers de mangues. Le fumet de filets de rougets fumants lui taquinait les narines. Il ajouta une dernière tranche de citron à une assiette, puis se leva et la lui tendit.

— Capitaine, dit-il poliment.

— Merci.

— Un *grog* m'a paru bien convenir à des libations du soir, ajouta-t-il en lui tendant une tasse.

— De nouveau, merci.

Elle s'assit devant le feu.

— Votre livre vous plaît ? demanda-t-il.

Elle baissa la tête, ne sachant pas si elle devait rire ou pleurer. Ils auraient pu être un couple marié installé pour le dîner, elle l'épouse chérie et choyée, lui le mari qui travaillait dur et avait envie d'une conversation cultivée à la fin de la journée.

— Oui, il me plaît, merci. Et vous ? Qu'avez-vous fait ?

Elle fut surprise quand il hésita avant de répondre.

— J'ai découvert une grotte près de la source. J'ai passé un certain temps à l'explorer et à en camoufler l'entrée.

— Pourquoi ? demanda-t-elle.

— Si un bateau arrive… eh bien, nous devrons voir son pavillon pour décider si nous voulons être trouvés ou non.

— Mais… si nous sommes découverts par des pirates, le pire qu'ils feront sera de voler le butin et de nous laisser sur place. Plus probablement, ils nous prendront à bord et nous ramèneront peut-être même à New Providence.

— Peut-être. Ou peut-être pas.

— Mais…

— Red, beaucoup d'hommes pensent qu'une femme sur un bateau pirate porte malheur. Même si beaucoup de pirates vivent selon un code, il peut y en avoir qui préféreront nous tuer et régler ainsi toute querelle à propos du butin. En outre…

Il se tut.

— Quoi ?

— Beaucoup vous considéreraient comme une proie facile.

Elle n'avait pas pensé jusqu'ici qu'elle pouvait rougir aussi facilement.

— C'est pourquoi il est sage à mon avis d'avoir une cachette, poursuivit Logan. Et sage d'y cacher un peu de ce qu'il nous faudra pour survivre. Bien que je déplore le naufrage de ce bateau, il nous a fourni de quoi rendre notre survie ici bien plus facile qu'elle aurait pu l'être.

Red détourna les yeux, se demandant pourquoi tout dans la vie semblait être accompagné d'une note tragique. Se sentant soudain dangereusement au bord des larmes, elle se leva.

— Merci pour cet excellent repas, laird Haggerty.

Elle laissa son assiette sur le sable et se dirigea vers leur abri, espérant qu'il n'insisterait pas pour qu'elle fasse sa propre vaisselle.

Il ne le fit pas.

Elle se coucha, se sentant vide à l'intérieur. Et quand la nuit tomba, le sommeil suivit.

9

Logan s'était redressé au premier bruit, à la première parole, mais au début il garda ses distances.

Red parlait et se débattait dans son sommeil. Elle semblait marmonner sans fin les mêmes mots.

Il finit par s'approcher et s'asseoir à côté d'elle. Il avait envie de la toucher, de la réveiller. Sous ses paupières, ses yeux s'agitaient frénétiquement. Un filet de larmes coulait sur ses joues.

Puis elle hurla, et il ne put le supporter.

Il l'attira doucement dans ses bras et la tint serrée contre lui, lui murmurant :

— Tout va bien, tout va bien. C'est fini. Vous êtes en sécurité.

Il lui fallut un long moment pour l'apaiser tout à fait et pendant ce temps elle lutta pour se réveiller, puis finalement le fit avec un sursaut. Elle leva son visage vers lui et, durant un instant, il y eut quelque chose de si douloureux dans ses yeux qu'il souhaita envoyer promener le reste du monde et lui promettre que tout irait bien pour elle à l'avenir, en le lui jurant sur sa vie et son âme. Mais alors l'éternel bouclier se mit en place et ses yeux changèrent de couleur. Elle se raidit comme si elle avait été giflée, sans se dégager de ses bras, toutefois.

— Je vous ai réveillé, dit-elle. Je suis désolée.

Il secoua la tête, ses bras forts autour d'elle, tandis qu'il la dévisageait. Quelque chose en elle le pénétra comme l'air frais de l'océan qu'ils respiraient. Il continua à la tenir doucement contre lui, mais fermement.

— Quelle horreur pourchassez-vous dans vos rêves ? lui demanda-t-il. A moins que ce ne soit elle qui vous pourchasse ?

Elle posa une main sur la sienne. Elle tremblait encore, mais la chaleur de son corps embrasait Logan.

— Je vous fais mes excuses, dit-elle avec dignité, en éludant sa question.

Il ne bougea pas.

— Je vais bien, maintenant. Je ne rêve pas tout le temps, et j'espère ne pas vous réveiller de nouveau.

Elle tremblait toujours, semblant incapable de s'arrêter, la voix mal affermie.

Il la rallongea sur sa couche, mais ne la quitta pas. A la place, il s'étendit à côté d'elle, appuyé sur un coude, manifestant ainsi qu'il ne s'écarterait pas.

— Quels démons combattez-vous dans votre sommeil, Red ?

Elle se contenta de le dévisager. Ils étaient si seuls ! Le ciel était du velours noir constellé d'étoiles au-dessus d'eux et la brise était aussi suave que son rêve avait été violent. Les palmes s'agitaient doucement et les vagues caressaient le rivage dans un murmure apaisant.

— Que voulez-vous de moi ? fit-elle d'un ton bourru.

— La vérité. Votre passé…

— Pourquoi revenir sur le passé, quand il n'y a pas d'avenir ? demanda-t-elle d'une voix morne.

Ses paroles, prononcées avec une telle souffrance, le surprirent.

— Il y a un avenir !

Il l'observa. Comme elle ne semblait pas décidée à parler, il continua :

— Je peux essayer de reconstituer votre passé. Blair Colm était l'un des hommes clés de William III en Irlande. Il a massacré votre famille. Il a tué indifféremment des femmes et des enfants, mais vous, il vous a prise, ainsi que Brendan et peut-être d'autres, parce qu'il pouvait vous vendre en servitude dans les colonies.

Elle roula sur le dos et le fixa.

— Vous avez parlé avec Brendan ? marmonna-t-elle.

— Que je l'aie fait ou non n'importe pas. Je connais l'histoire.

— Comment le pouvez-vous ?

— Blair Colm a vendu des enfants pendant des années.

— Il… il a détruit votre famille aussi ?

— Mon père est parti se battre avec les hommes de son clan. Une bataille sans espoir. Il pensait qu'il nous avait laissé une possibilité de nous échapper, à ma mère et moi, mais Colm avait tué son homme de confiance et pris sa place. Je ne sais pas s'il avait dès le départ l'intention de tuer ma mère, mais elle a essayé de le combattre et elle est morte de sa main. Moi, j'ai été emmené en Amérique.

Red se mit à genoux et s'écarta de lui, le dévisageant comme s'il était brusquement devenu l'ennemi.

— Il a tué votre mère sous vos yeux et vous n'avez pas passé votre vie, utilisé votre prestige et vos ressources à le pourchasser ? demanda-t-elle d'un ton accusateur.

— J'ai grandi dans la maison d'un homme bon. Je n'ai pas entendu parler de Blair Colm pendant longtemps. J'ai passé plusieurs années dans la Marine, et n'ai appris que récemment qu'il était accueilli dans les salons de Charleston, qu'il accostait dans des ports aussi au nord que Boston, puis reprenait la mer. Il ne s'est jamais trouvé dans le même port que moi.

— Je l'aurais attaqué avec un poignard dans les rues !

— Vous n'écoutez pas. Je ne l'ai jamais croisé.

— Vous auriez dû vous assurer de le faire !

— Franchement, je préférerais le voir révélé au monde comme le monstre qu'il est, dépouillé de son titre de chevalier, accusé de ses crimes et pendu par les autorités légales.

— Est-ce qu'il tuait *légalement,* lui ? s'indigna-t-elle.

Elle répondit aussitôt à sa question, l'air sombre.

— Oui, d'une certaine façon. On lui a demandé d'écraser les Irlandais, de quelque manière que ce soit. Alors ses meurtres d'enfants ont été tolérés, et à cause de lui d'autres enfants sont maintenant condamnés à mort pour avoir volé du pain. Alors qu'ils essaient seulement de survivre. Parce qu'on leur a pris leur pays, que leurs familles ont été massacrées — par Blair Colm. Quelle justice faudrait-il pour l'exécuter, quand il agit sur les ordres du roi ?

Logan poussa un soupir.

— Pourquoi, à votre avis, me suis-je lié avec des pirates et ai-je fait des affaires dans des endroits comme New Providence ?

— Vous espériez le trouver ? demanda-t-elle d'un ton sceptique.

— Bien sûr, que j'espérais le trouver ! Vous, avec votre quête de vengeance et votre passion, vous auriez cherché à l'attaquer avec un poignard dans les rues, comme vous dites. Mais vous n'auriez pas pu l'approcher. Il s'entoure de précautions quand il sort dans le monde. Il a autour de lui une garde soigneusement choisie parmi ceux qui l'ont aidé à commettre ses crimes atroces. Vous auriez été arrêtée et pendue, sans rien avoir accompli !

Elle recula et l'étudia, troublée.

— Alors j'ai eu raison tout le long, dit-elle. Etre Red Robert est mon seul espoir.

— Vous n'avez *pas* raison. Ce *n'est pas* votre seul espoir !

— Oh si !

— Vous êtes irlandaise et têtue, et apparemment vous aimez l'idée d'être une martyre.

— Je ne suis pas déterminée à être une martyre.

— Alors croyez dans un avenir, Red, bon sang !

Il s'approcha d'elle et la prit par les épaules.

— Lady Fotherington est morte, comme l'homme à qui elle vous avait vendue. Je l'admets, vous ne pouvez rentrer chez vous. Je ne suggérerais jamais que vous retourniez en Irlande. Cela ne vous apporterait que souffrance et amertume. Mais vous *pouvez* vous construire une autre vie.

— Où serais-je chez moi, selon vous ? Dans une maison où je serais de nouveau une bonne à tout faire ?

— La vie a plus à offrir. Beaucoup plus.

— Pour vous peut-être, dit-elle sombrement.

— Pour n'importe qui. Nous vivons dans un nouveau monde.

— Un nouveau monde avec tous les anciens maîtres au pouvoir.

Logan secoua la tête, décidé à faire valoir son point de vue.

— Un nouveau monde où les édits du roi mettent longtemps à traverser la mer. Un roi qui est un étranger, et qui s'appuie sur la loi anglaise.

— Je ne peux pas oublier. Je n'oublierai jamais.

— Pensez-vous que j'aie oublié ? Je n'ai pas oublié, Red, j'ai juste appris à prendre mon temps. Comme vous devez le faire. Toute votre colère et votre haine, aussi légitimes qu'elles soient, ne peuvent être assouvies alors que nous sommes sur cette île et attendons… le sort.

Il avait failli dire *le destin*, mais il pensa au bateau coulé et se retint.

Elle ne répondit pas.

— Vous vous rendez compte que vous laissez Colm vous voler chaque jour de votre vie, et pas seulement à cause du massacre de votre famille ?

Elle fronça les sourcils et lui coula un regard farouche.

— Il a pris votre vie aussi, répéta-t-il avec une douce véhémence.

Elle haussa les épaules.

— Je suis morte dans ce champ, ce jour-là. Depuis, j'erre au purgatoire.

— Et si je vous jurais que je le pourchasserai pour vous ?

Elle le regarda avec dédain.

— Quand je suis tombée sur vous, lui rappela-t-elle, vous étiez occupé à transporter un trésor pour de l'argent.

— Oui, convint-il. Mais cela ne signifie pas que je n'étais pas en train de chercher Colm. Seulement, je ne veux pas simplement qu'il meure. Je veux qu'il meure alors que je survivrai et aurai une vie florissante. C'est ce que je vois comme la plus grande vengeance.

— Nous sommes différents en cela, dit-elle doucement.

— Oui. Vous, vous voulez être une martyre…

— Mais non, enfin !

— Réfléchissez à ce que vous faites, alors !

Elle se leva, passa un bras autour d'un palmier qui soutenait leur abri et regarda, au-dehors, la nuit éclairée par la lune.

— Tout le reste s'efface quand je pense à lui.

— Alors vos cauchemars continueront jusqu'à ce que vous mouriez à cause de votre supercherie, et la vengeance sera laissée à quelqu'un d'autre, l'avertit-il. Dites-moi, Brendan est-il aussi obsédé que vous ?

Elle se tourna vers lui avec colère.

— Bien sûr !

— Ne désire-t-il pas goûter à une vie de liberté ?

— Il a été vendu en servitude avec moi. Il veut se venger autant que moi.

— Je pense qu'il préférerait la vengeance accompagnée d'une chance de survie pour lui.

Elle le fusilla du regard.

— Laird Haggerty, je suis vraiment désolée de vous avoir réveillé. Vous avez été d'une très grande…

— Aide ?

— Je voulais dire *gentillesse*, mais vous m'avez surtout irritée. Je vous en prie, laissez-moi en paix et je ferai la même chose pour vous.

— Comment diable puis-je vous laisser *en paix* alors que vous vous battez constamment ?

— Alors laissez-moi mener mes propres batailles dans ma propre vie et mon propre esprit ! lança-t-elle d'un ton acéré. De grâce, retournez dormir… Allez rêver de vos richesses et de votre Cassandra…

— Pourquoi la mentionnez-vous tout le temps ? demanda-t-il, ferme dans son intention de ne pas se mettre en colère, de rester rationnel.

— Parce que vous avez montré clairement que vous placez une vie *convenable* au-dessus de tout. Une vie *convenable*… avec elle.

— Dieu du ciel, protégez-moi des sots et des femmes !

— Nous y voilà ! Si vous étiez celui qui désire se venger, ce serait la fureur juste et légitime d'un homme. Mais quand il s'agit de moi, je suis une sotte et une femme !

— Vous êtes une femme qui agit comme une sotte, c'est tout. Vous êtes Don Quichotte, vous battant contre des moulins à vent, jouant au pirate pendant que vous cherchez Blair Colm. Pourquoi est-il plus noble pour vous de voguer sur les mers en attaquant des bateaux innocents que de vouloir gagner, comme moi, une vie respectable en faisant la même chose ?

— Parce que vous avez le choix ! s'écria-t-elle avec colère.

Il inspira longuement et sut qu'elle avait raison.

— Pardonnez-moi, dit-il, puis il s'approcha et lui prit les mains. Vous avez fait ce qui devait être fait quand cela devait être fait. Mais je peux changer ce qui arrivera, ne comprenez-vous pas ?

— Non, dit-elle brutalement.

— Vous avez tiré un bon profit de la mer. Et je serai sinon riche, du moins à l'aise, avec un titre et des terres. Je peux vous faire prendre le départ d'une bonne vie.

— Une voie vers la rectitude ? ironisa-t-elle.

— Bobbie, il y a de nombreuses façons de vivre…

Elle eut un sourire amer.

— Non. Il n'y en a que deux dans notre monde. La terre et la mer. Je mène une vie libre de tout faux-semblant. Votre monde est plein de supercheries.

— Une telle déclaration venant de *vous,* qui vous faites passer pour ce que vous n'êtes pas ?

— Ma supercherie n'est pas pire que celles qui sont jouées chaque jour dans votre monde.

— Vous êtes la femme la plus têtue, la plus rétive, que j'aie jamais rencontrée !

— Bien différente de la douce Cassandra, pas vrai ? rétorqua-t-elle.

Le tempérament de Logan s'enflamma soudain.

— Voulez-vous bien arrêter avec ça ?

— Pourquoi ?

— Parce que j'ai beau l'admirer, je ne compte pas épouser Cassandra !

— Pourquoi pas ? La lettre promettant une rançon était écrite avec affection et admiration.

— Elle mérite bien mieux que tout ce que je peux lui offrir. Ce ne serait pas juste pour elle.

— Parce que vous n'êtes pas aussi riche que certains ? Vous apporteriez beaucoup de belles qualités dans un mariage.

— Ce ne serait pas juste envers elle parce que je ne l'aime pas. Je veux dire, je l'aime tendrement, mais je me suis rendu compte que je ne suis pas *amoureux* d'elle.

Il soupira et poursuivit :

— Ma chère Red, vous pouvez prendre deux personnes parfaitement *convenables,* et elles peuvent se plaire, s'admirer et se respecter énormément — sentiments qui, pour la plupart des gens, sont nécessaires dans un mariage —, elles peuvent même croire qu'elles s'aiment… jusqu'à ce que quelque chose leur prouve le contraire. Cassandra et moi sommes ces deux personnes. Si je retrouve mes biens, j'aurai un peu d'argent dans la poche et nous sommes certes attachés l'un à l'autre. Nous pourrions vieillir ensemble comme des amis qui s'estiment, mais elle mérite beaucoup plus.

Red le fixait, sidérée.

— Mais…

— Mais quoi ?

— Vous êtes un sentimental ! s'exclama-t-elle.

— Non. Je veux simplement être un homme… noble.

Noble, vraiment ?

Non, rectifia-t-il en pensée, désabusé. Pourquoi ne voulait-il plus épouser Cassandra ? Parce qu'elle méritait le meilleur, un homme qui la placerait au-dessus de tout le reste. Pas un homme qui regardait une autre femme et brûlait de désir pour elle.

Qui aspirait à être un mauvais homme, en vérité, et à prendre cette femme dans ses bras, passionnément, sans faire de quartiers.

Se tenant toujours au palmier, Red se tourna pour fixer de nouveau l'endroit où l'océan rencontrait le ciel, où la lumière naissante capturait la nuit et où la blanche écume des vagues reflétait la lumière de la lune.

— Regardez, dit-elle au bout d'un moment. Le soleil commence à se lever…

En effet. Logan pouvait voir une ligne minuscule où le jour luttait pour naître. Elle était d'un jaune doux avec une trace de rose. Tandis qu'il regardait, la ligne s'élargit dans un déferlement de pourpre et d'or. Puis, lentement, les rayons du soleil commencèrent à dissiper l'obscurité.

— Quelle belle journée ! dit-elle en marchant vers le rivage.

Il fut tenté de la suivre.

Mais elle offrait une silhouette si forte et si solitaire, découpée sur les couleurs de l'aurore, qu'il la laissa tranquille.

— Terre !

Le cri vint du nid-de-pie, et dès qu'il l'entendit Brendan sauta du lit. Il sortit en courant de la cabine, vit Sam-le-Silencieux dans le perchoir et Jambe-de-Bois à la barre.

— Une île ? cria-t-il.

L'Indien baissa les yeux vers lui et hocha la tête.

Vingt minutes plus tard, leurs voiles étaient repliées et ils étaient à l'ancre. Une équipe de six hommes prit les canots pour rejoindre le rivage.

Il y avait des débris sur la plage, mais pas beaucoup, et visiblement ils étaient là depuis longtemps. Brendan n'eut pas besoin d'attendre que les autres reviennent de leur exploration à l'intérieur de l'île pour savoir qu'ils n'avaient pas trouvé Red et Logan. Il sentit sombrer son cœur, néanmoins il ne pouvait pas se permettre de renoncer.

Jambe-de-Bois le rejoignit quelques minutes plus tard, confirmant ses craintes.

— Je suis désolé, Brendan. Il n'y a personne.

— Je crois que nous cherchons dans la mauvaise direction. Nous devons recalculer le vent qui soufflait lors de la tempête et son effet sur les vagues. Il faut naviguer plus vers l'ouest.

Jambe-de-Bois resta silencieux un moment, puis il approuva.

— Oui. Plus à l'ouest. Et c'est aussi bien qu'ils ne se soient pas échoués sur ce malheureux banc de sable. Nous n'y avons pas trouvé une goutte d'eau.

De l'eau… Brendan pria qu'il y ait de l'eau douce là où ils s'étaient échoués.

Echoués *vivants*.

— Mes amis, dit-il à l'équipage rassemblé, nous repartons.

Dès qu'ils furent de nouveau à bord, il cria l'ordre de lever l'ancre et de mettre les voiles. Alors qu'il se tenait près du gouvernail, fixant sombrement l'étendue de l'océan, Jimmy O'Hara le rejoignit.

— Brendan…, commença ce dernier d'un ton hésitant.

— Oui ?

Jimmy le regarda avec des yeux effrayés.

— Je crois qu'il est par là.

Un instant, Brendan fut perplexe.

— Qui ?

— Blair Colm.

— Quoi ?

— J'étais de garde dans le nid-de-pie pendant que vous fouilliez l'île. Un navire est passé au loin. J'ai de bons yeux. Je jurerais d'avoir vu le drapeau anglais et le sien au-dessous. Sur un bateau qui faisait cap vers l'ouest…

Brendan le regarda, le cœur lourd comme du plomb.

— Alors nous devons filer toutes voiles dehors, dit-il.

Un autre jour. Une autre exploration de leurs ressources et des surprises qu'elles leur réservaient. Red avait été très contente de faire du thé et de grignoter des biscuits sans rien, ce matin-là, et il semblait que, après avoir parlé et s'être disputés une partie de la nuit, ils étaient tous les deux satisfaits d'éviter toute conversation.

Vers midi, Red disparut, se rendant à l'intérieur de l'île avec son livre et sa serviette. Elle ne dit rien en partant ; sa destination était évidente.

Vers le milieu de l'après-midi, Logan avait fini de surélever leurs lits, construit des murs montant jusqu'à leur auvent de toile et, pensait-il, accompli du bon travail en arrangeant leur abri de telle sorte qu'il les protège et laisse passer en même temps les brises rafraîchissantes venues de la mer. Il avait installé des pans de toile pour servir de portes, parce qu'il était inévitable qu'ils essuient des orages.

Puis il alla pêcher et eut du succès, même s'il ne pensait pas que cela avait beaucoup à voir avec son habileté de pêcheur, mais plutôt avec le fait que le poisson pullulait dans la mangrove.

En fin d'après-midi, sale et fatigué, il prit une serviette, et se dirigea vers la cascade.

Lorsqu'il s'approcha du bassin, il vit les habits de Red épars sur la berge.

Elle était debout, le dos tourné, sur l'un des rochers plats qui émergeaient au milieu du bassin, et essorait ses cheveux. Le soleil faisait briller les gouttes d'eau sur sa peau lisse qui suffit, à elle seule, à rappeler à Logan d'une façon physiquement douloureuse qu'il était un homme qui avait passé beaucoup de temps en mer, sans femme.

Il était aussi un homme qui avait construit un abri et avait patiemment pêché pour assurer leur nourriture.

Alors il n'allait pas la laisser — elle ou toute forme de tentation qu'elle incarnait — le détourner du frais plaisir du bain qu'il méritait si amplement.

Elle l'entendit ôter ses habits et se tourna.

— Pardon, laird Haggerty, mais j'occupe déjà les lieux, l'informa-t-elle.

Il l'ignora, lui tournant le dos pour plier ses affaires.

— Si ma présence pose un problème, vous n'avez qu'à partir.

— Excusez-moi ?

— Vous n'êtes pas dure d'oreille, il me semble… *J'ai* travaillé tout l'après-midi pour améliorer nos conditions de survie, capitaine Robert, pendant que *vous* vous prélassiez. C'est mon tour.

— Vous ai-je demandé de devenir un maître charpentier ?

— Que vous sortiez ou non, je me mets à l'eau, je vous préviens…

Elle s'était détournée et il en fut content. Il se serait senti très mal à l'aise d'entrer dans l'eau sous ses yeux, avec une érection si évidente. Il s'empressa d'avancer. L'eau fraîche viendrait sûrement à son aide.

Sacrebleu ! Elle n'agit pas !

Il continua à ignorer Red et nagea, pensant que se fatiguer pourrait résoudre son problème.

Pas du tout.

Il nagea plus énergiquement, en vain. Plongeant loin sous la surface, il sentit ses muscles labourer l'eau. Enfin, il reprit pied et espéra qu'elle avait pensé à apporter du savon.

— Capitaine Robert ? appela-t-il.

Seule sa tête sortait de l'eau, maintenant.

— Laird Haggerty ?

— Du savon ?

— Attrapez !

Elle le lui lança. Il l'attrapa avec adresse et la remercia d'un signe de tête. Une fois de plus, hélas ! il allait être parfumé comme une fille de harem.

Mais cela valait mieux que…

Elle venait vers lui.

Stupéfait, il pirouetta. Elle n'était qu'à quelques pas. Peut-être avait-elle seulement l'intention de passer près de lui pour rejoindre la rive.

Mais non. Elle s'arrêta. Il se tourna et croisa ses yeux, ignorant où ils s'étaient promenés auparavant.

— Vous dites que vous êtes un homme libre, murmura-t-elle.

Il fronça les sourcils. Elle était bien trop près de lui. A portée de main. Le soleil miroitait dans l'eau, et elle était l'élégance incarnée, un feu si tentant qu'il en était insupportable. Elle se tenait devant lui sans fausse modestie. Sa peau était aussi lisse que la plus fine porcelaine, la rondeur de ses seins s'opposant à la minceur de sa taille.

— *Un homme libre ?*, répéta-t-il, figé, craignant de bouger de peur que la folie ne le consume. Oui, puisque vous m'avez libéré.

— Non, répondit-elle à mi-voix. Je ne parle pas de cette sorte de liberté. Je veux dire libre dans le sens… où vous n'êtes pas engagé envers une femme.

Il entendit à peine ses derniers mots ; il les lut plutôt sur ses lèvres.

C'est stupide, Red, mais je me sens engagé envers vous.

Il aspirait à prononcer ces paroles, mais elles ne voulurent pas franchir ses lèvres, alors il continua à la regarder dans les yeux et secoua la tête.

Elle s'approcha encore et il ne se soucia plus de ce qui était dit ou non dit, parce que toutes les informations nécessaires avaient été échangées entre eux.

La vie de Red était une façade…

Mais elle avait laissé de côté cette façade et maintenant ils se tenaient l'un devant l'autre, nus non seulement physiquement, mais dans leur âme. Il ne sut pas si elle avait fait le dernier pas, ou si ce fut lui qui franchit les quelques pouces les séparant, mais soudain elle fut dans ses bras. L'eau fraîche aurait dû se transformer en vapeur, pensa-t-il, vu le brasier qui explosait en lui. Elle était là, le taquinant, le touchant, sa chair satinée pressée contre la sienne. Alors il resserra les bras, l'étreignant de toutes ses forces, ses muscles vibrant contre les siens, ses seins écrasés sur son torse, sexe contre sexe. Il frôla ses lèvres en un murmure, savourant d'abord le contact de sa bouche, puis approfondissant son baiser.

Chaude et mouillée, elle répondit au jeu de sa langue, écartant les lèvres, prenant part à ce duel lent et fiévreux. Une chaleur intolérable semblait le parcourir, aussi sûrement que s'il s'était tenu trop près d'une forge, et le besoin charnel le poussait à aller plus loin. La voix de la raison s'éleva un instant, lui enjoignant d'arrêter, puis s'affaiblit. Il explora de ses mains la longueur de son corps. Elle était la perfection même, chaque pouce d'elle de la séduction à l'état pur.

Elle effleura ses épaules de ses doigts, et chaque frôlement lui faisait l'effet d'une décharge de foudre. La folie s'empara de lui. Cela faisait si longtemps ! Et rien, auparavant, n'avait été ainsi ; cette intensité, ce désir désespéré, ce besoin qui consumait tout.

Il la souleva, puis la plaqua durement contre lui pour la posséder. Stupéfait, il s'aperçut qu'il était le premier amant du légendaire Red Robert. Il se figea, et ce fut son murmure qui le ramena à la vie.

— S'il vous plaît…

Pas une protestation.

Une prière.

Alors il fit attention, au début, mais très vite la soif, la faim, le besoin échappèrent à tout contrôle. Il avait convoité cette femme depuis qu'il avait compris qui elle était ; il l'avait désirée de longues journées et des nuits plus longues encore…

Quelque part en route, il perdit son âme. Il perdit le mince fil de la raison. Tout avait disparu autour d'eux, et ils bougeaient comme le vent, comme la tempête qui les avait conduits là ensemble, comme les vagues qui s'écrasaient violemment sur le rivage quand les éléments étaient en furie. Il entendait sa respiration, courte et rapide, il sentait ses doigts qui se crispaient sur ses épaules, il sentait les beaux muscles de ses cuisses passés autour de lui. Et surtout, il sentait l'étroitesse de sa chair qui l'enveloppait tandis qu'il la prenait fiévreusement, qu'il éprouvait une agonie si douce qu'elle le faisait trembler tout entier.

L'orgasme vint, violent comme la tempête qu'ils avaient essuyée. Le cri de Red fut aussi éperdu que le sien, et même après, quand l'intense chaleur de leur passion commença à se dissiper, elle continua à le tenir étroitement, ses bras serrés autour de lui, ses cuisses nouées autour de ses hanches. Elle avait enfoui son visage au creux de son cou et de son épaule et, tandis qu'il se tenait là, il sentait son propre cœur qui tambourinait en écho au sien. Il lissa ses cheveux en arrière et murmura :

— Je ne savais pas.

Elle se redressa, se dégagea, et se mit debout. Elle passa une main dans ses cheveux mouillés et, malgré un haussement d'épaules qui se voulait désinvolte, elle se trahit car ses doigts tremblaient.

— Qu'y a-t-il à savoir ? Je fais mes propres choix.

Il la fixa intensément, cherchant quelque chose dans ses yeux, même s'il ignorait quoi.

Mais apparemment, ce qu'elle vit dans ses yeux à lui la désarma, car elle continua d'un ton vindicatif :

— Bonté divine, laird Haggerty, je suis un pirate ! J'ai tué des hommes. Je suis… implacable. Ce qui vient de se passer… n'a pas beaucoup d'importance.

Logan se donna du mal pour ne pas sourire. Il n'avait

pas l'intention de la forcer à révéler une autre faiblesse, car elle lui avait déjà confié sa plus grande vulnérabilité.

— Bobbie, dit-il très doucement, vous avez tué des hommes pour vous défendre et vous vous êtes dressée contre l'injustice. Cela ne vous rend pas implacable.

Elle secoua la tête.

— Je fais mes propres choix, répéta-t-elle, et contrairement à la plupart des femmes, qui cherchent un avenir, je vis dans le présent.

Pendant un instant, il perçut le trouble dans ses yeux. Puis elle abaissa vivement ses cils pour cacher ses pensées.

— Vous êtes bien bâti, vous vous baigniez nu… Je ne voulais pas mourir sans savoir. Nous pouvons périr sur cette île et je ne voudrais pas mourir en ne connaissant de la vie que le sang, la mort… et ce que j'ai vu comme servante ou dans les tavernes.

Cette fois-ci, il ne put s'en empêcher : il éclata de rire.

— J'espère être un meilleur candidat que les hommes que vous avez rencontrés dans les tavernes de New Providence et d'ailleurs !

Son visage s'empourpra, et elle lui jeta un regard furieux.

— Je vous demande pardon, s'empressa-t-il de dire. Je suis simplement content d'avoir été trouvé… apte à servir mon capitaine de toutes les façons qu'il désirait…

Elle se détourna. Il tendit la main et la prit par le bras.

— Ne vous trompez pas, Red. Nous sommes tous, par nature, des animaux, et ce que vous avez vu dans les tavernes est le pur résultat des besoins physiques d'un homme et, en général, des besoins financiers d'une femme. Mais ce que vous cherchez est bien autre chose. Et ce que je prie de pouvoir vous donner est bien plus élevé. Je tiens à vous. Je me suis profondément attaché à vous…

— Vous feriez mieux de vous en abstenir, répondit-elle d'un ton coupant. Vous êtes laird Haggerty. Il existe une union entre l'Ecosse et l'Angleterre, mais pas en ce qui concerne l'Irlande. Vous êtes, de fait, autant mon ennemi que n'importe quel Anglais.

Il la prit par les épaules, et la ramena dans ses bras, stupéfait que son éclat de colère puisse l'exciter de nouveau avec une telle force et si vite. Il lui releva le menton, la forçant à le regarder dans les yeux.

— Nous sommes dans un monde neuf, Bobbie. Et je ne suis pas votre ennemi.

Cette fois, il n'hésita pas, n'offrit pas de gentillesse. Il plaqua sa bouche sur la sienne avec exigence. Il la souleva hors de l'eau, continuant à l'embrasser. Il la déposa près du bord, dans l'eau fraîche qui clapotait juste sur eux, et elle s'arqua contre lui. Elle lui permit d'approfondir son baiser, puis commença à répondre avec plus d'ardeur. Il semblait qu'elle ait appris rapidement les plaisirs de l'amour physique, pensa-t-il, car c'était comme si chacun de ses gestes était calculé pour le conduire à la folie. Ils refirent l'amour.

En prenant leur temps…

Avec une lenteur délicieuse et poignante à la fois.

Les doigts de Logan dessinaient les courbes soyeuses de ses seins, et ses lèvres suivaient, avec de très légères caresses. Il explorait ainsi sa chair, goûtant, savourant, mourant de plaisir…

Elle bougeait avec une grâce toute fluide. Bientôt ses mains se firent plus hardies sur lui, caressant les muscles tendus de son torse, ses bras, son dos, ses cuisses… Puis ses doigts s'enhardirent à saisir son sexe, le mettant à l'agonie. Une agonie qu'il appréciait, une suave sensation de désespoir et de bonheur mêlés. Une joute qui ne se termina plus par un murmure, mais par un cri strident qui résonna dans son esprit, qui l'emporta encore plus loin…

Aucune merci n'était demandée.

Aucune merci n'était accordée.

L'odeur de Red resterait gravée en lui, il le savait. Le contact de sa chair. L'expression de ses yeux. Même s'il devait vivre cent ans, il ne l'oublierait jamais. Il ne cesserait jamais de chérir le souvenir de ces moments. Parce que la provocation avait disparu, parce qu'il n'y avait plus de fierté de part et d'autre… Il ne restait qu'eux deux, non plus plus poussés par la curiosité ou une faim avide, mais par quelque chose de plus fort.

De plus profond.

Red le sentait aussi. Il pouvait le voir dans ses yeux.

Cette chose, c'était pour lui la différence entre avoir besoin d'une femme pour assouvir ses désirs charnels et avoir besoin d'une femme pour vivre, pour respirer, pour aller avec elle de l'avant…

Il continua à l'embrasser et à la caresser. Il lui fit l'amour avec sa langue, de façon intime, souhaitant éperdument qu'elle connaisse ce plaisir déchirant. Son propre plaisir ne comptait pas. Les gémissements et les cris qui lui échappaient ressemblaient à la musique du paradis, ils s'accordaient à la pulsation qui battait dans son corps et dans son esprit. Ses mains sur lui… Oui, cela seul valait la peine de mourir !

Ils s'unirent de nouveau, et Logan fut enveloppé par sa chaleur d'une façon qui le transporta au-delà de ce qu'il avait jamais connu, au-delà de n'importe quelle promesse, de n'importe quel rêve…

Il aurait voulu, vraiment, lui donner quelque chose de plus lent et de plus doux…

Mais cette lenteur, cette douceur ne devaient pas être. Ils étaient frénétiques au contraire, s'accrochant l'un à l'autre, donnant des assauts, s'arquant, murmurant, gémissant. Il fut enchanté par son cri d'extase et par l'orgasme qui l'ébranla tout entier. Les yeux grands ouverts, il contempla les arbres, le ciel… et Red.

Ils restèrent ensuite un très long moment allongés ensemble dans l'eau, épuisés, le souffle court. Le soleil dansait sur eux, poussant ses rayons à travers les arbres. Les bruits de la cascade et des palmes qui s'agitaient doucement se firent de nouveau entendre. Le monde revenait à leur conscience.

C'était si doux, si magique de tenir Red contre lui que Logan ne parlait pas. Il ne le pouvait pas. Il promenait paresseusement les doigts sur elle tandis qu'ils reprenaient leur souffle.

La brise devint fraîche sur leur peau nue qui se refroidissait.

Finalement, Red s'écarta de lui, sans fausse modestie, fière dans sa glorieuse nudité. Elle se mit agilement debout et le regarda d'en haut avec un sourire entendu.

— En vérité, dit-elle, je crois que c'était beaucoup plus… plaisant que tout ce que j'ai jamais pu voir dans une taverne.

Là-dessus, elle retourna dans l'eau pour se rincer. Puis, sans le regarder, prit ses habits et se vêtit, avant de s'en aller.

10

Cassandra se tenait sur le pont, contemplant la beauté de l'eau. La journée était ensoleillée. Une légère brise rafraîchissait l'air, et il était bien plus agréable d'être dehors que dans sa cabine. Elle souhaitait seulement que le souffle du vent puisse chasser l'inquiétude qui lui rongeait le cœur.

Un peu plus tôt, ils avaient croisé un navire marchand et appris qu'une tempête avait détruit de nombreux bateaux. Comme personne n'avait eu de nouvelles du redoutable pirate Red Robert et de son Aigle, on pensait qu'il était allé par le fond, lui aussi.

Elle était et avait toujours été privilégiée, songea Cassandra, mais en cet instant elle prenait conscience avec une cruelle acuité que l'argent ne pouvait pas tout acheter, tout assujettir à sa volonté. Il ne pouvait pas arrêter le vent et contrôler la force des flots. Il ne pouvait pas vaincre la mort.

Son père vint prendre place à côté d'elle.

— Nous le trouverons, dit-il gentiment, pour la consoler.

Elle n'était pas sûre de ce qu'elle devait répondre à cela. Elle aimait beaucoup Logan. Il était son meilleur ami. Mais cela faisait déjà des semaines et des semaines qu'elle n'osait pas avouer à son père qu'elle n'était pas certaine de vouloir passer sa vie avec lui. Elle ne voulait pas lui dire qu'elle n'avait pas envie d'être sur ce bateau, voguant sur les mers dangereuses que Logan aimait tant. Elle préférait la terre ferme. Elle aimait les thés, les bals, et les livres. Logan était beau, fort, séduisant, et elle adorait ses récits d'aventures. Elle aimait voir la passion et l'excitation dans ses yeux quand il parlait de sa vie en mer. Mais… elle n'était pas sûre de vouloir partager cette vie.

Elle craignait de ne pas être capable de s'adapter à la folle combinaison de passion et de fougue qui composait l'existence de cet homme.

Mais c'était quelque chose qu'elle n'allait certainement pas essayer d'expliquer maintenant, à un moment où son père risquait sa vie et sa fortune pour le compte de Logan, d'abord pour le retrouver et le libérer des pirates qui le retenaient en payant sa rançon, et à présent en espérant contre tout espoir qu'il était encore vivant. Quelque part dans un océan qui paraissait plus vaste que l'univers tout entier.

— Bien sûr, que nous le trouverons, père, dit-elle, avant de sourire et de l'étreindre.

Il était un homme d'une telle qualité ! Il se battait toujours pour ce en quoi il croyait, même quand ses convictions allaient à l'encontre des opinions du gouverneur, même si ses opinions n'étaient pas toujours populaires. Il n'en restait pas moins au-dessus de tout reproche. Tranquille mais ferme, jamais violent. Son esprit et son éloquence étaient ses seules armes. Il avait fondé des hospices pour les orphelins, pour les vieillards et les mourants. Il lui avait dit une fois que Dieu avait été si bon avec lui qu'il brûlerait sûrement en enfer s'il n'essayait pas d'égaler la bonté du Créateur sur la Terre.

Cassandra s'écarta de quelques pas et l'étudia. Il avait beau physique. Il était grand, fort et robuste pour un homme aux convictions aussi pacifiques. Ses cheveux blancs étaient abondants, et il n'avait jamais eu besoin d'une perruque. Il avait des pommettes hautes, des sourcils broussailleux un peu plus foncés que ses cheveux. Il était toujours impeccablement vêtu et se tenait très droit, sauf lorsqu'il se penchait pour étreindre un ami, un enfant ou elle-même.

— Nous le trouverons, répéta-t-elle. Je n'ai pas peur.

Mais intérieurement, son assurance n'était pas aussi manifeste, car elle ne pouvait s'empêcher de penser que c'était sa faute si Logan était au mieux prisonnier d'un pirate et au pire…

Il avait pris la mer en partie pour gagner assez d'argent afin d'être digne de sa main.

Mais il y avait chez lui des raisons plus sombres… Elle le savait. Elle l'avait toujours su. Elle avait essayé de le détourner de sa quête de justice, tout en sachant que si elle y réussissait, elle changerait sûrement l'homme qu'elle admirait tant.

Son meilleur ami, mais pas l'homme en qui elle voyait le compagnon intime de toute une vie…

Non vraiment… Aussi aimable et raisonnable que soit son père, ce n'était pas le moment de lui expliquer que lorsqu'elle reverrait Logan, elle avait l'intention de lui dire qu'ils n'étaient pas faits pour être mari et femme.

— Logan est quelqu'un qui s'en sort toujours, mon enfant. Il est quelque part, par là… Le bateau a pu être endommagé. Ils peuvent même être dans une crique quelconque, pour réparer les avaries. Mais quoi qu'il soit arrivé, ma chérie, nous le trouverons.

— Ohé !

Le cri venait d'en haut. Abritant ses yeux du soleil, Cassandra regarda le matelot dans le nid-de-pie.

— Bateau à l'horizon !

Son père plongea la main dans la grande poche de son habit et en sortit sa longue-vue. Elle entendit le capitaine qui arrivait en courant, et elle se hâta de le rejoindre à la proue, suivie par son père.

— Eh bien ? demanda lord Bethany.

— On dirait que quelqu'un vient juste d'abaisser le pavillon anglais.

— Alors c'est un navire anglais ?

— Je ne sais pas, répondit le capitaine Reynolds.

Il avait un physique lourd, qui trahissait un corps autrefois puissant, et ses courtes jambes de marin étaient fortes. Son visage était un masque d'inquiétude.

— Un navire anglais, changeant de pavillon ?, demanda Cassandra, perplexe.

— C'est un bateau pirate, dit le capitaine.

— Un pirate ? Alors c'est peut-être Red Robert ! s'exclama-t-elle.

L'homme s'en tiendrait à leur marché ; elle en était certaine.

Mais le capitaine secoua lentement la tête.

— Je connais le drapeau de Red Robert. Ce n'est pas son navire…

Tandis qu'ils parlaient, l'autre bateau hissa un pavillon arborant un crâne et des tibias croisés.

Les écoutilles des canons s'ouvrirent.

Le capitaine se tourna précipitamment et cria :

— Des hommes aux canons ! Cap vers l'est, et Dieu fasse que nous puissions le prendre de vitesse !

Jimmy O'Hara trouva Brendan assis au bureau du capitaine. Ce dernier étudiait les cartes, complètement abattu par l'ampleur de la tâche à accomplir. Tant d'îles… Tant de criques…

Red et Logan étaient-ils seulement vivants ?

Il le fallait. La quête de Red était sa quête. La vie, c'était… le combat, la chance, l'espoir qu'elle lui avait donnés. Qu'elle leur avait donnés à tous. Elle était quelque part dans ces îles. Forcément. Elle était vivante, et il allait la trouver.

Il ne leva pas les yeux quand O'Hara entra. Ce ne fut que lorsqu'il se racla la gorge que Brendan porta enfin son attention sur lui.

— Oui ? fit-il.

— Je pense que je pourrais peut-être rendre service…

Brendan le dévisagea, sceptique. Jimmy O'Hara s'était révélé un sacré bon cuisinier, comme il le leur avait annoncé, mais il était aussi un homme lâche, qui avait accepté de l'argent pour attaquer Red alors qu'elle ne lui avait fait aucun mal. Une attitude hautement réprouvée dans le monde des pirates.

— Vous voulez rendre service ? demanda-t-il, dubitatif.

O'Hara hocha la tête avec conviction.

— De quelle façon ?

Le matelot s'avança, prit le compas qui se trouvait sur le bureau, et en posa la pointe sur un endroit de la carte. C'était de l'eau, entourée d'îles minuscules.

— Mon frère était cartographe et il m'a appris un secret de la confrérie des cartographes : l'existence de l'Isla de Muerta. Ceux qui tombent dessus ne la signalent pas. Un accord tacite…

— L'Ile de la Mort ? demanda Brendan, troublé.

— C'est un havre de paix connu de certains capitaines qui ne veulent pas partager l'information avec tout le monde, d'où le nom destiné à éloigner les intrus. Des formations volcaniques, une source d'eau douce, quantité de cocotiers, de manguiers et de poissons. Si vous regardez notre position avant la tempête, et calculez les vents et les courants…

Il traça une ligne invisible.

Brendan hocha la tête, éprouvant soudain un sursaut d'espoir.

Aussitôt tempéré par un soupçon de méfiance.

Il voulait bien croire que les hommes qui étaient arrivés par hasard sur cette île et avaient bénéficié de ses généreuses ressources naturelles ne veuillent pas qu'elle soit connue, mais…

Il dévisagea O'Hara.

L'homme offrait-il cette information en toute amitié, et de bonne foi ?

Ou était-ce un piège ?

*
* *

Etanchez la soif et elle disparaîtra, disait-on. Eh bien, non… Elle ne disparaîtrait pas…

Red souhaitait que Logan soit cruel. Qu'il soit sot, qu'il ne connaisse pas les livres ou le monde. Qu'il ait ce détestable sentiment de supériorité que possèdent généralement les gens titrés. Elle souhaitait pouvoir trouver une chose en lui qui ne soit pas aimable.

Elle souhaitait…

Elle souhaitait de tout son cœur ne jamais avoir posé les yeux sur lui. Et elle souhaitait surtout ne jamais l'avoir touché, ne jamais l'avoir laissé la toucher, car maintenant elle connaissait une passion bien plus ardente que n'importe quelle vengeance.

Elle était restée longtemps à fixer les vagues sous la chaleur du soleil, l'esprit agité. Elle devait offrir une figure bien pathétique, fragile, contre l'immensité de la mer et du ciel. Le Vieux Monde était très loin, et même le Nouveau Monde paraissait hors de portée. Toute sa rage et sa haine n'étaient rien en regard de l'étendue de l'océan, et pourtant l'immensité de l'océan lui-même n'était rien comparée à la douleur de son cœur et de son âme.

Parce que tôt ou tard on les trouverait.

Et alors…

Alors le lien qu'ils avaient créé sur cette île ne serait plus rien, comme elle-même n'était rien devant la vaste mer.

Elle sursauta quand Logan posa les mains sur ses épaules. Elle ne l'avait pas entendu approcher. Elle se retourna vivement, le regarda, puis s'empressa de reculer, craignant sa proximité comme jamais auparavant.

— Le thé est servi, capitaine, dit-il.

Elle battit des cils.

— Quoi ?

— Le thé… Ainsi qu'un délicieux menu de biscuits ramollis et de sucre, agrémentés de morceaux de noix de coco.

— C'est charmant !

— Sans parler du bœuf salé pas si délicatement assaisonné que je viens de découvrir. Je l'ai fait tremper un bon moment, mais je crains qu'il ne soit toujours un défi pour les dents.

Elle sourit.

— Mon Dieu ! Je n'avais aucune idée que j'étais restée si longtemps ici ! Vous avez préparé un vrai festin, on dirait.

— Un festin ? Vous êtes trop aimable, cher capitaine.

— Oui, enfin, ces temps-ci, la définition de *festin* peut être très… lâche.

— Venez, si vous voulez bien…

Il s'inclina pompeusement.

— C'est le genre de festin qu'il vaut mieux manger très chaud, avant que le vrai goût n'apparaisse.

Elle sourit de nouveau et le précéda.

— Dois-je servir ? demanda-t-elle poliment.

— Bien sûr, répondit-il.

Elle déploya alors le grand jeu. Ses manières étaient une parfaite parodie de la cérémonie du thé de l'après-midi dans les plus belles demeures des colonies.

— Vous êtes très bonne pour donner le change, fit remarquer Logan.

Elle haussa les épaules.

— Brendan dit que j'aurais pu être une actrice.

— Un meilleur choix que la piraterie.

— Je n'ai pas choisi la piraterie, c'est elle qui m'a choisie.

Elle garda son attention rivée sur la nourriture.

— La piraterie vous a *choisie* ? releva-t-il.

Elle le dévisagea, dans un mélange de défi et de pragmatisme.

— Oui.

— Beaucoup de pirates ont trouvé le moyen de gagner leur vie sur la terre ferme.

— Certains, admit-elle. Mais d'ordinaire, ils finissent le cou dans un nœud coulant.

— Parce qu'ils n'ont pas changé leurs façons de faire avant d'être pris par ceux qui donnent ses ordres au bourreau, dit-il d'un ton irrité.

Elle leva les yeux vers lui, se retenant de lui retourner sa colère.

— Laird Haggerty, vous ne me changerez pas et vous ne me détournerez pas de mon but, le prévint-elle.

Maudite obstinée ! pensa-t-il furieusement. Ne voyait-elle donc pas qu'il essayait de l'aider ? Quelle que soit la passion avec laquelle elle haïssait Blair Colm, elle faisait une erreur, une terrible erreur de jugement. Il pouvait traiter lui-même avec cet homme et il le ferait. Il en avait autant le droit qu'elle, plus peut-être même.

— Vous devez vous rendre compte…

— Je me rends compte de beaucoup de choses, laird Haggerty, l'interrompit-elle d'un ton sec. Et cela ne change rien.

— Vous êtes têtue comme une mule ! Une mule téméraire, en plus !

— Je reconnais qu'il a été téméraire de vous faire prisonnier, rétorqua-t-elle, et il vit que son irritation rattrapait la sienne.

— Red… cela n'a pas de sens que vous continuiez à poursuivre cet homme aussi fiévreusement.

— Je suis coincée sur une île, lui rappela-t-elle. Je ne poursuis plus personne.

Il se rapprocha et se pencha sur elle, la regardant dans les yeux.

— Je le trouverai. Nous serons vengés tous les deux.

Elle plissa les paupières.

— Ah oui ! le laird va le poursuivre ! Le laird tout-puissant qui peut réussir mieux que moi !

— J'ai des pouvoirs que vous n'avez pas.

Elle le dévisagea un long moment sans ciller. Puis elle eut un sourire moqueur.

— Qui était le prisonnier, *laird* Haggerty ? Et qui avait le pouvoir ?

Il poussa un juron et s'écarta d'elle. Il n'avait pas de bonne réponse à sa question et ça le rendait fou de rage.

Il souhaita pouvoir la quitter.

Qu'il y ait pour cela une porte à claquer.

Comme ce n'était pas le cas, il jura de nouveau entre ses dents, puis s'éloigna pour fixer la mer.

Quelques instants plus tard, il l'entendit arriver derrière lui.

— Quoi ? fit-il d'un ton coupant.

— Vous devriez vraiment manger ce que vous avez préparé.

Il se tourna et la regarda fixement.

— Je peux aller ailleurs, si vous voulez, et vous laisser manger en paix.

— Je ne pense pas que ce soit possible. Je vous ai rencontrée et maintenant je n'aurai plus jamais de paix, marmonna-t-il.

Mais il retourna vers le feu, son assiette et son thé. Il avait faim, et il avait préparé ce repas, après tout ! Il n'était pas très content de lui et de la scène qu'ils venaient de jouer. Y avait-il de sa part une part de fierté masculine stupide et mal placée ? Dieu l'en préserve ! Etait-ce instinctif ? Ils avaient fait l'amour. Fait l'amour, bon sang… Et ce qu'ils avaient partagé n'était pas un simplement sexuel.

Pourquoi ne pouvait-elle voir qu'il essayait de toutes ses forces de la protéger ?

Elle le rejoignit. Elle n'en avait apparemment pas fini.

— Vous m'attaquez. Je n'ai pas dit un mot contre vous ou votre façon de vivre. Aussi *stupide* qu'elle ait pu être.

— Je vous demande pardon ?

— Vous saviez que la mer était pleine de pirates quand vous avez décidé de faire votre voyage dans les Caraïbes.

Qu'elle ait raison n'arrangeait pas du tout les choses. Il savait bien qu'il n'aurait pas dû risquer cette traversée. Il le savait, mais il avait parié. Il avait le droit de parier et besoin de le faire. Comment, sinon, pourrait-il trouver le nécessaire pour se frayer un chemin en société et rebâtir le domaine qui lui avait été pris si brutalement ? Il avait besoin de faire cela au nom de son père. Et oui, Cassandra avait semblé, un temps, faire partie de ce rêve. Mais il avait toujours eu l'intention de se venger, aussi.

— Je savais ce que je faisais.

Elle se contenta de le fixer, impavide.

— C'était un risque calculé, insista-t-il.

— Eh bien, vos calculs étaient faux !

Il sourit poliment.

— Je suis en vie, fit-il remarquer.

— Parce que je suis miséricordieuse.

— Et vous, vous êtes en vie maintenant… grâce à moi, lui rappela-t-il.

— Je ne vous ai pas demandé de me sauver la vie.

— Non, c'est vrai. Désolé si je l'ai fait, c'était juste une *stupide* réaction instinctive.

— Vous m'avez sauvé la vie, Logan, et je vous en suis reconnaissante. Mais cela reste *ma* vie.

— En vérité, dans certaines cultures, vous seriez maintenant mon esclave.

— Mais vous êtes mon prisonnier.

— Plus vraiment. Je pense que nous l'avons établi.

— Rien n'a été *établi*. Par correction, j'ai décidé de vous libérer. En attendant, nous ne savons pas qui arrivera le premier sur cette île, n'est-ce pas ? Je sais que mes hommes nous cherchent. Ce soir, nous devons faire un plus grand feu, afin qu'ils nous trouvent.

— Je ne suis pas si sûr que nous devions le faire.

— Pourquoi ?

— Savez-vous combien de bateaux pirates naviguent par ici ?

— Exactement ? Non, répondit-elle avec irritation. Mais cela n'a pas d'importance. Les pirates ont de l'honneur.

— Certains pirates seulement.

— Ils respecteront le nom de Red Robert.

Il la détailla lentement de haut en bas. Puis il se mit à rire.

— Voyons voir… La perruque a disparu. Et bien que vous portiez des vêtements d'homme, je ne peux pas dire que vous ressembliez à un homme. L'honneur des pirates ? Quel pirate croira que vous êtes l'infâme Red Robert ?

— Mais je suis Red Robert !

— Non. Red Robert n'est qu'un mythe.

— Je suis très réelle.

Il haussa les épaules.

— Alors que suggérez-vous que nous fassions ? demanda-t-elle.

— Que nous restions discrets. Brendan vérifiera chaque île jusqu'à ce qu'il vous trouve.

— En admettant…

— Le bateau a survécu, dit platement Logan. J'en suis certain.

— Comment le savez-vous ? rétorqua-t-elle, une pointe d'angoisse dans la voix.

— Parce qu'il résistait bien à la tempête quand… nous avons décidé de prendre un bain.

Elle secoua la tête, visiblement peu convaincue.

— Vous ne pouvez pas le savoir.

Il haussa les épaules.

— Mais si.

— Et s'il ne vient pas ?

Il tourna la tête vers l'horizon.

— Que cela vous plaise ou non, priez pour qu'un navire marchand nous trouve. J'aime à penser que je suis habile à l'épée, comme je sais que vous l'êtes, ajouta-t-il vivement. Mais en aucune façon nous ne pourrons vaincre tout un équipage. Ils me tueraient probablement.

Il laissa en suspens ce qui pourrait lui arriver à elle…

Elle secoua de nouveau la tête.

— Les pirates ne font pas de mal à des femmes non consentantes. C'est dans le code.

— Et tous les hommes qui naviguent par ici suivent le code ?

Elle se détourna.

— Brendan va venir. Vous l'avez dit vous-même.

— Mais nous n'avons pas besoin de tenter le sort en faisant un grand feu la nuit !

— Je vais y réfléchir, dit-elle. Pour ce soir, nous ferons comme vous voulez.

Logan sourit sombrement. Ce soir et tous les autres soirs. Il y veillerait.

Mais il garda ses pensées pour lui. Sa nourriture avait refroidi. Il se força à la manger quand même. Red retourna à leur abri où elle prit son livre. Comme la lumière du jour diminuait, elle revint près du feu et s'assit pour lire en silence. Logan finit de manger, puis alla rincer ses couverts.

Il s'assit ensuite au bord de l'eau. Dans la lumière faiblissante, la mer rencontrait le ciel en une ligne continue qu'aucune voile de navire ne venait interrompre.

Le soleil descendit peu à peu. Le bleu du ciel devint violet. Un violet qui chargea l'océan de reflets noirs. Après un adieu éclatant au jour, les rayons du soleil s'éteignirent, toute couleur disparut et la nuit tomba.

Logan se leva et retourna au feu. Red était partie.

Il entendit un léger mouvement et regarda dans la hutte. Elle était là, couchée, mais elle avait tiré son lit et sa petite plate-forme au milieu de l'espace restreint.

Il resta à la contempler un moment, mais dans l'ombre il ne pouvait dire si elle dormait ou si elle était éveillée.

Puis sa voix s'éleva doucement.

— Avez-vous des regrets ? demanda-t-elle.

— Des regrets ? Pour avoir navigué sur les mers ? Pour avoir plongé après vous ? Ou pour cet après-midi ?

— Pour une de ces choses ou pour toutes.

Il rapprocha son lit du sien en souriant et s'étendit à côté d'elle.

— Pour avoir navigué sur les mers — stupidement,

comme vous l'avez fait remarquer — non, je ne le regrette pas. Pour avoir plongé après vous ? Je ne pourrais jamais le regretter, jamais, même si j'avais tout le temps de l'univers. Et cet après-midi a peut-être été le plus beau moment de ma vie.

Elle le regarda dans l'ombre, et ses lèvres s'incurvèrent en un sourire qui sembla envoyer des rayons de feu liquide dans ses membres et dans son âme.

— C'est si noblement dit…

— Je ne dis que la vérité.

Quelques pouces seulement les séparaient, et en un instant ces pouces disparurent comme de la rosée touchée par le soleil. Elle était dans ses bras, douce et vibrante, d'une vie et d'une sensualité extraordinaires. Vulnérable, tendre et généreuse. On s'habituait à elle comme à un bon vin, pensa-t-il. Il brûlait d'être en elle de nouveau, et cependant il avait tout aussi faim de la toucher simplement, de goûter sa peau satinée, de fermer les yeux pour explorer la forme de son corps, puis de les rouvrir pour savourer la beauté sculptée de son visage et de sa silhouette. Cette nuit était à eux. Le monde était à eux. Et s'ils devaient rester ainsi, abandonnés et ensemble, une éternité, il ne pensait pas qu'il pourrait se lasser d'elle. Chaque caresse de ses doigts sur lui était comme une nouvelle naissance, ses murmures troublaient autant son corps que son esprit, et lorsqu'il pénétra en elle, ce fut comme s'il avait découvert tous les trésors des sept mers.

Avait-il des regrets ?

Jamais…

Aucun mot ne lui avait paru plus vrai de sa vie.

Red s'éveilla, Logan dressé sur un coude tout près d'elle, en train de la regarder. Il sourit.

Elle lui rendit son sourire.

Et, tout de suite après, elle fut dans ses bras.

Le soleil s'était levé et la journée commençait doucement. Il ne faisait pas encore très chaud, mais pas trop frais non plus. Un éclat doré semblait porté légèrement par la brise qui bougeait autour d'eux.

Ils étaient nus dans la lumière, face aux éléments, et cela n'avait pas la moindre importance. Ils étaient seuls ; ils étaient l'un avec l'autre, et seuls le soleil et la mer étaient leurs témoins. Leur étreinte fut pure, d'une certaine façon, et en même temps délicieusement coquine. Ils se découvraient de nouveau et s'exploraient. Les yeux grands ouverts, Red apprit chacun des muscles de Logan, le petit grain de beauté près de son oreille, le rire dans ses yeux, leur couleur fumée quand sa faim grandissait et atteignait des sommets…

Ils firent l'amour, puis elle se leva en riant et partit à toutes jambes vers la source.

Il la suivit.

Et là, une fois encore, avec les palmes qui s'agitaient si doucement au-dessus d'eux, l'eau animée de clapotis et d'ondes soyeuses, ils eurent l'impression d'avoir trouvé un coin de paradis. Ils jouèrent, insouciants, courant, se taquinant, nageant l'un vers l'autre ou s'éloignant, avant de s'effondrer épuisés sur la berge.

Finalement ils se levèrent, avides de prendre leur déjeuner maintenant qu'une faim plus cruciale avait été satisfaite.

Red fit bouillir de l'eau pour le thé, pendant que Logan servait les biscuits et le bœuf.

Tandis qu'elle mâchait péniblement un morceau de viande salée, elle se retrouva en train de sourire.

— Quoi ? Le repas n'est pas bon ? demanda-t-il, offensé.

Elle rit.

— Si, il est bien meilleur que ce que j'ai souvent mangé à bord. La piraterie n'est guère une profession où l'on satisfait les tentations du palais !

Le sourire de Logan disparut à la mention de son métier, mais il ne dit rien et se contenta de détourner les yeux.

Elle avait été sotte de lui rappeler l'abîme qui existait

entre leurs mondes. Elle ne faisait pas que le blesser ainsi, elle se blessait elle-même.

Il était toujours laird Haggerty, un noble écossais. Ses terres avaient été brutalement prises à son père et sa mère avait été assassinée sous ses yeux. Elle ne croyait pas qu'il ait jamais pu oublier, et il avait certainement passé de longues heures de sa vie à rêver de vengeance, lui aussi, et à la planifier.

Un homme comme lui pouvait peut-être vivre une idylle sur une île avec une femme comme elle, mais pas la vie entière. Il ne lui offrirait pas le mariage.

Et elle ne serait jamais la maîtresse d'aucun homme.

Elle ne pourrait pas être non plus ce qu'il pourrait faire d'elle dans son monde, une gouvernante, ou même une femme entretenue installée avec tous les conforts de l'existence autour d'elle. Elle s'était engagée sur une voie et devait continuer jusqu'à ce qu'elle en atteigne le bout.

Blair Colm rôdait toujours sur les mers. Et tant qu'il existerait, d'autres pourraient voir leurs vies détruites, comme elle.

Elle était sur le point de dire quelque chose de léger quand elle vit qu'il ne la regardait plus, mais fixait la plage.

Elle se tourna.

Un grand morceau d'une coque de bateau était venu s'échouer sur le rivage.

Et deux corps se trouvaient dessus.

Logan était déjà debout. Elle bondit, le cœur tambourinant, puis se mit à courir vers l'épave, terrifiée à l'idée que ce ne soit une partie de son propre bateau et que l'un des corps ne soit celui de Brendan.

Logan lui prit le bras et l'arrêta.

— Pour l'amour du Ciel, dit-il, laissez-moi y aller !

Il se mit à descendre à grands pas vers la plage, mais quand elle entreprit de le suivre, il pivota brusquement et lui cria :

— Restez là, Bobbie !

Elle ne le pouvait pas. Son cœur était trop douloureux ; il fallait qu'elle sache.

Mais il avait déjà atteint le radeau échoué avant qu'elle n'ait décidé que faire.

— Logan !

Il se tourna vers elle.

— Ce n'est pas Brendan ni l'un de vos hommes, s'empressa-t-il de lui annoncer. Je crains que ces gens ne soient d'autres passagers du bateau qui nous a ravitaillés.

Elle resta où elle était. Elle avait vu assez de morts, et manifestement Logan ne voulait pas qu'elle en voie davantage.

Mais il paraissait si triste, là-bas, près des corps.

Il se releva en s'ébrouant comme pour chasser une image insupportable.

— C'est juste… Je pense qu'ils ont survécu longtemps en mer. A mon avis, ils ont essayé de survivre et ils y sont presque parvenus.

Elle se sentit ridicule de rester plantée à distance, et le rejoignit.

— Vous ne vous épargnez rien, n'est-ce pas ? fit-il en la tournant face à lui, plutôt que face aux corps.

— La vie ne nous épargne rien, répondit-elle.

Puis elle regarda les naufragés et un petit « Oh ! » chagriné lui échappa.

Ils n'étaient pas jeunes. C'était peut-être le seul soulagement. Ils avaient une soixantaine d'années, peut-être plus. Ils étaient attachés ensemble et aux planches qui les avaient amenés jusque-là et, à la façon dont ils étaient enlacés, on comprenait qu'ils avaient passé de nombreuses années côte à côte.

Ils ont vécu plus longtemps que beaucoup, se dit-elle pour se consoler.

Des larmes lui montèrent néanmoins aux yeux, ce qui ne lui ressemblait pas. Il y avait tant de tendresse chez ce vieux couple, même dans la mort ! Elle était ridée et grisonnante, et il avait perdu une partie de ses cheveux.

Le temps leur avait volé leur jeunesse et leur beauté, mais l'amour était resté.

Elle en éprouva une douleur soudaine presque insupportable. Elle ne voulait pas que Logan voie son chagrin, alors elle se tourna vers la mer.

— Pourquoi est-ce que j'imagine qu'ils étaient bons ? demanda-t-elle en fixant le lointain.

— Parce que c'est sur leur visage, encore maintenant.

Il repartit à grands pas vers la hutte et elle sut qu'il allait chercher la pelle.

Quand il eut disparu, elle tomba à genoux à côté du couple, puis toucha légèrement le visage froid de la femme.

— Je suis tellement désolée. Que Dieu vous accorde de monter rapidement dans Ses bras.

Y avait-il seulement un Dieu ? Il devait pourtant en exister un… Si elle ne le croyait pas, si elle ne croyait pas que la justice était rendue à la fin, faute de l'être sur Terre, alors elle deviendrait complètement folle.

— Au moins, vous étiez ensemble, dans la présence et l'amour de l'autre. Et vous… vous n'avez pas à vous pleurer, parce que vous êtes partis ensemble.

Elle pouvait voir Logan qui creusait et elle crispa les paupières un moment, puis rouvrit les yeux et regarda de nouveau le mari et la femme. Ils auraient pu être simplement endormis, lui avec sa perruque disparue, son gilet de travers, elle avec ses cheveux emmêlés autour de son visage, les plis de sa jupe incrustés de sable et de sel, et raides au soleil. Sauf qu'ils ne dormaient pas.

— Merci, et pardonnez-nous de nous servir de vos affaires…

C'est alors qu'elle vit le médaillon au cou de la femme. Elle se pencha et l'ouvrit. Ils étaient là, tous les deux, souriant dans une miniature qui s'était ternie au contact de l'eau salée. Il y avait trois beaux garçons à côté d'eux, de grands et jeunes adultes. Un petit enfant, aussi, assis sur les genoux de la femme. Un petit-fils, probablement. Une jeune femme à l'air amical apparaissait juste derrière l'un des jeunes gens. L'épouse. Elle tenait le bras de son mari, comme pour se rassurer et se mettre en sécurité.

Ils avaient eu une bonne vie…

Elle leva les yeux et se demanda combien de temps elle avait fixé le médaillon. Logan était tout près d'elle, en sueur, les manches relevées, les boutons de sa chemise ouverts, son torse moite luisant au soleil. Il avait le souffle court et elle fut certaine qu'il avait creusé dur, et profond.

Il s'attaqua aux nœuds, sortant un couteau de sa poche pour couper l'épais cordage qui liait le couple et l'attachait au radeau. Les corps étaient raidis.

— Attendez…, dit-elle en tendant la main vers la femme.

Il la regarda, surpris, lorsqu'elle lui enleva doucement le médaillon.

— Il se peut que nous retrouvions leur famille, un jour. Au moins… nous pourrons leur dire qu'ils étaient ensemble. Qu'ils… qu'ils sont morts dans les bras l'un de l'autre.

Logan approuva d'un hochement de tête.

Elle mit le médaillon dans la poche de ses culottes, puis se leva et l'accompagna au trou qu'il avait creusé. Il avait travaillé dur. Il aurait pu jeter les corps l'un sur l'autre, mais il avait fait la tombe assez large pour qu'ils puissent reposer côte à côte.

Ils recouvrirent la tombe de sable et de palmes. Comme à son habitude, Red confectionna une croix. Logan fit une prière solennelle.

Lorsqu'ils eurent fini, elle se leva, alla à la hutte et s'allongea. Il la suivit et la tint dans ses bras.

La tint simplement.

Ils restèrent éveillés un long moment.

Quand la nuit tomba, ils étaient toujours couchés ensemble. Lorsqu'elle ferma enfin les yeux et commença à s'endormir, Red sut, malgré l'obscurité, que Logan veillait toujours.

11

Le jour avait fait place à la nuit, et la bataille était enfin terminée.

Mais l'obscurité ne cachait rien.

A la lumière de la lune, on voyait du sang partout.

Cassandra se tenait debout sur le pont, tremblante, les yeux écarquillés d'horreur.

Elle était indemne.

Son père aussi.

Mais les autres…

Oh ! Dieu ! Les autres…

Tandis qu'elle se tenait au milieu de tant d'horreur, gardée à la pointe d'une épée par un homme qui empestait — même dans son état de choc, elle ne pouvait ignorer son odeur —, elle regardait, hébétée, les pirates qui empoignaient les marins tués ou blessés du bateau de son père, et les jetaient par-dessus bord après les avoir dépouillés de leurs objets de valeur.

Il n'y avait pas de survivants, sauf eux deux.

Elle avait entendu des hommes brisés hurler tandis qu'ils étaient jetés à la mer. Ce n'était pas ainsi que les choses auraient dû se dérouler ; même les plus vils individus qu'elle avait vus se balancer au bout d'une corde, à l'occasion, n'avaient jamais été accusés de pareille cruauté. Ils avaient tué, oui, mais avaient laissé les survivants dans des canots. Ils n'avaient pas tué juste pour le plaisir de tuer.

— Pour l'amour du Ciel ! suppliait son père. Je vous

donnerai n'importe quoi, mais ne faites pas de mal à ma fille.

— Taisez-vous, le vieux ! dit quelqu'un.

— Lie de pirates !

Non, père, non, pensa Cassandra. *De grâce, ne les irritez pas ou bien ils vont vous faire du mal, ils vont... vous tuer.*

— *Lie de pirates ?*

La question était posée d'une voix grave et posée. Une voix que Cassandra était certaine d'avoir déjà entendue.

L'homme avait parlé comme s'il offrait un thé.

Elle pivota pour lui faire face. Il était en train de descendre les quelques marches menant au pont. Il était grand et sa taille lui donnait une allure élancée, mais il ne fallait pas s'y tromper : ses épaules étaient larges, il était très musclé.

Elle le reconnut. Son nom était sir Blair Colm. Elle l'avait rencontré à un dîner, un soir d'été à Charleston. Il venait d'accoster, apportant des lettres du roi George au gouverneur. Certaines jeunes filles avaient gloussé, chuchoté derrière leur éventail à propos de son passé sombre et sulfureux.

Même alors, au milieu de cette société choisie, il lui avait donné la chair de poule.

Il y avait chez lui quelque chose de particulier et de cruel. Une froideur glacée dans les yeux. De la méchanceté qui transparaissait sous le vernis de la civilité.

— Sir Blair Colm ! s'écria son père, choqué. Vous... vous êtes avec ces pirates ?

A la stupeur de Cassandra, l'homme secoua la tête en s'esclaffant.

— Bon Dieu ! mon cher, pensez-vous m'abuser ? C'est vous, qui frayez avec des pirates ! Vous et votre maudit capitaine, tentant de rejoindre des gens comme Red Robert !

Il s'avança, les yeux glacés, un sourire de sinistre amusement sur les lèvres.

La mort le divertit, pensa-t-elle.

Son père tremblait, mais pas de peur. C'était un homme courageux, qui s'était battu avec l'équipage. Il tremblait de colère et d'indignation. Il avait vu ce que cet homme avait fait.

La tuerie.

Le sang…

Oh ! Les hurlements des hommes tandis que leurs corps étaient jetés à la mer comme des détritus !

Blair Colm pointa un doigt farouche sur son père.

— Vous projetiez un rendez-vous avec l'un des hommes les plus abjects et les plus impitoyables qui voguent sur les mers, jusqu'à ce que la tempête perturbe vos plans. Pensez-vous que le gouverneur ignore que vous êtes un homme rusé et calculateur, fomentant toute sorte de troubles contre le royaume, les colonies, le roi et ses fidèles serviteurs ?

Devant cette liste d'accusations, lord Bethany se redressa de toute sa taille et se tint avec dignité.

— Je n'ai jamais, en pensées, en paroles ou en actions, de quelque façon et à quelque moment que ce soit, trahi mon roi, mon pays ou mon gouverneur ! Tandis que vous, sir, bafouez la loi et la justice !

— Ainsi parle l'homme tandis que le nœud se resserre, déclara Colm en secouant la tête, sans paraître le moins du monde troublé.

— Vous vous trompez. C'est vous qui allez goûter au nœud coulant du bourreau !

— Je ne crois pas. J'ai vaincu les ennemis de notre pays, au nom de Dieu et du roi. Je suis le héros de maintes batailles, comme vous le savez sûrement.

— Un héros ? Vous êtes un assassin devant Dieu !

Il ne criait pas, mais Cassandra vit que le mépris de son père était aussi apparent dans son ton que dans la veine qui palpitait dans son cou.

— Par le Dieu même dont vous parlez, poursuivit ce dernier, vous êtes condamné à l'enfer. J'ai entendu les rumeurs qui courent sur vos agissements. Vous faites l'erreur de vendre vos prisonniers dans les colonies, et le bruit de leur sort voyage. A ma grande honte, je n'ai pas voulu croire ce que j'entendais dire de vous. Je pensais que ces mots venaient de l'amertume d'un peuple qui avait perdu ceux qu'il aimait et leur famille à la bataille. De gens brisés et vaincus. Que Dieu me pardonne, ainsi qu'à tout homme important dans les colonies, de ne pas vous avoir traîné en justice et à la potence !

Blair Colm sourit froidement en le dévisageant, mais Cassandra savait que l'éloquence et la fureur justifiée de son père l'avaient touché.

Souriant toujours, il s'inclina.

Puis, avec la rapidité et la sauvagerie d'une vipère, il frappa, giflant le vieil homme et l'envoyant à genoux. Cassandra hurla, se dégagea de ceux qui l'entouraient, et se précipita pour s'agenouiller à son côté.

— Père !

— Faites attention à vous, précieuse enfant, dit-il entre ses lèvres qui saignaient, avant qu'elle ne lui soit arrachée.

Puis il fusilla Colm du regard.

— Si vous lui faites du mal, je le jure, par Dieu et tout ce qui est sacré, sa mère se lèvera de sa tombe pour s'assurer que justice vous soit faite !

Cassandra pria que son cœur ne lâche pas tandis qu'elle se débattait pour retourner près de lui. Elle était tenue par deux pirates, et sa lutte ne faisait rien pour desserrer l'emprise des hommes.

— Faire du mal à cette jeune fille ? Pour avoir fraternisé avec un pirate ? demanda Colm.

— Laird Haggerty n'est pas un pirate, dit-elle.

— Il a rejoint Red Robert. Et pour cela, il va danser la gigue au bout d'une corde, déclara solennellement Colm. Quant à vous, jeune fille, surveillez votre langue et j'envisagerai alors de vous épargner. Conduisez-vous bien et je laisserai aux tribunaux le soin de décider de votre sort.

Il se tourna vers ses hommes.

— Mettez-les dans la cale !

Lord Bethany essaya de se redresser, mais il avait la tête qui tournait encore à la suite du coup, et les matelots durent le tirer pour le relever.

On leur lia les mains et on les poussa vers les marches qui descendaient dans la cale, avant de les traîner dans les entrailles du bateau.

Et *entrailles* était bien le terme qui convenait.

Cassandra trouvait que l'équipage empestait, mais l'odeur de la cale était encore plus atroce.

Tandis qu'ils descendaient toujours plus profond, elle pria de ne pas vomir.

— Respirez par la bouche, ma fille, lui conseilla faiblement son père.

Elle n'y voyait rien. Il faisait noir comme dans un four et étouffant ; aucune brise marine ne dissipait la chaleur et l'air renfermé dans le petit réduit où ils furent finalement poussés.

— Respirez, Cassie, et essayez d'économiser vos forces.

Son père s'efforçait de paraître brave et assuré pour elle.

Respirer ?

Ou sauter par-dessus bord à la première occasion ?

Pouvaient-ils attendre de l'aide ?

Oh ! Dieu…

Elle toucha l'épaule de son père dans l'obscurité. Au moins, ils étaient vivants.

Et la vie valait toujours la peine de se battre pour elle.

— Je vais bien, père. Et vous êtes innocent, et le meilleur homme qui soit. Vous ne serez jamais condamné. C'est un fou, ajouta-t-elle en s'efforçant elle aussi de garder une voix forte, courageuse et pleine de conviction.

— Ma chère enfant, dit-il.

Et, cette fois, elle perçut sa peur.

*
* *

Red se réveilla en se sentant en paix pour la première fois de sa vie. Elle eut conscience du bras de Logan autour d'elle et sut qu'il l'observait.

Il lui lissa les cheveux en arrière dans un geste très doux, très tendre.

— Bonjour…

— C'est un bon jour, d'après vous ?

— Il y a eu une époque où je savais que chaque matin, quand je me réveillais pour vivre, respirer et me battre, était le début d'une bonne journée, lui répondit-il avec un sourire grave.

— Moi aussi.

Il se dégagea et elle fut soudain effrayée par la solennité qui régnait entre eux.

Elle se leva, puis sortit pour saluer la journée, ignorant les monticules de sable qui rappelaient cruellement ceux que la mer avait pris.

— Le dernier à la source préparera le déjeuner ! lança-t-elle quand elle l'entendit sortir derrière elle, et elle partit en courant.

Il la rattrapa au bord de l'eau, la souleva et la fit tournoyer. Elle ne put s'empêcher de rire, puis il avança dans l'eau, tous deux complètement habillés et essayant de reprendre leur souffle.

Ils s'éclaboussèrent, jouèrent, et Red se demanda si elle s'était jamais vraiment amusée avant de le rencontrer.

Elle n'en était pas sûre, mais c'était merveilleux.

Lorsqu'elle fermait les yeux, elle voyait son visage si clairement dans son esprit. Et même au-delà de la mort, elle se souviendrait de ses caresses.

Et de toutes les émotions qu'il suscitait en elle.

Ils firent l'amour dans l'eau, puis de nouveau sur la berge, et ensuite ils restèrent allongés ensemble, leurs corps mêlés, s'évadant dans des rêves.

— Je crois bien que nous avons manqué complètement le déjeuner, mon amour, dit Logan d'un ton léger au bout d'un moment.

Mon amour...

Il ne le pensait pas, bien sûr, se dit-elle. C'était juste une façon de parler. Cela allait avec l'abandon et les rires du matin. Cela allait avec le fait qu'ils étaient ensemble comme s'ils jouaient au couple marié, naufragés sur cette île paradisiaque.

— Oh ! répondit-elle sur le même ton. Je suppose que nous devrons manger de bonne heure, alors. J'imagine que les serviteurs, ces paresseux, sont tous couchés quelque part et que je vais devoir m'occuper moi-même de l'eau pour le thé !

— Charmante idée. Je vais m'occuper du feu et des vivres, dit-il.

A regret, ils se levèrent et se mirent aux tâches domestiques de la journée.

Brendan étira sa longue-vue. Il y avait un bateau en vue, mais ce n'était qu'un point à l'horizon, et il ne pouvait dire si c'était un véritable navire ou une barque endommagée, et encore moins quel pavillon il arborait.

— Anglais ? Espagnol ? Hollandais ? Qu'est-ce que c'est ? demanda Jambe-de-Bois sur sa droite.

Brendan secoua la tête.

— Je l'ignore.

Sam-le-Silencieux se tenait derrière lui, sur la gauche.

— Un pirate, dit-il avec assurance.

L'Indien avait un regard d'aigle. S'il disait que c'était un bateau pirate, alors c'en était un.

— Quel pirate ? demanda-t-il.

— Barbe-Noire, répondit Sam.

Ils gardèrent alors leur cap, comme l'autre bateau, et au bout d'un moment Brendan put constater que l'Iroquois ne s'était pas trompé.

Les deux équipages manœuvrèrent jusqu'à ce que les deux bateaux soient flanc contre flanc, assez près pour converser d'un pont à l'autre.

On ne pouvait jamais se tromper en voyant Barbe-Noire. Même s'il n'était pas équipé de sa barbe en feu pour la bataille, il en imposait. C'était un homme puissant qui portait toujours plusieurs paires de pistolets et un sabre à sa ceinture, et des couteaux placés stratégiquement sur son corps.

— Où est Red ? cria-t-il.

— Laird Haggerty et elle sont passés par-dessus bord pendant la tempête. Nous les cherchons, cria Brendan en retour.

— Red ? Par-dessus bord ? répéta le pirate, incrédule.

Brendan remercia le Ciel que Barbe-Noire connaisse la vérité sur leur parenté et sache que chacun d'eux était tout ce que l'autre avait au monde. S'il avait pensé qu'il avait pu faire du mal à Red…

— Elle est tombée à la mer en essayant de sauver un homme, et laird Haggerty a sauté derrière elle pour la sauver. Nous les cherchons depuis…

Barbe-Noire le dévisagea.

— Ah oui ? Je vais chercher aussi, alors. Mais il faut que vous le sachiez : Blair Colm était à New Providence. C'est bien lui qui a organisé le guet-apens contre Red.

— Vous en êtes certain ?

— Sonya me l'a dit, et elle est également certaine qu'il la pourchasse dans ces eaux, maintenant.

Sonya qui avait elle-même permis l'attaque, pensa Brendan avec amertume.

Leur donnait-elle de fausses informations, à présent ?

Mais quelle importance ? Ils pourchassaient Colm, alors quelle différence cela faisait-il si l'homme les poursuivait aussi de son côté ?

Ils devaient trouver Red très vite, néanmoins. Avant que Colm ne la trouve.

Un moment de doute l'assaillit. Pouvait-il se fier à quiconque ? En particulier à Jimmy O'Hara, qui lui avait parlé de la petite île qu'ils cherchaient maintenant ?

— Je crois que Blair Colm a capturé et coulé un navire

marchand, poursuivit Barbe-Noire. J'ai vu disparaître son mât la nuit dernière. Naviguez prudemment.

Il se tut un moment et Brendan pensa que c'était sous le coup de l'affliction. Puis Teach reprit :

— Je vous laisse à ces îles, donc, et je cingle vers le nord jusqu'aux Carolines et retour. Si Red et Logan sont en vie, à nous deux, nous les trouverons !

— Oui, et merci, répondit Brendan.

Les deux bateaux se séparèrent.

— Toutes voiles dehors ! commanda alors Brendan. Vers l'Ile de la Mort !

Il était à présent impératif qu'ils trouvent Red les premiers.

Le temps était une si étrange notion, pensait Red. C'était comme s'ils avaient l'éternité devant eux, et pourtant tout semblait passer si vite qu'elle se demandait si elle pourrait tout se rappeler — le plaisir, le rire, le bien-être, la sécurité et la joie. Et surtout, cette sensation ridiculement enivrante d'être chérie…

La chaleur presque sauvage du corps de Logan contre le sien…

Les conversations et les disputes, les moments où l'irritation se changeait en impatience, et l'impatience en passion. Les moments où ils s'aimaient, et ceux où ils étaient juste allongés ensemble…

Elle savait que son visage resterait à jamais dans son esprit, tout comme ce qu'elle savait de sa personnalité. La façon dont il prisait la logique et la raison. Sa calme détermination, car il était aussi entêté qu'elle, à sa manière. Pendant toutes ces années elle avait pensé qu'elle était seule dans sa frustration et sa fureur, des émotions si fortes que même Brendan était incapable de les partager complètement. Mais à présent, elle savait que Logan, lui aussi, avait consacré sa vie à trouver un homme, le même que celui qu'elle traquait sans relâche, bien que son but soit la justice plutôt que la vengeance.

Voulait-il que cette idylle dure ?

Etait-ce uniquement elle qui redoutait le passage du temps, et même la possibilité qu'ils soient sauvés ?

Plus tard, cet après-midi-là, alors qu'ils étaient tranquillement assis ensemble sur la plage à boire un *grog*, Logan se raidit brusquement.

— Qu'y a-t-il ? demanda-t-elle.

— Un bateau, je crois…

Son cœur aurait dû s'envoler à cette annonce. A la place, il sombra comme du plomb.

Ce bateau, si c'en était bien un, pouvait signifier leur sauvetage… Mais elle ne voulait pas être sauvée. Pas encore.

Des gens restaient parfois naufragés pendant des années !

Eux n'avaient partagé que quatre jours — cinq en comptant la tempête.

Logan fixait toujours l'horizon. Elle dirigea son regard dans la même direction. Au début, elle ne vit rien.

Puis… un point. Un point qui disparaîtrait au coucher du soleil, elle en était sûre.

Logan se leva, et courut à leur abri. Quand il revint, il avait une longue-vue trouvée dans l'un des coffres échoués.

— Dois-je attiser le feu ? demanda-t-elle au bout d'un moment.

— Pas encore. Je ne connais pas le bateau. Je ne vois pas de pavillon.

— Si pouvez le voir, peut-il nous voir aussi ?

Il la regarda.

— Deux points sur le sable ? J'en doute. Mais bientôt… Il faut éteindre le feu.

— Mais si nous l'éteignons…

Si c'était Brendan, comme c'était bien possible, elle ne pouvait pas le laisser la chercher en vain !

— Nous devons d'abord savoir à qui est ce bateau, dit Logan en regardant de nouveau dans la longue-vue.

Red essaya de rester patiente, mais elle était sur le point d'exploser.

— Je ne me fie pas à ce bateau…

— Ce n'est pas le mien ?

— Non… les mâts ne correspondent pas.

— Vous pouvez voir les mâts ?

Il ôta la longue-vue de son œil et la lui tendit.

Il lui fallut plusieurs secondes pour trouver le bateau sur la ligne d'horizon, et même alors elle ne put presque rien voir, sauf que c'était en effet un bateau. Elle ne pouvait compter les mâts à cette distance, mais la forme n'était pas la bonne. Ce n'était pas *L'Aigle*.

— Il faut éteindre le feu maintenant, reprit Logan. Nous pouvons préparer quelques torches pour nous, même si le clair de lune sera sans doute suffisant. Nous allons porter des choses essentielles à la grotte que j'ai trouvée derrière la source — nous devons surtout nous assurer d'avoir de l'eau douce en quantité. Les marmites et les poêles, du rhum à usage médicinal. Nous prendrons aussi la trousse de chirurgien, des vêtements, et ensuite…

— Ensuite ? Il est évident que quelqu'un a vécu ici ! Pouvons-nous effacer toute trace d'habitation aussi rapidement ?

Il secoua la tête.

— Non. Si vous voulez commencer à transporter nos affaires…

Il s'arrêta en tressaillant, puis la regarda.

— Moi je vais creuser.

— Creuser ?

— Le gentilhomme et sa femme… Je crains de devoir les déterrer afin de faire croire qu'ils ont atteint le rivage, avant de mourir ici quelques jours plus tard.

Red le regarda avec horreur.

— Mais…

— Leurs corps sont encore en bon état… Ils ne sont pas morts depuis longtemps.

— Est-ce qu'un médecin ne saura pas… ?

— Je doute qu'un médecin de bord fasse une autopsie, répondit Logan. Nous ferons comme si le mari était mort en tenant sa femme. Comme si elle était morte la première. Les éléments, la dureté des conditions, leur âge… tout aurait travaillé contre eux… Je doute que l'on se pose des questions.

— Après tout ce qu'ils ont souffert…, murmura Red, et tout ce que nous leur avons pris !

— Je ne pense pas qu'ils nous en voudraient d'avoir sauvé nos vies grâce à eux.

Elle acquiesça d'un signe de tête.

— Pourtant…

— Pourtant quoi ? Ce n'est pas votre bateau, Bobbie…

— Cela pourrait être celui d'Edward Teach. Ou de quelqu'un que je connais. Sinon… je pourrais passer pour votre cousine, qu'en dites-vous ?

— Nous devons d'abord savoir de quel bateau il s'agit. La nuit qui arrive, ça nous laisse un peu de temps… Ils n'enverront pas de canots sur le rivage avant l'aube. Dépêchons-nous !

Red se sentait mal, mais c'était le moment d'agir, et elle ne pouvait se permettre d'être faible. Elle en était venue à dépendre de Logan, ce qui devait cesser. Elle avait appris à être juste, miséricordieuse et aussi forte que l'acier, et maintenant il était temps de revenir à l'acier.

— Si vous voulez, je peux creuser aussi, proposa-t-elle.

— Vous êtes rapide. Il vaut mieux que vous arrangiez notre cachette au fond de la grotte. Comme je suis le plus fort, je creuserai.

Elle hocha la tête et se mit au travail.

Tandis qu'elle commençait à trier tout ce qu'ils avaient ramassé, elle se rendit compte qu'elle ne pouvait pas laisser son oreiller. Des draps et des couvertures, oui. Il était nécessaire d'en laisser pour que l'équipage ennemi — si les visiteurs étaient bien des ennemis — croie que le vieux couple s'était servi des affaires échouées.

Mais son oreiller…

Elle l'emporta lors d'une de ses nombreuses allées et venues. Tout en s'activant, elle remerciait le Ciel qu'ils aient été naufragés sur une île nantie d'une source et d'une grotte aussi profonde. Elle explora leur cachette, un peu effrayée quand les tunnels les plus profonds s'avérèrent remplis de chauves-souris.

Lorsqu'elle eut apporté tout ce qu'il leur faudrait, elle se mit à échafauder un plan.

Elle repéra plusieurs petites failles par lesquelles ils pourraient s'échapper si nécessaire, et détermina le meilleur endroit pour établir leur camp, un endroit d'où ils pourraient facilement accéder à la source tout en étant bien cachés. De là, ils pourraient entendre si des gens approchaient et savoir si leur refuge avait été découvert.

Quand elle revint sur le rivage, les derniers rayons dorés jouaient sur la plage. Logan se tenait juste hors de la hutte et le feu brûlait bas. Les flammes mourantes donnaient juste assez de lumière pour qu'elle voie le tableau qu'il avait arrangé dans la cabane. Il avait brossé le sable des habits du couple. Le corps de l'homme était appuyé contre un des palmiers qui soutenaient l'abri et il semblait baisser les yeux d'un air abattu.

La femme était allongée sur ses genoux, le visage tourné vers lui, la main de son mari posée sur ses cheveux gris, comme s'il la berçait dans une dernière étreinte.

L'odeur des corps pourrissants frappa Red, et elle se détourna.

Logan la vit, mais ne s'avança pas vers elle. Il éteignit le feu et se redressa.

— Je dois prendre un bain, dit-il d'une voix rauque, tournant la tête vers l'intérieur de l'île.

Il avait laissé la longue-vue près du feu. Alors, s'efforçant de ne pas respirer, elle la prit et regarda vers la mer.

Le bateau était plus près, maintenant. Elle pouvait compter deux mâts, mais ne distinguait pas encore le pavillon. Et la dernière lumière du soleil disparaîtrait bientôt.

Elle reposa la longue-vue où elle l'avait trouvée et, ce faisant, elle remarqua le bourdonnement de mouches.

Elles se posaient déjà en nombre sur les cadavres.

On ne pouvait rien y faire. Les crabes, sur la plage, trouveraient bientôt, eux aussi, le chemin jusqu'à l'abri et se repaîtraient de chair humaine. Son cœur se révolta à cette idée. Elle était certaine que ces gens avaient été de bonnes gens, et qu'ils auraient mérité autre chose.

Mais elle voulait vivre ! Elle avait encore tant à accomplir ! Et puis maintenant…

Maintenant, elle avait des rêves, aussi…

Elle se raidit, pivota et rejoignit Logan à la source. Il était dans l'eau, le morceau de savon à la main, et se frottait furieusement. Tandis qu'elle l'observait, il plongea et remonta avec une poignée de sable, dont il se frotta aussi.

Il pourrait se baigner toute la nuit, il ne se sentirait toujours plus propre, pas après avoir déterré deux personnes qui auraient dû reposer en paix.

Elle se déshabilla et marcha jusqu'à lui. Alors qu'il la dévisageait, elle lui prit le savon et lui savonna le dos.

Les couleurs du jour changèrent.

Le rose et le doré devinrent moutarde et écarlate.

Logan se tourna et l'enlaça. Elle ferma les yeux, appuyant sa tête sur sa poitrine.

Il lui releva le menton et l'embrassa légèrement sur les lèvres.

— C'est peut-être notre dernière nuit, dit-elle en s'écartant de lui.

Il secoua la tête avec un petit sourire.

— Non, Red. Je ne laisserai pas cette nuit être la dernière. Peut-être la dernière ici, dans ce paradis, mais pas notre dernière nuit.

— Pourtant…

Il la prit par la main, et la fit sortir de l'eau. Il voulut ramasser leurs habits, mais elle secoua la tête et lorsqu'il la regarda, la tête penchée de côté, un sourcil levé, elle rougit.

— Je devrais vous montrer notre nouvelle installation.

— J'adorerais la voir !

Ils laissèrent leurs affaires éparpillées sur la berge. Red passa la première jusqu'à l'autre rive du bassin, bordée des palmes qui cachaient l'entrée de la grotte. Mais elle ne lui montra pas comment elle avait organisé stratégiquement leur cachette. Elle se contenta de le conduire à la couverture et à l'oreiller.

Quand ils s'allongèrent, la nuit était tombée.

Ils firent l'amour dans l'obscurité. Elle se montra plus passionnée qu'elle ne l'avait jamais été.

Elle s'accrocha plus fort à lui.

Il la posséda plus profondément.

Puis ils restèrent ensuite allongés, se tenant l'un l'autre.

Puis ils refirent l'amour.

Plus éperdument encore.

C'est ainsi que la nuit s'écoula, chaque étreinte plus forte que la précédente.

Ils ne dormirent pas. Alors que l'aube était encore loin, Logan se leva. Elle l'imita. Ils reprirent leurs habits près de la source, mais il insista pour qu'elle mette une des robes contenues dans le coffre ; il ne voulait pas que quiconque suspecte qu'elle était le célèbre capitaine Red Robert.

Elle revint à la grotte et se changea, puis elle alla le rejoindre à l'abri des arbres, d'où il regardait au-delà de la plage.

Le bateau était ancré derrière les récifs. Logan avait la longue-vue, et se tenait avec raideur.

Red n'eut pas besoin de regarder à son tour pour comprendre la raison de sa tension.

Elle pouvait voir nettement les pavillons du bateau, à présent.

Ils flottaient haut sur le mât. Juste au-dessous du pavillon anglais, il y avait un pavillon personnel.

Et c'était celui de Blair Colm.

12

— Vous monterez dans le prochain canot !

L'homme qui donnait cet ordre était le premier matelot de Blair Colm. Cassandra l'avait entendu appelé Nathan.

Pas très grand, il était très différent de son capitaine, qui pouvait aisément jouer le rôle du grand homme d'Etat, du soldat, du héros et du gentilhomme, avec sa prestance. Ce Nathan était un homme solide, aux muscles saillants et sans cou visible. Et il s'avérait étonnamment agile, pour un être bâti comme un arbre trapu doté de jambes.

Cassandra le détestait. Il avait un sourire lascif qui la mettait mal à l'aise chaque fois qu'il la regardait.

Elle avait entendu les rumeurs qui couraient sur Blair Colm ; elle ne leur avait simplement jamais accordé de crédit. Elle les trouvait trop atroces et comme elles provenaient le plus souvent des plus basses couches de la société, de gens vendus en servitude, et restés en vie parce qu'ils avaient été sauvés des horreurs de la prison de Newgate ou de l'échafaud et envoyés travailler aux colonies, elle les estimait surtout sans fondement. Mais à présent elle les croyait, surtout celle qui disait que Colm faisait le commerce de femmes.

Raison pour laquelle, elle en était convaincue, Nathan la déshabillait des yeux chaque fois qu'il la voyait, mais ne la touchait pas.

Son père et elle avaient été sortis de la cale au point du jour, quelques heures seulement après qu'elle avait réussi à s'endormir. Arrivée sur le pont, elle avait découvert qu'ils étaient à l'ancre à l'extérieur des récifs qui entouraient une magnifique petite île. La plage de sable blanc brillait dans la lumière de l'aube. Des collines s'élevaient derrière de riches frondaisons de palmiers, de manguiers et autres plantes tropicales.

— Il y a quelqu'un ici, murmura son père.

— Quoi ? fit-elle à mi-voix.

Il indiqua d'un signe de tête un endroit de la plage. Elle dut plisser les paupières pour voir ce qu'il montrait, et alors elle distingua le petit abri qu'il avait lui-même aperçu.

— Et il cherche quelqu'un, ajouta-t-elle en tournant les yeux vers Blair Colm.

L'homme était sur le pont, sa longue-vue à la main, et il scrutait l'île. Il n'était pas descendu dans le premier canot. Il attendait probablement d'être sûr que la première équipe de marins ne serait pas assassinée par une tribu d'indigènes — ou par quiconque s'était échoué là.

Même pour descendre à terre sur une île perdue dans l'océan, il était impeccablement vêtu. Sa chemise blanche était immaculée, son gilet richement brodé et son chapeau piqué d'une grande plume. Il aurait pu être habillé pour un dîner chez le gouverneur.

— Il cherche Red Robert et Logan, dit son père en soupirant.

— Père ! Logan préférerait mourir plutôt que de vous causer de l'angoisse !

— Je le sais, ma fille, répondit-il en lui pressant la main. Je n'ai jamais blâmé un homme correct du mal qui en habite d'autres. Mais je me blâme moi-même de ma stupidité. J'ai assisté à des réunions mondaines avec le monstre qui me traite maintenant de traître.

— Restez calme, je vous en supplie. Tant qu'il y a de la vie, il y a de l'espoir, chuchota-t-elle.

Il s'efforça de sourire.

— Oui, tant qu'il y a de la vie, il y a de l'espoir.

— Lord Bethany, lady Cassandra, si vous voulez bien ?

dit alors Blair Colm. Je suis navré de vous imposer cette visite, mais mes prisonniers doivent rester constamment à ma portée.

— Descendez par l'échelle de corde ! ordonna Nathan avec un sourire concupiscent.

Peut-être pensait-il qu'il souriait plaisamment, se dit Cassandra. Ou peut-être qu'il était incapable de sourire autrement.

Son père descendit le premier et tendit la main pour l'aider lorsqu'il atteignit le canot, mais elle n'avait pas besoin d'assistance. Elle était bien plus inquiète pour son père que pour elle-même.

Horatio Bethany n'était pas un lâche ni un poltron. Homme aimable et consciencieux, il parcourait ses domaines à cheval sans répit, et ne répugnait pas à donner un coup de main à ses gens si nécessaire. Cassandra était très fière de lui. Il était capable d'aider un serviteur chancelant sous une lourde charge, de faire la lecture à des enfants, et il s'était assuré que tous les membres de sa maisonnée apprennent à lire et à écrire.

Elle espéra qu'il ne ferait rien pour provoquer le courroux de Colm.

Elle s'assit aussi convenablement qu'elle put. Sa robe de coton était tachée de sang et de poussière, et froissée par son séjour dans la cale. Ses cheveux pendaient en mèches emmêlées.

Quatre des hommes de Colm étaient dans le canot avec eux, six autres sur l'île, et tandis qu'ils s'éloignaient du bateau, elle vit que Colm les suivait dans une troisième chaloupe. Elle avait essayé d'estimer le nombre d'hommes sous ses ordres. Vingt-cinq, peut-être un peu moins, mais certainement pas plus.

Etaient-ils tous des assassins qui ne se souciaient pas de qui ils massacraient, parce que leur commandant semblait avoir le droit de tuer avec la protection de la loi ?

Elle sourit à son père, espérant le rassurer quant à son état d'esprit, mais ses pensées allaient dans des directions bien peu plaisantes. Ces gens étaient des monstres. Indéniablement. Ils n'avaient fait aucun prisonnier à part son père et elle. Parce qu'ils avaient une certaine valeur ? Ou parce que Colm avait besoin d'une excuse légale — les prétendues trahisons de son père — pour justifier d'avoir pris et coulé le bateau ?

— J'aimerais que vous ayez une ombrelle, dit son père.

Le commentaire était ridicule dans leur situation, mais il lui souriait, alors elle continua aussi à lui sourire.

Nous devons plier, mais ne pas rompre, se dit-elle. *Quoi qu'il advienne, nous devons nous rappeler qui nous sommes, et que nous sommes des êtres humains décents, capables de compassion.*

Ils atteignirent la plage. Un matelot costaud sauta dans l'eau et tira le canot sur le sable, afin qu'il ne glisse pas dans la mer.

Son père se tourna pour lui donner la main, mais elle était déjà à terre.

Le canot de Blair Colm était également remonté sur la plage.

Elle entendit soudain un cri venant de la hutte qu'elle avait aperçue du bateau.

— Capitaine ! Capitaine ! Vous devez voir ça !

Colm s'avança d'un pas rapide, tandis qu'un de ses hommes poussait Cassandra et son père à suivre, à la pointe d'un sabre.

Alors qu'ils approchaient de l'abri rudimentaire, Cassandra entendit le bourdonnement des mouches. Juste comme elle comprenait ce que cela signifiait, l'odeur de pourriture la saisit.

Puis elle vit le couple.

Son estomac se souleva et elle dut combattre une forte nausée. Elle se sentit faible, et ce fut seulement le soutien du bras de son père qui l'empêcha de tomber.

Ce n'était pas tant que ces pauvres gens soient morts. Ce n'était même pas le fait qu'ils semblaient être morts dans les bras l'un de l'autre.

C'était la cruauté de ce qui arrivait après la mort.

Les oiseaux avaient picoré leur visage. Et les crabes s'étaient nourris de leur chair.

L'odeur, les mouches, les oiseaux, les crabes…

Soudain, c'en fut trop. Elle tomba à genoux et se mit à hurler, mais cela ne la soulagea pas. Elle entendait toujours le bourdonnement atroce des mouches…

Elle finit par s'affaler par terre, inconsciente.

Red et Logan avaient assisté à l'arrivée des pirates sur l'île d'un perchoir sûr dans un grand manguier qui se trouvait à mi-chemin entre la hutte et la source. L'arbre leur fournissait la protection de ses branches épaisses et de ses grandes feuilles vertes, mais leur permettait de voir le plus gros de ce qui se passait sur la plage.

Le visage de Logan s'était figé quand le canot transportant la jeune femme et l'homme âgé avait accosté. Et Red avait compris tout de suite qu'il reconnaissait Cassandra et lord Bethany, avant même qu'il ne marmonne le nom de la jeune femme entre ses dents.

Alors le temps s'arrêta.

Le plan de Logan, à l'origine, consistait à attendre que la majeure partie de l'équipage soit à terre et s'enivre avec le tonneau de rhum qu'il avait laissé en évidence près de la hutte, puis à voler un canot après avoir endommagé les autres pour rejoindre le bateau et s'en emparer. Téméraire ? Sans doute. Mais possible. Un équipage était resté à bord, forcément. Mais un équipage réduit, qui pouvait être pris d'assaut furtivement de nuit.

Mais en étudiant son visage, elle sut que tout avait changé.

Tout avait changé quand lord Bethany et lady Cassandra avaient mis pied à terre. Ils ne pouvaient avoir croisé dans ces eaux que parce qu'ils tentaient de sauver Logan.

La femme qu'il aimait, devait-il se dire, même si elle

n'était pas sa fiancée, se trouvait dans cette horrible situation à cause de lui.

Red n'était pas assez près pour distinguer en détail les traits de lady Cassandra, et elle savait que dans des circonstances aussi dramatiques elle ne devrait pas perdre du temps à s'appesantir sur la beauté de la jeune femme. Mais son cœur sombrait néanmoins.

Logan n'avait pas menti. Elle était très belle. Elle avait une posture de reine. En dépit des circonstances, elle tenait la tête haute, volontaire, sur un cou long et mince.

Puis Red la vit s'arrêter de marcher, fixer avec horreur ce qui se trouvait dans la hutte, tomber à genoux et se mettre à hurler.

Un hurlement qui déchira l'air.

Lord Bethany rattrapa sa fille dans ses bras et la serra contre lui, plaçant son propre corps entre elle et le couple mort, même si la jeune femme semblait évanouie.

Mon père m'aurait aimée de cette façon, pensa-t-elle, puis elle se raidit. Le monde était ce qu'il était. Son père était mort depuis longtemps aux mains de l'homme qui avait maintenant capturé ces deux personnes. Et Dieu seul savait ce que Blair Colm avait fait à ceux qui naviguaient avec lord Bethany et Cassandra.

Non.

Elle le savait.

Elle l'avait vu à l'œuvre.

Et elle pouvait le voir encore maintenant.

Tout en elle criait qu'elle devait sauter à bas de l'arbre, courir jusqu'à lui et lui plonger son couteau dans le cœur. Si elle était assez rapide, on ne l'arrêterait pas, et une fois qu'il serait mort…

Elle sursauta, sentant la main de Logan sur son bras. Ses yeux contenaient à la fois de la compréhension et un avertissement.

— Non, chuchota-t-il.

Elle indiqua Cassandra.

— Je sais, dit-il doucement. Et je vais trouver un moyen.

— Mais…

— Observons-les pour l'instant, murmura-t-il.

Red ramena alors les yeux sur la scène qui se déroulait devant la hutte.

— Ah ! La dame montre une si suave délicatesse, disait Colm en riant.

— Il n'y a aucun signe du bateau de Red Robert dans le coin, annonça un petit homme trapu. Il y a bien eu un naufrage, celui du bateau sur lequel cet homme et sa femme naviguaient. Mais pas trace d'un autre.

— Y a-t-il du butin ? demanda Colm.

— Un peu.

— Prenez la nourriture, et puis nous nous occuperons de faire provision d'eau.

— Et ces pauvres gens ? demanda lord Bethany.

— Eh bien, ils sont morts !

— Ils doivent être enterrés.

— Ah oui ?

— Je vois une pelle. Je creuserai, si vous n'avez pas les hommes pour accomplir une tâche aussi simple, insista lord Bethany.

Colm haussa les épaules.

— Mon cher monsieur, je crains que vous n'ayez une crise d'apoplexie, en vous attelant à un tel labeur. Billy, creusez avec Victor. Nathan, prenez les autres pour fouiller les décombres.

— J'ai besoin d'eau pour ma fille…

— Vous ! ordonna alors Colm en désignant deux matelots. Cherchez de l'eau douce !

La main de Logan était toujours posée sur le bras de Red. Il lui fit un petit signe de tête, indiquant qu'à son avis ils étaient bien cachés et qu'ils pouvaient continuer à observer ce qui se passait de leur perchoir.

Plusieurs pirates disparurent sous les frondaisons pour se diriger vers l'intérieur de l'île. Ils ressortirent presque directement sous Red et Logan en marchant vers la source. Un moment plus tard, l'un d'eux revint sur la plage pour annoncer qu'ils avaient trouvé de l'eau douce.

Red regarda Logan, qui fit un geste négatif. Elle ignorait s'il était opposé à tuer les hommes parce que ce serait un meurtre à ses yeux, ou seulement parce qu'il pensait que ce n'était pas le moment.

Quoi qu'il en soit, il avait bien jugé, car en quelques minutes il y eut dix pirates à la source, qui buvaient et pataugeaient, sans se soucier de tremper leurs habits et leurs bottes.

Bientôt d'autres hommes arrivèrent, qui se dévêtirent pour se baigner. Red savait qu'ils resteraient sur l'arbre tant que leur baignade durerait, alors elle écouta et attendit, respirant à peine. Elle avait fustigé Logan de ne pas rechercher la vengeance avec assez de passion, à son goût, mais elle savait à présent qu'elle avait eu tort de douter de la force de ses intentions. Il y avait dans ses yeux une expression qu'elle n'y avait jamais vue. Même s'il était évident qu'il était horrifié que lord Bethany et Cassandra soient prisonniers de Blair Colm, elle avait à présent la conviction que ses sentiments allaient plus loin.

Il avait appris la patience, et calculait toutes les stratégies possibles pour abattre Colm.

Mais le jeu avait changé. Il mourrait probablement avant que du mal ne soit fait à lord Bethany et sa fille.

— C'est la première fois que je vois vraiment ta vilaine figure, Nathan ! lança l'un des plus jeunes matelots.

— Et la première fois que quelqu'un peut supporter d'être près de toi sans suffoquer, Billy Bones ! répondit le dénommé Nathan.

Red le regarda avec plus d'attention et se rendit compte qu'il lavait du sang sur ses mains. Il n'y avait plus de doute sur ce qui était arrivé à l'équipage du bateau sur lequel lord Bethany et Cassandra voyageaient.

— C'est une belle île, fit remarquer un autre homme.

— Pas assez belle, répondit Billy. Le capitaine espérait découvrir que Red Robert s'était noyé dans la tempête.

Peut-être même que son bateau avait sombré et que son trésor s'était échoué sur le rivage. A la place, on n'a que les affaires d'un vieux navire marchand.

— On devrait rester ici un moment et explorer l'endroit, dit Nathan en regardant autour de lui. C'est un bon coin pour cacher du butin, pas vrai ?

— Sauf qu'on n'est pas les seuls à le connaître, objecta Billy.

— Oui, c'est ce qu'on dit. Un autre scélérat déterrerait ce qu'on a enterré, déclara un homme avec un œil de verre.

— De toute façon, on ne restera nulle part, reprit Billy. Le capitaine sait que Red Robert est après lui. Il veut savoir qui il est et pourquoi il le pourchasse. Ça devient une véritable obsession. Il veut Red Robert mort, c'est sûr. Il a offert une fortune à New Providence pour le faire tuer.

— Mais ces idiots ont échoué, dit l'homme à l'œil de verre.

— On finira par le trouver, assura Nathan. Et ce sera une fin lente et douloureuse pour le fameux Red Robert. Le capitaine Colm dit qu'il lui coupera d'abord la langue, puis qu'il lui tirera dans les rotules et dans les couilles, et qu'il le regardera mourir.

Red se sentit malade. D'un côté, elle brûlait de faire remarquer à ces butors qu'on ne pourrait pas lui tirer « dans les couilles ». De l'autre, elle était soudain terrorisée.

S'ils trouvaient *L'Aigle* et le capturaient ?

S'ils prenaient Brendan pour Red Robert ?

Pour l'éviter, il n'y avait plus qu'une issue : Blair Colm devait mourir avant de quitter l'île.

Elle ne regarda pas Logan, parce qu'elle ne voulait pas qu'il lise dans ses pensées. Elle le laisserait croire qu'elle était partante pour le plan qu'il proposerait, mais si ce plan ne comportait pas la mort de l'homme qui avait massacré tant d'innocents, elle recourrait à sa propre stratégie !

A défaut d'une stratégie très élaborée, elle aurait l'effet

de surprise pour elle. Elle mourrait sur-le-champ si elle le tuait, avec tant de ses hommes alentour, mais cela en vaudrait la peine.

Et une telle attaque *pouvait* être lancée. Elle devait juste prendre son mal en patience. Attendre le bon moment.

— Vous croyez que le capitaine Colm va vraiment s'assurer que lord Bethany soit pendu ? demanda Billy Bones, pensif.

— Tu as vu le capitaine à l'œuvre, répondit Nathan, qui gloussa de plaisir à cette idée. Quant à sa fille…

— Elle vaut une bonne fortune, il voudra la garder intacte, le prévint Billy.

— Peut-être. D'un autre côté, qui saura qu'elle n'est plus aussi pure à son retour ? Ce n'est certainement pas elle qui s'en vantera !

Red jeta un coup d'œil à Logan et vit son pouls qui battait furieusement à la base de sa gorge. Mais il eut la force de rester complètement immobile.

— En tout cas, c'est une belle plage, qui offre de bons lits, reprit Nathan d'un ton paillard.

— On va rester ici longtemps ? demanda un autre homme.

— Quelque temps, sûrement. Le capitaine dit que si Red Robert ne s'est pas noyé, il va chercher un endroit comme celui-là pour caréner son bateau, répondit Nathan. On pourrait bien attendre ici quelques nuits pour voir s'il se montre.

Las de parler, finalement, et ayant assez profité de leur baignade, les hommes se rhabillèrent et s'en allèrent.

Même alors, Logan attendit d'être certain que personne ne restait tapi sous les arbres avant de descendre, puis de tendre la main pour aider Red.

— A la grotte ! dit-il. Nous devons mettre un plan au point.

*
**

Les corps avaient disparu.

Dieu merci !

Néanmoins, Cassandra ne pensait pas qu'elle pourrait supporter de revoir un crabe.

Elle était seule avec son père dans la petite hutte, à présent, et souhaitait pouvoir être ailleurs, n'importe où.

C'était là que ces pauvres gens étaient morts. Là que leurs corps… Elle ne cessait de se représenter les mouches et les crabes. D'entendre le bourdonnement insupportable… Mais si elle avait l'intention de survivre, se dit-elle dans un sursaut de volonté, et dans l'intérêt de son père, elle devait accepter le confort relatif de l'abri.

Apparemment, on les avait abandonnés à leur sort. Mais où pouvaient-ils aller, de toute façon ?

Après avoir assuré une fois encore à son père qu'elle allait bien, elle se risqua hors de l'abri et examina les environs. Blair Colm et plusieurs de ses hommes s'affairaient près des tonneaux et des coffres éparpillés sur la plage. Ils avaient déjà pris possession du butin qu'ils avaient entreposé près de la hutte. S'empilaient là de la vaisselle, de l'argenterie, des marmites et des poêles, des objets en céramique, de riches vêtements d'homme et de femme, quelques bijoux même, ainsi qu'une caisse à outils de charpentier et une trousse de chirurgien. Ce n'était pas un butin de pièces d'or, mais les affaires du couple, fortuné visiblement, ne les laissaient pas indifférents.

Pour l'heure toutefois, les marins étaient plus intéressés par le contenu de quelques tonneaux.

Du rhum…

Il y avait aussi de la viande salée, des biscuits, du sucre, du sel et du poivre, mais c'était indéniablement le rhum qui les intéressait le plus.

Bien qu'elle soit tentée de rejeter avec mépris tout ce que ces hommes pouvaient lui offrir, elle savait que son père et elle devaient manger pour garder leurs forces. Alors elle accepta les horribles rations sans goût que l'un d'eux lui apporta, puis, plus tard, la chair de noix de coco bien plus appétissante qu'un autre lui donna.

Tandis qu'elle observait tous ces hommes au fil de la journée, elle remarqua que Blair Colm se comportait de manière démocratique avec son équipage. Si les membres de la Marine naviguaient pour un salaire fixe, et dans le respect d'une stricte discipline, les pirates de Colm — car leur bateau avait beau être légal, leur conduite les désignait comme les pires pirates dont elle avait jamais entendu parler — jouissaient d'un certain degré d'autonomie et se partageaient de manière équitable les butins qu'ils trouvaient.

Comment, en effet, un homme pouvait-il en inciter d'autres à commettre tant de meurtres et d'atrocités, si ce n'était contre une riche récompense ?

La journée lui semblait sans fin.

Mais voulait-elle qu'elle se termine ? Tant que les hommes étaient tous occupés à boire et à se répartir le butin, ils les laissaient tranquilles, son père et elle. Après… elle n'osait imaginer ce qui se passerait.

Elle mesurait bien mieux combien elle aimait son père, combien sa vie avait été protégée, et combien elle avait été entourée et choyée, parce qu'il l'aimait tant en retour. Ce qui ne l'avait jamais empêchée de savoir que le monde extérieur était dur et dangereux. Elle voyait bien qu'il était très inquiet pour elle, et elle souhaitait qu'il la croie quand elle lui assurait qu'elle était plus forte qu'on pouvait le penser.

Elle vivrait courageusement.

Et mourrait de même, s'il était écrit que sa vie devait se terminer sur cette île.

Elle pouvait même croire en son courage… tant que le soleil était haut dans le ciel.

Logan faisait les cent pas en mangeant, un œil sur l'entrée de la grotte pour s'assurer que personne n'était à proximité et susceptible de les découvrir. Il avait craint que sa ruse ne marche pas, que Colm et ses hommes ne fouillent l'île en quête d'autres signes d'occupation. Mais apparemment, ils se satisfaisaient de croire que les seuls occupants étaient morts.

— Le plan initial est toujours applicable, dit-il à Red. Je pense que les hommes vont boire et seront ivres morts à la nuit. A mon avis, Cassandra ne risque rien, car Colm la voit certainement comme un atout précieux, voire une monnaie d'échange. En revanche, je crains que lord Bethany n'essaie de la défendre au péril de sa vie, mais je sais comment fonctionne l'esprit de Colm : il ne laissera pas son équipage soûl ruiner un bon profit.

Il s'arrêta et fixa Red, s'inquiétant visiblement de sa réaction, car elle en savait beaucoup plus que lui sur la valeur accordée par les pirates à la vertu d'une femme.

Mais elle lui rendit son regard, les épaules droites, la tête haute, sans commenter ce dernier point.

— Je ne comprends pas, dit-elle. Vous voulez exécuter le plan comme si rien n'avait changé ? Que deviennent alors lord Bethany et Cassandra ?

Il poussa un long soupir.

— La difficulté est là…

— Oui.

— Il faudra revenir les enlever sous le nez de Colm une fois que nous aurons pris le bateau.

Il inspira profondément et ajouta :

— Et il vaudra mieux que vous restiez à bord pendant que je mènerai le sauvetage à bien.

Jusque-là, Red était restée assise, adossée au mur de la grotte et rongeant un biscuit avec une détermination stoïque. Elle se leva, et bien que sa robe soit tachée et froissée par leur séjour dans le manguier, elle la portait encore avec élégance. Ses cheveux tombaient dans son dos et formaient, sur la toile beige et bleue de la robe, comme une majestueuse cascade de feu. Ses yeux étaient décidés, et son menton levé.

— Mon cher laird, vous connaissez mes capacités, ainsi que mes désirs et ma résolution. Si vous vous imaginez que je vais me terrer dans une cabine pendant que vous vous battez seul, vous vous trompez sur tout le tableau ! De fait, vous aurez un autre combat à livrer si vous pensez que vous pouvez me donner des ordres de cette manière.

Il sourit, se demandant si elle avait une idée de ce qu'elle lui avait fait, de la façon dont elle l'avait changé. Si elle savait que, désormais, le monde n'existerait plus pour lui si elle n'en faisait pas partie.

— Ma chère Red… Bobbie… il ne s'agit pas de vous donner des ordres. Je veux juste que vous viviez.

Elle baissa la tête.

— Si je dois vivre, je crois que nous devons nous battre tous les deux.

Il marcha vers elle, mais elle s'écarta pour l'éviter.

— Red… ?

— Logan, pour le moment j'aimerais réfléchir à la bataille à venir, si cela ne vous fait rien.

Il se détourna, se rendant compte qu'il avait oublié un moment de monter la garde, une faute qu'il ne pouvait reproduire.

— Mon plan de départ ne présentait de danger que lorsque nous nous serions occupé des canots. Une fois à bord, je croyais — et je le crois toujours — que nous serions capables de neutraliser l'équipage restant. Mais je ne pourrais plus me regarder en face si je ne mettais pas chaque once de ma volonté, de ma vie et de mon sang dans mon effort pour sauver ceux qui se retrouvent en danger à cause de moi.

— Bien sûr, approuva Red. Je n'en attendrais pas moins…

— Je sors voir ce qu'ils font.

— Non, j'y vais moi ! Si je suis prise, je ne serai pas vue comme une menace, simplement comme une jeune femme qui s'est cachée en les entendant arriver. Colm verra simplement en moi une occasion d'accroître ses richesses lorsqu'il rentrera dans les colonies.

— Très bien…

Elle commença à passer devant lui, visiblement surprise qu'il ait accepté aussi facilement. Il la prit alors par les épaules et la fit pivoter. Il lui sourit, puis lui donna un coup de poing dans la mâchoire.

La stupeur qu'il lut dans ses yeux lui fut intolérable.

Mais c'était mieux ainsi. Elle ne resterait pas inconsciente longtemps.

Elle s'affala dans ses bras et il l'allongea doucement, la tête sur son oreiller.

Tandis que l'après-midi touchait à sa fin, les pirates allumèrent un feu. Ils firent la cuisine et mangèrent.

Puis ils burent. Beaucoup.

Cassandra se rendait compte que Nathan la regardait de temps à autre. Et l'expression de ses yeux la paralysait presque de terreur. Elle resta dans leur abri, se tenant le plus près possible de son père, souhaitant pouvoir s'enfoncer dans le tronc d'un palmier pour disparaître.

Le soleil descendit bientôt dans le ciel. La brise se rafraîchit. Les vagues qui léchaient le rivage produisaient un bruit constant presque apaisant.

Plus tôt dans la journée, Cassandra avait trouvé un livre dans la hutte, une traduction anglaise de Cervantès. Elle le prit, se sentant de nouveau triste. Quelqu'un avait soigneusement glissé un petit bout de toile à l'intérieur pour marquer sa page.

Qui des deux ? La femme ou son mari ? Quelle importance ? Pour finir, tous deux n'avaient été qu'un festin pour les mouches, les oiseaux et les crabes.

Les pirates devenaient plus bruyants. Quand le premier tonneau de rhum fut terminé, quelqu'un en ouvrit un autre.

Elle avait remarqué que Blair Colm ne buvait pas avec ses hommes. Il les observait, comme une mère alligator pourrait regarder batifoler sa dangereuse portée. D'une certaine manière, elle était certaine qu'ivres ou non ses hommes le respectaient.

Tandis que le soleil continuait à descendre, Blair s'approcha du bord de l'eau et observa longuement l'horizon avec sa longue-vue, cherchant sans doute des bateaux.

Finalement, il revint près du feu où ses hommes continuaient à manger, à boire et à plaisanter. L'un d'eux avait enfilé des vêtements de femme et feignait d'être tour à tour une gente demoiselle dans un salon, puis une catin dans les rues de la Jamaïque. Les autres criaient et chahutaient, lançant des commentaires paillards.

Pour l'instant, on la laissait tranquille.

Mais Blair Colm accepta un gobelet de rhum qu'un de ses hommes lui tendait.

Où cela pouvait-il mener ? se demanda-t-elle avec angoisse.

Red se réveilla la mâchoire meurtrie. Mais à part ça… Elle avait presque l'impression d'avoir fait une sieste délicieuse.

Il faisait complètement noir dans la grotte, et alors qu'elle clignait des paupières, essayant de s'accoutumer à l'obscurité, elle se souvint que Logan l'avait frappée. Frappée !

Et puis il l'avait étendue confortablement, apparemment, la tête sur son oreiller.

Depuis combien de temps l'avait-il quittée ? Combien de temps était-elle restée inconsciente, et que s'était-il passé depuis qu'il était parti ?

Elle bondit, terrifiée. S'il avait été…

Pris.

Torturé.

Tué !

Le reste de lumière qui filtrait par l'entrée lui indiquait que le crépuscule était là.

Pas encore la nuit complète.

Sans réfléchir, elle se dirigea vers l'entrée de la grotte. Puis elle s'avisa qu'elle ne pouvait rien entreprendre sans une arme. Elle revint sur ses pas, prit une épée, attacha un fourreau muni d'un couteau à sa cheville et alla de nouveau vers la sortie.

Son cœur tambourinait. Elle n'avait pas peur pour elle-même.

Elle était terrifiée que…

Sur le point de sortir, elle s'arrêta, s'obligeant à respirer lentement.

Elle devait être prudente. Il serait bien dommage de tomber entre les mains d'un des hommes de Blair simplement parce que son cœur avait dominé sa logique. Et il serait bien triste qu'elle cause la mort de Logan en agissant impulsivement et comme une sotte.

Elle entendit alors un très léger bruissement de branches, aperçut l'ombre d'un mouvement, et cela suffit à lui indiquer qu'il y avait quelqu'un. Quelqu'un dans les arbres, bougeant furtivement et en silence…

Elle guetta, le regard tendu. Quoi qu'elle ait vu, elle savait que ce n'était pas un oiseau ni un lézard, ni un insecte.

Elle s'aplatit contre la paroi de la grotte, juste à l'entrée. De là, elle pouvait voir. Mais elle pouvait aussi battre rapidement en retraite.

Elle continua à guetter et à attendre.

Puis une main s'abattit soudain sur son épaule, mais quand elle voulut hurler, se retourner, mettre son épée en position… une main se plaqua sur sa bouche, étouffant tout son.

Et un bras puissant lui fit lâcher son arme.

13

— Jambe-de-Bois ?

— Oui, Brendan.

— Du nouveau ?

— Nous en avons encore pour huit heures, je dirais. Je connais l'endroit dont parle O'Hara, du moins j'en ai entendu parler. D'après mes calculs et le vent… huit heures… Sept si nous avons de la chance.

Brendan fixa le matelot, saisi par un soudain sentiment de désespoir.

— Vous croyez donc que c'est vrai ? Que cette île existe ?

— Oui.

Si les coordonnées d'O'Hara étaient exactes, songea Brendan furieux contre lui-même, il s'était éloigné de l'île en question parce qu'il avait mal estimé la direction de la tempête. Si seulement il avait pensé au vent, aux courants et à la position du bateau !

— Nous avançons vite et la nuit arrive, Brendan, le prévint Hagar en jetant un coup d'œil aux voiles gonflées.

Jambe-de-Bois s'éclaircit la voix.

— Elle n'est peut-être pas sur l'île, dit-il doucement.

— Elle doit y être, déclara Brendan avec calme.

Les autres restèrent silencieux.

— Il se peut que nous trouvions davantage que ce que vous cherchez, intervint Sam-le-Silencieux au bout d'un moment.

Brendan le regarda d'un air interrogateur.

— O'Hara pourrait mentir. Il pourrait nous envoyer dans un piège, suggéra l'Indien.

Curieux, pensa Brendan. Sam-le-Silencieux parlait beaucoup, ces derniers temps. Ils devraient peut-être changer son surnom.

— Je le sais, dit-il.

Ils le regardèrent tous.

— Je le sais, mais je ne peux rien faire d'autre. Je *dois* croire que Red est en vie, et cette île, si elle existe, est l'endroit le plus probable où elle a pu s'échouer. Il faut que je la retrouve.

Il hésita, baissa la voix et ajouta :

— Si l'un de vous choisit de ne pas venir, je peux veiller à sa sécurité.

Sam-le-Silencieux lâcha un grognement sonore.

— Etes-vous fou ?

— Nous voulons juste être certains que vous resterez sur vos gardes, renchérit Jambe-de-Bois.

— Nous mourrions tous pour elle, Brendan, et vous le savez, ajouta Hagar. Nous lui devons tous la vie. Mais nous devons être prêts à nous battre.

Brendan acquiesça d'un signe tête. Son vieil ami disait vrai.

Ils devaient s'attendre à livrer bataille. Peut-être même… à mourir. Car on ne pouvait savoir qui d'autre avait pu prendre l'Ile de la Mort comme refuge dans la tempête.

— Nous avons nos canons, et nous naviguons avec le meilleur équipage des sept mers. Un équipage qui sait se battre, dit-il. Oui, il se peut que nous voguions dans un piège. Mais cela ne peut être vraiment un piège si nous nous y attendons et si nous sommes prêts à riposter. Ce soir, nous vérifierons les fusées, les balles, la poudre, les grenades, les épées, les couteaux, les pistolets — toutes nos armes. Il faudra aussi aiguiser les haches d'abordage. Nous serons parés pour toute éventualité quand nous arriverons.

Alors que Brendan se dirigeait vers l'entrée de la cale

pour descendre voir leurs provisions de munitions, il remarqua Jimmy O'Hara qui se tenait tout seul à la proue.

— O'Hara ! appela-t-il.

— Oui, capitaine ?

— Je ne suis pas le capitaine de ce bateau, c'est celui de Red.

— Nous trouverons le capitaine. J'en suis sûr.

— Pourquoi ne m'avez-vous pas parlé de l'île tout de suite ?

— Vous aviez l'air de connaître notre position.

— Oui, mais la mer peut être changeante. Comme les hommes.

O'Hara le regarda droit dans les yeux.

— J'ai juré loyauté au capitaine Red, dit-il. Je me suis montré lâche, c'est vrai, mais j'ai fait ce serment quand on a épargné ma vie dans cette allée. Je ne peux pas vous promettre qu'aucun danger ne nous attend, mais je peux jurer que je n'en sais pas plus que vous. Et que cette île existe bel et bien…

Brendan s'efforça de ne trahir aucune émotion, et surtout aucune faiblesse.

— Nous serons préparés, dit-il, puis il tourna les talons.

Il était heureux qu'ils se soient arrêtés à New Providence, heureux des provisions qu'ils avaient achetées grâce à la vente du trésor de Logan à Barbe-Noire. Ils étaient lourdement armés, transportaient de la poudre, des boulets, des canons, des pistolets et des sabres.

Le bateau avait certes besoin d'être nettoyé, mais il avait bien tenu durant la tempête et la poudre était restée sèche dans la cale.

Maintenant, tout ce qu'il leur fallait, c'était aller vite. Il ne savait pas pourquoi il éprouvait une si grande urgence d'arriver là-bas. Au fond de lui, il avait la certitude que Jimmy O'Hara ne les avait pas trahis.

Mais il ne pouvait pas jurer qu'ils ne soient pas trahis par le sort.

*
* *

La nuit tombait à présent. La journée, la longue journée, se terminait enfin. Cassandra avait pu observer la manière dont le soleil se couchait dans les Caraïbes. Comment la nuit semblait venir lentement au début, avec des couleurs éclatantes qui se reflétaient sur l'eau, puis changeaient imperceptiblement. Si brillantes… et si subtiles ensuite. Le violet le plus profond. Le rouge le plus sombre. Et, d'un seul coup, le noir.

Elle avait les nerfs à vif. La peur s'abattait sur elle avec le soleil couchant.

Son père dormait.

La chaleur, la fatigue, l'inquiétude, avaient eu raison de lui.

Elle vit que Nathan regardait maintenant sans interruption ou presque vers le fragile abri où elle se blottissait dans l'obscurité, et que Billy Bones en faisait autant. Ces deux-là avaient le viol à l'esprit, et si Blair Colm devenait trop ivre…

Mais cela n'arriverait pas. Elle en était sûre. Elle l'observait et voyait bien qu'il guettait. Quoi, elle l'ignorait.

Logan et les pirates qui le retenaient ?

Etaient-ils seulement encore vivants, après la tempête ?

Pour conjurer sa peur, elle décida d'aller parler à Blair Colm. Il la regarda approcher, plissant les paupières avec méfiance, mais la laissa s'asseoir à côté de lui.

— A quoi dois-je cet honneur ? demanda-t-il d'un ton faussement suave.

Cassandra lutta pour chasser la rancœur de sa voix et s'adresser à lui sans agressivité ni colère.

— Vous êtes le capitaine de votre bateau, le chef de vos hommes. Je suis venue vous demander votre protection.

Il sourit, satisfait, avant de s'esclaffer.

— Qu'est-ce qui vous fait penser que vous n'avez pas besoin d'être protégée de moi ?

Elle agita une main d'un air qui se voulait désinvolte.

— Les femmes adorent le pouvoir que vous incarnez. Je suis sûre que vous en avez quantité à vos pieds. La vertu de maintes dames de qualité est souvent offerte gracieusement. Les veuves solitaires, les épouses dont les maris sont en mer ou de l'autre côté de l'Atlantique sont à la merci… du besoin. Je ne présente pas d'intérêt pour vous. Pas pour vous-même. Mais je suppose que vous voyez ma vertu comme un bien de valeur.

Il l'observa un long moment en sirotant son rhum, puis leva son verre comme pour lui rendre hommage.

— Vous êtes intelligente.

Elle sourit, lui prit le verre, puis but à son tour.

— Vous avez l'intention de me vendre, je le sais… Vous pouvez essayer de faire pendre mon père, mais je vaux plus vivante. Si je dois être vendue, je ne demande qu'une chose : que vous me trouviez un acheteur qui soit non seulement riche, mais si vieux qu'il ne pourra survivre très longtemps. De préférence un homme sans héritiers.

Il rit franchement.

— Et vous pensez que je peux trouver un tel acheteur ?

— Je suis certaine que oui. Peut-être même que vous avez déjà cet homme à l'esprit.

— Je devrai lui offrir une vierge, bien sûr.

— Naturellement. Par conséquent, je me fie à vous pour me protéger des vilains sacs de chair que sont vos hommes.

Il la regarda fixement.

— Vous pouvez vous considérer comme protégée… pour le moment.

— Vous ne pouvez pas faire pendre mon père.

— Peut-être sera-t-il gracié.

— Vous savez qu'il n'est pas un pirate, ni un traître !

Blair Colm se pencha en arrière, lui reprenant le verre de rhum.

— Je sais qu'un pirate nommé Red Robert me cherche. Si je le trouve et le tue, alors je serai peut-être en mesure d'être miséricordieux avec votre père.

Il mentait, elle en était sûre. Il ferait du mal à son père quoiqu'il advienne.

Mais elle ne pouvait pas laisser entrer ce facteur dans ses négociations. Elle essayait juste de garder son père en vie pour la nuit. Si elle était attaquée par Nathan ou Billy, il essaierait de la sauver, mais il était vieux et seul contre des hommes plus jeunes et aguerris. Il mourrait, et elle serait violée de toute façon.

— Mon père n'est pas ligué avec Red Robert, reprit-elle. Il ne l'a jamais rencontré. Logan Haggerty a été fait prisonnier par lui et nous cherchions à le faire libérer, rien de plus.

— Vous transportiez une rançon.

— Aucune rançon n'a été demandée.

— Mais vous l'ignoriez quand vous avez embarqué, c'est ça ?

Cassandra comprit qu'avant de tuer tous les marins de leur bateau, il avait forcé quelqu'un à révéler l'emplacement de l'argent, et que cet argent était maintenant entre ses mains.

— Oui, nous transportions une rançon que vous avez sans doute, maintenant.

Elle le regarda.

— Réfléchissez ! Si nous étions de mèche avec lui, aurions-nous offert ou emporté cette somme ?

— Mais vous dites que Red Robert n'a pas demandé de rançon, fit calmement observer Blair Colm. Comment cela se fait-il, lady Cassandra ?

— Parce qu'il est un homme juste et honnête, peut-être ? Les hommes d'équipage de laird Haggerty m'ont dit que Red Robert a accepté de parlementer avec lui, et qu'il y a eu entre eux un duel loyal. Red Robert a ensuite honoré l'accord qu'ils avaient passé, et laird Haggerty est aussi un homme de parole.

— De parole ou pas, un homme vaut toujours sa rançon, dit Colm d'un ton acéré.

— Une femme qui vaut de l'argent ne vaut son prix

que si elle arrive intacte à l'endroit du marché ! riposta Cassandra. Je me fie à vous pour nous garantir, à mon père et moi, une nuit tranquille. Je n'aurais aucune difficulté à dire à l'homme qui offrira de payer pour moi que je suis aussi pure que les hommes qui m'ont violée.

Elle le dévisagea, puis reprit :

— Mon père a dans les colonies une réputation qui n'est pas ternie par des rumeurs, et le gouverneur est son ami. Essayez de lui faire du mal et vous pourriez découvrir que vous êtes votre pire ennemi.

Colm lui rendit son regard et sourit d'un air mauvais.

— Vous ne comprenez pas, ma petite… Vous seriez surprise de voir combien les hommes sont avides d'entendre qu'une jeune femme est en réalité de vertu facile et s'est offerte à un homme de pouvoir — surtout quand ils l'ont longtemps convoitée sans pouvoir la toucher. Cela la rend tout à coup plus… atteignable.

— Vous essayez de me forcer à remettre en question tout ce que je connais et en quoi j'ai confiance. Mais vous n'y parviendrez pas. Et vous ne pourrez pas plus le faire avec d'autres.

— Sottises. Ma parole est toujours crue.

Il eut un sourire froid.

— Et maintenant je dois vous souhaiter une bonne nuit, ma chère. Cette conversation est terminée.

— Vous brûlerez en enfer, lui promit Cassandra.

— L'enfer est ce que les hommes créent pour eux-mêmes sur Terre.

— Le vôtre est proche, affirma-t-elle, et elle tourna les talons avec dignité.

Puis, tremblante, elle regagna la hutte.

Elle fut heureuse de constater que son père dormait toujours. Elle devait en faire autant à présent. Elle devait être prête.

Prête pour quoi ?

Elle l'ignorait.

Elle s'allongea et pria de parvenir à s'endormir. Elle avait besoin d'une évasion, même factice.

Juste quelques rêves, pour lui accorder un répit dans le cauchemar qu'elle vivait.

— Red, c'est Logan. Pour l'amour du ciel, cessez de vous débattre !

Elle n'avait jamais tremblé ainsi auparavant. Mais, durant quelques secondes atroces, elle avait été terrifiée.

Terrifiée pour elle-même.

Terrifiée pour lui.

Elle s'était crue dans les bras de l'ennemi.

Il relâcha son emprise, et elle appuya une main sur son torse pour le pousser en arrière, vers l'intérieur de la grotte.

— Red ! protesta-t-il.

Elle le gifla violemment. Il en parut abasourdi.

— Vous m'avez frappée !

— D'accord, d'accord… Nous sommes quittes, maintenant.

Elle leva la main pour le gifler de nouveau, mais cette fois il était prêt et lui saisit le bras.

— Nous sommes loin d'être quittes ! rétorqua-t-elle. Vous avez failli me faire mourir de peur à l'instant !

— Je ne pouvais rien dire. Vous regardiez dehors et je pensais qu'il y avait peut-être quelqu'un.

— En effet. *Vous*…

Il sourit.

Elle ne s'en soucia pas et se tint aussi raide qu'une planche quand il l'attira à lui.

— Arrêtez, Logan. Qu'est-ce qui vous prend ? Cassandra est ici !

Il redevint sérieux, mais ne la lâcha pas.

— Et j'ai bien l'intention de la sauver, dit-il sombrement.

— Alors…

— Alors ?

— Lâchez-moi, dit-elle très doucement. C'est fini. Le paradis… La parenthèse idyllique… C'est terminé. Nous devons retourner au monde réel.

Il inspira, la regardant fixement. Ses yeux luisaient dans la pénombre.

— Je vous ai dit que je l'aime tendrement, et c'est vrai. Mais je vous ai dit aussi qu'il n'y aura jamais de mariage entre nous.

Elle entendait ses paroles, mais elles ne signifiaient rien pour elle. Peut-être n'était-il pas follement amoureux de Cassandra, peut-être ne la désirait-il pas physiquement comme il l'avait désirée elle, mais cela ne changeait pas le fait qu'elle restait la femme idéale pour lui, comme il s'en rendrait sans doute compte lorsqu'ils seraient de retour à la civilisation. Cette femme avait risqué sa vie pour lui, pour lui rendre la liberté. Ils finiraient ensemble. Et elle-même n'aurait même plus ce qui l'avait soutenue jusque-là : son désir éperdu de vengeance.

— Logan, s'il vous plaît !

— S'il vous plaît quoi ?

— Qu'avez-vous vu ?

— Je crois que le plan peut marcher, et que je peux prévenir Cassandra et lord Bethany.

— Comment ?

— Les hommes se soûlent. Même Colm boit. Cassandra et son père dorment dans la hutte. Je peux les atteindre par-derrière, leur dire que nous avons un plan et que nous reviendrons les chercher. C'est là que nous affronterons le danger.

Il la regarda et prit une grande inspiration.

— Mais…

Il inspira de nouveau.

— Je vous prie de nouveau de rester à bord du bateau quand nous l'aurons pris, et de me laisser revenir seul pour m'occuper de Colm et sauver les Bethany.

— Vous savez que je ne le ferai pas, Logan. J'ai un bon bras à l'épée. Et vous aurez besoin de moi.

Il la prit dans ses bras et la dévisagea gravement.

— Red…

Elle le regarda dans les yeux, mais ce faisant elle leva la jambe, tira le couteau du fourreau attaché à sa cheville et le posa prestement sur sa gorge.

— Ne me sous-estimez pas, laird Haggerty, dit-elle très doucement.

— Je ne vous sous-estimerai *jamais*.

L'expression navrée de ses yeux fut plus qu'elle ne pouvait supporter. Elle commença à se retourner, mais à sa stupeur il bougea rapidement et ce fut à son tour d'être prisonnière. Avant qu'elle ne puisse lui échapper, il lui arracha le couteau des mains.

— Vous avez abusé de ma confiance ! l'accusa-t-elle.

— Et vous de la mienne.

— Mais…

Il la bâillonna de sa bouche avec force.

Le couteau tomba entre eux. Logan se mit à genoux, l'entraînant avec lui. Pendant un moment, elle fut sans réaction, abasourdie. Ensuite, elle se débattit. Puis elle prit conscience que tout ce dont elle avait rêvé pendant des années allait arriver, et cela éveilla soudain en elle une passion désespérée.

Ils mourraient probablement cette nuit, et le goût de sa bouche était quelque chose qu'elle voulait connaître une dernière fois.

Sentir les mains de Logan sur sa chair, la pression fiévreuse de ses doigts, et même leur bataille hâtive pour ôter leurs vêtements… Elle ne pouvait pas mourir sans vivre tout cela encore une fois. Il posa sa bouche sur l'un de ses seins, le léchant. Puis il glissa une main entre ses cuisses, et les lui écarta. Il bougea contre elle, lui faisant l'amour si fiévreusement qu'elle ne sentait plus la terre dure sous elle, mais se tordait sous le feu liquide de sa langue, s'arquait vers lui, dans un besoin urgent de folie, de frénésie et de sensualité entre eux. Elle s'empêchait de crier de volupté afin de ne pas trahir leur présence, et Logan finit par les réduire tous les deux au silence par le pouvoir de ses lèvres et la fureur de son étreinte.

Quand ce fut fini, ils restèrent allongés où ils étaient, pas loin de l'entrée de la grotte, que l'air de la nuit rafraîchissait. Alors la raison, la tension de la situation et la réalité d'une mort imminente reprirent toute la place dans leurs esprits. Logan se leva, arrangeant maladroitement ses vêtements.

Elle lui prit le bras.

— Il me faut des culottes, dit-elle simplement, sachant qu'elle ne pourrait jamais se battre efficacement vêtue d'une robe.

Elle se leva à son tour et s'éloigna au fond de la grotte où se trouvaient leurs réserves d'habits. Des larmes lui piquaient les yeux, et elle ne pouvait pas les lui laisser voir. Leur idylle aurait dû se terminer beaucoup plus suavement. Il aurait dû y avoir un lit d'herbe odorante. Ils auraient dû avoir plus de temps. Ils auraient dû pouvoir rester mêlés l'un à l'autre à loisir, dérivant dans le plaisir qu'ils avaient partagé. Il aurait dû y avoir des murmures, de tendres caresses…

Mais il n'y avait rien eu de tout cela, et cet adieu en douceur n'existerait jamais.

Elle trouva en hâte une chemise d'homme. Mais ne découvrant pas de culottes à sa taille, elle se décida à faire avec ce qu'elle portait ; elle pourrait fendre le côté de la jupe si son ampleur la gênait. Elle trouva un deuxième couteau et l'attacha autour de son autre cheville. Elle aurait ses couteaux et une épée, rien d'autre, mais elle était certaine que Logan comptait prendre des pistolets à l'équipage quand ils aborderaient. Ils devraient le faire prudemment et furtivement, en prenant les hommes de garde par surprise. C'était un bon plan.

Ils pouvaient l'emporter…

Ou bien ils pouvaient échouer.

Mais cela n'avait pas d'importance. C'était le meilleur plan qu'ils avaient pu trouver. Il fallait le tenter.

Elle retourna en silence à l'entrée de la grotte.

Le moment était arrivé…

Logan, les épaules tendues, scrutait l'extérieur.

— Logan, dit-elle doucement.

Il se tourna. Il y avait tant d'angoisse dans ses yeux ! Lui aussi savait qu'ils pourraient facilement échouer.

— Restez ici, Bobbie. Je vous en supplie, murmura-t-il.

Sans un mot, elle passa devant lui et sortit dans la nuit.

Ils ne pouvaient plus revenir en arrière désormais.

Cassandra se réveilla en sursaut, sans bien savoir pourquoi.

— Cassandra ?

C'était juste un murmure, à peine plus fort que la brise, mais quelqu'un avait bien prononcé son nom.

Elle regarda autour d'elle tandis que ses yeux s'habituaient à l'obscurité et vit un visage.

Logan !

Il porta un doigt à ses lèvres.

Puis il se glissa plus près, vint s'agenouiller à côté d'elle, et elle eut du mal à ne pas le toucher.

— Est-ce que je rêve ? chuchota-t-elle.

— Non, mais écoutez-moi. Nous avons très peu de temps. Vous devez rester ici pour l'instant. Nous allons prendre le bateau de Colm cette nuit… Ensuite, nous reviendrons vous chercher, vous et votre père.

Elle eut envie de pleurer — de soulagement ou de tension accrue devant l'imminence des événements, elle n'aurait su le dire —, mais elle se força à sourire et hocha la tête pour signifier qu'elle comprenait.

Quoi qu'il se passe à présent, Logan était là, et cela voulait dire qu'il y avait de l'espoir.

— Vous devez réveiller votre père et l'informer de notre plan, dit-il à mi-voix.

Elle acquiesça de nouveau d'un signe de tête, n'osant se risquer à parler.

Puis Logan disparut, aussi silencieusement qu'il était venu.

Red fit très attention en endommageant les canots. Elle ne pouvait pas faire un trou trop évident, qui se verrait immanquablement si quelqu'un décidait de vérifier les chaloupes durant la nuit. Elle s'accroupit tout contre le flanc du deuxième canot, levant souvent les yeux pour s'assurer qu'aucun membre de l'équipage n'avait bougé. Elle était un peu surprise que Blair Colm n'ait pas laissé un garde pour surveiller les embarcations, mais peut-être qu'ayant scruté l'horizon sans voir de bateaux, il en avait conclu qu'ils étaient tranquilles pour la nuit.

Elle était si attentive à ce qui l'entourait qu'elle ne fut pas prise au dépourvu quand Logan la rejoignit.

— C'est le moment. Vous êtes prête ? murmura-t-il en s'accroupissant à côté d'elle.

Elle hocha la tête, puis le vit se tapir et pousser sans bruit le troisième canot dans l'eau. En quelques secondes, il disparut dans l'obscurité. Elle allait le rejoindre quand elle se rendit compte qu'elle avait lâché son couteau. Elle se hâta de revenir le chercher et nota une soudaine agitation qui provenait de la hutte.

Cassandra sortit en trombe à la lueur du feu, suivie par un homme qui serrait les mains sur son bas-ventre. Tous les hommes marmonnèrent et commencèrent à se lever.

On alluma des torches, et brusquement tout l'endroit fut éclairé.

— Que se passe-t-il ? tonna Colm.

Ils étaient tous bien réveillés, à présent. Même lord Bethany sortit en chancelant de l'abri, en criant :

— Cassandra ! Pour l'amour du ciel, Cassandra !

— Arrêtez ! cria Colm.

Tout le monde se figea comme dans un tableau. Red pouvait encore rejoindre le canot, mais quelque chose la retint.

Cassandra…

Elle se cacha dans l'ombre d'une chaloupe et regarda le drame qui se déroulait un peu plus loin.

— Vous m'aviez donné votre parole ! lança Cassandra à Blair Colm. Je devais dormir en paix. Mais ce sac de pus est venu m'attaquer !

— Elle m'a planté mon propre couteau dans les parties ! geignit l'homme que Red reconnut comme étant le jeune Billy Bones.

— Je vais vous tuer ! s'écria lord Bethany en s'élançant sur Colm armé piètrement d'une branche d'arbre.

— Tirez-lui dessus ! ordonna alors ce dernier d'un ton coupant, en désignant le vieil homme. Et faites ce que vous voulez avec elle !

Red aurait pu arriver au bateau, elle le savait. A la place, elle inspira à fond, se leva et lança son couteau de toutes ses forces dans la direction de Colm. La distance était trop grande ; ses chances de le toucher étaient d'une sur un million, et elle n'avait jamais eu véritablement de chance, pensa-t-elle tristement. La lame se ficha dans un palmier juste derrière lui, ce qui suffit à attirer son attention.

Le choc du couteau qui se planta et vibra dans le tronc surprit tout le monde.

Si elle s'enfuyait à présent vers le canot, songea Red, elle serait rattrapée et mettrait Logan en danger. Elle ne pouvait garantir non plus qu'elle garderait l'attention des hommes détournée de Cassandra et de son père.

Il ne lui restait plus qu'à espérer que Logan mette très vite au point un plan pour les sauver tous les trois. Et, pour lui en laisser le temps, elle s'avança lentement dans la lumière des torches, sachant qu'elle attirait tous les regards.

*
* *

Si Cassandra et son père ne semblaient pas avoir la moindre idée de qui ils regardaient, Blair Colm, lui, en avait une.

— Par Dieu ! C'est un fantôme ! s'écria-t-il en la voyant.

Il la dévisagea d'un air incrédule tandis qu'elle s'avançait vers lui.

— La petite gueuse irlandaise que j'ai vendue à lady Fotherington ! J'avais entendu dire que vous étiez morte… Des rumeurs, c'est évident maintenant. Vous auriez dû mourir, méchante fille ! J'étais en train d'arranger ce qui aurait dû être un heureux mariage pour vous, mais vous…

Tout le monde était silencieux ; les hommes ivres, chancelants, observaient la scène, visiblement perplexes.

— D'où diable sortez-vous ?

Elle haussa les épaules.

— J'ai vécu sur cette île pendant quelque temps.

Il fronça les sourcils.

— Avec des cadavres pour compagnie ?

— Ce pauvre couple… J'ai essayé de les aider, mais je n'ai pas pu et ils sont morts.

— Qui est-ce ? murmura quelqu'un.

— Une vieille amie, répondit Colm en la fixant, tandis qu'un sourire sinistre, cruel, se dessinait sur ses lèvres.

— Une vieille *ennemie*, rectifia Red. Je viens d'essayer de vous tuer.

— Mais vous m'avez manqué. Dommage pour vous !

— Je ne vous manquerai pas, la prochaine fois.

— Il n'y aura pas de prochaine fois.

Pendant une minute, elle craignit que son sacrifice ne serve à rien. Qu'il les tue tous, tout simplement.

Mais, tandis qu'il la dévisageait, elle se rendit compte qu'il la voyait à présent comme une femme — une femme séduisante — et qu'elle pouvait utiliser cet élément à son avantage.

Grâce à Dieu, il était loin de se douter qu'elle était Red Robert en personne !

— Vous ! cria soudain Colm en se tournant vers Cassandra et son père. Retournez dans l'abri, tout de suite ! Et vous ! gronda-t-il en s'adressant à Billy Bones, vous avez désobéi à un ordre direct. C'est vous que je devrais abattre !

— Mais vous venez de dire…

— Reprenez la parole et je choisirai entre le fouet et la mort ! Les autres, rendormez-vous ! Sauf vous, Nathan. Vous êtes de garde pour la nuit. Toute la nuit, c'est compris ? Et dessoûlez donc, espèce d'abrutis ! Demain matin, nous emmènerons les prisonniers à bord du bateau. Il n'y aura plus d'incident de ce genre.

— Vous ne devez pas faire de mal à cette jeune femme…, commença Cassandra, mais Colm l'interrompit.

— Je peux encore vous tuer tous les deux. Hors de ma vue, tout de suite !

Lord Bethany tendit la main à sa fille. Il tremblait, l'air fragile et soudain bien plus vieux que son âge. Cassandra était visiblement déchirée, mais finalement elle prit la main de son père et se retira.

Red se retrouva alors seule face à l'homme qui avait détruit sa vie tant d'années auparavant.

Elle voyait du sang.

Beaucoup de sang.

Sa vision était brouillée de rouge.

Elle avait l'autre couteau, attaché à la cheville. Elle pouvait le tirer et tuer ce scélérat.

Mais si elle le faisait…

Si elle le faisait, non seulement l'équipage la tuerait, mais ils tueraient certainement lord Bethany et Cassandra, après l'avoir violée.

Alors elle resta sur place tandis que Colm lui offrait sa main et s'inclinait en une parodie de courbette.

— Approchez, petite. Nous avons beaucoup à discuter…

Elle ne bougea pas.

— Faut-il que je vous fasse traîner ? demanda-t-il plaisamment.

Alors elle se décida. Elle marcha jusqu'à lui. Jusqu'à l'homme qu'elle haïssait plus que le diable lui-même.

14

Logan entendit les cris, se retourna vers le rivage, et saisit en un clin d'œil ce qui se passait. Il devrait modifier ses plans pour sauver Red en plus de Cassandra et de son père, ou mourir en le tentant.

Tandis qu'il observait la scène, il vit Red lancer le couteau puis s'avancer sur le sable pour affronter Colm. Il vit Cassandra prendre le bras de son père et se diriger avec lui vers l'abri. Il vit les pirates qui se tenaient autour du feu avec un air stupide, et il vit Red s'approcher de son ennemi.

Il ramena prestement le canot sur la plage et s'accroupit derrière en essayant de réfléchir vite, malgré l'affolement.

Red s'arrêta devant Colm qui la frappa si fort qu'elle en tomba à genoux.

Le cœur de Logan tambourinait, ses muscles se tendaient ; il luttait pour s'empêcher de hurler et de courir vers une mort certaine en une vaine tentative pour sauver Red.

Il continua à suivre la scène avec terreur, tout en se disant qu'elle était intelligente et qu'elle pouvait tenir bon. Il était heureux que la perruque noire de Red Robert soit au fond de la mer. Blair Colm ne pouvait absolument pas savoir qu'elle était son ennemi juré, ce pirate dont tout le monde savait dans les Caraïbes qu'il le cherchait pour le tuer. Elle penserait à quelque chose. Elle s'en sortirait. Colm l'humilierait sans doute, la punirait de son audace, mais ne lui ferait pas vraiment de mal parce qu'elle avait de la valeur pour lui. Une belle jeune femme avec une chevelure à la couleur si inhabituelle serait un atout précieux dans les bordels des ports pirates, mais seulement si son corps et son esprit étaient intacts.

Il la vit se relever et pria qu'elle ne frappe pas Colm en retour.

Elle ne le fit pas. Peut-être avait-elle appris que la retraite pouvait parfois être le plus grand courage ; peut-être avait-il même tempéré sa soif désespérée et téméraire de vengeance.

Blair Colm agita alors les bras avec colère, dispersant ses hommes comme on essaie de disperser une nuée de corbeaux sur un champ, et leur ordonna d'aller cuver leur rhum.

Mais il ne toucha plus Red. Il garda ses distances. Ils discutèrent un court moment, puis, avec une dignité de reine, Red se dirigea vers la hutte.

Colm marcha alors vers ses matelots d'un pas rageur, puis s'assit contre un palmier, son épée tirée, la main sur le pommeau.

Un homme se détacha du groupe et commença à se diriger vers les canots. Logan s'empressa de retourner dans l'eau et nagea silencieusement hors de vue.

Le bateau… Il fallait qu'il monte à bord du bateau et s'en empare. C'était le seul espoir de salut pour eux tous.

Sur un point au moins, pensa Red, elle avait réussi dans son plan de longue date. Blair Colm avait été stupéfait qu'elle soit en vie, et plus encore qu'elle se trouve sur l'île. Stupéfait que *quelqu'un* se trouve sur l'île, plus probablement. Elle était certaine qu'il l'interrogerait plus longuement au matin. Mais au moins ne s'était-il pas fié à lui-même pour s'occuper d'elle durant la nuit et l'avait-il congédiée.

Ce qui ne signifiait pas qu'elle soit en sécurité.

Comment le serait-elle ? Il était vraiment le diable

incarné. Non, et elle n'était pas saine et sauve, ne le serait pas tant qu'il respirerait sur cette Terre.

Ils n'avaient pas parlé longtemps, mais elle n'oublierait jamais ses paroles.

— On dit que tous les enfants de nos ennemis doivent être tués. Le plus souvent je le fais. Car les enfants deviennent des hommes et des femmes mus par le désir de redresser les torts qui, pensent-ils, leur ont été faits. Je le vois dans vos yeux, la fille… Je vois votre haine. Votre soif de me tuer. J'aurais dû vous tuer moi-même, à l'époque, aussi profitable que vous ayez pu être. Et il se peut encore que je le fasse. Mais il y a quelque chose en moi qui trouve la haine que vous me portez presque… délicieuse. Qu'est-ce qui vous blesserait plus que tout au monde ? Que je vous touche, peut-être ? Hmm… Je vais y réfléchir cette nuit. Vous ne saurez jamais à quoi vous attendre tant que vous serez en mon pouvoir. Une minute, je vous laisse vivre. La minute suivante, peut-être le fouet. Et celle d'après… qui sait ? Peut-être ne valez-vous pas la peine d'être vendue une seconde fois et devrais-je juste vous utiliser jusqu'à ce que je me lasse de vous, avant de vous passer à mes hommes. Vous êtes une prise intéressante.

— Vous devriez me tuer maintenant, ce serait fait.

— Pas encore. Je décide, car j'ai le pouvoir.

— Pour le moment.

— J'aurai toujours le pouvoir.

Et alors il avait souri, et l'avait regardée avec un tel amusement et une telle cruauté qu'elle en avait eu la chair de poule. Il ne la prendrait jamais par simple convoitise. Colm était un homme qui ne s'abandonnait jamais à la pitié, à la soif, à la faim, à la fatigue, ni même à sa propre concupiscence — à moins qu'elle ne serve son but. Il la toucherait seulement si ce devait être à son avis la pire torture imaginable pour elle.

— Je crois que je vais dormir pour y réfléchir, ma chère. Et je vais vous laisser dormir, aussi. Peut-être que je vous tirerai de votre lit au milieu de la nuit… si je m'ennuie…

— Vous ne pouvez réellement me toucher. Ça n'aura pas d'importance.

— Oh ! Si, faites-moi confiance… Je le peux. Et ça *aura* de l'importance.

Red se força à hausser les épaules, feignant une relative indifférence. Elle ne voulait pas qu'il sache que le voir massacrer d'autres personnes serait une souffrance bien pire que tout ce qu'il pourrait lui faire directement.

Il avait souri, puis regardé Billy Bones.

— Fouillez notre chère amie pour voir si elle a d'autres armes sur elle.

Elle s'était alors efforcée de garder une expression stoïque tandis que la peur s'emparait d'elle. Il trouverait son deuxième couteau et elle se retrouverait sans défense.

L'homme, un sourire lascif sur le visage, s'était avancé et lui avait ordonné de lever les bras. Puis il l'avait tâtée lentement, ses seins, sa taille, son ventre. Il avait laissé ses mains s'attarder, souriant toujours. Elle était restée rigide, regardant droit devant elle. Quand il avait palpé ses cuisses, elle avait lancé d'un ton coupant, s'adressant à Colm :

— Comme vous pouvez le voir, je ne cache rien.

Et elle avait fait un pas en arrière.

Billy Bones, le rat, avait hoché la tête avec amusement en regardant son chef.

— Elle n'a pas d'armes, mais je serais heureux de continuer à chercher.

— Calmez-vous pour le moment, lui répondit Colm. Peut-être plus tard…

C'était une menace, mais Red l'avait ignorée.

— Allez dans l'abri, lui avait dit Colm. Si vous voulez avoir un peu de répit.

Elle était assez intelligente pour prendre tout le répit qu'on lui offrait.

Blair Colm avait toujours été patient. Elle savait que

beaucoup de ses prisonniers politiques s'étaient crus protégés, se voyant traités correctement, jusqu'à ce qu'il découvre l'information qu'il voulait leur soutirer et les abatte de sang-froid en un instant.

Pour le moment, elle devait contrôler sa fureur, l'impatience qu'elle ressentait. Elle avait fait ce qu'elle devait faire. Durant la fraction de seconde où elle avait fait son choix, elle avait su qu'elle avait bien choisi, car Colm avait perdu son empressement à tuer lord Bethany, et Cassandra n'était plus à la merci de l'équipage.

De fait, la belle Cassandra et son honorable père étaient à genoux, enlacés, quand elle entra dans leur refuge. Le petit abri n'offrait pas vraiment d'intimité, car leurs voix porteraient facilement jusqu'aux pirates, même si certains étaient si ivres qu'ils s'étaient rendormis. Mais ceux qui restaient éveillés étaient maintenant sur leurs gardes.

Très peu de lumière filtrait dans la hutte, cependant il y en avait assez pour qu'au bout d'un moment Red puisse voir leurs visages. Ils la fixaient, toujours aussi stupéfaits que lorsqu'elle était apparue la première fois.

— J'ignore qui vous êtes, chuchota lord Bethany, mais vous avez sauvé ma fille de Dieu sait quelle horreur, et vous m'avez sauvé la vie. Nous vous sommes éternellement redevables.

— Oui, vraiment, renchérit gravement Cassandra en la regardant avec de grands yeux.

— Nous ne sommes pas encore sains et saufs, les avertit Red.

— Vous connaissez donc cet homme horrible ? demanda lord Bethany.

— C'est une longue histoire, que je ne vous raconterai pas cette nuit.

— C'était vous, avec Logan…, dit Cassandra en la fixant d'un regard aigu. Il a dit *nous*.

— Juste ciel ! dit lord Bethany, sa voix s'affaiblissant tandis qu'il se tournait vers sa fille. Alors… vous ne rêviez pas, Cassie. Il est bien ici !

Red confirma d'un hochement de tête.

— Et il s'est échappé ? Pour s'emparer du bateau ? demanda Cassandra.

— C'est ce que j'espère, répondit Red. Mais quant à savoir comment il va faire tout seul…

Cassandra la regardait toujours avec une étrange attention.

Que se passait-il dans son esprit ? se demanda-t-elle. Sentait-elle que l'homme qu'elle aimait, l'homme pour lequel elle avait risqué sa vie, l'avait trahie ?

Elle ne connaissait pas cette femme, et ne lui devait rien, mais d'après ce qu'elle avait vu — et bien que son cœur et son âme se rebellent furieusement à cette idée — elle l'admirait. Cassandra avait agi avec courage, lorsque le matelot l'avait attaquée. Elle se serait battue pour elle, s'il n'y avait pas eu son père. Maintenant encore, elle ne se montrait pas abattue, mais la fixait d'un air d'attente, prête à prendre part à l'action.

— Vous êtes irlandaise, dit soudain lord Bethany.

Red fronça les sourcils, étonnée de cette assertion, certaine qu'elle avait perdu son accent depuis longtemps.

— Ah ! pauvre fille ! Je pense connaître votre histoire… Il vous a prise à vos parents et vous a vendue en servitude dans les colonies.

Elle fit signe que oui, avant d'expliquer :

— Blair Colm ne gagne pas seulement de l'argent en écumant les mers sous pavillon anglais et en s'assurant qu'il n'y ait pas de survivants pour témoigner de ses atrocités. Il a des contacts dans les plus hautes couches de la société et il organise la vente de jeunes femmes à des hommes riches, et même titrés, qui cherchent une maîtresse. J'ai entendu dire qu'il fait également fortune en vendant des femmes en Orient, où une peau et des cheveux clairs sont des attraits de prix.

— Quel homme méprisable ! dit lord Bethany dans un murmure.

— Mais vous lui avez échappé, fit observer Cassandra.

— Un accident en mer.

Cassandra l'étudiait toujours intensément.

— C'est une longue histoire, répéta Red, comme la jeune femme semblait en attendre davantage.

— Vous étiez prisonnière des pirates, vous aussi ?

— J'ai été prise à bord de leur bateau, oui.

— Pauvre chère ! Quels mauvais moments vous avez dû passer !

C'était ridicule ! pensa Red, qui se sentait rongée par la culpabilité. Plus rien n'aurait peut-être d'importance pour eux dans quelques heures.

— Croyez-moi, j'ai appris à surmonter les épreuves, dit-elle.

Cassandra hocha gravement la tête.

— Il semble qu'au moins quelques pirates respectent un code de moralité.

— Bien mieux qu'un homme, au moins, décoré par la Couronne ! ajouta son père avec colère.

— A propos de Red Robert…, reprit Cassandra. Nous avons reçu la réponse à notre offre de rançon, stipulant qu'aucun paiement n'était requis et que lord Haggerty serait laissé dans un port sûr. Avez-vous été traitée aussi correctement ?

— J'ai été très bien traitée, répondit Red, s'efforçant de résister à la tentation de détourner les yeux. Et je crois qu'il nous reste encore beaucoup à vivre, alors nous devons être très prudents. J'ai toutes les raisons de croire que le bateau de Red Robert va venir nous chercher. Bientôt, je l'espère ardemment en tout cas. Ceux qui sont à bord veulent nous retrouver, lord Haggerty et moi, pour… de multiples raisons… Hélas ! je suis tout aussi certaine que Blair Colm va regagner son bateau demain matin, même s'il devra faire plus d'allées et venues que prévu grâce à mes soins. Et je crois aussi qu'il trouvera un plus petit équipage à bord.

— Combien de canots avez-vous endommagés ? demanda lord Bethany.

— Deux. Nous comptions utiliser le troisième.

— Il saura que vous avez abîmé ses canots.

— Il sait déjà combien je le hais.

— Il va vous faire du mal.

La sincère sollicitude de Cassandra était plus difficile à accepter que Red ne s'y attendait.

— Et ce pirate qui vous cherche ? demanda lord Bethany. Avez-vous quelque chose à craindre de lui ?

— Si le bateau arrive… ces pirates ne seront pas contre nous.

— Nous ne connaissons même pas votre nom, mon enfant !

Il parlait si gentiment que c'en était plus douloureux que tous les coups que Blair Colm aurait pu lui porter. Un homme bon qui lui tendait la main, avec la tendresse d'un père.

Pourquoi ne pouvait-elle au moins détester Cassandra ? Elle avait un père merveilleux et elle possédait une vraie force de caractère, bien qu'elle ait été choyée toute sa vie.

Et Logan tenait profondément à elle — peut-être plus profondément qu'il ne le pensait lui-même.

— Je m'appelle Roberta. Bobbie…

Lord Bethany lui prit la main.

— Ma fille, si par la grâce de Dieu nous survivons à cette épreuve, je jure que je passerai le reste de mes jours à assurer votre bien-être.

La tendresse et la sincère gratitude qui perçaient dans sa voix firent mal à Red, d'une manière presque insupportable.

— Eh bien, nous devons d'abord survivre, chuchota-t-elle. Il est impératif que nous soyons prêts à aider Logan, dès que le jour se lèvera. Nous devons prendre un peu de repos.

— Deux à la fois, dit Cassandra. Je me reposais quand ce vil individu s'est introduit ici et…

Lord Bethany grogna.

— Je vais bien, père, ajouta-t-elle précipitamment.

— Je me suis reposée cet après-midi, déclara Red.

Elle jugea inutile de préciser que Logan l'avait assommée pour l'empêcher de se mettre en danger.

— Je vais monter la garde autant qu'un prisonnier le peut. Je pense que nous sommes trop étroitement surveillés pour le moment, mais dans le cas où une chance se présenterait plus tard… vous devez savoir quelque chose… Il y a une grotte située derrière une source, qui peut être atteinte en marchant droit vers l'intérieur de l'île. Il y a des failles à l'arrière, assez larges pour s'y faufiler. Si une occasion se présente… vous aurez peut-être à courir vite… Vous ne verrez pas facilement l'entrée principale, car elle est cachée par de la végétation. Mais elle est là, de l'autre côté de la source, vers l'est.

— Si nous nous échappons, vous serez avec nous, fit remarquer lord Bethany.

— Je l'espère vivement, mais vous devez savoir vous aussi où nous allons, si nous avons la possibilité de fuir. Cela dit, Logan a un plan, et nous ne nous en écarterons que si cela devient nécessaire.

Lord Bethany hocha la tête.

— Logan sait ce qu'il fait, affirma Cassandra.

Oui, mais il est désespéré, objecta Red en son for intérieur, *et ses options sont limitées. Nous sommes tous désespérés.*

Elle répondit cependant à cette remarque par un sourire encourageant.

Lord Bethany opina à son tour, et s'assit, adossé à un palmier. Cassandra s'assit près de lui, posant la tête sur son épaule.

Une fois de plus, le cœur de Red se serra au spectacle de cet amour paternel et filial.

Autrefois, j'avais un père qui m'aimait, moi aussi, avait-elle envie de leur dire. *C'était un homme noble. Il est mort en tentant de nous sauver, ma mère et moi, ainsi que les habitants du village.*

Cassandra ne se reposa pas longtemps. Elle attendit

seulement que son père s'endorme et, quand son souffle se fit régulier, elle s'approcha de Red.

— J'ai si peur pour lui, murmura-t-elle.

— Il semble être un homme remarquable.

Cassandra secoua la tête avec inquiétude.

— Les hommes pensent qu'ils doivent être nobles à tout prix. Que la vie n'est rien s'ils ne le sont pas. Ils ne savent pas utiliser la ruse et les ressources de leur esprit. Des armes de femme... S'il pense que je suis en danger, il agira trop impétueusement. Alors qu'une femme sait attendre. Elle connaît la patience. Elle sait qu'il vaut mieux perdre certaines batailles afin de gagner la guerre. C'est une chose que nous apprend la société dans laquelle nous vivons.

Ses derniers mots paraissaient amers, et Red se demanda si Cassandra avait parfois aspiré à une autre vie que celle dictée par sa position.

Ses paroles lui renvoyèrent aussi une image distordue d'elle-même. N'avait-elle pas oublié, au long des années en mer, qu'il existait d'autres armes que les pistolets et les épées ?

Peut-être était-ce une leçon qu'elle devrait s'appliquer à retenir.

Logan atteignit enfin le bateau. Les vagues clapotaient autour de lui, le poussant contre la coque. Il la contourna à la nage, cherchant le bout de l'échelle de corde qui, il l'espérait, pendait encore sur le côté.

L'obscurité ne l'avantageait pas, mais il leva les yeux pour repérer les bossoirs auxquels les canots avaient été suspendus, se servit de leur position pour s'orienter et, enfin, trouva l'échelle.

Prudemment, il regarda vers le haut. Il n'y avait personne en vue. Il empoigna alors l'échelle, tira son couteau du fourreau attaché à sa cheville et lentement, avec précaution, se mit à grimper.

Lorsqu'il eut presque atteint le niveau du pont, il s'arrêta et regarda vers le rivage.

Tout semblait calme.

Il pouvait voir Blair Colm assis près du feu, adossé à un palmier. Dormait-il ? Ou bien l'apparition de Red l'avait-elle suffisamment énervé pour le tenir éveillé toute la nuit ?

Logan continua à grimper, puis, aussi silencieusement que possible, inspecta les abords immédiats et se hissa par-dessus le bastingage. Il regarda vers le gouvernail : il n'y avait personne à la barre. Comme il était arrivé sur le pont sans que sa présence ne soit détectée, il en conclut qu'il n'y avait personne dans le nid-de-pie, non plus.

Il se courba le long du bastingage et avança pouce par pouce, l'œil aux aguets. Finalement, il vit un homme de garde. Le matelot paraissait détendu ; il était armé, mais ses pistolets étaient dans des fourreaux accrochés bas sur ses hanches, et il avait les mains sur le bastingage.

Logan éprouva un moment de malaise. Il avait tué durant des batailles, dans le feu de l'action. Il n'avait jamais tué de sang-froid.

Il dut se rappeler que ces hommes avaient participé au meurtre de dizaines de personnes à bord de différents bateaux, même s'ils n'étaient pas sous les ordres de Blair Colm quand ce dernier avait massacré des villages entiers au nom du roi William.

Il allait tuer pour se défendre et pour sauver des vies qui lui étaient chères.

Fort de cet argument, il bougea aussi silencieusement que l'air et arriva sur l'homme par l'arrière. Il sentit son sang chaud jaillir sur ses doigts quand il lui trancha la gorge.

Il fut tenté de jeter le matelot mourant par-dessus bord, mais il ne voulait pas que des corps s'échouent sur le rivage à l'aube et alertent Colm, alors il traîna le cadavre derrière deux tonneaux poussés contre le bastingage et prit ses deux pistolets et son sabre.

Un homme de moins. Combien en restait-il sur le bateau ?

Il décida d'explorer d'abord le pont.

Il trébucha presque sur le deuxième homme, un marin allongé près du bastingage et du mât principal, les bras croisés sur la poitrine, les yeux fermés.

La position n'était pas commode, mais il devait tuer chaque membre d'équipage présent sur le bateau. Il retint son souffle un instant, puis frappa rapidement, droit sur la veine jugulaire. Les yeux de l'homme s'ouvrirent. Trop tard. Le sang jaillit. Cette fois, Logan en fut recouvert. Mais trancher la gorge assurait une mort rapide et silencieuse. Le marin mourut en moins d'une minute.

Une minute de surprise qui pourrait le hanter à jamais, pensa Logan. Ces yeux stupéfaits qui l'avaient fixé…

Il n'y aurait aucun moyen de cacher le sang quand le jour se lèverait. Mais dans l'obscurité, il pourrait passer pour des zones d'ombre, si le reste de l'équipage se réveillait. Il poussa le cadavre contre le bastingage et le recouvrit d'un rouleau de cordage.

Il entendit alors des voix ; deux hommes qui se dirigeaient vers lui en venant de la cabine du capitaine.

— Ça t'a pas amusé, toi, la tête de lord Bethany quand Colm lui a assuré que c'était lui qui serait pendu comme pirate ? demanda l'un.

— Je trouve surtout que ça devient un peu irritant, répondit l'autre. On aurait dû tuer le vieux avec les autres. Et la fille ! Une vraie beauté. Pourquoi faut-il qu'on la garde pure ? Elle devrait être du butin à partager, comme le reste !

— Pour ça, elle sera du butin. J'ai entendu que Colm projette de l'offrir à un prince marocain qui finira par se lasser d'elle, bien sûr. On peut peut-être conclure un marché pour la récupérer… usagée, reprit le premier, visiblement amusé.

Logan sentit sa mâchoire se crisper, et le malaise qu'il avait éprouvé à la pensée de tuer ces hommes s'évanouit tout à fait. Mais ils étaient deux. Cette attaque demandait de la finesse.

Il les laissa passer.

Tandis qu'ils marchaient le long du bastingage, il bougea. En silence, prestement, il se faufila derrière les cordages dont il s'était servi pour couvrir le dernier cadavre.

Alors qu'ils faisaient demi-tour et revenaient, énumérant les atouts physiques de Cassandra, et pas de la manière la plus choisie, Logan appela depuis sa cachette.

— Matelots !

Ils se retournèrent.

— Par ici !

Il agita le bras du marin mort.

— C'est Brewster, dit l'un des hommes.

— Lève-toi, espèce de soûlard ! ordonna le second.

— J'ai besoin de votre aide… s'il vous plaît, dit Logan d'une voix traînante.

Alors que les deux matelots s'avançaient, il respira à peine, calculant le moment parfait pour frapper.

— Qu'est-ce que c'est que ça ? demanda le premier, qui venait visiblement de marcher dans la flaque de sang.

— A l'aide ! répéta Logan.

Les deux hommes s'approchèrent et se penchèrent.

Logan poussa alors le cadavre vers eux. Et, avant qu'ils ne puissent crier, il attaqua, l'épée sur le cou du premier, son couteau sur celui du second, tranchant sa gorge.

L'autre, malgré sa blessure, ne mourut pas aussi vite.

Il chancela, s'affalant contre le bastingage, et Logan dut le frapper de nouveau.

Mais l'homme avait noué ses mains autour du cou de Logan et le fixait d'un air accusateur. Après ce qui sembla une éternité, il finit par tomber à genoux puis s'effondrer. Mort.

Quatre.

Il en avait tué quatre.

Il ferma les yeux. Pendant un instant, juste un instant, dans l'odeur prégnante du sang, il se rappela le passé.

Son père, s'éloignant à cheval…

Sa mère, sortant sa dague, près de la barque…

Et mourant sous ses yeux.

L'odeur du sang… Une odeur qu'il ne pourrait jamais oublier.

Il se redressa et s'écarta des deux nouveaux cadavres. Maintenant, il devait soigneusement prévoir où il trouverait le reste de l'équipage.

Dans la cabine du capitaine, peut-être. Pendant que Blair Colm était à terre, ses hommes — qui avaient sans doute leurs moments d'envie — pouvaient discrètement profiter de ses quartiers privés.

Silencieusement, ses lames à la main, il se dirigea vers la porte de la cabine.

Cassandra finit par s'endormir aussi. Cela ne faisait rien à Red d'être de garde ; elle n'aurait pas pu dormir, de toute façon. Ce que l'espoir pouvait faire pour l'âme humaine était étonnant, songeait-elle, tandis qu'elle veillait, prête à faire de son mieux pour écarter tout trouble qui pourrait se produire. Il lui permettait de se reposer, malgré tout.

Elle regardait par-dessous l'auvent, vers la mer, constatant avec des sentiments mitigés que rien, du côté du bateau, n'indiquait qu'il y ait un problème.

Etait-ce parce que Logan l'avait atteint et que tout se passait comme prévu ? C'était un bon nageur, alors elle voulait croire qu'il avait eu la force d'arriver sain et sauf jusque-là, mais s'il avait été vaincu par un danger mineur qu'il n'avait pas imaginé ?

Jeeves-aux-Jambes-Rouges, un corsaire qui avait fait carrière sur les mers durant la guerre de la reine Anne, avait abordé de nombreux navires espagnols et survécu, puis avait été tué par un morceau de gréement qui s'était détaché sur son propre bateau.

Et si Logan était tombé sur un requin ?

Non, elle avait souvent vu des requins. Ils n'attaquaient que lorsqu'il y avait du sang, et Logan ne saignait pas.

Mais s'il s'était écorché en passant sur le récif de corail ?

En tout cas, elle était certaine qu'il n'avait pas été pris sur le bateau, car l'alerte aurait à coup sûr été donnée.

Elle jeta un regard circulaire sur la plage, prenant soin de rester allongée par terre et de regarder sous la toile, pas par la « porte ». La plupart des pirates — cet équipage prétendument correct qui naviguait sous le drapeau anglais — cuvaient leur rhum, mais elle vit que le dénommé Nathan prenait ses ordres à cœur. Il arpentait le rivage, s'arrêtant de temps en temps pour regarder vers la mer.

Il gardait les mains en permanence sur sa ceinture, prêt à tirer son pistolet à la moindre provocation.

Et Colm ?

Elle ne pouvait le voir et se demanda s'il dormait. Elle en doutait. Elle l'avait pris par surprise, mais elle vivrait quand même — sauf s'il décidait qu'elle devait mourir. Il ne semblait pas la considérer comme un grand danger. Dans son esprit, elle n'était qu'un bout de fille. Une fille qui valait une belle somme. Pas une menace pour lui…

A moins qu'il ne devine qu'elle était Red Robert.

Un frisson la parcourut. Il ne pouvait pas le savoir, et elle ne voulait pas qu'il le découvre… jusqu'aux quelques secondes qui précéderaient sa mort.

Elle ferma les paupières, priant qu'il y ait une justice non seulement dans l'au-delà, mais dans ce monde, aussi.

Elle entendit un bruit léger et inspecta l'abri.

Cassandra s'était réveillée et priait.

Red envisagea de l'imiter.

S'il vous plaît, mon Dieu…

Elle n'alla pas plus loin. Si Dieu était parmi eux, Il savait ce dont elle avait besoin.

*
* *

Il y avait des fenêtres à petits carreaux de chaque côté de la porte de la cabine du capitaine mais, au soulagement de Logan, d'épais rideaux étaient tirés à l'intérieur, dissimulant son approche.

Il s'avança pouce par pouce le long du mur extérieur, puis se courba pour essayer de voir à travers les fentes de l'étoffe.

Comme il l'avait suspecté, quatre hommes s'étaient installés dans la cabine, jouant aux dés. Par chance, ils semblaient indifférents à ce qui se passait dehors.

Un marin jeta les dés. Puis l'argent vola sur la table.

— Quitte ou double, le gagnant prendra tout, bougonna un des joueurs perdants.

L'homme avait environ quarante ans, peut-être plus, et de longs cheveux gris attachés par un ruban rayé. Des bagues ornaient ses doigts. A la lumière vacillante de la lampe, Logan put voir qu'une d'elles était une chevalière. Avec des armoiries écossaises.

Il ne put s'empêcher de se demander comment, quand et où l'homme avait acquis cette bague.

— Quitte ou double, alors que j'ai déjà tout l'argent ? fit celui qui venait de gagner.

Mince et nerveux, il arborait deux dents et une boucle d'oreille en or. Sa tête était rasée.

— Poltron ! l'accusa l'homme aux bagues.

— Non, juste intelligent, ricana le troisième homme. Celui-là était robuste, avec des bajoues.

Le quatrième, d'âge moyen, bien musclé, les cheveux noirs et la barbe fournie, donna à son tour son avis.

— Oh ! Tu ne vas pas pleurer dans ton grog ! Une fois qu'on aura vendu la fille — et avec la rançon destinée à ce laird Haggerty —, on sera tous assez bien nantis, et on regardera le vieil Horatio Bethany danser la gigue au bout d'une corde.

Logan sentit ses doigts frémir sur son couteau. Mais

tandis qu'il gardait les yeux fixés sur le quatuor, il songea qu'il y avait probablement d'autres matelots sous le pont. Il pouvait trouver un moyen de faire sortir ces quatre-là, mais s'il devait se servir de ses pistolets, il alerterait sans aucun doute le reste de l'équipage.

Que faire ?

Partir à la recherche de ces autres éventuels ?

Non, parce qu'il ne voulait pas perdre ce groupe de vue. Ils buvaient, mais n'étaient pas ivres. Et ils paraissaient tous capables et rapides.

Alors qu'il débattait et que les joueurs discutaient sur la poursuite de la partie, l'homme aux bajoues se leva brusquement.

— Excusez-moi, matelots. J'ai besoin de prendre l'air et d'utiliser le seau.

— Pisse donc par-dessus le bastingage, idiot ! Tu épargneras du travail au matelot qui s'occupe des eaux usées, dit l'homme aux bagues.

— Très bien, je vais pisser dans la brise nocturne.

Logan se redressa aussitôt, ajustant son plan, heureux de l'occasion qui se présentait.

Il se tint immobile et silencieux, plaqué contre la cloison de la cabine, tandis que la porte s'ouvrait et que l'homme sortait. Il était grand, très grand. Et costaud. Logan songea qu'il devrait se montrer très sûr et très rapide.

L'homme regarda autour de lui, puis alla vers le bastingage.

— Brewster ? appela-t-il.

Il jura quand il n'obtint pas de réponse. Il s'arrêta et Logan jura à son tour en silence, espérant qu'il n'allait pas faire des recherches.

Il se faufila sans bruit derrière le grand marin, son couteau prêt. Quand sa proie s'arrêta, il s'arrêta.

— Brewster ? répéta le matelot. Espèce de bon à rien ! Tu es censé monter la garde ! Si un bateau nous tombait dessus, hein ?

Il avança. Il allait sous peu trébucher sur les cadavres.

Logan n'avait pas le choix. Il se prépara à bondir. Dès que l'homme se pencha pour regarder de plus près les corps de ses camarades, il s'élança, saisit l'homme par-derrière et lui trancha la gorge.

Mais, même avec le sang qui jaillissait de son cou, le marin réussit à se mettre debout et à se débarrasser de Logan. L'effet de surprise donnait cependant l'avantage à ce dernier. Aucun homme, quelles que soient sa taille et sa force, ne pouvait survivre très longtemps à une jugulaire tranchée.

Logan, qui était tombé durement sur le pont, resta immobile tandis que l'homme chancelait, essayait d'appeler… et s'effondrait enfin.

Il ne rirait pas à la pendaison de lord Bethany, c'était certain.

Logan rassembla ses esprits et se remit debout prestement, prenant soin d'éviter les flaques de sang glissantes. En regardant au-delà de l'homme mort, vers la proue, il remarqua des tonneaux poussés contre le bastingage. Il pouvait entendre les joueurs qui se disputaient, plus loin, dans la cabine.

Il alla jusqu'au premier et l'ouvrit avec son couteau ensanglanté.

Il était plein d'or et de bijoux.

Il jeta de nouveau un coup d'œil vers la cabine. Il n'avait guère le temps. Néanmoins… l'occasion était trop belle pour la laisser passer.

Il ne renversa pas tout le tonneau dans l'eau ; il craignait le bruit que cela ferait. A la place, il jeta les objets précieux les uns après les autres par-dessus bord. Cela ne lui prit qu'un moment. Puis il ouvrit le deuxième tonneau, le troisième. Il prit un grand plaisir au fait que le trésor qui aurait octroyé à ces hommes le luxe d'assister à une pendaison aux meilleures places gisait maintenant par le fond.

Ensuite, il retourna sans bruit à la cabine.

— Qu'est-ce qu'il fabrique ? demanda le marin aux bagues. Est-ce que ce grand imbécile est tombé à la mer ?

— Va voir, dit l'homme à la boucle d'oreille.

— Vas-y, toi, rétorqua le premier.

— Tu veux une chance de récupérer ton argent ? C'est le seul qui est de ton côté, camarade.

Jurant, le marin aux bagues se leva et sortit. Il laissa la porte ouverte derrière lui, s'avança et appela :

— Griffin, où tu es ?

Logan s'approcha et repoussa doucement la porte pour qu'elle se referme lentement, comme sous l'effet d'un mouvement du bateau.

Quand l'homme se retourna, il se baissa.

— Griffin ? Brewster ?

Il allait donner l'alarme, s'il n'agissait pas rapidement, songea Logan… Il bondit donc derrière lui, plaqua une main sur sa bouche et enfonça la lame de son couteau entre deux côtes pour lui transpercer le cœur.

Pendant un instant, le marin gargouilla et lutta. Puis ses mouvements faiblirent et il devint silencieux.

Logan l'allongea sur le pont et le fit rouler derrière une barrique d'eau.

Deux de plus…

Il retourna à son poste devant la cabine du capitaine. De longues minutes passèrent. Les deux hommes restants discutaient à présent du manque de catins de qualité à New Providence et en Jamaïque.

— Où ils sont passés, bon sang ? demanda finalement le barbu.

Le pirate mince se leva.

— Peut-être qu'ils sont en train de piller l'or ? Pas question que je perde ma part !

Ils sortirent en même temps et Logan sut qu'il n'avait pas le choix, cette fois.

Le marin maigre le vit, alors il prit un pistolet et tira. L'explosion parut plus sonore qu'un coup de tonnerre.

Comme l'autre homme tirait son propre pistolet, Logan fit voler son couteau et l'atteignit en plein cœur.

Mais le coup de feu avait donné l'alarme…

Et il restait bien plus de marins à bord qu'il ne l'avait imaginé. Ils surgirent sur le pont presque tous en même temps, venant de la proue et de la poupe.

Logan vida ses pistolets, lança son dernier couteau et tira son épée.

Il y avait des hommes morts partout. Ses efforts étaient aidés par le fait que les pirates glissaient dans les flaques de sang ; ceux qui avaient sorti leurs pistolets se mirent à tirer des coups de feu dans tous les sens et touchèrent par deux fois leurs propres compagnons.

Ceux qui restaient lâchèrent leurs pistolets, vides ou non, et tirèrent leur sabre.

Combien étaient-ils ? se demanda Logan, essayant désespérément de les dénombrer.

Mais quel que soit le nombre d'épées qu'il contrait, il y en avait toujours une autre. Il ignorait combien de temps ses sens l'avertiraient de la présence d'un homme dans son dos, ou combien de temps il pourrait se défendre contre un adversaire attaquant devant et un autre sur le côté.

Il était forcé à reculer, encore et encore.

Il avait été touché, et savait qu'au bout d'un moment la perte de sang commencerait à diminuer ses forces.

Il bondit sur le bastingage, les pirates groupés autour de lui. Il n'avait plus qu'une seule chose à faire pour survivre et pouvoir se battre de nouveau : sauter à la mer.

Il ne sauta pas.

Ses adversaires ne le poussèrent pas non plus par-dessus bord.

Parce que, sortie de la nuit noire, une explosion retentit soudain.

Sonore. Puissante. Le bateau en trembla et Logan fut projeté par-dessus bord. Tandis qu'il tombait dans l'obscurité, il sentit une odeur de poudre brûlée et vit des flammes orange.

Ce ne fut qu'au moment où il heurta l'eau et s'enfonça dans la mer, que Logan comprit : le navire de Blair Colm venait d'essuyer un tir de canon.

15

Brendan n'avait jamais eu l'intention d'entamer un combat au canon. Mais Jimmy O'Hara avait crié depuis le nid-de-pie, tandis qu'ils atteignaient l'île dans l'obscurité.

Comme ils contournaient un cap, ils avaient vu le bateau à l'ancre juste en deçà de la barrière de corail, reconnu les pavillons qu'il arborait, puis remarqué des signes d'activité sur l'île. Si Red était bien là avec Logan, ils avaient pu être capturés par Blair Colm. Et si Colm savait qu'il détenait le célèbre pirate qui le pourchassait dans les Caraïbes…

Brendan ne voulait pas y penser.

Si Red était détenue à bord du bateau de Colm, il ne voulait pas le couler. Et cependant, il ne pouvait pas rester sans rien faire.

C'est alors que Jimmy O'Hara avait crié qu'un homme qui semblait être Logan livrait une bataille sauvage, seul contre près de vingt matelots. Brendan avait su qu'il n'avait plus le choix.

Il avait ordonné de tirer, un seul coup de canon de trente-deux. Le bateau de Colm était un navire marchand à la coque épaisse ; il faudrait bien plus qu'un seul boulet pour le couler. Mais quelque chose devait être fait.

Etrangement, l'explosion parut coïncider avec le lever du jour. Des flammes s'élevèrent aussitôt sur le pont. Ils avaient dû toucher une réserve de poudre… Puis l'horizon s'éclaira, une ligne jaune séparant la mer du ciel.

— La plage ! cria Jimmy.

Brendan prit sa longue-vue et scruta le rivage. Des silhouettes s'agitaient sur le sable, pas plus grosses que des fourmis à cette distance, et essayaient de déterminer d'où venait l'explosion et d'évaluer le danger. Brendan avait navigué dans l'obscurité, et ils auraient pu rester cachés s'il n'avait pas dû tirer.

Jimmy avait eu raison sur deux points : l'existence de l'île et le fait que Logan se battait bien seul contre tous sur le bateau de Blair Colm.

Brendan pointa sa longue-vue vers le bateau, mais il n'y avait plus aucun signe de Logan. Les marins, en revanche, s'agitaient frénétiquement, remontant l'ancre et éteignant les feux.

Brendan ramena sa longue-vue sur la plage.

Il n'y vit pas Red, mais des hommes qui prenaient leurs armes et couraient vers les canots.

Puis il repéra Blair Colm.

L'homme se tenait debout sur la plage, complètement à découvert, comme s'il était convaincu d'être invincible. Il criait des ordres et ses hommes s'empressaient d'obéir.

— Tournez les canons ! cria Brendan à Jambe-de-Bois. Je veux une volée droit sur la plage ! Visez devant, pas dans les arbres !

Jambe-de-Bois se tourna, se hâtant de répercuter l'ordre. Déjà, des canonniers prenaient position près des canons pivotants sur le pont.

Ils visèrent juste. Un tir explosa dans l'eau, touchant des hommes.

C'est alors que Brendan la vit…

Il était impossible de la manquer. Sa chevelure flamboyante était comme un fanal — et elle portait une robe.

Une robe ? Il se rappelait à peine de quoi elle avait l'air habillée en fille, ce qu'elle avait cessé de faire le jour où Red Robert était né. Il en remercia le Ciel. Cela signifiait que Blair Colm ne l'avait pas reconnue comme le capitaine pirate.

Elle était avec une femme et un homme âgé. Lord

Bethany et sa fille ? pensa aussitôt Brendan. Comment avaient-ils échoué ensemble, par tous les diables ?

Mais il n'avait pas le temps de s'appesantir sur la question. Red se battait avec un homme. L'autre femme n'était pas en reste. Il la vit donner un coup de genou dans le bas-ventre d'un autre marin, qui se jetait sur elle.

— Tirez encore ! ordonna-t-il. Une autre volée et faites attention, le capitaine est à terre !

La plage et l'eau explosèrent de nouveau.

— Un homme à la mer ! cria O'Hara toujours depuis le nid-de-pie.

Brendan leva les yeux vers lui. Jimmy agitait les bras avec frénésie.

— Un homme à la mer ! cria-t-il encore. C'est laird Haggerty !

Le bon moment était tout, pensa Red en comprenant quel bateau venait d'arriver.

Si seulement Brendan et l'équipage étaient arrivés un jour plus tôt…

Mais ce n'était pas le cas et maintenant son cousin faisait de son mieux, exécutant les mouvements qu'il fallait, vu les circonstances.

Un rapide coup d'œil vers la mer lui indiqua que le bateau de Colm avait été touché, et il y avait plus d'une douzaine d'hommes qui couraient sur le pont.

Cette constatation fit sombrer son cœur.

Où était Logan ?

Mort sur le bateau ? Ou bien s'était-il échappé ?

Elle agita son couteau, tenant les hommes de Colm à distance, et réussit à s'approcher des Bethany et à les entraîner sur le sentier qui menait à la source et à la grotte.

— Que faisons-nous ? Où allons-nous ? lui demanda Cassandra.

— A la grotte. L'entrée est derrière ces arbres.

Dépêchez-vous et ne vous arrêtez pas, quoi qu'il arrive. Vous y trouverez d'autres armes. Courez, maintenant !

Mais alors qu'ils tournaient sur le sentier et que Red les poussait en avant, elle s'affala sur la berge du bassin.

Quelqu'un avait saisi sa jupe.

Elle s'assura que Cassandra et son père couraient bien, comme elle le leur avait ordonné, puis elle se retourna, son couteau prêt. L'homme qui l'avait attrapée était Billy Bones.

— Vous voulez vous battre contre moi ? demanda-t-il, amusé.

— Vous voulez vous battre contre *moi* ? rétorqua-t-elle.

Il s'esclaffa.

— Ne soyez pas stupide !

Il voulut la saisir ; elle donna un coup de couteau.

— Je les aime mauvaises, dit-il avec un vilain sourire.

— Vous aimez aussi le bétail, il paraît !

Elle l'avait jaugé comme le genre d'homme facile à mettre en colère et, à l'instar de la plupart des hommes, il commettrait des erreurs une fois rendu furieux. Cela lui donnerait l'avantage dont elle avait besoin.

— Vous *êtes* du bétail, riposta-t-il.

Il se jeta sur elle, riant toujours.

Elle était prête.

Elle n'eut même pas à le frapper.

Il s'empala tout seul sur sa lame.

Son poids et son élan les projetèrent tous deux au sol, et il la fixa d'un air incrédule. Son rire se changea en une exclamation, puis, la bouche et les yeux ouverts, il mourut.

Red l'écarta d'elle et dégagea son couteau.

Mais avant qu'elle puisse se relever, elle fut clouée au sol par une énorme botte pressée sur sa poitrine. Alors qu'elle s'apprêtait à frapper la jambe de son agresseur, quelqu'un d'autre lui piétina le bras si rudement qu'elle cria. Le couteau glissa de ses doigts.

— Relevez-la ! ordonna Colm à ses hommes. Et emmenez-la avec nous. J'ai comme l'impression qu'il y a une relation entre cette garce et l'arrivée à point nommé de Red Robert.

Il se pencha, jusqu'à ce que son visage mince et ses yeux froids soient désagréablement près de ceux de Red.

— Qu'en dites-vous, ma chère ? Peut-être y a-t-il une romance entre vous ? Ai-je raison ?

Elle lui cracha à la figure. Il riposta en la giflant si fort qu'elle en eut le tournis.

Sa tête continua à tourner tandis qu'il la mettait debout. Elle l'entendit vaguement demander :

— Où sont les deux autres prisonniers ?

— Les autres ont dû les emmener dans le premier canot, capitaine, répondit quelqu'un. Ils ne sont pas avec elle.

— Marchez ! commanda Colm.

Mais le monde tournait toujours, et Red ne put avancer. Elle ne put même pas protester quand il la jeta sur son épaule.

Elle perdit simplement connaissance.

— Feu à volonté sur le bateau ! Red et les Bethany ne sont pas à bord ! cria Logan à peine monté sur *L'Aigle*.

Brendan se tourna vivement vers son équipage et ordonna :

— Tirez sur le bateau ! Feu à volonté !

Puis il fit face à Logan.

— Je sais, lui dit-il. Je les ai vus à terre.

— Vous les avez vus ? Etaient-ils…

— Ils couraient vers l'intérieur de l'île.

— Une longue-vue ! Il me faut une longue-vue ! cria Logan.

Jambe-de-Bois s'empressa de lui en donner une, et il la pointa sur la plage. Avec la poudre noire qui emplissait l'air, il était difficile de distinguer les détails, mais il aperçut deux canots qui s'enfonçaient dangereusement dans l'eau, grâce au travail de Red.

— Tirez sur leurs canots ! hurla-t-il.

— Feu calculé ! ordonna Brendan. Visez les chaloupes !

Mais soudain, Logan eut l'impression qu'une main de glace sortait du nuage de poudre et se refermait sur son cœur.

— Arrêtez ! tonna-t-il.

— Cessez le feu ! commanda Brendan.

Puis, se tournant vers Logan, il demanda :

— Pourquoi ?

— Il l'a ! Colm a Red !

Brendan pointa sa propre longue-vue, regarda fixement, puis s'affaissa contre le bastingage. Marchant à découvert, Colm descendait sur la plage en direction du troisième canot, Red jetée comme un sac sur son épaule. Elle était inconsciente.

Inconsciente ?

Dieu, faites qu'elle soit seulement inconsciente ! pria-t-il.

Parce que Blair Colm était le genre d'homme à garder le corps de Red morte pour se protéger, sachant très bien qu'ils ne frapperaient pas tant qu'il y avait un espoir qu'elle soit en vie.

— Oh ! Mon Dieu !, s'entendit murmurer Logan d'un ton angoissé.

Il regarda de nouveau vers la plage et vit bouger la main de Red.

Elle était vivante !

Il regarda Colm et ses hommes monter dans le dernier canot.

La deuxième chaloupe était juste devant celle où se trouvait Red, avec six hommes à bord, et la distance entre elles était trop faible pour que les hommes de Brendan tirent sans risquer de tuer leur capitaine.

La première embarcation commença à couler pour de bon, à une bonne distance encore du bateau de Colm.

Red avait bien travaillé !

Les hommes se mirent à hurler et à jurer. Quelques-uns commencèrent à nager, essayant d'atteindre les deux autres canots.

Blair Colm ne s'assit pas. Il gardait son équilibre, debout dans la barque, le poids de Red sur son épaule.

Il regardait fixement vers *L'Aigle,* et Logan aurait juré que malgré la distance ses yeux croisaient les siens.

Son expression les défiait. Il avait un sourire satisfait tandis que ses hommes ramaient.

L'un des hommes du premier canot, qui se débattait dans l'eau, finit par disparaître et se noyer, mais Colm ne sembla même pas le remarquer. Il regagnait son bateau, avec l'intention de mettre les voiles et d'aller réparer les avaries.

Red étant sa prisonnière.

— Où sont les deux autres ? demanda Brendan, comme s'il se parlait à lui-même.

Logan chercha sur la plage. Ni lord Bethany ni Cassandra n'étaient visibles, mais il fut content de voir que le deuxième canot coulait rapidement.

Il abaissa sa longue-vue.

— Red a dû les conduire à la grotte, dit-il, espérant ne pas se tromper.

Il savait malheureusement que lord Bethany se battrait jusqu'à la mort pour sauver sa fille, tout comme Cassandra mourrait avant de laisser du mal être fait à son père.

Il ramena la longue-vue sur Blair Colm.

Du nid-de-pie, Jimmy O'Hara cria :

— Des survivants ! A huit heures !

— Je les vois, répondit Brendan. Jimmy, envoyez un canot sur le côté, vite, avec un bon nageur ! Que des hommes aillent chercher lord Bethany et sa fille, aussi !

Logan lui mit alors la longue-vue dans les mains et agrippa le bastingage.

— Je vais la chercher ! déclara-t-il. Je ne peux pas laisser ce monstre la…

— Attendez !

Brendan tendit la main pour l'arrêter.

— Soignez d'abord vos blessures, pendant que nous voyons ce qu'il va faire.

— Son premier geste sera de lui faire du mal !

— Son premier geste sera d'essayer de couler notre bateau. Nous devons d'abord l'arrêter, puis nous irons au secours de Red.

— Gardez le bateau positionné pour tirer et éviter une volée en retour, lui conseilla Logan. Le navire ennemi a perdu de la poudre après votre premier tir, et il sera diminué. Mais nous n'aurons pas beaucoup de temps. Je pense que Colm va vouloir tirer quelques coups et s'en aller, et nous ne pouvons pas le laisser emmener Red.

— Je sais comment manœuvrer un bateau et comment me battre, répondit tranquillement Brendan.

Logan hocha péniblement la tête, puis sentit une main sur son épaule. C'était Sam-le-Silencieux.

— Venez, lui dit l'Indien. Le chirurgien va vous recoudre. Hagar prépare un bon sac pour vous, pour la suite des opérations…

Logan se laissa conduire. Il accepta même une bouteille de rhum et but longuement quand le chirurgien du bord arriva avec son aiguille et du fil pour recoudre ses blessures les plus graves.

Une fois que ce fut terminé et que le chirurgien fut reparti, la porte de la cabine s'ouvrit. Cassandra entra en trombe et tomba à genoux devant lui.

— Oh ! Mon Dieu, Logan !

— Cassie, dit-il en touchant gentiment ses cheveux mouillés. Votre père… ?

— Il va bien, Dieu merci. Ils s'occupent de lui, des habits secs, du rhum chaud…

Logan hocha la tête et lui sourit. Ses doigts tremblaient.

— Je suis si heureux que vous soyez en vie. Avez-vous été… Vous ont-ils…

Elle secoua la tête pour le rassurer et lui prit la main pour l'embrasser.

— Je suis tellement désolé que ceci vous soit arrivé, dit-il. Vous veniez à mon secours. Je prie que Dieu me pardonne le mal que je vous ai causé. Surtout, je prie que *vous* me pardonniez, Cassie…

— Bien sûr, que je vous pardonne ! Comment pourriez-vous en douter ?

— Vous êtes une femme généreuse. Et moi, je… je dois aller en sauver une autre…

— Bobbie ? demanda-t-elle avec un sourire compréhensif.

— Oui, répondit-il en détournant les yeux, et en se demandant si elle avait vu ses sentiments pour Red dans son regard.

— Les amis devraient toujours chercher à sauver leurs amis, dit-elle. Logan, nous avons peu de temps et… et c'est peut-être la seule chance que nous aurons de parler de ceci avant des jours et des jours, alors je vous prie de m'écouter. Vous êtes un homme merveilleux et mon plus cher ami, mais… je me suis rendu compte que je ne vous aime pas comme une femme devrait aimer son mari. Et…

Elle leva les yeux et lui sourit de nouveau, d'un sourire éclatant.

— Je crois que vous ne m'aimez pas comme vous avez pu le penser autrefois.

Comme il voulait l'interrompre, elle agita la main et continua :

— Je sais que vous m'aimez tendrement. Mais vous n'êtes pas *amoureux* de moi.

— Cassandra, murmura-t-il, vous êtes une beauté. Vous avez un esprit brillant. Vous êtes compatissante, courageuse…

— Je suis vraiment merveilleuse, oui ! dit-elle en riant. Et je serai aimée un jour, j'en suis sûre. Comme je crois que vous êtes déjà aimé. Et que vous aimez en retour, n'est-ce pas ?

— Vous êtes une femme rare, Cassandra Bethany, dit-il ému. Et un jour, je l'espère, je pourrai vous le dire plus longuement. Mais à présent… à présent je *dois* sauver… Bobbie.

— Bien sûr.

Elle se leva et commença à s'éloigner.

— Je vais voir mon père. Nous serons là quand vous reviendrez.

Puis elle s'arrêta, fronçant les sourcils.

— Logan ?

— Oui ?

— Qui est-elle, au juste ?

Il sourit d'un air emprunté.

— Elle est Red Robert.

Red avait vaguement conscience d'un balancement familier et elle sut qu'elle était sur un bateau.

Plus précisément, elle était sur une couchette, dans une cabine de bateau.

C'est alors qu'elle entendit une explosion.

Il y eut des cris suivis par le bruit d'une autre explosion, celle-ci plus éloignée.

Des navires…

Des navires, en mer, échangeaient des coups de canon…

Elle lutta pour s'asseoir, avec l'espoir au cœur qu'un miracle était arrivé et qu'elle était dans sa propre cabine, en sécurité, hors d'atteinte de Blair Colm.

Mais elle sut tout de suite que ce n'était pas le cas.

Elle était en territoire ennemi. Allongée sur ce qui devait être la couchette de Colm, à en juger par la taille et l'opulence de la cabine. Elle se prit la tête entre les mains, encore étourdie. Quand il lui sembla que la cabine était enfin immobile, elle se mit debout. Au début, elle chancela, puis réussit à aller jusqu'à la table du capitaine, où elle se stabilisa. Dessus, se trouvaient les restes d'une partie de dés et des tasses à moitié pleines de *grog*. Il y avait même des pièces d'or.

Elle avait dû être larguée là sans cérémonie, se dit-elle,

parce que le combat passait avant elle. Elle pourrait bien alors avoir une chance de s'échapper.

Elle gagna la porte. Si elle pouvait se glisser dehors, trouver une arme… Elle n'hésiterait pas, cette fois. Elle tuerait Blair Colm sans faire de quartiers !

Elle prit une grande inspiration, rassemblant ses forces, s'assurant qu'elle avait bien retrouvé tout son équilibre. Puis elle essaya d'ouvrir.

La porte était verrouillée de l'extérieur.

Elle jura, abattant son poing sur le battant de bois.

Elle entendit de nouveau le grondement d'un canon et une explosion toute proche, puis elle sentit que le bateau de Colm tirait en réponse. Elle alla au hublot. Il y avait tant de poudre noire en suspension dans l'air qu'elle se demanda comment ils pouvaient se voir les uns les autres, tandis qu'ils continuaient à faire feu.

Cassandra et son père avaient-ils pu s'échapper ?

Elle pria que oui car, quoi qu'en dise Logan, Cassandra ferait une excellente épouse pour lui.

Ce qu'elle-même ne serait jamais.

Mais elle devait cesser de s'apitoyer sur elle-même et oublier la douleur qui lui inondait le cœur. Elle avait à se soucier de bien d'autres choses, dans l'immédiat.

Comme tuer Blair Colm, pour commencer.

Le pont était mouillé de sang. Des hommes glissaient dessus tandis qu'ils couraient de droite et de gauche, pour protéger le gréement ou déplacer des tonneaux. Plusieurs matelots travaillaient à la grand-voile et avaient beaucoup de mal à tenir debout.

Et il y avait des corps, des hommes qui n'avaient pas été tués par les boulets de canons, mais à l'épée ou au couteau, ce qui pouvait seulement signifier que…

Que Logan avait été là.

Mais où était-il maintenant ?

De nouveau, elle eut l'impression que son cœur sombrait.

Avait-il été tué en se battant ? Avait-on jeté son corps par-dessus bord pour servir de nourriture aux poissons ?

Les voiles étaient déployées sur le ciel du matin. Et, par la vitre, elle les vit qui commençaient à se gonfler. Le vent prenait de la force. Le bateau se mettait à bouger.

Il lui vint à l'idée qu'elle pouvait casser des carreaux pour s'échapper. Mais ils étaient petits et fixés dans d'épais cadres de bois. Elle devrait en casser plusieurs pour passer.

Elle alla jusqu'au fauteuil du capitaine, derrière le bureau, essaya de le soulever et se rendit compte qu'elle ne pourrait jamais le lancer assez fortement pour casser quoi que ce soit. Elle regarda autour d'elle et se décida pour un tabouret. Elle se dirigeait vers la fenêtre quand la porte s'ouvrit brusquement dans un claquement sonore.

Elle se figea.

Blair Colm était de retour.

— Je vais engager l'autre bateau dans un combat jusqu'à ce que je vous aie donné assez de temps, annonça Brendan, puis baissant la voix, il ajouta : C'est… un suicide, vous savez.

Logan secoua la tête.

— J'ai pris quelques repères sur le bateau. Je connais plusieurs endroits où je peux me cacher.

Il sourit.

— Et je suis bien armé.

Il souleva le sac que Hagar lui avait donné.

— Des grenades. Quatre pistolets. Des munitions. Six couteaux… et une fusée. Je la tirerai quand j'aurai Red et que nous aurons sauté du bateau.

— Et nous la sortirons de l'eau, je le jure ! lui promit Brendan.

— Suivez de près, d'aussi près que vous l'osez, recommanda Logan.

— Oui, capitaine laird Haggerty. Je le ferai.

— Si nous y allons, il faut y aller maintenant, dit Sam-le-Silencieux.

Logan se hissa alors sur le bastingage sans un mot de plus, et suivit l'Indien le long de la corde qui descendait jusqu'à la chaloupe, celle qui avait été envoyée pour sauver Cassandra et Horatio.

Lorsqu'ils furent à bord, ils auraient pu être au milieu de l'enfer. Tant de feu avait été échangé entre les deux bateaux que l'air était devenu noir.

Sam-le-Silencieux rama avec force.

En silence.

— Il est juste devant, dit Sam, quand la poudre commença à se disperser.

— Oui, merci, Sam.

— Dieu vous accompagne, Logan !

— Même chose pour vous, Sam.

— Logan ? Ramenez-la… Revenez vivants, tous les deux…

— Oui, Sam. C'est bien mon intention.

Logan laissa ses bottes au fond du canot et plongea dans l'eau. Le lourd sac imperméable le tirait vers le bas et le sel rendait ses blessures cuisantes.

Bien… Au moins, la douleur aiguisait ses forces.

Il nagea avec vigueur, plissant les paupières pour se protéger de l'eau de mer et de la poudre âcre.

Le bateau de Colm était devant lui, et commençait à bouger. Bientôt, il allait prendre de la vitesse. Logan serra les dents et nagea encore plus fort. Il fallait qu'il le rattrape. Cependant, malgré sa détermination, il commençait à craindre que les forces ne lui manquent.

Il allait se noyer.

Et Red allait mourir.

Comme sa mère était morte tant d'années plus tôt.

En se battant…

Il redoubla ses efforts. Il songea un instant à lâcher ses armes, mais ce serait de la folie. Il en aurait besoin s'il parvenait sur le navire de Colm.

Une vague lui entra dans la bouche, et il avala de l'eau

salée. Il toussa, mais continua à nager. Le bateau était près, tout près…

Il essaya d'attraper un barreau sur la coque, qui lui échappa.

Il donna des coups de pied de toutes ses forces, se propulsant aussi loin en avant que possible, tendit le bras et, cette fois, il attrapa le barreau, mais il eut l'impression que son bras était presque arraché de son articulation.

Toutefois il tint bon. Il se cramponna et respira. Puis il ajusta le poids du sac sur son épaule et commença à grimper.

Une ascension lente et pénible. Il s'élevait pouce par pouce, et pendant ce temps le bateau prenait de la vitesse et le vent le fouettait.

Il montait du côté de la proue. Il se tendit, se hissa au-dessus du bastingage juste assez pour voir ce qui se passait à bord, attendant le bon moment pour sauter sur le pont et courir vers une cachette. L'équipage était au centre du bateau, réparant les voiles et le gréement endommagés par les tirs de canon.

A la première occasion, il passa par-dessus le bastingage et sauta sans bruit sur le pont.

Des toiles et des morceaux de gréement brûlés et abîmés formaient un tas près de l'emplacement d'une chaloupe. Logan se hâta d'aller jusque-là, se courba sous la toile et entreprit de glisser ses couteaux dans les fourreaux attachés à ses bras et à ses chevilles. Il glissa une paire de pistolets dans sa ceinture, puis y enfila les deux derniers couteaux. Il sortit la fusée et l'accrocha à sa ceinture, puis emplit de grenades un petit sac fixé à sa taille.

Tant que l'équipage s'affairait à réparer les voiles et à prendre désespérément de la vitesse, il ne pouvait espérer passer devant eux et trouver Red, retenue prisonnière soit dans la cabine de Colm, soit quelque part sous le pont.

D'une manière ou d'une autre il la trouverait, mais il devait prendre patience.

Alors il attendit.

Ce qui s'avéra de loin la chose la plus difficile qu'il ait jamais faite !

16

A la barre, les yeux rivés sur le bateau qu'ils suivaient, Brendan prenait soin de ne pas le perdre de vue afin de s'assurer qu'il ne vire pas subitement de bord pour leur tirer dessus et essayer de les couler.

L'Aigle possédait un plus grand nombre de canons que la frégate de Colm, mais il était aussi plus vulnérable, étant surtout bâti pour la vitesse. Et ses canons n'étaient pas aussi efficaces contre la coque épaisse de la frégate que ceux de Colm le seraient contre leur sloop, plus léger.

C'était un jeu prudent du chat et de la souris. Il ne voulait pas perdre de vue le bateau qui transportait Red, mais cette vigilance ne lui servirait à rien s'il laissait Colm couler *L'Aigle*.

Une tape sur l'épaule le fit sursauter, tant il serrait la barre avec concentration.

— Mon garçon, vous devez vous reposer. Je vais prendre le bateau en main un moment.

C'était Hagar, que Brendan fixa d'un air absent.

— Faites-moi confiance. Je ne vous ai jamais laissé tomber.

Brendan relâcha alors lentement son souffle et acquiesça d'un signe de tête. Ses doigts, crispés sur la barre, étaient blancs de tension.

— Le nid-de-pie ? demanda-t-il.

— Sam-le-Silencieux monte la meilleure garde qu'un homme puisse faire.

— Logan va la sauver, marmonna Brendan. S'il a pu monter à bord…

Hagar sourit.

— Il *est* monté à bord. Sam l'a vu avec une lorgnette depuis le nid-de-pie. Il a réussi. Maintenant, reposez-vous, Brendan. Si vous brisez la barre, nous serons tous perdus.

Brendan hocha sombrement la tête et confia le gouvernail au matelot.

— Y a-t-il du café ? demanda-t-il.

— Je vais vous en faire apporter. Reposez-vous. Je sais que vous ne dormirez pas, mais au moins allongez-vous. Il va à coup sûr y avoir une bataille bientôt, et il faut que vous soyez prêt.

Brendan acquiesça une fois encore. Les paroles de Hagar étaient la raison même.

Il entra dans la cabine du capitaine en se frottant les yeux et alla droit à la couchette, s'asseyant sur le bord du mince matelas.

Un cri le fit sursauter. Il se leva d'un bond et regarda le lit, en proie à la plus vive confusion, lorsqu'il constata qu'il était déjà occupé.

Cassandra Bethany, qui se leva en hâte, le regardait d'un air terrifié qui vira à l'embarras lorsqu'elle le reconnut. Apparemment, l'équipage avait veillé à son confort pendant qu'il était à la barre. Elle était pieds nus, portait une chemise et des culottes appartenant à Red, et ses cheveux ruisselaient dans son dos. Les vêtements moulaient son corps de façon provocante, et il s'empressa de relever les yeux vers les siens, qui reflétaient maintenant sa propre confusion.

— Je suis terriblement désolé, s'excusa-t-il. Je n'avais aucune idée que vous étiez ici. Pardonnez-moi. Je vais vous laisser.

— Non, non…, dit-elle vivement. Je n'avais pas l'intention de m'endormir. Comment ai-je pu m'assoupir alors que… Oh ! Mon Dieu, Logan… Comment ai-je pu ? Je dois être la plus horrible des personnes !

— Non, vous n'êtes pas horrible, protesta Brendan.

Il s'agenouilla devant elle et lui prit doucement les mains.

— Vous avez été prisonnière. Vous avez enduré des journées d'enfer avec cette espèce de… cet écumeur des mers et des terres. Si vous avez pu vous reposer un peu, vous ne devez pas vous en blâmer. L'instinct vous aide à survivre, même si votre cœur et votre esprit le combattent.

Elle le regarda, et ses yeux lui semblèrent encore plus grands.

— Etes-vous… le frère de Bobbie ? demanda-t-elle.

— Son cousin. Nous nous ressemblons donc tant ?

— Oui, répondit-elle gravement. Sauf que Bobbie est moins… enfin, je me demande comment elle a convaincu tout le monde qu'elle était un homme. Alors que vous êtes tellement plus… Pardonnez-moi. Je divague. Je ferais mieux de me taire.

— Vous devez vous reposer, rien de plus.

— Est-ce que vous pensez que nous allons… survivre ?

— Oh oui ! lady Cassandra ! Nous survivrons ! Jamais je ne laisserai mourir Red !

— Et Logan non plus !

— Il a prouvé qu'il est un homme de qualité, dit Brendan avec embarras. Je ferai tout pour le sauver aussi.

Il ne savait pas exactement quand il en avait pris conscience, mais il était évident pour lui que Logan éprouvait plus que de l'admiration pour Red, quelle que soit la relation qu'il entretenait par ailleurs avec lady Cassandra. Et cette situation le mettait mal à l'aise vis-à-vis d'elle.

Elle le regarda avec curiosité, penchant la tête de côté. Puis, à sa surprise et à sa gêne, elle tendit la main pour le toucher.

— De grâce, ne craignez pas de heurter mes sentiments. Logan est seulement mon meilleur ami. Il est libre d'aimer qui il veut.

— Mais… votre père et vous… avez risqué votre vie pour lui !

— Je sais, néanmoins…

— Néanmoins ?

— Eh bien… Je suis censée être une dame, je devrais donc être réservée et ne pas parler de ces choses-là, mais… deux personnes qui semblent être faites l'une pour l'autre, qui peuvent même penser à un moment qu'elles *sont* faites l'une pour l'autre, ne le sont pas toujours. C'est ce qui se passe entre Logan et moi. Je le chérirai et l'admirerai toujours, mais je ne suis pas amoureuse de lui.

Elle croisa le regard de Brendan et rougit.

— Et je le lui ai dit avant qu'il ne parte sauver votre cousine, parce que je pensais qu'il devait le savoir.

— Vous… vous êtes si belle, si courageuse, si généreuse…

Elle rougit de plus belle

— Merci. Mais en vérité, ce qui doit exister entre un homme et une femme pour qu'ils partagent une vraie vie de passion n'existe pas entre nous. Même si j'espère et je prie de trouver un jour une telle passion.

Brendan ne savait que dire. Il se sentait emprunté et troublé. Ils étaient seuls, et si proches l'un de l'autre. Elle avait toujours la main posée sur lui, sans paraître s'en rendre compte.

Elle était plus que belle et, bien qu'il sache qu'elle était effrayée, elle parlait et agissait avec un courage d'autant plus admirable qu'elle avait peur, justement.

Il se leva brusquement, se cognant presque la tête au plafond bas.

— Je vais vous laisser vous reposer…

— Non… Attendez, s'il vous plaît.

Il la regarda d'un air interrogateur, de nouveau à court de mots, ce qui ne lui ressemblait pas.

— Je vous serais très reconnaissante si vous vouliez m'enseigner quelque chose pour me défendre. Je doute de pouvoir apprendre à me servir d'une épée en quelques heures, mais peut-être… Je ne sais pas comment fonctionne un pistolet…

— Ce sera avec plaisir, lui assura-t-il, heureux d'avoir quelque chose d'utile à faire pour elle.

Et cela pourrait bien s'avérer nécessaire, en effet, car, même s'il aurait tout donné pour lui affirmer le contraire, il ne pouvait lui promettre qu'elle n'aurait jamais besoin de connaître le fonctionnement d'une arme à feu.

Il tira un pistolet de sa ceinture.

— Il faut savoir que les pistolets doivent être rechargés, même ceux qui ont un barillet. Celui-ci vous permettra de tirer cinq coups, mais vous devez prendre soin de compter au fur et à mesure que vous tirez, pour ne pas vous demander chaque fois s'il vous reste encore une balle. Ceci, en revanche…

Il s'arrêta et saisit un poignard.

— Voici une arme que vous devriez avoir sur vous en toutes circonstances. Un pistolet est préférable à distance. Mais quand un homme vous attaque de près, il vous faut un couteau. Dans le cas d'un combat main à main — si un homme passait cette porte et vous menaçait, par exemple —, vous tireriez d'abord sur lui, puis jetteriez votre pistolet et tiendriez votre poignard prêt. Si vous réussissez à le cacher à votre agresseur, vous pouvez le laisser approcher en feignant la peur… et le frapper par surprise. Vous devez viser sous les côtes et frapper durement, rapidement et d'une main sûre.

La main de Cassandra se referma sur la dague qu'il lui tendait, puis elle donna un coup violent dans l'air.

— Comme cela ? demanda-t-elle.

Brendan posa sa main sur la sienne.

— Oui, mais vous voyez…

Il se servit de son corps pour lui montrer où frapper.

— Vous devez viser plus bas et enfoncer complètement la lame.

Sa main était encore sur la sienne lorsqu'elle leva les yeux vers lui en acquiesçant d'un signe de tête. Alors il plongea dans son regard et se sentit perdu.

*
* *

Red était de nouveau face à l'homme qui avait changé pour elle la beauté de la vie en années d'enfer. Elle pouvait lui lancer le tabouret à la tête, mais elle savait qu'il s'en rendrait à peine compte. Cela ne servirait qu'à accroître son courroux, et compromettre sa survie.

Elle reposa le tabouret.

Il lui fallait une meilleure arme. Elle avait désespérément besoin de mettre la main sur un couteau ou tout autre objet tranchant. Elle devait gagner du temps aussi, pour pouvoir trouver un moyen de se défendre.

— Sage décision, ma chère, approuva Colm en marchant vers son bureau et en gardant ses distances avec elle, ce qui la surprit.

Puis, avec un petit sursaut de plaisir, elle comprit qu'il se méfiait d'elle.

Il y avait une bouteille de rhum à moitié pleine sur le bureau ; il la prit et en but une longue goulée sans la quitter des yeux. Elle ne bougea pas.

— Vous avez tué un de mes hommes, dit-il enfin. Vous en avez même tué plusieurs, car j'imagine que ceux qui se sont noyés sont à mettre à votre compte, aussi.

— J'ai tué des hommes qui auraient dû être pendus. Vous, vous avez tué des gens qui voulaient seulement vivre en paix.

— J'ai tué de la vermine qui s'opposait à son roi légitime, rectifia-t-il d'un ton qui ne témoignait d'aucun regret ni remords.

— Vous le croyez vraiment ?

Il pointa un doigt accusateur sur elle.

— Vous avez trouvé un moyen d'influencer ce scélérat de Red Robert et de le monter contre moi !

— En effet, reconnut-elle.

Il posa la bouteille de rhum.

— Que vais-je faire de vous, maintenant ?

— La question ne se pose pas.

— Ah non ?

— Le bateau de Red Robert se porte sur vous en ce moment même. D'une façon ou d'une autre, son équipage va vous couler.

— On voit bien que vous n'avez pas étudié les navires, ma chère. Si vous l'aviez fait, vous sauriez que ma coque est épaisse et peut supporter les tirs de canon.

— Et le sloop qui vous suit peut décrire des cercles autour de vous, vous attaquant sur tous les flancs !

Le visage de Colm se crispa de colère.

— Même enfant, vous aviez mauvais caractère et étiez obstinée ! Vous ne respectiez pas votre place.

— Je connaissais très bien ma place au contraire. Je vous ai vu assassiner mes parents et prendre plaisir à tuer des bébés et de jeunes enfants. Je vous ai vu mettre le feu *à ma maison*. Je l'ai regardée brûler. J'ai senti l'odeur de chair calcinée.

— Il est bien dommage que vous soyez une si jolie fille — en apparence du moins. D'un côté, je pense que je devrais me débarrasser de vous rapidement, en vous faisant pendre à la vergue. D'un autre, je suis tenté de vous faire ligoter et de prendre plaisir à retirer votre chair de vos os lambeau par lambeau, en ajoutant du sel au fur et à mesure. Mais il se trouve aussi que je suis un homme cupide. Je ne m'en suis jamais caché. Et vous valez une belle somme vivante. Je connais des hommes — au Maroc, par exemple — qui ont les goûts les plus extravagants. Ils savent utiliser une jeune femme de la manière la plus complète possible avant qu'elle ne vieillisse… ou ne meure sous les traitements raffinés qu'ils lui infligent. Alors, que vais-je choisir pour vous ?

Red dut se contraindre à ne pas bouger lorsqu'il leva la main.

— Vous voyez cette cicatrice ? demanda-t-il en montrant des traces rouges et irrégulières sur le bord de sa paume. Vous rappelez-vous comment je l'ai récoltée ?

— Non.

— Vos dents, ma chère. J'ai failli vous fracasser la tête sur une pierre sur-le-champ. Mais la perspective d'une vengeance plus longue était tellement plus plaisante… Vous vendre à lady Fotherington comme je l'ai fait, en sachant qu'elle ferait durer votre servitude encore et encore, était bien plus satisfaisant. Et puis il y avait ce cher gentilhomme français, avec toutes ses maladies que vous auriez certainement attrapées… Il m'a payé une si belle somme pour que je vous livre à lui ! A partir de là, persuader votre *protectrice* de vous envoyer en France a été facile… Vous comprenez donc sans doute mon dilemme, maintenant. Vous pendre rapidement — ou peut-être pas si vite, je crois que j'aimerais vous regarder mourir — ou bien savourer l'idée de vous condamner à des années d'humiliation et de servitude totales. Et là où je vous vendrais alors, on ne tolère pas l'obstination d'une femme. Vous l'apprendriez vite. Une main, une oreille, un œil en moins… Et quand ils se lassent de vous, ils vous utilisent simplement comme esclave.

Red s'efforçait de garder les yeux rivés aux siens, impavide. Il ne fallait pas lui laisser voir la moindre faiblesse. Elle devait se tenir tranquille et réfléchir vite.

Tant qu'il y avait de la vie, il y avait de l'espoir, n'est-ce pas ?

Pas tant que cela, en fin de compte… Elle savait que Brendan ne coulerait pas le bateau avec elle à bord. Tout comme elle savait que s'il tentait d'aborder la frégate, Blair Colm lui trancherait la gorge avant de se mêler au combat.

Il se mit soudain à avancer vers elle.

— Ce qui serait le plus satisfaisant, à mon avis, ce serait de vous voir si totalement humiliée que toute fierté en vous serait tuée d'abord. Mais il y a quelque chose que vous ne savez probablement pas. Je peux infliger des souffrances terribles sans laisser de traces. Je peux vous faire du mal, beaucoup de mal… et je pense que je vais le faire, ajouta-t-il avec un sourire cruel.

Elle recula.

Pendant si longtemps elle avait espéré ce moment, mais pas de cette façon. Dans ses plans, elle n'était pas à la merci d'un bateau plein de meurtriers. Elle faisait simplement face à Blair Colm et elle le tuait — sans se soucier d'être tuée l'instant suivant.

Maintenant, bien qu'elle soit face à lui, elle était sans armes.

Et maintenant, elle avait envie de vivre.

Comment avait-elle réussi à trouver un désir aussi désespéré de vivre après tout ce temps, elle l'ignorait, même si Logan y était certainement pour quelque chose…

Elle contourna le bureau et son regard fut accroché par la bouteille à laquelle il avait bu. Colm ne le remarqua pas. Il la suivait lentement, peu pressé de capturer une proie qu'il considérait comme piégée.

Alors, en un éclair, Red empoigna la bouteille, la brisa sur le bord du bureau, puis brandit le tesson déchiqueté.

Il se mit à rire.

— Roberta, si vous ne versez qu'une goutte de mon sang, vous le regretterez, je vous le promets ! Vous ne ferez qu'accroître ma rage.

— Je ne suis pas certaine que cela changera quoi que ce soit aux horreurs que vous prévoyez pour moi, rétorqua-t-elle.

— Posez cette bouteille !

— Me prenez-vous pour une sotte ?

Une artère palpitait de façon très visible dans la gorge de Colm.

— J'aime beaucoup ce pourpoint. Vous avez intérêt à faire attention de ne pas l'abîmer.

Ils pouvaient tourner l'un autour de l'autre très longtemps, pensa-t-elle. Il ne semblait pas pressé de passer à l'attaque.

Il paraissait très sûr de lui. Trop… Tant mieux.

Mais subtilement, il accéléra son allure, et elle sut qu'il allait se jeter sur elle. Elle n'avait plus le loisir d'attendre, même si elle ne se sentait pas tout à fait prête. Elle n'avait pas le choix.

Elle pivota et bondit la première sur lui.

Le désespoir fut son allié. Son saut fut bon, et elle visa sa gorge. Mais il était fort et rusé. S'il ne fut pas assez rapide pour esquiver complètement le coup, il leva le bras à temps pour protéger sa jugulaire, puis le détendit violemment, envoyant Red voltiger à travers la cabine à la vitesse d'un boulet de canon. Elle s'écrasa violemment contre le mur du fond.

Il porta une main à son cou, la fixant d'un regard venimeux.

— Garce !

Red se remit péniblement debout, s'adossant au mur pour se soutenir tandis qu'il venait droit sur elle.

Il la cloua à la paroi, ses doigts noués férocement autour de sa gorge, lui bloquant la respiration.

Elle le griffa, lui lacéra le visage, sentant son sang sous ses ongles.

Puis, juste comme elle perdait conscience, quelque chose tonna dans la nuit. Le bateau fut secoué par la force de l'explosion et ils furent tous les deux précipités à terre.

Logan avait attendu. Il avait observé.

Au début, il y avait des hommes partout, qui s'affairaient à prendre le vent et à accroître la vitesse du bateau. Puis, une fois les voiles tendues, le plus gros de l'activité s'était calmé et l'équipage s'était dispersé pour vaquer à d'autres tâches.

Il avait jeté alors un coup d'œil hors de sa cachette et vu des matelots qui réparaient des toiles pendant que d'autres remplaçaient des planches cassées. D'autres encore descendaient sous le pont, probablement pour nettoyer et préparer les canons.

Il avait compté deux douzaines d'hommes au moins.

Mais il n'avait pas vu Blair Colm. Ni Red.

Il devinait qu'ils étaient tous les deux dans la cabine du capitaine. Il y avait beaucoup trop d'agitation ailleurs pour que le pirate puisse y savourer tranquillement sa vengeance.

Mais la barre était proche de sa cabine et, avec le colosse au gouvernail, il lui serait impossible de passer sans être remarqué.

Avisant alors des barils de poudre renversés, Logan décida de tenter une entrée dans la cabine par une diversion.

Il guetta le bon moment et le saisit quand il se présenta, sortant de son abri pour courir attraper une longueur de mèche qui traînait près d'un canon pivotant. Dès qu'il l'eut en main, il s'empressa d'aller jusqu'à un baril de poudre, installa la mèche et l'alluma, puis retourna dans sa cachette.

Quelques secondes plus tard, le baril explosa. Des flammes jaillirent de partout, provoquant immédiatement le chaos à bord.

— Le bateau de Colm est en feu ! cria Jimmy O'Hara depuis le nid-de-pie.

Brendan l'entendit de la cabine du capitaine. Il sortit en trombe sur le pont, suivi de Cassandra, et vit que la frégate était effectivement la proie des flammes. Ils les voyaient monter de plus en plus haut, jusqu'à ce que les voiles s'enflamment aussi.

— Toutes voiles dehors ! ordonna-t-il. Des hommes aux canons !

— Nous n'avons pas vu la fusée ! s'écria Jambe-de-Bois.

— Je m'en moque ! Rapprochez-vous d'eux ! Vite !

Abasourdie, le souffle court, Red reprit connaissance près du bureau.

Elle ne vit pas Blair Colm, tout d'abord, puis elle

l'aperçut qui se ruait vers la porte sans plus se soucier de sa présence.

Il ne pensa même pas à refermer derrière lui.

Elle s'élança à sa suite, hésitant un instant sur le seuil. Il y avait un homme dehors et il *brûlait*. Elle se baissa rapidement pour prendre le couteau passé dans sa ceinture, regarda autour d'elle et vit des hommes partout, dont beaucoup hurlaient de douleur. Elle entendit un craquement et leva les yeux pour voir le mât principal commencer à s'incliner.

Elle s'éloigna d'un bond juste à temps pour l'éviter.

Des feux brûlaient partout.

Des hommes hurlaient.

— Bobbie !

Elle crut rêver.

Mais elle ne rêvait pas.

Logan surgit soudain d'un mur de flammes et de fumée, courant vers elle. Un homme, le visage noirci par la suie, surgit entre eux et tira son sabre.

Logan le tua d'un coup de pistolet, puis enjamba son corps pour la rejoindre.

— Nous devons aller à la proue et sauter ! lui cria-t-il. C'est dangereux, mais c'est la seule solution.

Elle le regarda fixement, ayant encore du mal à croire qu'il soit venu la chercher.

Elle était en train de mourir, littéralement, étouffée par son ennemi, et puis… un miracle s'était produit.

— Colm ! dit-elle.

— Oubliez-le ! Nous devons sauter de ce bateau. Maintenant !

Il la ramena dans la fumée, qui les aidait à dissimuler leur évasion. Il avait un sabre, et leur frayait un chemin en abattant tous ceux qui tentaient de les arrêter. Quand quelqu'un attrapa Red par-derrière, elle se rappela qu'elle avait elle-même une arme et fit lâcher prise au matelot par un sauvage coup de couteau.

Ils atteignirent enfin la proue. Logan alluma une fusée.

Il avait vraiment tout prévu… Il venait de la hisser sur le bastingage lorsqu'elle lui cria un avertissement. Un homme se dressait derrière lui, brandissant une hache d'abordage pour le frapper. Logan se courba et la hache se ficha dans la rambarde. Red perdit l'équilibre, lâcha un long hurlement et passa par-dessus bord.

Elle frappa violemment l'eau, ce qui revenait à passer à travers un plancher de cette hauteur, et plongea dans les profondeurs. Puis l'instinct de survie reprit le dessus et elle donna des coups de pieds forcenés pour remonter vers la lumière du feu qui éclairait la surface.

Elle y parvint, à bout de souffle, les poumons douloureux, et entendit le grondement d'un canon. Agitant les bras et les jambes pour se maintenir à la surface, elle vit qu'un boulet avait frappé juste, achevant d'abattre le mât principal du bateau de Colm.

Un autre tomba, et un autre…

Puis la frégate fit feu à son tour.

Red nagea avec vigueur, sachant qu'elle devait sortir de l'espace entre les bateaux pour ne pas être écrasée. Tout en nageant, elle regardait désespérément autour d'elle, priant à chaque mouvement des vagues de voir apparaître le visage de Logan.

Mais elle ne le vit pas.

L'homme à la hache recula, cherchant une autre arme. Il avisa une lance, dont il se saisit avec un grand sourire, et se rua sur Logan.

Celui-ci s'écarta, calculant la portée de l'arme. Il ne pensait pas pouvoir briser la lance avec son épée, alors il continua à sautiller et esquiver, fatiguant son adversaire qui le suivait, essayant de le viser. Puis il plongea brusquement, passant sous la lance pour embrocher l'homme avec son épée. Son attaquant tomba à la renverse, serrant son ventre, et s'effondra sur le pont. Logan pivota et courut vers le bastingage à bâbord. Un couteau lancé derrière lui le frôla.

Il se retourna.

Blair Colm se tenait à quelques pieds de lui. Il le fixa puis dégaina lentement son épée.

Son bateau était en feu, son équipage courait partout, paniqué…

Mais lui était parfaitement calme. Comme indifférent à la folie qui l'entourait.

— Qui êtes-vous donc ? demanda-t-il à Logan.

— Logan Haggerty. *Laird* Logan Haggerty.

— Je connais ce nom, dit Colm. Et maintenant que vous le dites, je vous reconnaîtrais n'importe où. Vous êtes le portrait craché de votre père. Et vous pensez être un homme, un vrai. Eh bien, *laird* Haggerty, venez mourir comme un homme !

— Ce n'est pas moi qui mourrai, l'avertit Logan.

— Vous allez mourir, comme tous les rats qui s'opposent à moi meurent. Vous aviez tout ! Un homme qui vous a bien élevé. Un héritage que vous n'avez jamais mérité. C'est *moi* qui vous ai donné tout cela !

Il dessinait un cercle avec son épée en parlant, provoquant Logan.

— Vous m'avez donné tout cela ? répéta ce dernier. Non. Ce que vous m'avez donné, c'est le souvenir de ma mère assassinée sous mes yeux, et de mon pays bafoué.

— Je vous ai donné la volonté de vous battre !

— C'est mon père, qui défendait son pays et son peuple, qui m'a donné la volonté et la force de me battre. Et ma mère, qui avait un courage à toute épreuve, m'a montré qu'un homme n'est perdu que lorsqu'il a perdu son âme.

— Votre père était un sot incapable de voir la réalité. Et votre mère… Ah ! quelle pauvre petite femme sans défense elle était ! Elle est morte si facilement, et si vite. Je sens encore ma lame s'enfoncer dans sa chair !

La rage grondait en Logan.

Il la combattit pour garder ses moyens.

Ils s'affrontaient tous les deux en une joute mentale, chacun s'efforçant de faire oublier à l'autre qu'un duel à mort devait se livrer la tête claire.

Colm s'avança, et Logan para sa première attaque, sautant sur une pile de cordages. Il reprit son équilibre et attaqua à son tour.

Leurs épées se heurtèrent avec force, et se heurtèrent encore. Tandis qu'ils les désengageaient pour frapper de nouveau, Logan s'aperçut que Colm saignait. Son pourpoint était déchiré et une tache de sang apparaissait sur son bras, répondant aux filets rouges qui coulaient le long de son visage et de son cou. Il pressa alors son avantage et frappa fort.

De nouveau, l'acier rencontra l'acier et de nouveau les deux hommes reculèrent.

— Elle est aussi votre catin ? lança Colm, le provocant. Je l'achèverai dès que je vous aurai supprimé — ou peut-être aimeriez-vous la tuer vous-même ? Vous la partagiez, vous savez, avec ce maudit pirate, ce scélérat de Red Robert.

Il abattit durement sa lame en parlant, mais Logan se contenta de sourire et para aisément le coup.

— Elle dort en effet avec Red Robert, répondit-il. Chaque nuit.

Son amusement parut exaspérer Colm. Il s'avança, balançant son épée avec force. Mais Logan intercepta le coup.

Ils étaient pris dans une étreinte féroce, chacun s'efforçant de repousser l'autre, de prendre l'avantage. Du coin de l'œil, Logan vit soudain que les hommes de Colm se regroupaient.

Ils auraient dû être en train de sauver le bateau.

Mais c'était comme si la haine était contagieuse. Noircis par la fumée, saignant, boitant, ils s'avançaient avec leurs sabres pour rejoindre leur maître dans son combat.

Logan poussa alors puissamment son épée, forçant Colm à reculer de plusieurs pas en chancelant, puis il sauta sur le bastingage, sachant que c'était sa seule chance. Sa dernière chance…

Tandis qu'il plongeait dans la mer, il entendit les canons gronder encore plus fort.

Une vraie bataille à mort avait commencé.

Les deux navires étaient loin du rivage, là où les vagues étaient hautes et où le simple fait de rester à la surface demandait à un homme un effort presque surhumain. Mais Red savait que pour survivre elle devait atteindre le sloop et attirer l'attention de quelqu'un. Le problème, c'était que ses forces diminuaient rapidement.

Elle entendit un autre grondement, puis un boulet de canon tiré trop court fendit l'eau près d'elle. Dans les remous qui s'ensuivirent, elle avala de l'eau de mer, cracha, puis inspira, mais elle ne pouvait plus respirer.

Se forçant à se mettre sur le dos et à flotter, elle recouvra peu à peu son souffle. Une fois de plus, elle essaya de se positionner au mieux pour éviter les tirs des deux bateaux et rejoindre *L'Aigle*. Elle savait que Brendan ferait feu rapidement et furieusement, à présent, essayant d'empêcher le lourd navire de Colm d'endommager davantage leur bateau. Il l'aborderait s'il ne pouvait pas le couler. En ce moment même, ses hommes étaient sans doute prêts avec leurs grappins et leurs haches d'abordage, résolus à livrer un combat d'hommes à hommes.

Et Logan ? Où était-il ?

Elle continua à nager, avec un regain de forces quand elle distingua *L'Aigle*. L'air autour d'elle était saturé de fumée et de poudre noire, mais elle ne s'en souciait pas, car les voiles de son bateau étaient toujours fièrement tendues.

Tandis que le navire de Blair Colm était endommagé. Il penchait, ses mâts et ses voiles détruits.

Mais ses canons tiraient toujours.

Elle nagea plus fort. Elle se rapprocha de son bateau et

tenta d'appeler à l'aide, mais l'eau salée emplit sa bouche et noya ses mots dans sa gorge.

Puis elle vit quelqu'un qui la regardait depuis le bastingage.

Cassandra…

— C'est Bobbie ! cria la jeune femme. Bobbie est dans l'eau !

On lui lança une échelle de corde. Red essaya de l'attraper et la manqua. Elle essaya encore, mais le bateau bougeait, les vagues étaient hautes et elle était projetée chaque fois contre la coque.

Enfin, elle s'en saisit et parvint à gravir quelques échelons.

Puis le bateau tangua fortement et elle fut rejetée à la mer.

Etourdie, elle chercha de nouveau à attraper l'échelle, qui lui échappa.

— Oh ! Non ! Pas de ça ! Vous n'allez pas vous noyer maintenant ! Je ne le permettrai pas !

Logan !

Son visage couvert de suie ruisselait, mais ses yeux étaient brillants. Il saisit l'échelle.

— Montez ! ordonna-t-il.

Elle grimpa, et il grimpa juste derrière elle, son torse la retenant de tomber.

Elle n'eut pas à grimper jusqu'en haut. Deux bras se tendirent vers elle. Brendan était là. Et Jambe-de-Bois, Hagar, Sam-le-Silencieux… même Jimmy O'Hara. Lord Bethany et Cassandra…

Elle entendit Logan sauter sur le pont derrière elle pendant qu'elle allait d'étreinte en étreinte, mais très vite elle se dégagea.

— Ce n'est pas le moment ! cria-t-elle. Nous sommes engagés dans une bataille !

— Il y a des hommes aux canons, lui assura Sam.

— Et les grappins sont prêts, ajouta Hagar.

Elle chancela. Epuisée, soulagée et tremblante, elle était près de tomber.

A cet instant précis, les canons pivotants lâchèrent une volée retentissante. Elle recula, s'affalant contre Logan.

— Emmenez-la dans la cabine, ordonna Brendan à ce dernier.

Comme elle commençait à protester, il ajouta :

— Va te reposer, Bobbie, je peux commander le bateau pour le moment.

Elle le regarda intensément. Brendan était de son sang et son plus cher ami, le seul être qui partageait son passé, qui la connaissait complètement, qui l'avait aimée et servie, suivie, quelle que soit sa folie. Elle l'étreignit fortement, ses émotions dépassant les mots.

— Oui, Brendan, tu peux commander ce bateau, parvint-elle enfin à dire.

Puis elle fut tirée de ses bras et prise dans l'étreinte d'un homme trempé, aux habits tachés de sang et de poudre, qui entreprit de la porter jusqu'à sa cabine. Elle s'autorisa alors à se détendre dans ses bras et à fermer les yeux.

Ne fût-ce que pour un bref moment.

17

Logan la déposa sur la couchette et écarta une mèche mouillée de son front.

— J'ai eu si peur pour vous, murmura-t-elle.

— Je suis vraiment désolé d'avoir été retenu, s'excusa-t-il d'un ton léger.

Puis il se leva et alla jusqu'au bureau, semblant savoir qu'elle gardait une bouteille de rhum dans le tiroir de droite. Il la lui apporta.

— Buvez-en une grande gorgée.

Elle obéit, faisant une grimace : l'alcool la brûlait.

— Je n'ai jamais vraiment aimé le rhum pur, dit-elle.

Il but à son tour.

— Pour l'heure, l'alcool vous soutiendra.

Elle passa les doigts sur son visage qu'elle aimait tant.

— Avez-vous vu Colm ? demanda-t-elle.

Il fit signe que oui.

— L'avez-vous… tué ?

Il inspira à fond, sachant que la vérité allait la décevoir.

— Non. Malheureusement, notre combat a été interrompu. J'ai choisi de vivre pour me battre un autre jour et j'ai sauté.

Il la couvait d'un regard intense, et elle ne savait pas très bien pourquoi.

— J'ai eu si peur quand je ne vous ai pas vu dans l'eau…

— Je me suis déjà excusé pour mon retard, plaisanta-t-il.

Puis son expression redevint sérieuse.

— J'ai fait ce que j'ai pu, aussi vite que je l'ai pu, Bobbie… Mais vous êtes meurtrie ! s'écria-t-il en remarquant les traces qu'elle avait sur le cou.

— Colm était en train de m'étrangler quand une explosion nous a fait voler à travers la cabine, lui expliqua-t-elle. Jamais rien n'était tombé aussi bien dans ma vie !

Il la regarda en souriant, mais elle vit qu'il tremblait aussi.

— Son visage et son cou étaient en sang, dit-il.

— Je n'ai pas pu faire mieux, à mon grand regret.

Il hocha la tête avec gravité.

— Vous aviez un couteau ?

— Hélas ! non. Mais un imprudent avait laissé une bouteille sur le bureau.

— Bénis soient les buveurs ! fit-il en lui prenant les mains. Vous tremblez, vous êtes mouillée et vous avez froid. Et la vraie bataille est imminente. Je vais vous laisser vous changer, mais… faites attention en vous levant. Vous n'avez pas toutes vos forces.

Elle acquiesça.

— Logan… Cassandra et lord Bethany… Il faut qu'ils restent en bas, ou même ici, dans cette cabine. Ce ne sont pas des combattants.

Il opina.

— Je vais m'assurer qu'ils soient en sécurité.

Puis il hésita.

— Y a-t-il un espoir que vous en fassiez autant ?

Ses yeux la scrutaient intensément.

— Logan, je…

Mais il était déjà parti.

Logan trouva Cassandra sur le pont en compagnie de Brendan. Elle chargeait des pistolets. Il les regarda, surpris.

— Elle apprend vite, fit remarquer Brendan.

— Je voulais être utile…

— Quand le combat commencera, vous devrez néanmoins aller dans la cabine du capitaine ou descendre dans la cale, continua Brendan.

— Oui, il le faut, renchérit Logan, mais aucun d'eux ne le regardait.

Ils se dévisageaient, l'air grave, le regard pris dans celui de l'autre.

— Brendan, vous pourriez avoir besoin…, commença-t-elle.

— Cassandra, si je suis inquiet pour vous, je ne pourrai pas me concentrer sur mes efforts !

— Alors je me mettrai en sécurité, comme vous le voulez.

— Si le bateau se met à couler…

— Je trouverai un solide morceau de bois et je laisserai le courant et les vagues me transporter jusqu'au rivage le plus proche, acheva-t-elle comme si elle répétait une leçon bien apprise.

Ils se rapprochaient du bateau de Colm. Un canon cracha du feu du pont adverse et ils vacillèrent tous. Cette fois, ils avaient été touchés, et durement.

— Feu ! cria Hagar.

Leurs huit canons grondèrent à l'unisson. Le bruit était assourdissant. Mais chaque boulet frappa juste. Le bateau de leur ennemi, déjà en feu, gîta plus encore.

L'équipage du sloop criait et brandissait ses armes.

Logan se tourna alors vers Cassandra.

— Où est votre père ? demanda-t-il.

— En bas.

— Rejoignez-le, c'est le moment…

Elle regarda Brendan, qui confirma d'un signe de tête. Elle se tourna docilement et s'éloigna.

Les canons pivotants lancèrent une nouvelle salve. A bord du bateau de Colm, des hommes hurlèrent, certains tombant, d'autres jurant rageusement.

Logan regarda Brendan, et tous deux sourirent.

— La victoire est à portée de main, dit Brendan.

— Dieu nous accompagne !

La porte de la cabine du capitaine s'ouvrit. Red portait des culottes et une chemise propres, des pistolets passés à sa ceinture, son baudrier en place avec son sabre, des couteaux dans les fourreaux attachés à ses chevilles et à ses bras.

Logan sentit son cœur se serrer de tendresse et d'angoisse. Elle était si forte et si fragile à la fois…

Malgré la confiance manifeste de Brendan, la victoire n'était pas certaine. Et Red devait avoir la possibilité de se défendre si les autres et lui-même ne pouvaient la protéger. Il n'avait pas le droit de lui demander d'agir autrement.

Elle les regarda tous les deux et haussa un sourcil, comme pour les défier de la retenir.

— C'est le moment, dit-elle.

— Oui, c'est le moment. Préparez les grappins et les haches ! cria Brendan à l'équipage. Matelots, rentrez-lui dedans et abordez-le !

Il y eut une terrible secousse et un bruit de bois qui craquait tandis que les deux bateaux entraient en collision. Les deux équipages lancèrent des grappins de part et d'autre, et des hommes sautèrent des deux ponts, brandissant leurs haches d'abordage. Des coups de feu furent tirés, entrecoupés de cris de bataille et de hurlements d'agonie.

Logan poussa en avant avec Brendan et l'équipage, repoussant ceux qui tentaient d'aborder leur navire. Un homme sauta d'un mât cassé. Logan visa, tira, et le regarda tomber sur le pont.

Il tournoya pour affronter un pirate armé d'une hache. Il se servit de son deuxième pistolet, puis tira un couteau. Il visa et le lança sur un homme qui bondissait vers Jambe-de-Bois avec une hachette.

Les deux pirates s'affalèrent presque ensemble contre le bastingage, puis passèrent par-dessus bord et tombèrent à la mer.

Jambe-de-Bois lui fit un signe de tête en remerciement, poussa un rugissement et aborda la frégate.

En quelques minutes, tout l'équipage de *L'Aigle* était passé de l'autre côté, portant la bataille sur le pont ennemi, commençant un combat d'homme à homme qui durerait jusqu'à l'amère fin.

Logan abattit deux adversaires de son épée.

Derrière lui, Brendan affrontait un géant furieux. Restant d'abord parfaitement immobile, il bougea en un clin d'œil, avec une formidable précision, et l'homme s'empala sur son sabre quand il attaqua.

Le combat fut bientôt terminé. L'équipage de Colm était réduit au départ, dix-huit hommes seulement avaient survécu pour se joindre à la bataille.

Logan en tua encore un, pivota pour protéger son dos et vit que tous les hommes de Red faisaient la même chose.

Ils n'eurent bientôt plus personne en face d'eux.

De la fumée montait du pont. Le bateau continuait à brûler et Logan estimait que sa coque avait été gravement endommagée, malgré l'affirmation de Colm que son navire pouvait supporter leurs coups de canons.

— Abandonnez le bateau ! ordonna Brendan.

Red se tenait au milieu du pont, scrutant du regard les corps étendus autour d'elle. Logan savait exactement qui elle cherchait.

La frégate était à quelques minutes de sombrer complètement. La proue s'enfonçait déjà dans l'eau.

— Abandonnez le navire ! cria-t-il à Red, mais ce fut comme si elle n'entendait pas.

Elle examinait toujours les corps, cherchant celui de Blair Colm.

Logan alla jusqu'à elle et la prit par l'épaule. Quand elle se tourna vers lui, ses yeux étaient étrangement voilés.

— Red, nous avons gagné. Le bateau coule. Nous devons partir.

Elle lui saisit les bras.

— Je ne le vois pas !

— Red, vous ne pouvez pas continuer à le chercher.

Le navire sombre. Nous devons nous dégager avant qu'il ne nous fasse couler aussi.

— Je dois être certaine qu'il est mort, Logan.

Brendan avait donné l'ordre de commencer à écarter *L'Aigle*. Les hommes abandonnaient en hâte le bateau en péril, anxieux maintenant de retourner sur le leur.

— Red, nous devons supposer qu'il est mort et nous sauver.

Mais elle le repoussa et se remit à chercher frénétiquement parmi les morts.

Il la suivit en jurant, puis la fit pivoter vers lui.

— Ne m'obligez pas à le faire ! la prévint-il.

Ses yeux s'élargirent.

— Vous n'oseriez pas !

Il osa. Il n'y avait pas d'autre solution.

— Espèce de fieffé scé…

Elle ne put en dire plus. Elle ne s'était pas défendue assez vite, et il la frappa à la mâchoire, juste au bon endroit. Elle s'affala dans ses bras.

Il courut au bastingage. Les cordages avaient tous été enlevés. Les deux bateaux se séparaient déjà.

— Logan !

C'était Jambe-de-Bois. Il ne demanda pas pourquoi leur capitaine était sur son épaule. Il cria juste qu'on lui envoie un cordage, afin que Logan puisse sauter.

Le cordage fut lancé. Logan l'attrapa, en entoura son poignet libre, grimpa sur le bastingage et s'élança. Il tenait fermement Red, et tous deux atterrirent sur le pont de *L'Aigle*.

— Elle est blessée ? Que lui est-il arrivé ? demanda Brendan en accourant.

Logan se redressa avec un petit sourire.

— Une mesure d'urgence. Elle ira bien dans une heure ou deux. Elle ne voulait pas quitter le bateau…

Un étrange bruit d'aspiration les alerta tous les deux, et ils se tournèrent. Le bateau se mit à tanguer violemment sous eux tandis que la frégate de Colm coulait, créant un tourbillon. Plusieurs hommes trébuchèrent, essayant en vain de garder leur équilibre.

Le navire disparut complètement en quelques secondes. Puis des morceaux de bois et des bouts d'épaves commencèrent à remonter à la surface, comme s'ils étaient crachés par une bouche formidable cachée sous les vagues.

Il y eut un silence de mort, puis les hommes poussèrent des hourras.

— Victoire ! Victoire !

Pour un homme surnommé *le Silencieux*, Sam poussait des rugissements capables de faire trembler l'océan.

Red ne les entendait pas.

Elle dérivait.

Et c'était si doux…

Elle percevait les vagues qui caressaient le bateau ; elle pouvait presque sentir les doux baisers du soleil et de la brise.

Et puis soudain…

Elle sentit autre chose.

Sa mâchoire meurtrie. Sa gorge douloureuse. Mais le plus ennuyeux de tout, c'était que la douleur écartait la sensation absurdement agréable du rêve.

Elle ouvrit les yeux et battit des cils. Elle était dans sa cabine. Sa main se porta instinctivement à sa mâchoire. La meurtrissure était réelle.

— Vous êtes réveillée…

Elle cligna de nouveau des paupières et se tourna.

Logan était assis à *son* bureau. Dans *son* fauteuil. Et ce qui agaça le plus Red, c'était qu'il y semblait parfaitement à son aise. Il y avait une bouteille de rhum posée devant lui, ainsi qu'une tasse en porcelaine.

Ses longues jambes, moulées dans des culottes bien ajustées, étaient étendues devant lui et il croisait ses pieds bottés sur le bureau. Il s'adossait au siège, les mains nouées derrière la tête.

— Vous m'avez encore frappée ! l'accusa-t-elle avec colère.

— Oui.

— Je cherchais Blair Colm !

Il secoua la tête, plissant les yeux avec dédain.

— Le bateau coulait. Il a coulé quelques secondes après notre départ. Et vous auriez coulé avec lui, sotte que vous êtes !

Elle déglutit, refermant les yeux. Il avait raison. Mais il avait tort, aussi.

— Il est toujours là, je le sais.

— Red…

Il bougea enfin, abaissant ses jambes.

— Son navire a coulé. Tous les hommes à bord ont sombré avec lui.

— Mais je n'ai pas pu le trouver.

— Parce qu'il était ailleurs quand il est mort ou qu'il avait déjà été poussé par-dessus bord. En tout cas, le navire a sombré. Quelques secondes de plus — si Brendan n'avait pas donné l'ordre de se dégager — et vous auriez pu le laisser entraîner votre propre bateau, avec tous ces hommes qui sont prêts à mourir pour vous !

Elle se tut, parce qu'il disait vrai. Elle ne voulait pas penser qu'elle avait si témérairement ignoré la vie d'autrui dans son besoin d'être certaine.

Mais elle restait à la fois effrayée et frustrée.

— Je ne l'ai pas vu mort.

— Cela importe-t-il tant ? demanda-t-il doucement. A partir du moment où il a disparu, à partir du moment où il ne peut plus faire de mal à personne, est-il si important que vous ne lui ayez pas porté le coup fatal ?

Elle agita la tête.

— Sauf que…

— Quoi ?

— S'il n'est pas mort ?

Il se leva, vint à elle à grands pas, puis la mit sur ses pieds. Il porta les mains à sa ceinture, qui retenait ses pistolets. Ils disparurent avant qu'elle ait le temps de s'en rendre compte, jetés sur la table.

— Qu'est-ce que…

— Taisez-vous.

Elle voulut lui saisir les mains, mais trop tard ; il lui avait aussi ôté son baudrier.

Elle avait le tournis.

Parce qu'il l'avait frappée.

Et maintenant il se comportait comme s'il était maître de l'univers, maître d'elle-même…

— Logan, ce n'est ni le moment ni l'endroit…

— Ne vous flattez pas, dit-il d'un ton coupant.

Elle le regarda dans les yeux. Ils étaient froids.

— Je vous demande pardon ?

— Vous le devriez, en effet.

— Quoi ?

Elle tenta de l'arrêter, mais il continuait à lui enlever toutes ses armes.

— Logan, cessez d'agir comme un fou ! C'est mon bateau ! C'est *moi* le capitaine, ici !

— En effet. Et, en bon capitaine, vous allez sortir et remercier ces hommes qui ont sauvé votre bateau et votre peau, et célébrer la victoire avec eux !

Elle ne put protester, expliquer qu'elle se cramponnait toujours désespérément à…

A quoi ?

Au pouvoir ?

Non. Elle n'avait pas besoin d'être toute-puissante.

Elle se cramponnait à…

La peur.

Mais elle se retrouva propulsée vers la porte.

Lorsqu'elle sortit, elle vit les chers visages familiers et souriants de ceux qui lui avaient donné tout ce qu'elle possédait : ce bateau, un moyen d'existence et, plusieurs fois ces derniers jours, la vie.

Dès qu'ils la virent, les cris fusèrent :

— Hourra ! Vive notre capitaine !

Puis Brendan s'avança et l'étreignit farouchement.

— Bobbie, nous avons réussi ! Nous sommes vengés ! Nous avons coulé son bateau.

— Et ce chien meurtrier qui voulait me voir pendu est au fond de la mer avec lui, ajouta lord Bethany. Ma chère petite, c'est une formidable victoire !

— Un *grog*, capitaine, *juste comme vous l'aimez*, dit Hagar en approchant avec une tasse. A la victoire sur les tyrans, les menteurs, les assassins et les voleurs !

Red prit la tasse et but longuement. Cassandra était sur le pont, elle aussi, et même dans des habits d'homme elle était magnifique. Son visage était si animé, son enthousiasme si sincère ! Elle se tenait à côté de son père, un bras passé sous le sien, et semblait parfaitement à l'aise en compagnie d'un équipage de pirates.

— Merci…

Au début sa voix fut faible, étranglée par l'émotion, alors elle se força à parler plus fort.

— Merci, mes amis… Il ne pouvait pas y avoir de victoire sans vous. Ma vie était entre vos mains, et vous l'avez gardée pour moi quand j'étais convaincue moi-même qu'elle était perdue. Vous êtes le meilleur équipage qui ait jamais navigué sur ces mers. Je vous suis sincèrement redevable, et je le resterai jusqu'à la fin de mes jours.

Des vivats retentirent de nouveau. Brendan passa un bras autour d'elle et la serra contre lui.

— Nous avons pris la liberté de prévoir un retour à New Providence, vu que notre propre bateau est en triste état et a besoin d'être réparé, lui dit-il.

Elle approuva d'un hochement de tête, puis regarda Cassandra et lord Bethany d'un air hésitant.

— Mais nos hôtes…, commença-t-elle, tout en pensant que ce mot incluait aussi Logan, maintenant.

— Tout ira bien pour nous, ma fille, lui assura lord Bethany. Vous ne pouvez pas me ramener chez moi sur ce navire, de toute façon, à moins qu'il ne soit bien camouflé.

— Mais… New Providence ?

— Oh ! Nous savons que c'est un repaire de pirates et de dépravés, déclara Cassandra avec entrain. Mais nous serons bien protégés.

Elle sourit en regardant autour d'elle.

— Mon père a proposé de s'assurer qu'un pardon légal soit accordé à tous les hommes ici qui le demanderont. Ensuite, il leur octroiera un appui financier afin qu'ils trouvent les moyens d'existence de leur choix.

D'autres hourras retentirent.

Etaient-ils donc tous si heureux à la pensée de redevenir des citoyens respectueux de la loi ? se demanda Red.

Mais, avec une espérance de vie si courte dans leur activité actuelle, pouvait-elle les en blâmer ?

N'était-ce pas d'ailleurs ce qu'elle devrait souhaiter pour elle-même ?

Elle avait voulu vivre, au cœur de la bataille. Elle avait voulu vivre, perdue au milieu des flots. Désespérément. Elle avait voulu vivre à cause de Logan. Mais elle ne pouvait faire partie de sa vie d'une façon respectable.

Toutefois, elle avait une dette envers ces hommes, et elle était heureuse des perspectives qui s'offraient à eux.

— Lord Bethany, vous êtes vraiment un homme de bien. Le meilleur, à ce que l'on m'a dit. Et je constate que l'on ne m'a pas menti…

Elle sourit à Cassandra, parfaite, comme toujours.

— Le repas est servi ! annonça alors Jimmy O'Hara.

De nouveau, il y eut des cris de joie. Une bonne odeur de poisson grillé flottait sur le pont, et Red s'aperçut que pendant qu'elle *dormait*, les autres s'étaient occupés des nécessités.

— Matelots, leur rappela-t-elle avec autorité, nous sommes toujours dans des eaux dangereuses ! Nous ne devons pas relâcher notre veille.

— Oui, capitaine !

Elle leva les yeux. Sam-le-Silencieux arborait un grand sourire, perché dans le nid-de-pie.

— Nous sommes de bons marins, lui dit Brendan. Nous n'oublierions jamais de rester sur nos gardes.

Elle lui sourit.

— Bien sûr, que vous l'êtes. Toi en particulier. Je n'aurais rien dû dire.

Il la regarda avec une telle fierté et un tel plaisir qu'elle l'étreignit de nouveau avec force — provoquant une nouvelle salve de hourras.

Au cours du repas, la conversation fut animée, certains hommes parlant avec une grande fierté de ce qu'ils avaient accompli, d'autres envisageant l'avenir. Jimmy O'Hara servit un plat de poisson frais et des fruits qu'il avait achetés à New Providence, et quelqu'un suggéra qu'il devrait ouvrir une taverne dans les colonies.

Red écoutait plus qu'elle ne parlait, découvrant que chacun des hommes avait des rêves. Même le chirurgien et le charpentier du bord — qui venaient de l'équipage de Black Luke — étaient prêts à s'installer à terre et à travailler légalement. Emory, le charpentier, lui raconta qu'il avait été enlevé dans une taverne de Géorgie et n'avait jamais envisagé de lui-même de mener une vie de pirate.

Grant, le chirurgien, expliqua à son tour qu'il était dans la Marine royale quand son bateau avait été capturé. Sa vocation découverte, on lui avait laissé la vie à condition qu'il serve les pirates. Lorsqu'elle avait tué Black Luke, il s'était senti redevable envers elle.

— Vous avez depuis longtemps remboursé cette dette, lui assura-t-elle.

La journée avait depuis longtemps glissé dans la nuit. Red décida de s'éclipser, laissant ses hommes à leurs plans d'avenir. Logan discutait avec Cassandra et lord Bethany. Ils semblaient avoir beaucoup à se dire, alors elle se retira dans sa cabine où elle ne fut pas dérangée de la nuit.

*
* *

Logan aurait dû être harassé, mais il ne put s'endormir. Vers minuit, il prit le gouvernail. Ils avançaient lentement, car il faisait noir et les dangers étaient invisibles, mais ils devaient aller de l'avant : ils avaient une légère voie d'eau. Il fallait qu'ils se rendent au plus vite dans un port accueillant et, comme *L'Aigle* était un bateau pirate connu, New Providence était l'abri sûr le plus proche.

Il était en colère contre Red, et les heures qui passaient n'y changeaient rien ; elle avait pris trop de risques, alors qu'ils se battaient tous si durement pour leur vie et la sienne.

Et puis il était inquiet. Il semblait y avoir quelque chose dans cette vie de pirate qu'elle menait qu'elle ne pouvait abandonner. Il avait cru que sa quête se terminerait avec la mort de Blair Colm, mais pendant que les autres parlaient d'avenir, au repas, elle était restée silencieuse. Et quand elle avait repris connaissance, elle avait encore pensé à la bataille. Elle ne pouvait se concentrer sur la vie, tout simplement.

Ou sur l'amour.

Bonté divine, il était vraiment un sot ! Il avait toujours apprécié la compagnie des femmes. Qu'elles soient de haute naissance, de basse extraction, des amies ou des amantes. Il n'avait cependant jamais éprouvé ce qu'*elle* éveillait en lui. Cassandra était une amie parfaite et, s'il n'avait pas rencontré Red, peut-être auraient-ils pu faire ensemble des projets… Mais il avait rencontré Red.

La seule femme qui ne se tournerait jamais vers lui…

— Du nouveau ? demanda soudain Brendan qui venait de le rejoindre.

Logan fut heureux de sa compagnie qui le distrairait de ses pensées sombres.

— Non, Dieu merci, répondit-il. Je n'ai pas besoin d'excitation supplémentaire.

Ils se tinrent l'un près de l'autre dans un silence amical pendant quelques minutes. Puis Logan demanda :

— Qu'allez-vous faire, maintenant ?

Brendan haussa les épaules.

— Cela dépendra de Red.

— Supposons que Red décide de vouloir se construire une vie à terre, quelque part. Que voudriez-vous pour vous-même ?

Brendan haussa les sourcils et réfléchit quelques instants à la question.

— Des bateaux, dit-il enfin.

— Quoi ?

— J'ai pensé jadis à m'engager dans la marine marchande, mais je crois que je préférerais être un constructeur de bateaux. Je les étudie depuis longtemps. Je sais ce qui les rend rapides et solides. Mais je n'ai pas la formation nécessaire…

— La formation est une chose qui s'acquiert, fit remarquer Logan.

— Oui, peut-être.

Brendan lui posa amicalement la main sur l'épaule.

— Je ne pourrai jamais vous rendre tout ce que vous avez fait pour nous.

— Curieusement… je considère que je vous serai toujours redevable aussi.

— Ah bon ?

— Je cherchais Blair Colm depuis très longtemps moi-même.

Brendan hocha la tête.

— Je me demande combien de gens se réjouiront d'apprendre sa mort, dit-il d'un ton pensif.

— Pas mal, j'imagine.

Logan le regarda et lui sourit.

— Constructeur de bateaux… Je suppose que vous voudrez aussi une épouse ?

— Eh bien… oui… bien sûr.

L'embarras de Brendan était palpable.

— Cassandra est une femme remarquable, fit observer Logan d'un air détaché.

— La meilleure, répondit Brendan avec ferveur. Avec Bobbie, évidemment.

— Juste pour le cas où vous vous feriez de fausses idées, je dois vous indiquer que lady Bethany et moi avons mutuellement décidé de ne pas passer notre vie ensemble.

Brendan fixait à présent la mer. Logan le vit déglutir fortement.

— Je ne suis pas… Je ne pourrai jamais… Je ne pourrai jamais espérer être assez bon pour elle.

— Assez *bon* ?

— Son père a un titre.

— Oui, les richesses et les titres m'importaient aussi autrefois, dit Logan. Peut-être comptaient-ils même pour Horatio, à une certaine époque.

— Il reste un lord.

— Et un colon.

— Mais…

— Je ne peux pas répondre pour lord Bethany ou Cassandra, évidemment, poursuivit Logan. Mais je pense qu'ils sont moins attachés aux titres et à la fortune que vous ne le suspectez.

— Néanmoins, je ne peux pas accepter les largesses de son père et espérer… En fait, nous n'avons pas attaqué beaucoup de bateaux, vous savez.

Logan se mit à rire.

— Vous moquez-vous de moi ? demanda Brendan, l'air offensé. Je ne suis pas riche, quoi que vous puissiez croire de Red Robert et de son équipage !

— Je ne me moque pas de vous. C'est juste que… J'ai pensé à un moyen pour que l'équipage de *L'Aigle* tire un certain bénéfice de tout ce qui s'est passé, figurez-vous.

— C'est-à-dire ?

— La nuit dernière, à bord du bateau de Colm, j'ai été seul un moment. J'ignore à qui il a volé son butin mais, vu la façon dont il opérait, on peut être sûr que les propriétaires ne s'en soucient plus. J'ai jeté une fortune par-dessus bord, dans des eaux relativement peu profondes…

Brendan le fixa d'un air ahuri, puis cligna des paupières.

— Quand le bateau sera réparé — et réaménagé, car il n'y aura plus de piratage — nous retournerons là-bas. Et vous serez tous des hommes riches.

— Je pourrais vous embrasser, vous savez ! s'exclama Brendan.

— Ne vous y croyez surtout pas obligé.

Brendan partit d'un rire clair, joyeux, et lui tapa sur l'épaule. Logan s'efforça de ne pas grimacer, car la tape était tombée sur les points qu'on lui avait cousus peu de temps auparavant.

— Vous nous ramèneriez vraiment là-bas ? Vous… partageriez ?

— Oui, et volontiers.

— De nouveau, je vous serai éternellement redevable, Logan.

— Non. Ce que je vous donne n'est rien. L'avenir est quelque chose que vous devez bâtir vous-même.

Brendan acquiesça.

— Oui, dit-il doucement. Mais…

Il secoua la tête, se ravisant.

— Je vais prendre la barre. Vous méritez un peu de repos.

— Non, allez plutôt voir si Cassandra est réveillée, regardant les étoiles… et espérant que vous la rejoindrez. Je ne peux pas me reposer pour le moment. Je suis bien ici.

— J'enverrai quelqu'un vous remplacer dans une heure.

— Si vous voulez.

Brendan s'éloigna en sifflotant doucement.

Ils étaient en vie, pensa Logan.

Ils avaient tous survécu.

Et Blair Colm était mort.

Alors pourquoi, quand cette nuit aurait dû être une nuit de grande célébration pour lui-même et pour Red, se sentait-il si… insatisfait ?

18

— Vous avez coulé Blair Colm ? répéta Sonya, incrédule. Elle était allongée sur le lit de son domaine privé — une chambre qu'elle avait gagnée et payée — dans la taverne. Elle y amenait rarement des hommes ; elle avait endossé le rôle de patronne au lieu de fournir elle-même ses services, maintenant.

Mais elle avait toujours eu un faible pour Jimmy O'Hara. Il n'avait jamais été un vrai pirate, et n'avait pas choisi cette vie. Il avait été enlevé sur un bateau par un certain Elegant Elam — mort depuis longtemps — et, plutôt que d'être abandonné sur une île déserte, il avait rejoint l'équipage du pirate. De là, il était arrivé puis resté à New Providence, où il avait passé le plus clair de son temps à boire. Malgré tout, il avait un certain charme, un accent chantant, et l'appelait toujours *chérie*.

Allongé à côté d'elle, Jimmy hocha la tête avec un pur plaisir.

— Ah ! Sonya, quelle aventure !

— Mais qui l'a tué ?

— Quoi ?

— Blair Colm. Qui l'a tué ?

Jimmy haussa les épaules et son sourire s'élargit.

— J'aimerais pouvoir te dire que c'est moi, chérie. Tu m'aimerais encore plus ! Je peux seulement affirmer que je me suis battu — et bien battu. Il y avait quelque chose de juste dans cette bataille. Non pas que je voudrais la recommencer ! Non… Et ce grand lord Bethany, il a dans l'idée de nous offrir à tous un nouveau départ, et un pardon. Il dit qu'il peut le faire, et je le crois. Je te dis la vérité, chérie. Et quand je serai un homme riche, enfin, un homme aisé, au moins, alors…

Mais Sonya ne l'écoutait plus. Elle avait beau vouloir le croire, lorsqu'il soutenait que Blair Colm était mort, elle n'y parvenait pas. Elle n'oublierait jamais ce que cet homme lui avait fait. Et elle n'avait jamais cessé de le craindre. De le haïr.

Elle prit le visage de Jimmy entre ses mains pour le faire taire.

— Jimmy, il faut que je sache. Qui l'a tué ? Comment ? Tu as vu son corps ?

— Non, je ne l'ai pas vu. Mais j'ai vu son bateau sombrer. Tu ne m'écoutes pas, chérie. Ce que je veux te dire, c'est…

— Est-ce que Red est descendu à terre ? demanda âprement Sonya.

— Quoi ?

— Red. Il est descendu à terre ?

Jimmy fronça les sourcils d'un air agacé.

— Ecoute, Sonya, je suis un homme patient… On est là, tous les deux, couchés, à l'aise ensemble et tout nus, on profite l'un de l'autre, et tu t'inquiètes d'un homme mort et du capitaine !

Sonya se leva.

— On n'est plus couchés tout nus et à l'aise, Jimmy O'Hara. Je t'ai posé une question. Est-ce que Red est descendu à terre ?

Jimmy fit la moue.

— Non, il est resté à bord. Une équipe de charpentiers est sur *L'Aigle*, vérifiant les dégâts, essayant de remettre le bateau en état sans avoir à le caréner.

Sonya était déjà en train de s'habiller.

— Reste ici, Jimmy. Je reviens vite. Ne descends pas te soûler. Je ne tolérerai pas que tu sois ivre mort et que tu cuves ta bière sur moi !

— Sonya ! appela-t-il.

Mais elle refermait déjà la porte.

Il fallait qu'elle sache.

Red avait envoyé Hagar à terre lui acheter une provision de perruques noires. Elle aurait donc pu aller en ville si elle l'avait voulu. Le seul homme qui avait jamais osé s'en prendre à elle sur l'île était Blair Colm, et même lui avait été trop lâche pour l'affronter en personne. Maintenant, il n'était plus là. Red Robert était de plus un ami connu de Barbe-Noire, lequel devenait de plus en plus puissant, par conséquent il était probable qu'elle serait parfaitement en sécurité dans New Providence — à moins que la rumeur ne coure d'une terrible brouille entre eux.

Elle y serait bien plus en sécurité que dans n'importe quel port légal.

Mais elle avait choisi de rester sur son bateau. Elle avait dormi. Elle s'était réveillée, avait pleuré sans raison et bu pour se rendormir. Elle s'était au moins reposée. Puis elle s'était attaquée à une tâche ardue : essayer de décider ce qu'elle voulait faire du reste de sa vie.

Logan n'était pas venu la retrouver.

Quoi qu'il lui ait affirmé, il vivait dans un monde différent. Sans doute avait-il fini par s'en rendre compte lui-même. Il lui avait sauvé la vie. Il avait pris soin d'elle. Et maintenant…

Maintenant il se détachait d'elle.

Parce que je ne peux pas être une femme convenable, se dit-elle.

Et pourtant, assise à son bureau, s'occupant sans grande conviction de la façon de démanteler l'équipage et de déterminer ce qu'elle ferait d'elle-même, elle se demanda ce qu'il en était véritablement.

Malgré les paroles de Logan, le monde était ce qu'il était. La dernière fois qu'elle l'avait vu, il était en compagnie de Cassandra et lord Bethany. Il se trouvait probablement encore avec eux, leur montrant la ville que Cassandra souhaitait tant voir.

Elle fixait sans les voir les papiers posés sur son bureau quand la porte s'ouvrit. Et se referma.

Elle entendit qu'on la verrouillait de l'intérieur.

Et il fut là.

Il ne lui parla pas, marcha simplement jusqu'au bureau et la regarda.

Elle était habillée en Red Robert, sauf ses armes, mais celles-ci étaient à portée de main. Elle avait une perruque à proximité également, juste pour le cas où il serait important qu'elle soit le capitaine redouté de *L'Aigle* à un moment donné. Si quelqu'un d'autre était venu, demandant à la voir, elle en aurait été avertie par Hagar, qui gardait sa porte.

Mais Hagar n'aurait jamais arrêté Logan, bien sûr.

— Quoi ? demanda-t-elle avec brusquerie.

Il ne répondit pas, continuant à la regarder, et cela la déstabilisa.

— Je… je croyais que vous étiez à terre avec lord Bethany et Cassandra.

Elle s'était efforcée de parler d'un ton léger.

Il posa les mains sur le bureau et se pencha jusqu'à ce que son visage soit à quelques pouces du sien.

— Pensez-vous que je sois un menteur, Bobbie ?

Elle rougit.

— Un menteur ? Je ne me souviens pas de vous avoir traité de menteur.

Il ne dit rien d'autre, mais contourna le bureau et la mit sur ses pieds.

— Que faites-vous ?

Il répondit en la prenant dans ses bras. Lorsqu'elle ouvrit la bouche pour protester, il la fit taire d'un baiser profond. Elle essaya de lutter contre lui pour se dégager, alors il la souleva de terre et la laissa retomber sur sa couchette. Avant qu'elle ne puisse se relever, il s'abattit sur elle, son poids la pressant sur le mince matelas. Elle sentit ses mains sous sa chemise, l'éclair de désir que ce contact suscitait en elle et toujours la pression de ses lèvres sur les siennes, la faim absolue qu'ils partageaient.

Logan la libéra pour se débarrasser de sa chemise, mais elle resta allongée, comme abasourdie. Soudain sa bouche fut de nouveau sur la sienne, ses mains sur la ceinture de ses culottes. Il avait déjà ouvert les siennes. Ils se retrouvèrent alors chair contre chair, et il sembla à Red qu'il la caressait partout à la fois, créant une magie incessante. Elle n'aurait su dire comment il y parvint, mais le reste de leurs vêtements s'évanouit.

Quoi qu'il advienne, se dit-elle, elle voulait ce moment, elle voulait le tenir une dernière fois dans ses bras, connaître le miracle incroyable de son corps dans le sien, le contact de ses lèvres, de ses dents et de sa langue sur elle. Elle voulait sentir sa présence puissante et vitale, la chaleur vibrante de sa peau. Elle avait tellement envie de presser ses lèvres sur lui, de sentir ses spasmes de plaisir, le tremblement de son corps à cause d'elle…

Mais, tandis que sa bouche quittait la sienne pour caresser sa clavicule et ses seins, elle demanda dans un souffle :

— Que faites-vous ?

— Ce que je veux, répondit-il tranquillement. Ce que je veux plus que tout au monde…

Il s'écarta d'elle, son poids appuyé sur ses bras, et la regarda.

— Et vous, que voulez-vous ? demanda-t-il.

Elle déglutit et se mit à trembler. Elle aurait dû se refuser à lui. Renoncer à ce bonheur sans lendemain. Mais elle en était incapable.

— Ce que vous voulez, chuchota-t-elle.

La bouche de Logan se posa de nouveau sur la sienne. Elle l'embrassa follement en retour, et quand ils se séparèrent pour respirer, elle poussa une petite exclamation et promena les doigts sur son torse, faisant suivre ces tendres caresses d'une pluie de baisers et de coups de langue.

Il reprit sa bouche, la ravageant, lui arrachant un cri étouffé tandis qu'il suivait son exemple, promenant ses lèvres sur ses seins, sur son ventre, et plus bas. Elle se tortilla sous ses baisers, sous cette torture délicieuse, son besoin de lui laissant peu de place à son esprit pour les pensées et la raison.

L'extase la submergea tandis qu'elle s'arquait sous lui, emportée dans cet instant de pure sensation, mais alors il fut de nouveau avec elle, s'insinuant avec une conviction lente et puissante, réclamant sa bouche, et il fut le plus délicieux des amants, l'excitant en la prenant très lentement, puis bougeant avec l'ardeur d'une tempête en mer, réclamant l'ultime assouvissement.

Le plaisir explosa en elle et lui coupa le souffle, calma un instant les battements violents de son cœur, puis éclata en un million de flammèches dans un ciel de velours. Puis le doux état d'émerveillement qui suivait l'amour la balaya comme une vague.

Logan la surprit en se levant immédiatement après, de manière abrupte, enfilant ses culottes sans attendre.

— Ecoutez-moi, Bobbie..., commença-t-il. Je veux *vivre,* pas seulement survivre. Je veux un avenir, des enfants, des Noëls. Je veux savoir que je dormirai toujours dans les bras de la même femme. Je veux être avec quelqu'un qui aime la vie et qui m'aime *moi* plus que n'importe quel spectre de son passé. Voilà ce que je veux... Vous avez navigué sur les mers avec une haine légitime, mais c'est fini, à présent. Et vous n'êtes pas par nature une meurtrière ou une voleuse. Pensez-y. Nous pouvons avoir ensemble l'avenir dont je parle, ou bien vous pouvez choisir de passer le reste de vos jours hantée par le passé. Si vous voulez *réellement* ce que je veux, conclut-il, vous devrez venir me chercher en ville.

Sur ce, il enfila sa chemise, puis ouvrit la porte de la cabine et sortit.

Red resta de longues minutes immobile, en état de choc. Puis, lentement, elle se leva et entreprit de s'habiller à son tour. Quand ce fut fait, elle regarda la perruque noire sur le bureau. Les mains tremblantes, elle commença à la mettre.

Elle ne pouvait pas aller en ville sans elle.

Qu'avait voulu vraiment dire, Logan ? Voulait-il…

Voulait-il *l'épouser* ?

Sonya se hâtait à travers les rues. Depuis les quais, elle vit une barque qui arrivait. L'homme qui ramait portait un chapeau et tenait la tête basse. Elle se demanda s'il était malade, car il avait un foulard noué autour du cou.

— Vous, là ! cria-t-elle. Conduisez-moi au bateau qui est ancré là-bas, je vous paierai bien.

L'homme hésita, puis finalement il hocha la tête et Sonya descendit dans le canot.

Il fallait qu'elle voie Red Robert. Elle devait apprendre la vérité, savoir si Blair Colm était bien mort.

— Vous allez voir Red Robert ?

— Oui.

— Il est sur son bateau ?

— Oui, manifestement.

L'homme se mit à ramer. Elle ne faisait guère attention à lui, ses yeux rivés sur *L'Aigle*. Puis elle s'aperçut soudain qu'il avait ramé en rond et les avait conduits dans l'ombre de la digue, sous les quais.

— Que faites-vous ? demanda-t-elle, agacée.

Il releva la tête.

Elle sut alors la vérité.

Il n'était pas mort.

Elle n'eut même pas le temps de crier.

Il la frappa avec une rame. Elle vit un éclair lumineux.

Puis plus rien.

*
* *

Logan avait encore tant d'énergie à dépenser qu'il avait écarté le matelot qui lui proposait de le conduire en ville. Il avait envie d'exercer ses muscles en ramant.

Bobbie viendrait-elle ?

Mettrait-elle une dernière fois la perruque de Red Robert pour venir le retrouver à la taverne ? Il n'avait fait qu'attendre, ces derniers jours, mais elle n'avait fait aucune tentative pour le rejoindre ou même le convoquer…

Ses pensées occupaient tellement son esprit que même si une partie de lui entendit un bruit étrange, pendant qu'il amarrait la chaloupe, il ne pénétra pas sa conscience au début.

Ce fut une sorte de miaulement pour commencer. Comme celui d'un chaton.

Puis ce fut une voix. Terriblement faible. A peine un murmure.

— A l'aide…

Il regarda autour de lui et ne vit rien de suspect. Quelques marins s'affairaient plus loin sur les quais ; des hommes marchaient dans les rues. Un menuisier réparait une enseigne.

Il s'immobilisa, tendit l'oreille, mais n'entendit plus rien. Il se mit alors à marcher, pensant qu'il s'était trompé, puis il lui sembla entendre de nouveau l'appel à l'aide.

Il y avait d'autres embarcations amarrées au quai, mais elles étaient toutes vides.

Néanmoins, cela recommença. A peine un murmure, si faible… Sous ses pieds.

Il se mit à plat ventre au bord du quai et regarda dessous. Alors il vit une femme qui se cramponnait à un pilier.

Il jura et, prenant à peine le temps de quitter ses bottes, il sauta dans l'eau. La femme parvenait juste à garder la tête à la surface. Il l'attrapa et constata qu'elle était nue. Il constata aussi qu'il la connaissait.

— Sonya !

Il faillit la relâcher, tant il était choqué de sa découverte.

Il arrivait souvent que des hommes se mettent en colère

contre des catins et les utilisent cruellement, mais Sonya était indubitablement la reine de l'île.

Qui avait pu lui faire cela ?

Il la souleva, pataugeant dans l'eau et trouvant la force de la hisser sur le quai. Puis il grimpa près d'elle et jeta son pourpoint sur elle pour la couvrir. Une énorme plaie meurtrissait le côté droit de son visage.

— Sonya, je vais chercher de l'aide. Tenez bon, dit-il en commençant à s'éloigner.

Mais elle le saisit par le bras et le tira à elle avec un surprenant élan de force.

Sa bouche articulait des mots qu'il ne saisit pas. Il se pencha pour l'entendre.

— Il est vivant.

— Qui est vivant, Sonya ? Laissez-moi aller chercher de l'aide !

— Blair Colm.

Elle ne pouvait pas ouvrir les yeux. Elle pouvait à peine murmurer.

— Il va chercher…

Ses mots moururent.

Logan se leva et cria assez fort pour être entendu de la rue :

— Que quelqu'un aide cette femme ! Par ici, venez l'aider ! Vite !

Il attendit une fraction de seconde, juste assez longtemps pour voir que quelqu'un répondait à son appel, puis il sauta dans la chaloupe et se mit à ramer comme un forcené.

Colm atteignit le bateau. Il serra son foulard sur sa tête et maudit en silence cette fichue jupe qui allait rendre ses mouvements difficiles. Il attrapa l'échelle et fut interpellé par un matelot, penché au bastingage. Il s'y attendait.

— Le capitaine est-il à bord ? cria-t-il de la voix la plus aiguë qu'il put.

— Oui, qu'est-ce que vous lui voulez ?

— Il y a une rixe à la taverne entre ses hommes. Je dois lui parler.

L'homme devait penser à coup sûr qu'il était la catin la plus laide qu'on puisse imaginer, mais après tout beaucoup de prostituées n'étaient pas des beautés.

— Je vais le lui dire.

— Non, s'il vous plaît, je dois lui dire moi-même ce qui se passe.

— Alors montez, femme. Faites vite. Il est dans sa cabine et ne veut pas être dérangé.

Il fit vite. Très vite… A l'instant où le matelot l'aida à monter à bord, il lui planta un couteau dans le ventre et le laissa tomber sans bruit sur le pont.

Il y avait d'autres hommes à bord. Il pouvait les entendre qui se répercutaient des ordres. Il n'avait pas l'intention de traiter avec eux. Il se dirigea à grands pas à la cabine du capitaine.

Installé à une table de la taverne, Jimmy geignait sur sa malchance avec les femmes. Sacrebleu, il ne pouvait même pas demander une catin en mariage !

Une main s'abattit soudain sur son épaule.

— O'Hara, espèce de petit chien en rut ! J'ai entendu dire que vous avez servi sous les ordres de Red Robert. Et il paraît que vous avez livré une bataille et que vous ne vous êtes pas caché sous les draps, cette fois.

Jimmy se retourna. Le pirate connu comme Barbe-Noire se tenait derrière lui, massif, impressionnant.

— Oui, tout est vrai, dit-il.

— Alors ce scélérat de Colm est mort ?

— Il doit l'être, car son bateau est allé par le fond, répondit Jimmy avec fierté.

Teach l'avait toujours traité comme un rebut. Peut-être parce qu'il avait été un rebut. Mais il ne l'était plus. Il allait devenir un honnête homme.

— Alors pourquoi avez-vous l'air d'un homme qui noie ses tourments ? demanda Barbe-Noire.

— Je veux épouser Sonya, dit Jimmy d'un ton larmoyant.

— Ah oui ?

Barbe-Noire partit d'un rire puissant. Puis il reprit son sérieux.

— Et elle vous a refusé ?

— Elle est partie en courant voir le capitaine Red. Elle voulait savoir si c'était bien vrai que Colm est mort. Elle doit vraiment haïr cet homme !

Comme il parlait, ils entendirent des cris affolés dans la rue.

— On a trouvé Sonya blessée sur les quais !

Jimmy se leva précipitamment, passa devant le géant en le poussant pour courir jusqu'aux quais.

Quand la porte s'ouvrit de nouveau, Red s'attendit à voir Logan.

Finalement, il ne l'obligeait pas à aller le trouver à terre, pensa-t-elle avec soulagement. Et elle voulait lui parler ; elle devait admettre qu'elle avait peur et lui expliquer pourquoi. Les pirates n'étaient pas censés avoir peur, mais elle était terrifiée. Peut-être n'était-elle pas un pirate, après tout, se dit-elle avec un sourire ironique.

Peut-être avait-elle haï trop longtemps.

Peut-être…

Mais ce n'était pas Logan qui était entré. C'était une femme coiffée d'un fichu.

— Qu'est-ce que c'est ? demanda-t-elle.

La femme referma la porte derrière elle, puis chancela et tomba sur le plancher. Red se rua vers elle pour l'aider, mais, alors qu'elle se penchait, elle sentit des doigts d'acier saisir son poignet. Elle voulut se lever et se libérer, crier pour donner l'alarme, mais elle fut réduite au silence et forcée à reculer, un bras musclé pressé sur sa gorge.

Alors, horrifiée, elle comprit à qui elle avait affaire.

Il ne desserra son étreinte que pour nouer les mains sur son cou, la forçant toujours à reculer. Elle essaya de lever les mains pour le combattre, mais il était trop fort.

Il la poussait toujours en arrière.

Vers la couchette.

La couchette où elle avait fait l'amour avec Logan un moment plus tôt à peine.

Elle le fixa, se débattant, tendant de le griffer et de le mordre, mais elle faiblissait, manquant d'air, et la pièce devenait floue autour d'elle. Elle put sentir sa perruque qui glissait et s'attendit qu'il serre plus fort, certaine que, quoi qu'il advienne, il était là pour la tuer, et la tuer rapidement.

Mais d'abord il ôta une main de sa gorge pour lui arracher la perruque, et sourit avec un mélange d'incrédulité et d'amusement, tout en maintenant assez de pression sur sa trachée pour qu'elle soit impuissante.

— Alors c'est *vous,* Red Robert ?

Elle se débattit farouchement. De sa main libre, il commença à lui arracher ses vêtements. Il comptait manifestement la violer avant de la tuer. L'avilir, lui ôter toute sa fierté. Lui faire mal.

Ses mains étaient sur elle. Des mains qui avaient massacré sa mère, son père. De petits enfants. Des mains couvertes de sang.

Elle devait trouver un moyen de combattre…

Il toucha ses seins, déchira l'étoffe de ses culottes. Glissa sa main entre ses cuisses.

Dans son affolement et son horreur, elle se souvint qu'il avait un point faible. Elle parvint à lever une main et à agripper son cou où elle l'avait coupé avec la bouteille.

Surpris par la douleur, il poussa un hurlement, mais il se ressaisit, portant un couteau mouillé de sang à sa gorge. Red s'immobilisa, mais il avait desserré son étreinte. Il comptait apparemment sur le couteau pour la contrôler.

— Tuez-moi maintenant, dit-elle. Parce que je ne vous laisserai jamais me toucher.

Il sourit.

— Morte ou vivante, ma chère, je vais vous salir. Je me servirai de votre chair mourante et quand j'aurai fini, je vous pendrai dehors pour vous livrer aux corbeaux.

C'est fini, songea Red. Et elle attendit le coup.

Il ne vint pas.

Colm fut soudain arraché à elle et jeté à travers la cabine. Logan lui faisait face avec une expression meurtrière dans les yeux.

Colm lança le couteau. Logan se baissa juste à temps pour éviter le projectile, tandis que Colm filait par la porte. Logan le suivit ; Red arrangea ses habits, puis s'élança derrière les deux hommes.

Elle heurta le dos de Logan. Regarda autour d'elle.

Colm avait été arrêté.

Ils n'étaient pas seuls sur le pont.

Barbe-Noire était là, tel un mur vivant de fureur. Colm ne pouvait s'enfuir nulle part.

— Donnez-moi une arme ! rugit ce dernier. J'exige le droit de me battre comme un homme !

— Vous voulez une arme, scélérat ? Vous pensez que vous avez droit à un juste combat ? tonna Barbe-Noire.

— Oui, c'est l'honneur des pirates. Je l'exige !

Barbe-Noire haussa ses sourcils broussailleux.

— Imbécile, dit-il simplement.

Puis il sourit, prit son pistolet et tira sur Colm sans autre forme de procès.

L'autre tomba à genoux. Lentement.

Barbe-Noire tira un second coup.

Colm s'affala en avant.

Il y eut un silence. L'air empestait la poudre brûlée, un étrange contraste avec la beauté de la journée.

Puis Barbe-Noire regarda Red et Logan d'un air contrit.

— Je suppose que j'aurais dû laisser l'honneur à l'un de vous, dit-il.

Red contourna Logan et lui sourit.

— Non, dit-elle, il est mort, et c'est tout ce qui compte. Il est mort en sachant qui j'étais.

Elle s'avança et enlaça l'énorme taille de son ami.

— Merci, Edward…

— Otez cette ordure du pont ! ordonna Barbe-Noire.

Deux des charpentiers accoururent et enlevèrent le corps.

— Ne le jetez pas par-dessus bord ! Ses semblables pourrissent sur un gibet, même à New Providence ! Et beaucoup de gens voudront être sûrs qu'il est mort, et bien mort.

Logan acquiesça, toujours silencieux.

Red s'écarta alors de Barbe-Noire.

— Vous voulez un autre bateau ? lui demanda-t-elle. Un bon sloop, rapide, maniable…

Teach éclata de rire.

Red rejoignit Logan.

— J'ai juste une question…

— Oui ?

— Etait-ce… une demande en mariage ?

Il lui sourit tendrement, puis mit un genou à terre.

— Est-ce mieux ainsi ?

— Vous voulez que *moi*, je vous épouse ? fit-elle, incrédule.

— Oui, c'est ce que je veux.

Cela ne pouvait pas marcher. Il était un *laird*.

— Eh bien ? dit Logan.

— Eh bien, ma fille ? insista Barbe-Noire.

— Je veux ce que vous voulez, répondit-elle alors au seul homme qu'elle avait jamais aimé.

La brise qui montait de l'eau était douce.

De la mousse pendait des magnolias et s'agitait doucement dans la splendeur du coucher de soleil.

— Tu es nerveuse ?

Red se tourna. Brendan, dans un gilet de brocart et un pourpoint assorti, se tenait à côté d'elle. Il était superbe.

Mais après tout, depuis qu'il fréquentait l'université William et Mary en Virginie, il avait pas mal appris de ses camarades d'étude en matière de toilette.

Il eut un grand sourire.

— Tu as l'air d'une vraie fille, Bobbie !

Elle lui donna un coup de coude.

— Vraiment, tu es éblouissante.

— Merci.

— Mais tu es nerveuse…, insista-t-il et ce n'était plus une question.

Dans son esprit, elle était en fait mariée depuis cette soirée à New Providence, au cours de laquelle Barbe-Noire avait décidé qu'en tant que capitaine de bateau — et pirate à la réputation grandissante — il devait les unir, Logan et elle, sur-le-champ. Ils avaient donc été mariés une première fois, au milieu d'une assemblée de pirates, de catins et de voleurs — tous d'étonnamment bons amis.

Une cérémonie qui lui avait paru facile.

Cassandra y avait été sa demoiselle d'honneur, tout comme elle l'était maintenant.

Le bruit avait couru que Red Robert était mort dans un duel avec Blair Colm. En tant que membre important de la communauté des pirates, il avait été enseveli en mer, tandis que le cadavre de Colm était accroché à un gibet.

Elle n'avait pas éprouvé le besoin de le voir.

Sonya était restée longtemps aux portes de la mort, veillée par Jimmy O'Hara.

Son homme d'équipage poignardé par Colm avait miraculeusement survécu. Il était passé par-dessus bord — quasiment mort, selon ses propres termes —, mais avait réussi à se tenir la tête hors de l'eau, cramponné à la coque, jusqu'à ce que Logan se porte à son secours.

Elle avait offert *L'Aigle* à Barbe-Noire pour enrichir sa flotte.

Et il avait accepté.

Ainsi, une certaine Roberta avait été mariée à Logan à New Providence, en une cérémonie que beaucoup n'avaient pas comprise, car ils ignoraient qui elle était, mais qu'ils étaient heureux de célébrer.

Quand cela avait été fini et que Logan et elle s'étaient retrouvés seuls, elle avait exprimé toutes ses craintes pour l'avenir, et il l'avait fait taire. Il l'aimait. Elle l'aimait. Ils feraient en sorte que leur mariage réussisse.

Ensuite, ils avaient été conduits sur une île près de Charleston et prétendument sauvés, pour pouvoir reprendre une vie normale. Bien sûr, le fait qu'ils aient pu rapidement affréter un bateau et retourner chercher le trésor que Logan avait jeté par-dessus bord avait grandement aidé tout le monde à prendre un nouveau départ.

De son côté, lord Bethany avait simplement levé les yeux au ciel, amusé, quand Brendan et Cassandra lui avaient demandé la permission de se marier. Le temps qu'il avait passé avec les pirates lui avait élargi l'esprit.

Mais aujourd'hui…

Aujourd'hui, Red allait remonter au bras de son cousin l'allée nuptiale arrangée dans la très belle propriété de lord Bethany.

Et elle était nerveuse. Oui, terriblement nerveuse…

Pour Logan, elle priait d'être acceptée par la bonne société. Non pas qu'il s'en soucie. Il lui assurait qu'ils pouvaient aller vivre dans les Highlands n'importe quand, mais elle voulait se faire une place dans le Nouveau Monde, car ils entamaient une nouvelle vie.

La musique commença.

— C'est le moment, Red, lui dit doucement Brendan.

Elle hocha la tête, et ils se mirent tous deux à avancer à pas mesurés, solennels. Elle vit alors, sur son passage, tant de gens merveilleux.

Jimmy O'Hara et sa nouvelle épouse, Sonya.

Et puis Lygia. La bonne Lygia, qui lui avait rendu la vie supportable quand elle était jeune. Rayonnante à défaut d'être belle. Elle semblait un peu ivre, au bras de Sam-le-Silencieux. Et, vu sa fortune, la société n'avait d'autre choix que d'accepter son mépris manifeste des conventions.

Elle sourit quand Red passa près d'elle. Et gloussa.

Un autel avait été dressé dans le pavillon d'été et un pasteur — un vrai pasteur, lui avait assuré lord Bethany — s'apprêtait à célébrer leur mariage.

Et surtout, il y avait Logan.

Souriant, assuré, magnifique. Qui l'attendait.

Elle entendit vaguement le pasteur demander qui la donnait en mariage, et la réponse émue de Brendan.

Elle se tourna et s'accrocha à lui un instant.

Puis elle croisa les yeux de Logan et prit sa main.

Les dernières brumes du passé se dissipèrent avec les coups de canon qui explosaient en mer.

C'était le salut de Barbe-Noire, envoyé depuis l'endroit le plus proche de la côte où il avait pu s'aventurer.

Le pasteur prit la parole, et ils lui répondirent tour à tour.

Puis il leur dit de s'embrasser.

Avant que les lèvres de son mari ne touchent les siennes, elle murmura :

— Je veux ce que vous voulez.

Il la prit dans ses bras.

— J'ai ce que je veux, répondit-il.

Elle se mit à rire, car ils étaient vivants, amoureux, et que l'avenir leur appartenait.

A paraître le 1er septembre

Best-Sellers n°577 • suspense

Le poids du doute - Laura Caldwell

Et si son père n'était pas mort ? Cette question hante Izzy McNeil depuis qu'un inconnu lui a sauvé la vie dans une ruelle sombre de Chicago. Un inconnu dont elle n'a pas eu le temps de voir le visage mais dont la voix lui a semblé étrangement familière. Plus troublant encore : il l'a appelée par le surnom que son père lui donnait lorsqu'elle était enfant, jusqu'au jour tragique où il avait disparu, peu de temps après ses huit ans. Perturbée, Izzy doit malgré tout poursuivre son travail de détective et boucler au plus vite l'enquête qu'elle mène au cœur d'un dangereux réseau de gangsters. Une tâche facilitée par la présence du séduisant Theo, l'homme qui lui a rendu le sourire et sur qui elle peut vraiment compter. Mais à peine Izzy parvient-elle a faire passer au second plan ses préoccupations personnelles que d'incroyables révélations concernant son père vont venir bouleverser à tout jamais son existence.

Best-Sellers n°578 • thriller

Dans les pas de l'assassin - Leslie Tentler

Le cauchemar recommence…

En découvrant Reid Novak, profileur au FBI, sur le seuil de sa porte, Caitlyn sent la peur l'enserrer comme un étau. Pourquoi Reid est-il venu la trouver, alors qu'elle ne l'a pas revu depuis deux ans – depuis ce jour terrible où il a arrêté son frère Joshua, qu'elle avait été contrainte de dénoncer après avoir compris qu'il était un dangereux tueur en série ? Joshua est pourtant emprisonné à vie, dans un quartier de haute sécurité. Bientôt, son angoisse se mue en pure panique quand Reid lui annonce que plusieurs jeunes femmes ont été étranglées, et qu'on leur a enfoncé une pièce d'échiquier dans la bouche. Se pourrait-il qu'un fou ait décidé d'imiter la mortelle signature de Joshua ? C'est en tout cas ce dont semble convaincu le séduisant Reid. Tout comme il semble persuadé que Caitlyn est en danger, et qu'il doit la protéger.

Best-Sellers n°579 • thriller

Effroi - Alex Kava

Un soir d'automne, dans l'Ouest du Nebraska. Appelée d'urgence sur une scène de crime, Maggie O'Dell y découvre un spectacle aussi effroyable qu'incompréhensible. Une bande d'adolescents sous l'emprise d'hallucinogènes se serait amusée ici à se filmer jusqu'à ce qu'un phénomène étrange les foudroie sur place, tuant certains d'entre eux, et laissant les autres gravement brûlés. Déterminée à élucider le mystère de ce drame, Maggie recueille méticuleusement les témoignages des rescapés en s'efforçant de faire le tri entre réalité et divagations. Au fil des déclarations, une épouvantable certitude s'impose à son esprit : les survivants courent tous un grand danger. Comme en atteste ce meurtre, maquillé en suicide, qui est bientôt commis. Pour Maggie, plus rien ne compte désormais que de mettre fin à ce macabre engrenage. Avec le soutien du brillant et charismatique médecin colonel Benjamin Platt, elle s'engage alors dans une course contre la montre, sans savoir encore que ces adolescents sont en réalité les première victimes d'une machination sans précédent – et sans limites.

Best-Sellers n°580 • thriller

Elles étaient jeunes et belles - Karen Rose

Jeunes, belles et brunes. Nuit après nuit, des lycéennes disparaissent de leur chambre. L'un après l'autre, leur corps est retrouvé quelques jours plus tard, sans vie… Révolté par l'horreur de ces meurtres qui terrorisent Raleigh, en Caroline du Nord, l'agent spécial Steven Thatcher n'a plus qu'un but : mettre le tueur en série sous les verrous. Hélas, celui-ci a méticuleusement effacé tous les indices ; l'enquête piétine. Jusqu'à ce que la ravissante Jenna, un des professeurs de son fils aîné Brad, ne commence à recevoir d'inquiétantes et sombres menaces. De crainte qu'elle ne soit la prochaine cible du tueur, Steven se jure de la protéger. Car comme toutes les victimes de l'assassin, Jenna est jeune, belle et brune…

Best-Sellers n°581 • thriller

Les anges de verre - Erica Spindler

Alors qu'elle espérait sortir du gouffre dans lequel elle est plongée depuis le tragique décès de son mari, Mira Gallier est effondrée lorsqu'elle apprend que les douze vitraux qu'elle a restaurés avec passion ont été vandalisés avec des inscriptions bibliques, mais surtout, que le prêtre qui tentait de les protéger, un ami très cher, a été assassiné. Profondément choquée, Mira se remet courageusement au travail pour sauver ce qui peut encore l'être : ces chefs-d'œuvre de verre, sa raison de vivre… Mais quelques jours plus tard, elle est agressée dans son propre atelier, avant qu'un nouveau meurtre, signé d'un message biblique en lettres de sang, ne secoue La Nouvelle-Orléans. Mira, terrorisée, commence à perdre pied lorsque Connor Scott, un vieil ami, ressurgit après des années d'absence pour lui proposer son aide. Une aide précieuse pour Mira, car tandis que la police piétine, le tueur continue à cibler un par un les gens qui l'entourent. Et il devient évident qu'il l'a gardée pour la fin…

Best-Sellers n°582 • roman

Secrets d'un été oublié - Carla Neggers

Olivia en est certaine : elle a fait le bon choix en revenant s'installer à Knights Bridge. Ici, dans ce village où elle a grandi et où vivent tous ceux qu'elle aime, elle sera heureuse. Et puis, ce nouveau départ dans la vie n'est-il pas l'occasion pour elle de réaliser enfin son rêve, et de restaurer la vieille ferme qu'elle a achetée pour en faire une maison d'hôtes ? Une ferme à laquelle elle se consacre entièrement, et où elle investit, jour après jour, son énergie et son âme. Mais aussi son cœur, lorsqu'elle fait la connaissance de Dylan McCaffrey, le propriétaire de la maison jouxtant la sienne. Un homme auprès duquel elle se prend très vite à rêver à un bonheur partagé. Sauf que Dylan n'est en ville que pour quelques semaines, et repartira ensuite à l'autre bout du pays. Loin d'elle…

Best-Sellers n°583 • historique

La promesse d'un autre jour - Brenda Joyce

Cornouailles, 1794.

Lorsqu'elle apprend la disparition de la comtesse de St Just, l'épouse de Simon Granville morte en donnant le jour à une petite fille, Amelia est bouleversée. Car, outre la tristesse qu'elle éprouve pour la jeune femme, cela signifie le prochain retour de Simon à Greystone Manor. Simon avec lequel elle a partagé dix ans plus tôt une folle passion avant qu'il ne la quitte sans explication pour en épouser une autre. Mais quand elle revoit ce dernier, Amelia comprend que les temps ont changé. Bien que la passion flambe de nouveau entre eux, Simon semble sombre et amer. Est-ce à cause de ces fréquents voyages qu'il fait en France où la Terreur fait rage ? Des absences mystérieuses dont il ne veut rien dire. Au point qu'Amelia en vient à douter : lord Granville serait-il capable de trahir son pays comme il l'a trahie, elle, jadis ?

Best-Sellers n°584 • historique

L'aîné des McKettrick - Linda Lael Miller

Amérique, 1888.

Le matin de son mariage, Lorelei découvre son fiancé dans les bras d'une servante. Pleine de chagrin et de colère, elle brûle sa robe de mariée en place publique sans se soucier du scandale et refuse de se marier en dépit des objurgations de son père, le juge Fellows, qui menace de la faire enfermer. Jamais, au grand jamais, elle n'épousera cet individu sans vergogne. Le même jour, Holt McKettrick arrive en ville : son ami Gabe vient d'y être arrêté pour meurtre et condamné à mort après un procès hâtif. Certain de son innocence, il est venu trouver le juge, qu'il soupçonne de corruption, et tombe sur Lorelei. Stupéfait et fasciné par la fougue de cette fille rebelle, Holt lui propose son aide. Sans se douter qu'elle est la fille de l'homme qui va bientôt se révéler son pire ennemi.

Composé et édité par les
éditions HARLEQUIN
Achevé d'imprimer en juin 2013

BRODARD & TAUPIN

La Flèche
Dépôt légal : juillet 2013
N° d'imprimeur : 71951

Imprimé en France